Das Buch

Die faszinierende, aber gnadenlose Welt des amerikanischen Showgeschäfts bildet die schillernde Kulisse dieses mitreißenden Romans. Erzählt wird die Lebensgeschichte des Komikers Toby Temple, der mit achtzehn Jahren loszieht, Hollywood zu erobern. Seine bitteren Lehrjahre verbringt er durch trostlose Kneipen und schäbige Etablissements tingelnd, bis ihm schließlich gelingt, wovon Hunderte seinesgleichen träumen: Toby wird ein Star, dem das Film- und Fernsehpublikum zu Füßen liegt. Doch die Traumkarriere läßt den Mann, der die ganze Welt zum Lachen bringt, verdammt einsam werden – bis er der bildschönen Jill Castle begegnet, deren ehrgeizige Hollywood-Träume demütigend gescheitert sind. Als Frau an der Seite des berühmten Toby Temple sieht sie nun ihre Stunde gekommen, sich an all jenen zu rächen, die ihr übel mitgespielt haben. Nur zu gut ist sich Jill dabei bewußt, daß sie ohne ihn ganz schnell wieder ein Nichts wäre. Als Toby schwer erkrankt, kämpft sie bis zur Selbstaufopferung um seine Genesung und wird dafür als Heldin gefeiert. Doch die Krankheit bricht ein zweites Mal aus, und diesmal gibt es keine Hoffnung. Jill weiß, daß sie für den Rest ihres Lebens an einen Krüppel gefesselt sein wird. Sie faßt einen teuflischen Plan ...

Der Autor

Sidney Sheldon, 1917 in Chicago geboren, kann auf eine atemberaubende Schriftstellerkarriere zurückblicken. Bereits mit fünfundzwanzig schrieb er das Drehbuch für den Musical-Welterfolg *Annie Get Your Gun*. Mit *Jenseits von Mitternacht* landete er einen internationalen Bestseller, dem inzwischen weitere folgten.

In unserem Hause sind von Sidney Sheldon bereits erschienen:
Blutspur
Jenseits von Mitternacht

Sidney Sheldon

Ein Fremder im Spiegel

Roman

Aus dem Amerikanischen
von Egon Strohm

Ullstein

Ullstein Taschenbuchverlag 2000
Der Ullstein Taschenbuchverlag ist ein Unternehmen
der Econ Ullstein List Verlag GmbH & Co. KG, München
© 2000 für die deutsche Ausgabe by
Econ Ullstein List Verlag GmbH & Co. KG, München
© 1977 für die deutsche Ausgabe by
Ullstein Buchverlage GmbH und Co. KG, Berlin
© 1976 by The Sheldon Literary Trust
Titel der amerikanischen Originalausgabe: A Stranger in the Mirror
Übersetzung: Egon Strohm
Umschlagkonzept: Lohmüller Werbeagentur GmbH & Co. KG, Berlin
Umschlaggestaltung: DYADEsign, Düsseldorf
Titelabbildung: Mauritius / IFA-Bilderteam
Druck und Bindearbeiten: Ebner Ulm
Printed in Germany
ISBN 3-548-24860-8

Anmerkung für den Leser

Die Kunst, andere zum Lachen zu bringen, ist ganz gewiß ein Göttergeschenk. Ich widme dieses Buch den Komikern, den Männern und Frauen, die diese Gabe haben und sie mit uns teilen. Und insbesondere einem von ihnen: dem Paten meiner Tochter, Groucho Marx.

Wenn du danach trachtest, dich selbst zu finden,
Schau nicht in den Spiegel,
Denn darin ist nur ein Schatten,
Ein Fremder ...

                        SILENUS, Oden an die Wahrheit

Prolog

An einem Sonnabendmorgen Anfang August 1969 spielte sich eine Reihe von phantastischen und unerklärlichen Ereignissen an Bord des 55 000-Tonnen-Luxusliners *S. S. Bretagne* ab, als er sich anschickte, aus dem Hafen von New York nach Le Havre auszulaufen.

Claude Dessard, Oberzahlmeister der *Bretagne,* ein tüchtiger und peinlich genauer Mann, führte, wie er gerne sagte, ein »eisernes Regiment«. In den fünfzehn Jahren seines Dienstes an Bord der *Bretagne* hatte es keine Situation gegeben, die er nicht erfolgreich und diskret gemeistert hätte. Wenn man bedenkt, daß die *S. S. Bretagne* ein französisches Schiff war, so war das tatsächlich höchst bemerkenswert. An jenem bewußten Sommertag jedoch schien es, als hätten tausend Teufel sich gegen ihn verschworen. Es war ein schwacher Trost für seinen empfindlichen gallischen Stolz, daß die eingehenden Untersuchungen, die im nachhinein von den verschiedenen amerikanischen und französischen Abteilungen von Interpol und den eigenen Sicherheitskräften der Dampfschiffahrtsgesellschaft eingeleitet wurden, keine einzige plausible Erklärung für die außergewöhnlichen Ereignisse jenes Tages lieferten.

Wegen der Berühmtheit der beteiligten Personen ging

die Geschichte in Schlagzeilen um die ganze Welt, aber das Geheimnis blieb ungeklärt.

Claude Dessard zog sich von der Seefahrt zurück – und eröffnete ein Bistro in Nizza, wo er nie müde wurde, mit seinen Gästen diesen seltsamen, unvergeßlichen Augusttag wiederzuerleben.

Es hatte, wie Dessard sich erinnerte, mit der Überbringung eines Blumenstraußes vom Präsidenten der Vereinigten Staaten begonnen.

Eine Stunde vor Abfahrt war eine schwarze Präsidenten-Limousine am Pier 90 am unteren Hudson River vorgefahren. Ein Mann in einem dunkelgrauen Anzug war aus dem Wagen gestiegen, ein Bukett aus sechsunddreißig versilberten Rosen in den Händen. Er hatte sich zum Fuß des Fallreeps durchgeschlängelt und ein paar Worte mit Alain Safford, dem diensttuenden Offizier der *Bretagne,* gewechselt. Die Blumen wurden Janin, einem untergeordneten Deckoffizier, übergeben, der sie ablieferte und dann Claude Dessard aufsuchte.

»Ich dachte, es würde Sie interessieren«, sagte Janin. »Rosen vom Präsidenten für Madame Temple.«

Jill Temple. Im letzten Jahr war ihr Bild auf den ersten Seiten der Tageszeitungen und auf den Titelblättern der Illustrierten von New York über Bangkok und Paris bis Leningrad erschienen. Claude Dessard erinnerte sich, gelesen zu haben, daß sie bei einer kürzlich durchgeführten Abstimmung über die meistbewunderten Frauen der Welt den ersten Platz errungen hatte und daß eine große Zahl neugeborener Mädchen Jill getauft wurden. Die Vereinigten Staaten von Amerika hatten immer ihre Heldinnen gehabt. Zu ihnen gehörte jetzt Jill Temple. Ihr Mut und der phantastische Kampf, den sie gewonnen hatte, um ihn durch die Ironie des Schicksals dann doch zu verlieren, hatte die Phantasie der Welt erregt. Es war eine großartige Liebesgeschichte, aber es war viel mehr als das: Es enthielt alle Elemente der klassischen griechischen Tragödie.

Claude Dessard mochte die Amerikaner nicht, aber in diesem Fall machte er mit größtem Vergnügen eine Ausnahme. Er empfand ungeheure Bewunderung für Mme. Toby Temple. Sie war – und das war die höchste Auszeichnung, die Dessard vergeben konnte – *galante*. Er beschloß, ihr die Reise so angenehm wie möglich zu machen.

Der Oberzahlmeister löste seine Gedanken von Jill Temple und konzentrierte sich auf eine letzte Überprüfung der Passagierliste. Da war die übliche Ansammlung dessen, was die Amerikaner VIPs nennen, ein Ausdruck, den Dessard verabscheute, besonders da die Amerikaner barbarische Vorstellungen davon hatten, was einer Person Bedeutung verlieh. Er bemerkte, daß die Frau eines reichen Industriellen allein reiste. Dessard lächelte verständnisvoll und ging die Passagierliste nach dem Namen von Matt Ellis, einem schwarzen Fußballstar, durch. Als er ihn fand, nickte er befriedigt. Eine weitere interessante Tatsache war, daß benachbarte Kabinen für einen prominenten Senator und Carlina Rocca, eine südamerikanische Nackttänzerin, gebucht worden waren, deren Namen man kürzlich in der Presse miteinander in Verbindung gebracht hatte. Seine Augen wanderten die Liste hinunter.

David Kenyon. Geld. Eine Unmenge Geld. Er war schon früher auf der *Bretagne* gefahren. Dessard erinnerte sich an David Kenyon, einen gutaussehenden, sonnengebräunten Mann mit hagerem, athletischem Körper. Eine ruhige, imposante Erscheinung. Dessard schrieb ein K. T. – für Kapitänstisch – hinter David Kenyons Namen.

Clifton Lawrence. Eine Buchung in letzter Minute. Der Oberzahlmeister runzelte leicht die Stirn. Das war ein heikles Problem. Was machte man mit Monsieur Lawrence? Es hatte eine Zeit gegeben, da die Frage überhaupt nicht aufgetaucht wäre. Er wäre automatisch an den Tisch des Kapitäns gesetzt worden, wo er alle Anwesenden mit seinen amüsanten Anekdoten unterhalten hätte. Clifton Lawrence war ein Theateragent, der einst viele bedeutende Stars im Showgeschäft vertreten hatte. Aber – Mr. Lawrences Tage waren vorüber. Er, der stets auf dem Prinzessinnen-Appartement bestanden hatte, hatte für diese Reise eine Einzelkabine auf einem Unterdeck gebucht. Erster Klasse, gewiß, aber trotzdem... Claude beschloß, seine Entscheidung zurückzustellen, bis er die anderen Namen durchgegangen war.

Es gab noch einige zweitrangige Berühmtheiten an Bord, einen bekannten Opernsänger und einen russischen Romancier, der den Nobelpreis abgelehnt hatte.

Ein Klopfen an der Tür unterbrach Dessards Überlegungen. Antoine, einer der Kabinenstewards, trat ein.

»Ja – was ist?« fragte Claude Dessard.

Antoine sah ihn mit wässerigen Augen an. »Haben Sie angeordnet, den Kinosaal abzuschließen?«

Dessard runzelte die Stirn. »Was reden Sie da?«

»Ich dachte, Sie wären's gewesen. Wer sollte es sonst sein? Vor ein paar Minuten sah ich nach, ob alles in Ordnung ist. Die Türen waren abgeschlossen. Ich hatte den Eindruck, daß jemand drin war und einen Film laufen ließ.«

»Wir lassen nie Filme im Hafen laufen«, sagte Dessard bestimmt. »Und die Türen zum Kinosaal werden niemals abgeschlossen. Ich werde mich darum kümmern.«

Gewöhnlich wäre Claude Dessard dem Hinweis sofort nachgegangen, aber im Augenblick war er von zu vielen dringenden Angelegenheiten in Anspruch genommen, um die er sich vor der Abfahrt um zwölf Uhr noch kümmern mußte. Sein Bestand an amerikanischer Währung stimmte nicht, eine der besten Suiten war aus Versehen doppelt gebucht worden, und das von Kapitän Montaigne bestellte Hochzeitsgeschenk war an ein falsches Schiff geliefert worden. Der Kapitän würde wütend sein. Dessard hob den Kopf, um dem ihm so vertrauten Geräusch der anlaufenden vier mächtigen Schiffsturbinen zu lauschen. Er spürte die Bewegung der S. S. *Bretagne*, als sie vom Pier ablegte und rückwärts in die Fahrrinne glitt. Dann vertiefte er sich wieder in seine Probleme.

Eine halbe Stunde später kam der Obersteward des Sonnendecks herein. Dessard blickte ungeduldig auf. »Ja, Léon?«

»Tut mir leid, daß ich Sie stören muß, aber ich dachte, Sie sollten es wissen...«

»Hm?« Dessard hörte nur halb hin, er war ganz auf die heikle Aufgabe konzentriert, die Sitzanordnung am Kapitänstisch für jeden Abend der Reise zu vervollständigen. Der Kapitän war kein Mann, der mit guten Umgangsformen gesegnet war, und jeden Abend mit seinen Passagieren zu essen war ihm eine Qual. Es war Dessards Aufgabe, dafür zu sorgen, daß die Gruppe *agréable* war.

»Es handelt sich um Madame Temple...«, begann Léon.

Dessard legte sofort seinen Bleistift hin und sah auf, seine kleinen schwarzen Augen blickten alarmiert. »Ja?«

»Vor ein paar Minuten kam ich an ihrer Kabine vorbei und hörte laute Stimmen und einen Schrei. Es war durch die Tür nicht deutlich zu verstehen, aber es klang, als ob sie sagte: ›Sie haben mich umgebracht!‹ Ich hielt es für besser, mich nicht einzumischen, deshalb kam ich her, um es Ihnen zu sagen.«

Dessard nickte. »Das war richtig. Ich werde mich vergewissern, daß ihr nichts passiert ist.«

Dessard sah dem Decksteward nach. Es war unvorstellbar, daß jemand einer Frau wie Mme. Temple etwas antun könnte. Der Gedanke allein war eine unglaubliche Beleidigung für sein gallisches Gefühl von Ritterlichkeit. Er setzte seine Uniformmütze auf, warf einen schnellen Blick in den Wandspiegel und ging auf die Tür zu. Das Telefon läutete. Der Oberzahlmeister zögerte und hob dann ab. »Dessard.«

»Claude...« Es war die Stimme des dritten Offiziers. »Um Himmels willen, schicken Sie jemanden mit einem Schrubber in den Kinosaal hinunter, ja? Da sind überall Blutflecke.«

Dessard spürte ein plötzliches Unbehagen in der Magengrube. »Sofort«, versprach er und legte auf. Er schickte einen Steward zum Kinosaal und rief dann den Schiffsarzt an.

»André? Claude.« Er versuchte, seine Stimme ungezwungen klingen zu lassen. »Ich würde gern wissen, ob jemand zur ärztlichen Behandlung auf der Station gewesen ist... Nein, nein. Nicht wegen Pillen gegen Seekrankheit. Es müßte jemand sein, der geblutet hat, sogar stark... Ach so, danke.« Dessard legte mit einem zunehmenden Gefühl von Unbehagen auf. Er verließ sein Büro und ging in die Richtung von Jill Temples Appartement. Er war auf halbem Wege, als das nächste außergewöhnliche Ereignis eintrat. Als Dessard das Deck erreichte, spürte er, wie der Rhythmus des Schiffes sich änderte. Er blickte auf den Ozean hinaus und sah, daß sie das Ambrose-Feuerschiff erreicht hatten, die Stelle, wo der Lotse von Bord gehen und das Schiff in die offene See auslaufen würde. Aber statt dessen verlangsamte die *Bretagne* ihr Tempo und stoppte. Etwas Außergewöhnliches ging vor.

Dessard eilte an die Reling und blickte an der Schiffswand hinunter. Unten hatte das Lotsenboot an der Ladeluke der *Bretagne* festgemacht, und zwei Matrosen luden Gepäck vom Liner in den Kreuzer um. Während Dessard das Geschehen verfolgte, stieg ein Passagier aus der Ladeluke des Schiffes auf das kleine Boot um. Dessard sah ihn nur ganz flüchtig von hinten, aber er war sicher, daß er sich bei der Identifizierung geirrt haben mußte. Es war einfach unmöglich. In der Tat war der Vorgang, daß ein Passagier das Schiff auf diese Weise verließ, so außergewöhnlich, daß den Oberzahlmeister ein Gefühl der Bestürzung beschlich. Er drehte sich um und eilte zu Jill Temples Appartement. Auf sein Klopfen antwortete niemand. Er klopfte wieder, diesmal etwas lauter. »Madame Temple... Hier ist Claude Dessard, der Oberzahlmeister. Kann ich Ihnen irgendwie behilflich sein?«

Keine Antwort. Jetzt schlug Dessards inneres Warnsystem an. Sein Instinkt sagte ihm, daß etwas Entsetzliches bevorstand, und er hatte eine Vorahnung, daß es mit dieser Frau zusammenhing. Eine Folge wilder, abscheulicher Gedanken tanzte durch sein Gehirn. Sie war ermordet oder gekidnappt worden oder... Er drehte am Türgriff. Die Tür war unverschlossen. Langsam stieß Dessard sie auf. Jill Temple stand am anderen Ende der Kabine und blickte, den Rücken ihm zugekehrt, aus dem Bullauge. Dessard wollte etwas sagen, aber ihre wie gefroren wirkende, starre Haltung ließ ihn schweigen. Er stand einen Augenblick unbeholfen da, fragte sich, ob er sich still zurückziehen sollte, als die Kabine plötzlich von einem schauerlichen Klageschrei erfüllt wurde, der von einem schmerzgepeinigten Tier herzurühren schien. Hilflos angesichts einer solchen tiefen, geheimen Qual zog Dessard sich zurück und schloß behutsam die Tür hinter sich.

Einen Augenblick blieb Dessard vor der Kabine stehen und lauschte auf die unartikulierten Schreie. Dann drehte er sich tief berührt um und ging zum Kinosaal auf dem Hauptdeck. Ein Steward wischte eine Blutspur vor dem Eingang weg.

Mon Dieu, dachte Dessard. *Was kommt denn noch?* Er versuchte, die Tür zum Kinosaal zu öffnen. Sie war unverschlossen. Dessard trat in den großen, modernen Zuschauerraum, in dem sechshundert Passagiere Platz hatten. Der Raum war leer. In einer plötzlichen Eingebung ging er zur Vorführkabine. Die Tür war verschlossen. Nur zwei Personen hatten Schlüssel zu dieser Tür, er und der Vorführer. Dessard schloß mit seinem Schlüssel auf und trat ein. Alles schien normal. Er ging zu den beiden 35-mm-Projektoren in der Kabine hinüber und legte seine Hände darauf.

Einer von ihnen war warm. *Incroyable!*

Im Mannschaftsquartier auf dem D-Deck fand Dessard den Vorführer, der ihm versicherte, er hätte keine Ahnung, wer den Kinosaal benutzt haben könnte.

Auf dem Rückweg zu seinem Büro nahm er eine Abkürzung durch die Küche. Der Chef hielt ihn wütend an. »Schauen Sie sich das an«, forderte er Dessard auf. »Schauen Sie sich bloß an, was irgend so ein Idiot getan hat!«

Auf einem marmornen Konditortisch stand ein schöner, in sechs Lagen übereinander gebackener Hochzeitskuchen, gekrönt von zarten, aus Zucker gesponnenen Figuren einer Braut und eines Bräutigams.

Jemand hatte der Braut den Kopf zerquetscht.

»In diesem Augenblick«, pflegte Dessard den gebannt lauschenden Gästen in seinem Bistro zu erzählen, »wußte ich, daß etwas Furchtbares geschehen würde.«

Erstes Buch

1

Im Jahre 1919 war Detroit, Michigan, die erfolgreichste Industriestadt der Welt. Der Erste Weltkrieg war zu Ende, und Detroit hatte einen bedeutenden Anteil am Sieg der Alliierten gehabt, indem es sie mit Panzern, LKWs und Flugzeugen belieferte. Nachdem die Bedrohung durch die Deutschen vorüber war, setzten die Automobilfabriken ihre ganze Kraft wieder für den Bau von Personenwagen ein. Bald wurden 4000 Autos pro Tag hergestellt, montiert und verladen. Gelernte und ungelernte Arbeiter kamen aus allen Teilen der Welt, um Arbeit in der Kraftfahrzeugindustrie zu suchen. Italiener, Iren, Deutsche – sie strömten in einer wahren Flut herein.

Unter den Neuankömmlingen waren Paul Templarhaus und seine junge Frau Frieda. Paul war in München Fleischergeselle gewesen. Mit der Mitgift, die er erhielt, als er Frieda heiratete, wanderte er nach New York aus und eröffnete einen Fleischerladen, der schnell in die roten Zahlen kam. Er zog dann nach St. Louis, Boston und schließlich nach Detroit, und in jeder Stadt hatte er den gleichen Mißerfolg. In einer Epoche blühenden Geschäftslebens und zunehmenden Reichtums mit einem wachsenden Bedarf an Fleisch brachte es Paul Templarhaus fertig, Geld zu verlieren, wo immer er einen Laden aufmachte. Er war ein guter Fleischer, aber ein hoffnungslos unfähiger Geschäftsmann. In Wirklichkeit war er mehr daran interessiert, Gedichte zu schreiben, als Geld zu verdienen. Er verbrachte Stunden damit, Reime und Metaphern zusammenzuträumen. Er pflegte sie zu Papier zu bringen und sie an Zeitungen und Magazine zu schicken, die jedoch nie auch nur eines seiner Meisterwerke annahmen. Geld war für Paul unwichtig. Er gab jedermann Kredit, und es sprach sich schnell herum: Wenn man kein Geld hatte und das beste Fleisch haben wollte, ging man zu Paul Templarhaus.

Pauls Frau Frieda war ein recht unansehnliches Geschöpf, das keine Erfahrungen mit Männern gehabt hatte, ehe Paul ihren Weg kreuzte und um sie angehalten hatte – oder vielmehr, wie es sich gehörte, bei ihrem Vater um sie angehalten hatte. Frieda hatte ihren Vater angefleht, Pauls Antrag anzunehmen, aber der Alte Herr brauchte gar nicht gedrängt zu werden, hatte er doch verzweifelte Angst gehabt, den Rest seines Lebens mit Frieda verbringen zu müssen. Er hatte sogar die Mitgift erhöht, damit Frieda und ihr Mann Deutschland verlassen und in die Neue Welt gehen konnten.

Frieda hatte sich, wenn auch schüchtern, auf den ersten Blick in ihren Mann verliebt. Sie hatte noch nie einen Dichter gesehen. Paul war hager und wirkte intellektuell, hatte blasse, kurzsichtige Augen und schütteres Haar, und es dauerte Monate, bis Frieda glauben konnte, daß dieser gutaussehende junge Mann tatsächlich ihr gehörte. Sie machte sich keine Illusionen über ihr eigenes Aussehen. Ihre Figur war plump, hatte die Form einer übergroßen rohen Kartoffel. Das Hübscheste an ihr waren ihre lebhaften enzianfarbenen Augen, aber das übrige Gesicht schien anderen Leuten zu gehören. Ihre Nase war die ihres Großvaters, groß und knollig; ihre

Stirn gehörte einem Onkel, hoch und fliehend, und ihr Kinn war das ihres Vaters, eckig und hart. Irgendwo in Friedas Innerem gab es ein schönes junges Mädchen, das Gott aus einer unerklärlichen Laune heraus in diesem Körper gefangenhielt. Die Leute sahen allein das abstoßende Äußere. Nur Paul nicht. Ihr Paul. Es war gut, daß Frieda nie erfuhr, daß ihre Anziehungskraft in ihrer Mitgift lag, die Paul ein Entrinnen von blutigen Rinderhälften und Schweineköpfen ermöglichte. Pauls Traum war es gewesen, ein Geschäft zu betreiben und genug Geld zu verdienen, um sich seiner geliebten Poesie widmen zu können.

Frieda und Paul verbrachten ihre Flitterwochen in einem Gasthof außerhalb Salzburgs, in einer schönen alten Burg an einem reizenden See, von Wiesen und Wäldern umgeben. Frieda hatte sich in Gedanken schon hundertmal die Hochzeitsnacht ausgemalt. Paul würde die Tür abschließen, sie in die Arme nehmen und zärtliche Worte flüstern, während er sie auszog. Seine Lippen würden die ihren finden und dann langsam ihren nackten Körper hinunterstreichen, so wie es in all den grünen Büchlein geschah, die sie im geheimen gelesen hatte. Sein Glied würde hart, steif und stattlich sein, und er würde sie zum Bett tragen und sie zart niederlegen. *Mein Gott, Frieda,* würde er sagen, *ich liebe deinen Körper. Du bist nicht wie die mageren kleinen Dinger. Du hast den Körper einer Frau.*

Die Wirklichkeit kam wie ein Schock. Es stimmte zwar, daß Paul, als sie in ihrem Zimmer waren, die Tür abschloß. Was danach kam, glich jedoch in nichts dem Traum. Während Frieda zusah, zog Paul schnell sein Hemd aus, wobei er eine hohe, magere, haarlose Brust enthüllte. Dann zog er die Hosen herunter. Zwischen seinen Beinen hing ein schlaffer, winziger, von der Vorhaut überzogener Penis. Er ähnelte in keiner Weise den erregenden Bildern, die Frieda gesehen hatte. Paul streckte sich auf dem Bett aus und wartete auf sie. Frieda merkte, daß sie sich selbst ausziehen mußte. Langsam begann sie, ihre Kleider abzustreifen. *Nun, Größe ist nicht alles,* dachte Frieda. *Paul wird ein wunderbarer Liebhaber sein.* Einige Augenblicke später legte sich die zitternde junge Frau neben ihren Mann aufs Ehebett. Während sie darauf wartete, daß er etwas Romantisches sagte, wälzte Paul sich auf sie, stieß ein paarmal in sie hinein und rollte wieder herunter. Für die verblüffte junge Frau war alles zu Ende, ehe es begonnen hatte. Was Paul betraf, so hatte er die wenigen sexuellen Erfahrungen bei den Prostituierten von München gesammelt, und er griff schon nach seiner Brieftasche, als ihm einfiel, daß er ja nicht mehr dafür zu zahlen brauchte. Von jetzt an war es kostenlos. Noch lange, nachdem Paul eingeschlafen war, lag Frieda im Bett und versuchte, nicht über ihre Enttäuschung nachzudenken. *Sex ist nicht alles,* sagte sie sich. *Mein Paul wird einen wunderbaren Ehemann abgeben.*

Es sollte sich herausstellen, daß auch dies ein Irrtum war.

Kurz nach den Flitterwochen begann Frieda, Paul in einem realistischeren Licht zu sehen. Sie war im Hinblick auf ihre spätere Aufgabe als Hausfrau erzogen worden und gehorchte deshalb ihrem Mann ohne Widerrede, aber sie war keineswegs dumm. Pauls einziges Lebensinteresse galt seinen Gedichten, und Frieda erkannte bald, daß sie herzlich schlecht waren. Sie konnte nicht übersehen, daß Paul auf beinahe jedem denkbaren Gebiet viel zu wünschen übrigließ. Wo Paul unentschlossen war, zeigte Frieda sich fest, und Pauls geschäftlichem Unvermögen begegnete sie mit Klugheit. Anfangs hatte sie still leidend hingenommen, daß das Familienoberhaupt ihre schöne Mitgift in seiner an Dummheit grenzenden Gutmütigkeit verschleuderte. Als sie nach Detroit zogen, war Friedas Geduld zu Ende. Eines Tages marschierte sie in den Fleischerladen ihres Mannes und übernahm die Kasse. Als erstes hängte sie ein Schild auf: *Kein Kredit.* Ihr Mann war entsetzt, aber das war nur der Anfang. Frieda erhöhte die Fleischpreise und begann zu inserieren, überschüttete die Nachbarschaft mit Reklamezetteln, und das Geschäft begann über Nacht aufzublühen. Von diesem Augenblick an war es Frieda, die alle wichtigen Entscheidungen traf, und Paul folgte ihnen. Friedas Enttäuschung hatte aus ihr eine Tyrannin gemacht. Sie stellte fest, daß sie Talent besaß, Menschen zu leiten und Geschäfte zu führen, und sie war unerbittlich. Es war Frieda, die entschied, wie ihr Geld angelegt werden sollte, wo sie wohnen, wo sie Ferien machen würden und wann es Zeit war, ein Kind zu haben.

Eines Abends teilte sie Paul ihren Entschluß mit und ließ ihn sich gleich an die Arbeit machen, bis der arme Mann einem Nervenzusammenbruch nahe war. Er fürchtete, zuviel Sex könnte seiner Gesundheit schaden, aber Frieda war eine Frau von großer Entschlossenheit. »Steck ihn rein!« befahl sie.

»Wie *kann* ich?« wandte Paul ein. »Er ist nicht steif genug.«

Frieda nahm seinen verkümmerten kleinen Penis in die Hand und zog die Vorhaut zurück, und als sich nichts ereignete, nahm sie ihn in den Mund –»*Mein Gott, Frieda! Was tust du da?*« –, bis er trotz seines Widerstrebens hart wurde, und sie steckte ihn sich zwischen die Beine, bis Pauls Sperma in ihr war.

Drei Monate später teilte Frieda ihrem Mann mit, er

könne sich jetzt ausruhen, sie sei schwanger. Paul wollte ein Mädchen, aber Frieda wollte einen Jungen, und so war es denn keine Überraschung für ihre Freunde, daß sie einen Jungen bekam.

Frieda bestand darauf, daß das Kind zu Hause von einer Hebamme zur Welt gebracht wurde. Alles ging bis zur Entbindung gut. Erst danach bekamen diejenigen, die sich um das Bett versammelten, einen Schock. Das Neugeborene war in jeder Hinsicht normal, außer was seinen Penis betraf. Das Glied des Kindes war riesig und hing wie ein geschwollenes übergroßes Anhängsel zwischen seinen unschuldigen Schenkeln herab.

Sein Vater ist nicht so gebaut, dachte Frieda mit unbändigem Stolz.

Sie nannte ihn Tobias, nach einem Ratsherrn, der in ihrer Nachbarschaft gewohnt hatte. Paul sagte Frieda, er werde die Erziehung des Knaben übernehmen. Schließlich sei dies die Sache des Vaters.

Frieda hörte sich das an und lächelte, ließ Paul aber nur selten in die Nähe des Kindes. Sie erzog den Jungen. Sie herrschte über ihn mit teutonischer Strenge, denn sie hielt nichts von Samthandschuhen. Mit fünf war Toby ein dünnes, spindelbeiniges Kind mit einem versonnenen Gesicht und den strahlenden enzianblauen Augen seiner Mutter. Toby betete seine Mutter an und hungerte nach ihrer Anerkennung. Er wollte, daß sie ihn aufhob und auf ihrem großen, weichen Schoß hielt, damit er seinen Kopf tief in ihren Busen drücken konnte. Aber Frieda hatte für dergleichen keine Zeit. Sie war damit beschäftigt, den Lebensunterhalt für ihre Familie zu verdienen. Sie liebte den kleinen Toby und war fest entschlossen, ihn davor zu bewahren, ein Schwächling wie sein Vater zu werden. Frieda verlangte Perfektion in allem, was

Toby tat. Als er in die Schule kam, pflegte sie seine Hausarbeiten zu überwachen, und wenn er hilflos vor einer Aufgabe saß, ermahnte sie ihn: »Los, Junge – krempel die Ärmel hoch!« Und sie stand dabei, bis er das Problem gelöst hatte. Je strenger Frieda mit Toby war, desto mehr liebte er sie. Er zitterte bei dem Gedanken, ihr zu mißfallen. Sie bestrafte schnell und lobte nur zögernd, aber sie war der Meinung, es sei zu Tobys Bestem. Von dem Augenblick an, in dem ihr Sohn ihr in die Arme gelegt worden war, hatte Frieda gewußt, daß er eines Tages ein berühmter und bedeutender Mann werden würde. Sie wußte nicht, wie oder wann, aber sie wußte, daß es so sein würde. Ganz so, als hätte Gott es ihr ins Ohr geflüstert. Noch bevor er alt genug war, um zu begreifen, was sie sagte, sprach Frieda mit ihm von seiner künftigen Größe und hörte nie auf, davon zu sprechen. Daher wuchs der junge Toby auf in dem Wissen, daß er berühmt werden würde, auch wenn er keine Ahnung hatte, wie oder warum. Er wußte nur, daß seine Mutter sich nie irrte.

Zu Tobys glücklichsten Augenblicken gehörte es, in der riesigen Küche zu sitzen und seine Hausaufgaben zu machen, während seine Mutter an dem großen, altmodischen Herd stand und kochte. Sie machte eine himmlisch duftende, dicke schwarze Bohnensuppe, in der ganze Frankfurter herumschwammen, und Platten voll saftiger Bratwürste und Kartoffelpuffer mit knusprigen braunen Rändern. Oder sie stand an dem großen Hackblock in der Mitte der Küche und knetete Teig mit ihren dicken, starken Händen, stäubte eine leichte Schicht Mehl darüber und verwandelte wie durch Zauber den Teig in einen Pflaumen- oder Apfelkuchen, bei denen einem das Wasser im Mund zusammenlief. Toby ging dann zu ihr und umschlang ihren großen Körper, wobei sein Gesicht gerade bis zu ihrer Taille reichte. Ihr erregend weiblicher Moschusgeruch wurde Teil all der aufregenden Küchengerüche, und eine unerbetene Sexualität begann sich in ihm zu regen. In diesen Augenblicken wäre Toby freudig für sie gestorben. Bis an sein Lebensende weckte der Duft frischer, in Butter schmorender Äpfel sofort die lebhafte Erinnerung an seine Mutter.

Eines Nachmittags, als Toby zwölf Jahre alt war, kam Mrs. Durkin, die Klatschbase der Gegend, zu Besuch. Mrs. Durkin war eine Frau mit knochigem Gesicht, schwarzen flinken Augen und einer Zunge, die nie stillstand. Als sie gegangen war, ahmte Toby sie so gut nach, daß seine Mutter in schallendes Gelächter ausbrach. Toby schien es, als hörte er sie zum erstenmal wirklich lachen. Von diesem Augenblick an lauerte Toby auf Möglichkeiten, sie zu amüsieren. Er bot ihr phantastische Nachahmungen von Kunden, die in den Fleischerladen kamen, von Lehrern und Schulkameraden, und jedesmal brach seine Mutter in wahre Lachstürme aus.

Endlich hatte Toby ein Mittel gefunden, die Anerkennung seiner Mutter zu erringen.

Er bewarb sich um die Mitwirkung bei einem Schultheaterstück, *No Account David,* und bekam die Hauptrolle. Am Abend der Premiere saß seine Mutter in der ersten Reihe und beklatschte den Erfolg ihres Sohnes. In diesem Augenblick wußte Frieda, wie sich Gottes Verheißung erfüllen würde.

Es war Anfang der dreißiger Jahre, zu Beginn der Depression, und Kinos im ganzen Land wandten jede erdenkliche List an, um ihre leeren Reihen zu füllen. Sie boten kostenlos Speisen an, verschenkten Radios, veranstalteten Keno- und Bingo-Abende und engagierten Organisten, um den springenden Ball zu begleiten, während das Publikum mitsang.

Und sie veranstalteten Amateurwettbewerbe. Frieda sah sorgfältig den Lokalteil der Zeitung durch, um festzustellen, wo Wettbewerbe stattfanden. Sie ging mit Toby hin und saß im Publikum, während er seine Imitationen von Al Jolson, James Cagney und Eddie Cantor vortrug, und schrie laut: »*Himmel!* Was für ein begabter Junge!« Toby gewann fast immer den ersten Preis.

Er war größer geworden, war aber immer noch dünn, ein ernstes Kind mit arglosen hellblauen Augen im Gesicht eines Cherubs. Wenn man ihn ansah, hatte man sofort den Eindruck von Unschuld. Er weckte den Wunsch, ihn zu umarmen, zu herzen und vor dem Leben zu schützen. Die Menschen liebten ihn, und auf der Bühne spendeten sie ihm Beifall. Zum erstenmal begriff Toby, wozu er bestimmt war: Er würde ein Star werden, zuerst für seine Mutter, an zweiter Stelle für Gott.

Tobys Geschlechtstrieb begann sich zu regen, als er fünfzehn war. Er pflegte im Badezimmer zu onanieren, dem einzigen Ort, an dem er ungestört sein konnte, aber das war nicht genug. Er stellte fest, daß er ein Mädchen brauchte.

Eines Abends fuhr Clara Connors, die verheiratete Schwester eines Klassenkameraden, Toby von einem Botengang, den er für seine Mutter gemacht hatte, nach Hause. Clara war eine hübsche Blondine mit großen Brüsten, und als Toby neben ihr saß, bekam er eine Erektion. Nervös ließ er seine Hand zu ihrem Schoß hinüber und unter ihren Rock gleiten, bereit, sich sofort zurückzuziehen, falls sie schreien sollte. Clara war eher amüsiert als böse, aber als Toby seinen Penis hervorholte und sie sah, wie groß er war, lud sie ihn zum folgenden Nachmittag in ihr Haus und führte Toby in die Freuden des Geschlechtsverkehrs ein. Es war ein phantastisches Erlebnis. Statt einer seifigen Hand hatte Toby ein weiches, warmes Gefäß gefunden, das pochte und nach seinem Penis griff. Claras Stöhnen und ihre Schreie ließen ihn immer wieder hart werden, so daß er einen Orgasmus nach dem anderen hatte, ohne das warme, nasse Nest zu verlassen. Früher hatte er sich wegen der Größe seines Penis geschämt. Jetzt war er plötzlich stolz darauf. Clara konnte dieses Phänomen nicht für sich behalten, und bald stellte Toby fest, daß er ein halbes Dutzend verheirateter Frauen in der Nachbarschaft beglückte.

Während der nächsten zwei Jahre brachte Toby es fertig, beinahe die Hälfte der Mädchen in seiner Klasse zu entjungfern. Einige von Tobys Klassenkameraden waren Fußballhelden oder sahen besser aus als er oder waren reich – aber wo sie scheiterten, war Toby erfolgreich. Er war das Komischste und Reizendste, was die Mädchen je gesehen hatten. Und es war unmöglich, gegenüber diesem unschuldigen Gesicht und diesen versonnenen blauen Augen nein zu sagen.

In seinem letzten Schuljahr in der High-School, er war achtzehn, wurde er ins Direktorzimmer gerufen. Dort befanden sich bereits Tobys Mutter mit grimmigem Gesicht, ein schluchzendes sechzehnjähriges Mädchen namens Eileen Henegan und ihr Vater, ein Polizeibeamter in Uniform. Sowie Toby das Zimmer betrat, wußte er, daß er in größten Schwierigkeiten war.

»Ich will gleich zur Sache kommen, Toby«, sagte der Direktor. »Eileen ist schwanger. Sie sagt, daß Sie der Vater ihres Kindes sind. Haben Sie körperliche Beziehungen zu ihr gehabt?«

Toby spürte, wie sein Mund trocken wurde. Alles, woran er denken konnte, war, wie sehr es Eileen gefallen hatte, wie sie gestöhnt und nach mehr verlangt hatte. Und jetzt das!

»Antworte, du kleiner Bastard!« brüllte Eileens Vater. »Hast du meine Tochter berührt?«

Toby blickte verstohlen zu seiner Mutter hinüber. Daß sie da war, um seine Schande mitzuerleben, bestürzte ihn mehr als alles andere. Er hatte sie enttäuscht, hatte sie blamiert. Sie würde von seinem Benehmen angewidert sein. Toby faßte den Entschluß, nie wieder ein Mädchen anzurühren, solange er lebte, wenn er je aus dieser Sache herauskäme, wenn Gott ihm nur dieses eine Mal helfen und eine Art Wunder geschehen lassen würde. Er würde sofort zu einem Arzt gehen und sich kastrieren lassen, um nie wieder an Sex zu denken und ...

»Toby ...« Jetzt sprach seine Mutter mit strenger und kalter Stimme. »Bist du mit diesem Mädchen ins Bett gegangen?«

Toby schluckte, holte tief Atem und murmelte: »Ja, Mutter.«

»Dann wirst du sie heiraten.« Das klang endgültig und entschieden. Sie sah das schluchzende, verquollene Mädchen an. »Willst du das?«

»J-ja«, rief Eileen. »Ich liebe Toby.« Sie drehte sich zu Toby um. »Sie haben mich dazu gezwungen. Ich wollte ihnen deinen Namen nicht nennen.«

Ihr Vater, der Polizeisergeant, verkündete allen im Zimmer Anwesenden: »Meine Tochter ist erst sechzehn. Nach dem Gesetz handelt es sich um eine Vergewaltigung. Er könnte für den Rest seines elenden Lebens ins Gefängnis kommen. Aber wenn er sie heiratet ...«

Alle wandten sich um und sahen Toby an. Er schluckte wieder und sagte: »Ja, Sir. Es – es tut mir leid, daß es passiert ist.«

Während der Fahrt nach Hause, die schweigsam verlief, saß Toby unglücklich neben seiner Mutter. Er wußte, wie sehr er sie verletzt hatte. Jetzt müßte er einen Job finden, um Eileen und das Kind zu ernähren. Wahrscheinlich würde er im Fleischerladen arbeiten und seine Träume, all seine Zukunftspläne vergessen müssen. Als sie zu Hause waren, sagte seine Mutter zu ihm: »Komm nach oben.«

Toby folgte ihr in sein Zimmer hinauf, machte sich auf eine Strafpredigt gefaßt. Er sah zu, wie sie einen Koffer hervorholte und seine Anzüge einzupacken begann. Verwundert starrte Toby sie an. »Was tust du da, Mama?« »Ich? Ich tue gar nichts. *Du* tust etwas. Du reist ab.« Sie hielt inne, drehte sich um und blickte ihn voll an. »Hast du vielleicht geglaubt, daß ich dir erlauben würde, dein Leben für dieses Nichts von einem Mädchen wegzuwerfen? Sie hat dich in ihr Bett gelassen, und sie wird ein Kind bekommen. Das beweist zwei Dinge – daß *du* menschlich bist und *sie* dämlich ist! O nein – niemand legt meinen Sohn mit einer Heirat herein. Gott beabsichtigt, dich einen großen Mann werden zu lassen, Toby. Du fährst nach New York, und wenn du ein berühmter Star bist, wirst du mich nachkommen lassen.«

Er blinzelte sie tränenüberströmt an und flog in ihre Arme, und sie wiegte ihn an ihrem riesigen Busen. Toby fühlte sich plötzlich verloren und verängstigt bei dem Gedanken, sie zu verlassen. Und doch erfüllte ihn eine Erregung, die Freude darüber, ein neues Leben zu beginnen. Er würde im Showgeschäft Einzug halten. Er würde ein Star sein; er würde berühmt werden.

Seine Mutter hatte es gesagt.

2

Im Jahre 1939 war New York ein Mekka der Theaterwelt. Die Depression war vorüber. Präsident Franklin Roosevelt hatte versprochen, daß nichts zu fürchten sei als die Furcht selbst, daß Amerika die wohlhabendste Nation auf der Welt werden würde, und so war es auch. Jedermann hatte Geld und gab es aus. Dreißig Theaterstücke wurden am Broadway gespielt, und alle schienen Erfolge zu sein.

Toby kam in New York mit hundert Dollar an, die seine Mutter ihm gegeben hatte. Toby wußte, daß er reich und berühmt werden würde. Er würde seine Mutter nachkommen lassen, und sie würden in einem schönen Penthouse wohnen. Und sie würde jeden Abend ins Theater gehen, um mit anzusehen, wie das Publikum ihm applaudierte. In der Zwischenzeit mußte er einen Job finden. Er ging zu den Bühneneingängen aller Broadway-Theater und erzählte den Leuten von all den Amateurwettbewerben, die er gewonnen hatte, und wie begabt er sei. Man warf ihn hinaus. In den Wochen, die Toby auf Jobsuche war, schmuggelte er sich in Theater und Nachtklubs und beobachtete die Arbeit der Spitzendarsteller, besonders der Komiker. Er sah Ben Blue und Joe E. Lewis und Frank Fay. Toby wußte, daß er eines Tages besser sein würde als sie alle.

Da sein Geld zu Ende ging, nahm er einen Job als Tellerwäscher an. Jeden Sonntagmorgen, wenn die Telefongebühren niedrig waren, rief er seine Mutter an. Sie erzählte Toby von der Aufregung, die sein Davonlaufen verursacht hatte.

»Du solltest sie sehen«, sagte seine Mutter. »Der Polizist kommt jeden Abend in seinem Streifenwagen her. Wie der angibt, könnte man denken, wir seien Verbrecher. Er fragt dauernd, wo du bist.«

»Und was antwortest du ihm?« fragte Toby ängstlich.

»Die Wahrheit. Daß du dich wie ein Dieb in der Nacht aus dem Staub gemacht hast, und wenn ich dich je erwischte, würde ich dir persönlich den Hals umdrehen.«

Toby lachte schallend.

Im Sommer gelang es Toby, einen Job als Gehilfe eines Zauberkünstlers zu bekommen, eines untalentierten Pfuschers mit kleinen Glitzeraugen, der unter dem Namen »der große Merlin« auftrat. Sie gastierten in einer Reihe zweitklassiger Hotels in den Catskils, und Tobys Hauptaufgabe bestand darin; die schwere Ausrüstung aus Merlins Kombiwagen heraus- und wieder hineinzuhieven. Außerdem war es seine Pflicht, die Requisiten zu bewachen, die aus sechs weißen Kaninchen, drei Kanarienvögeln und zwei Hamstern bestanden. Wegen Merlins Angst, daß die Requisiten »aufgegessen werden könnten«, mußte Toby mit ihnen in Zimmern von der Größe einer Besenkammer hausen, und Toby schien es, daß der ganze Sommer aus einem überwältigenden Gestank bestand. Er befand sich in einem Zustand physischer Erschöpfung, bedingt durch das Tragen der schweren Gehäuse mit Trickseiten und falschen Böden und das Aufpassen auf die Requisiten, die dauernd davonliefen. Er war einsam und enttäuscht. Er saß da, starrte die schäbigen kleinen Zimmer an und fragte sich, wozu er hier war und wie diese Tätigkeit ihn im Showgeschäft voranbringen sollte. Er übte seine Imitationen vor dem Spiegel ein, und sein Publikum bestand aus Merlins übelriechenden Tieren.

Eines Sonntags gegen Ende des Sommers rief Toby wie gewöhnlich zu Hause an. Diesmal war sein Vater am Apparat.

»Toby hier, Pop. Wie geht's dir?«
Schweigen.
»Hallo! Bist du da?«
»Ja, ich bin da, Toby.« Etwas in der Stimme seines Vaters ließ Toby frösteln.
»Wo ist Mom?«
»Sie ist gestern abend ins Krankenhaus gebracht worden.«
Toby packte den Hörer so fest, daß er ihn fast zerquetschte. »Was ist passiert?«
»Der Doktor sagte, es war ein Herzanfall.«
Nein! Nicht seine Mutter! »Sie wird aber gesund werden, nicht wahr?« fragte Toby. Er schrie in die Sprechmuschel: »Sag mir, daß sie gesund werden wird, verdammt noch mal!«
Wie aus unendlicher Entfernung hörte er seinen Vater unter Schluchzen sagen: »Sie – sie ist vor ein paar Stunden gestorben, mein Sohn.«
Die Worte überfluteten Toby wie weißglühende Lava, versengten ihn, bis sein Körper sich anfühlte, als stünde er in Flammen. Sein Vater log. Sie *konnte* nicht tot sein. Sie hatten einen Pakt geschlossen. Toby würde berühmt werden, und seine Mutter würde an seiner Seite sein. Ein schönes Penthouse wartete auf sie und eine Limousine mit Chauffeur und Pelze und Brillanten... Er

schluchzte so sehr, daß er nicht atmen konnte. Er hörte die ferne Stimme sagen: »Toby! Toby!«

»Ich komme sofort heim. Wann ist die Beerdigung?«

»Morgen«, sagte sein Vater. »Aber du darfst nicht hierherkommen. Sie erwarten dich, Toby. Eileen bekommt bald ihr Kind. Ihr Vater will dich umbringen. Sie werden dir bei der Beerdigung auflauern.«

Er konnte also dem einzigen Wesen auf der Welt, das er liebte, nicht einmal Lebewohl sagen. Toby lag den ganzen Tag im Bett und hing seinen Erinnerungen nach. Die Bilder von seiner Mutter waren so lebhaft und lebendig. Sie war in der Küche, kochte und sagte ihm, was für ein bedeutender Mann er werden würde; sie saß im Theater, in der ersten Reihe, und rief: »*Himmel!* Was für ein begabter Junge!«

Und sie lachte über seine Imitationen und Witze. Und sie packte seinen Handkoffer. *Wenn du ein berühmter Star bist, wirst du mich nachkommen lassen.* Er lag da, betäubt vor Qual, und dachte: Ich *werde diesen Tag nie vergessen. Nicht, solange ich lebe. Der 14. August 1939. Dies ist der wichtigste Tag meines Lebens.*

Er hatte recht. Nicht wegen des Todes seiner Mutter, sondern wegen eines Ereignisses, das sich in diesem Augenblick in Odessa, Texas, fünfhundert Meilen entfernt, zutrug.

Das Krankenhaus war ein namenloses, vierstöckiges Gebäude mit den typischen Merkmalen einer Wohlfahrtsinstitution. Das Innere war ein Kaninchengehege aus Kabinen, dazu bestimmt, Krankheiten zu diagnostizieren, sie zu lindern, zu heilen und manchmal auch zu begraben. Es war ein medizinischer Supermarkt, und für jedermann war etwas da.

Es war vier Uhr morgens, die Stunde des stillen Todes

oder des unregelmäßigen Schlafes. Eine Atempause für das Krankenhauspersonal, ehe es sich für die Schlachten des nächsten Tages rüstet.

Das Entbindungsteam im vierten OP war in Schwierigkeiten. Was als Routineentbindung begonnen hatte, war plötzlich ein Krisenfall geworden. Bis zur Entbindung selbst war alles normal verlaufen. Mrs. Karl Czinski war eine gesunde Frau in der Blüte ihrer Jahre mit den breiten Hüften einer Bäuerin, die der Traum eines Geburtshelfers sind. Die Preßwehen hatten eingesetzt, und alles verlief planmäßig.

»Steißgeburt«, kündigte der Geburtshelfer Dr. Wilson an. Das war keineswegs alarmierend. Obgleich nur drei Prozent aller Geburten Steißgeburten sind, lassen sich diese gewöhnlich ohne Schwierigkeiten durchführen. Es gibt drei Arten von Steißgeburten: die natürliche, bei der keine Hilfe nötig ist; diejenige, bei der ein Geburtshelfer gebraucht wird; und ein völliger Stillstand, so daß das Kind im Mutterschoß bleibt.

Dr. Wilson stellte mit Befriedigung fest, daß dies eine natürliche Geburt werden würde. Er beobachtete, wie zuerst die Füße des Kindes, dann zwei kleine Beine herauskamen. Beim nächsten Pressen der Mutter erschienen die Schenkel des Kindes.

»Wir haben's beinahe geschafft«, sagte Dr. Wilson ermutigend. »Pressen Sie noch einmal.«

Mrs. Czinski tat es. Nichts geschah.

Er runzelte die Stirn. »Versuchen Sie's noch mal. Fester.«

Nichts.

Dr. Wilson legte die Hände um die Beine des Kindes und zog ganz sanft. Keine Bewegung. Er zwängte eine Hand an dem Kind vorbei durch den engen Gang in den Uterus und begann zu sondieren. Schweißperlen traten auf seine Stirn. Die Entbindungsschwester tupfte sie ab.

»Wir bekommen Schwierigkeiten«, sagte Dr. Wilson leise.

Mrs. Czinski hörte es. »Was ist los?« fragte sie.

»Alles bestens.« Dr. Wilson langte weiter hinein und versuchte sanft, das Kind nach unten zu drücken. Es rührte sich nicht. Er konnte fühlen, daß die Nabelschnur zwischen dem Körper des Kindes und dem mütterlichen Becken zusammengepreßt und die Blutzufuhr des Kindes abgeschnitten war.

»Fötoskop!«

Die Entbindungsschwester griff nach dem Instrument und setzte es am Leib der Mutter an, horchte auf den Herzschlag des Kindes. »Er ist auf dreißig herunter«, meldete sie. »Außerdem Rhythmusstörungen.«

Dr. Wilsons Finger tasteten das Innere des Mutterleibes ab, sondierten und suchten.

»Ich verliere den Herzschlag des Fötus...« Die Stimme der Entbindungsschwester klang besorgt. »Er setzt aus!«

Sie hatten ein sterbendes Kind im Mutterschoß. Es gab noch eine geringe Chance für die Wiederbelebung, wenn sie es rechtzeitig herausbekommen konnten. Sie hatten ein Maximum von vier Minuten, es zu entbinden, seine Lungen zu säubern und sein winziges Herz wieder zum Schlagen zu bringen. Nach vier Minuten würde der Gehirnschaden schwer und unwiderruflich sein.

»Stoppuhr an«, befahl Dr. Wilson.

Jeder im Raum blickte instinktiv auf, als die Zeiger der elektrischen Uhr an der Wand auf die Zwölf-Uhr-Position rückten und der große rote Sekundenzeiger seine erste Umdrehung machte.

Das Entbindungsteam ging an die Arbeit. Ein Atemgerät wurde an den Tisch herangeschoben, während Dr.

Wilson sich bemühte, das Kind vom Beckenboden zu lösen. Er begann mit der Bracht-Methode, versuchte, das Kind zu verschieben, wobei er dessen Schultern zusammendrückte, damit es durch die Öffnung der Vagina gleiten konnte. Vergeblich.

Einer Lernschwester, die zum erstenmal an einer Entbindung teilnahm, wurde plötzlich schlecht. Sie eilte aus dem Raum.

Draußen, vor der Tür des OP, stand Karl Czinski und knetete nervös seinen Hut in den großen schwieligen Händen. Dies war der glücklichste Tag seines Lebens. Er war Tischler, ein einfacher Mann, der viel von früher Heirat und großer Familie hielt. Dieses Kind würde das erste sein, und er konnte seine Erregung kaum zügeln. Er liebte seine Frau sehr und wußte, daß er ohne sie verloren wäre. Er dachte noch an seine Frau, als die Schwester aus dem Kreißsaal stürzte, und rief ihr zu: »Wie geht es ihr?«

Die verstörte junge Schwester, deren Gedanken ausschließlich mit dem Kind beschäftigt waren, rief: »Sie ist tot! Sie ist tot!« und stürzte davon, weil sie sich übergeben mußte.

Mr. Czinski wurde kreideweiß. Er fuhr sich an die Brust und rang nach Luft. Als man ihn in die Intensivstation brachte, war ihm nicht mehr zu helfen.

Im Kreißsaal arbeitete Dr. Wilson wie rasend im Wettlauf mit der Uhr. Er konnte die Nabelschnur berühren und den Druck darauf fühlen, aber es gab keine Möglichkeit, ihn zu mindern. Er mußte gegen den Impuls ankämpfen, das halbentbundene Kind mit Gewalt herauszuziehen, aber er hatte gesehen, wie es Kindern erging, die so entbunden worden waren. Mrs. Czinski stöhnte jetzt, halb wahnsinnig.

»Pressen Sie, Mrs. Czinski. Fester! Los!«

Es hatte keinen Zweck. Dr. Wilson blickte zur Uhr hinauf. Zwei kostbare Minuten waren vergangen, ohne daß Blut durch das Hirn des Kindes zirkulierte. Dr. Wilson stand nun vor einem weiteren Problem: Was sollte er tun, wenn das Kind *nach* den vier Minuten gerettet würde? Es leben, das hieße, es dahinvegetieren lassen. Oder ihm einen gnadenvollen, schnellen Tod geben? Er schob den Gedanken beiseite und verstärkte seine Bemühungen. Er schloß die Augen, konzentrierte sich völlig auf das, was sich in dem Körper der Frau abspielte. Er versuchte die Mauriceau-Smellie-Veit-Methode, eine komplizierte Folge von Bewegungen, dazu bestimmt, den Körper des Kindes zu lockern und zu befreien. Und plötzlich veränderte sich etwas. Er fühlte eine Bewegung. »Piper-Zange!«

Die Entbindungsschwester reichte ihm schnell die Spezialzange, und Dr. Wilson führte sie ein und legte sie um den Kopf des Kindes. Einen Augenblick später tauchte der Kopf auf.

Das Kind war entbunden.

Dies war immer der schönste Augenblick: das Wunder eines neuerschaffenen Lebens, das rotgesichtig und schreiend sich über die Unwürdigkeit beklagte, aus dem ruhigen, dunklen Schoß in das Licht und die Kälte hinausgezwungen zu werden.

Aber nicht bei diesem Kind. Dieses Kind war blauweiß und still. Es war ein Mädchen.

Die Uhr. Noch eineinhalb Minuten. Jede Bewegung lief jetzt schnell und automatisch ab, das Ergebnis langjähriger Praxis. Gazeumwickelte Finger säuberten den Rachen des Kindes, so daß Luft in die Kehlkopföffnung dringen konnte. Dr. Wilson legte das Kind flach auf den Rücken. Die Entbindungsschwester reichte ihm einen kleinen Kehlkopfspiegel, der an eine elektrische Saugpumpe angeschlossen war. Er brachte ihn an und nickte, und die Schwester schaltete das Gerät ein. Ein rhythmisch saugendes Geräusch war zu vernehmen.

Dr. Wilson blickte zur Uhr empor.

Noch zwanzig Sekunden. Herzschlag negativ.

Fünfzehn ... vierzehn ... Herzschlag negativ.

Der Augenblick der Entscheidung war gekommen. Es konnte schon zu spät sein, eine Gehirnschädigung zu verhindern. Aber ganz sicher war man bei diesen Dingen nie. Er hatte Krankenhausstationen voller trauriger Geschöpfe mit den Körpern von Erwachsenen und dem Verstand von Kindern gesehen – und Schlimmeres.

Zehn Sekunden. Und kein Puls, nicht einmal ein Hoffnungsschimmer.

Fünf Sekunden. Er traf seine Entscheidung jetzt und hoffte, daß Gott verstehen und ihm vergeben würde. Er würde den Stöpsel herausziehen und sagen, daß das Kind nicht hätte gerettet werden können. Niemand würde Kritik an seiner Handlungsweise üben. Er befühlte die Haut des Kindes noch einmal. Sie war kalt und feucht.

Drei Sekunden.

Er sah auf das Kind hinunter und hätte fast geweint. Es war ein Jammer. Es war ein so hübsches Kind. Es wäre zu einer schönen Frau herangewachsen. Er fragte sich, wie sich ihr Leben wohl gestaltet hätte. Hätte sie geheiratet und Kinder gehabt? Oder wäre sie Künstlerin oder Lehrerin oder Geschäftsfrau geworden? Wäre sie reich oder arm gewesen? Glücklich oder unglücklich?

Eine Sekunde. Kein Herzschlag.

Null.

Er griff nach dem Schalter, und in diesem Augenblick begann das Herz des Kindes zu schlagen. Zunächst eine unmotivierte Zuckung, dann wieder eine, und dann festigte sie sich zu einem starken, regelmäßigen Schlag. Spontane Hochrufe und Glückwünsche erklangen im Raum. Dr. Wilson hörte nicht hin.

Er starrte zu der Uhr an der Wand empor.

Ihre Mutter nannte sie Josephine, nach ihrer Großmutter in Krakau. Ein zweiter Vorname wäre für die Tochter einer polnischen Näherin in Odessa, Texas, anmaßend gewesen.

Aus Gründen, die Mrs. Czinski nicht begriff, bestand Dr. Wilson darauf, daß Josephine alle sechs Wochen zur Untersuchung ins Krankenhaus gebracht wurde. Das Ergebnis war jedesmal dasselbe: sie *schien* normal.

Nur die Zeit würde es beweisen.

3

Mit dem Tag der Arbeit, am 1. Montag im September, war die Sommersaison in den Catskills vorüber, »der große Merlin« war arbeitslos und mit ihm Toby. Toby konnte gehen, wohin er wollte. Aber wohin sollte er gehen? Er war ohne Heim, ohne Arbeit und ohne einen Cent. Die Entscheidung wurde Toby abgenommen, als eine Besucherin ihm fünfundzwanzig Dollar dafür bot, sie und ihre drei kleinen Kinder von den Catskills nach Chicago zu fahren.

Toby ging, ohne sich von dem »großen Merlin« oder seinen stinkenden Requisiten zu verabschieden.

Das Chicago des Jahres 1939 war eine blühende, weltoffene Stadt. Es war eine Stadt, die ihren Preis hatte, und diejenigen, die sich auskannten, konnten alles kaufen, von Frauen über Narkotika bis zu Politikern. Es gab Hunderte von Nachtklubs, die für jeden Geschmack etwas boten. Toby klapperte sie alle ab, von dem großen frechen Chez Paree bis zu den kleinen Bars in der Rush Street. Die Antwort war stets dieselbe. Niemand wollte einen jungen Anfänger als Komiker anstellen. Tobys Uhr lief ab. Es wurde Zeit für ihn, den Traum seiner Mutter zu verwirklichen.

Er war beinahe neunzehn Jahre alt.

Einer der Klubs, in denen Toby herumlungerte, war der Knee High, wo die Unterhaltung von einer müden Combo, bestehend aus drei Instrumenten, von einem abgetakelten, betrunkenen Komiker und zwei Stripperinnen, Meri und Jeri, bestritten wurde, die als die Perry Sisters angekündigt und, so unglaubwürdig es klingt, tatsächlich Schwestern waren. Sie waren in den Zwanzigern und attraktiv auf eine billige, schlampige Art. Jeri trat eines Abends an die Bar heran und setzte sich neben Toby. Er lächelte und sagte höflich: »Ihre Nummer gefällt mir.«

Jeri drehte sich ihm zu, um ihn anzusehen, und erblickte einen naiven jungen Mann mit einem Kindergesicht, zu jung und zu schlecht angezogen, um als Opfer in Frage zu kommen. Sie nickte gleichgültig und wollte sich abwenden, als Toby aufstand. Jeri starrte auf die verräterische Ausbuchtung in seiner Hose, dann sah sie wieder zu dem unschuldigen jungen Gesicht auf. »Ach du lieber Gott«, sagte sie. »Gehört das alles zu Ihnen?«

Er lächelte: »Es gibt nur eine Möglichkeit, das herauszufinden.«

Um drei Uhr an diesem Morgen war Toby mit beiden Perry Sisters im Bett.

Alles war peinlich genau geplant worden. Eine Stunde vor Beginn der Show hatte Jeri den Komiker des Klubs, einen besessenen Spieler, in ein Apartment in der Diversey Avenue gebracht, wo ein Würfelspiel im Gange war. Der Komiker leckte sich die Lippen und sagte: »Wir können nur eine Minute bleiben.«

Dreißig Minuten später, als Jeri davonschlich, warf der Komiker die Würfel und schrie wie ein Verrückter, in einer Phantasiewelt verloren, in der Erfolg und Reichtum an jedem Auge des Würfels hingen.

Im Knee High saß Toby an der Bar, schmuck und elegant, und wartete.

Als die Show anfangen sollte und der Komiker noch nicht erschienen war, begann der Inhaber des Klubs zu toben und zu fluchen. »Diesmal ist der Scheißkerl erledigt, habt ihr verstanden? Keinen Fuß darf der mehr in meinen Klub setzen!«

»Kann ich Ihnen nicht verübeln«, sagte Meri. »Aber Sie haben Glück. Da an der Bar sitzt ein neuer Komiker. Er ist gerade aus New York gekommen.«

»Was? Wo?« Der Inhaber warf einen kurzen Blick auf Toby. »Um Himmels willen, wo hat der seine Kinderfrau gelassen? Er ist ja noch ein Baby!«

»Er ist großartig!« sagte Jeri. Und sie wußte, wovon sie sprach.

»Versuchen Sie es mit ihm«, fügte Meri hinzu. »Was können Sie schon verlieren?«

»Meine gottverdammten Gäste!« Aber er zuckte die Schultern und ging zu Toby hinüber. »Sie sind also Komiker, was?«

»Nun ja«, sagte Toby beiläufig. »Ich habe gerade eine Tournee durch die Catskills hinter mir.«

Der Inhaber sah ihn einen Augenblick an. »Wie alt sind Sie?«

»Zweiundzwanzig«, log Toby.

»Scheiße. Na gut. Auf die Bühne mit Ihnen. Und wenn Sie Mist bauen, überleben Sie Ihr zweiundzwanzigstes Jahr nicht.«

Nun war es soweit. Toby Temples Traum sollte endlich Wirklichkeit werden. Er stand im Rampenlicht, während die Kapelle einen Tusch für ihn spielte und das Publikum, *sein* Publikum, dasaß und darauf wartete, ihn zu entdecken, für ihn zu schwärmen. Er fühlte eine Welle der Zuneigung, die so stark war, daß er das Gefühl hatte, ein Kloß stecke in seinem Hals. Es war, als ob er und das Publikum eins wären, miteinander verbunden durch ein wundervolles magisches Band. Einen Augenblick dachte er an seine Mutter und hoffte, daß sie ihn, wo immer sie sein mochte, jetzt sehen konnte. Der Tusch war zu Ende. Toby begann sein Abendprogramm.

»Guten Abend, ihr glücklichen Leute. Ich heiße Toby Temple. Ich schätze, Sie wissen alle, wie Sie heißen.«

Schweigen.

Er fuhr fort: »Haben Sie von dem neuen Chef der Mafia in Chicago gehört? Der ist schwul. Von jetzt ab ist im Todeskuß Dinner und Tanz inbegriffen.«

Kein Gelächter. Sie starrten ihn an, kalt und feindselig, und Toby spürte, wie scharfe Klauen der Furcht sich in seinen Magen krallten. Sein Körper war plötzlich schweißnaß. Das wundervolle magische Band zum Publikum war gerissen.

Er machte weiter. »Ich hatte kürzlich ein Engagement in Maine oben. Das Theater lag so tief drinnen im Wald, daß der Manager ein Bär war.«

Schweigen. Sie verabscheuten ihn.

»Niemand hat mir gesagt, daß dies hier eine Versammlung von Taubstummen ist. Ich komme mir vor wie auf der *Titanic*. Es ist, als liefe man die Laufplanke hinauf, und da ist gar kein Schiff.«

Die ersten Buhrufe wurden laut. Zwei Minuten nachdem Toby angefangen hatte, gab der Klub-Inhaber den Musikern wütend ein Zeichen. Sie begannen laut draufloszuspielen, um Tobys Stimme zu übertönen. Er stand da, ein breites Grinsen auf dem Gesicht. Aber seine Augen brannten vor Tränen.

Er hatte Lust, sie anzuschreien.

Die Schreie weckten Mrs. Czinski auf. Sie waren hoch

und wild, furchterregend in der Stille der Nacht, und erst, als sie sich im Bett aufsetzte, merkte sie, daß das Kind schrie. Sie eilte in den Nebenraum, den sie als Kinderzimmer eingerichtet hatte. Josephine wälzte sich von einer Seite auf die andere, ihr Gesicht war blau vor Krämpfen. Im Krankenhaus gab ein Assistenzarzt dem Kind ein intravenöses Beruhigungsmittel, und es schlief friedlich ein. Dr. Wilson, der Josephine entbunden hatte, untersuchte sie eingehend. Er konnte nichts Krankhaftes feststellen. Aber er fühlte sich unbehaglich. Er konnte die Uhr an der Wand nicht vergessen.

4

Das Varieté in Amerika hatte seine Blütezeit von 1881 bis 1932 und war endgültig tot, als das Palace Theatre in jenem Jahr seine Türen schloß. Das Varieté war das Übungsfeld für alle aufstrebenden jungen Komiker gewesen, das Schlachtfeld, auf dem sie ihren Witz gegen feindliche, höhnische Zuhörer schärften. Jene Komiker allerdings, die sich durchsetzten, erlangten Ruhm und Vermögen. Eddie Cantor und W. C. Fields, Jolson und Benny, Abbott und Costello, Jessel und Burns, die Marx Brothers und Dutzende mehr. Das Varieté war ein Hafen, eine stete Einkommensquelle, aber als das Varieté tot war, mußten die Komiker sich anderen Bereichen zuwenden. Die Stars unter ihnen wurden für Radiosendungen und persönliche Auftritte engagiert, und sie gastierten auch in den bedeutenden Nachtklubs im ganzen Land. Für die sich abmühenden jungen Komiker wie Toby sah die Sache jedoch anders aus. Auch sie traten in Nachtklubs auf, aber das war eine ganz andere Welt. Sie wurde die »Klo-Tour« genannt, und das war noch ein beschönigender Ausdruck. Sie setzte sich aus den dreckigsten Saloons im ganzen Land zusammen, wo der ungewaschene Pöbel sich versammelte, um Bier zu saufen, die Stripperinnen anzurülpsen und rein aus Sport die Komiker fertigzumachen. Die Ankleidekabinen glichen Kloaken, die nach abgestandenem Essen, scharfen Getränken, Urin und billigem Parfüm stanken, alles überlagert von dem widerlichen Geruch von Furcht: Pleiteschweiß. Die Klosetts waren so schmutzig, daß die Schauspielerinnen sich über den Ausguß des Ankleidezimmers hockten, um zu urinieren. Die Bezahlung schwankte zwischen einer unverdaulichen Mahlzeit bis zu fünf, zehn oder manchmal fünfzehn Dollar pro Abend und hing ganz von der Reaktion des Publikums ab.

Toby Temple trat in allen auf, und hier machte er seine Lehrzeit durch. Die Namen der Städte wechselten, aber die Lokale waren stets die gleichen, die Gerüche waren die gleichen, und das feindlich gesinnte Publikum war das gleiche. Wenn sie einen Darsteller nicht mochten, warfen sie Bierflaschen nach ihm, belästigten ihn durch Zwischenrufe während seines Auftritts und begleiteten seinen Abgang mit einem Pfeifkonzert. Es war eine harte Schule, aber eine gute, weil sie Toby alle Tricks beibrachte, um zu überleben. Er lernte, mit betrunkenen Touristen und nüchternen Ganoven umzugehen und die beiden nie zu verwechseln. Er lernte, einen potentiellen Zwischenrufer auszumachen und ihn zu beruhigen, indem er ihn um einen Schluck aus seinem Glas oder um eine Serviette bat, um sich die Stirn zu wischen.

Toby schwatzte sich in Lokale mit Namen wie Lake Kiamesha und Shawanga Lodge und The Avon hinein. Er trat in Wildwood, New Jersey, in den Sons of Italy und in Moose Halls auf.

Und er lernte unentwegt.

Tobys Nummer bestand aus der Parodierung beliebter Songs, aus Imitationen von Gable und Grant und Bogart und Cagney und aus Texten, die von den Komikern mit großen Namen, die sich teure Autoren leisten konnten, gestohlen waren. Alle aufstrebenden Komiker stahlen ihren Text und prahlten noch damit. »Ich mache Jerry Lester« – das hieß: sie verwendeten seinen Text –, »und ich bin doppelt so gut wie er.« – »Ich mache Milton Berle.« – »Sie sollten mal meinen Red Skelton sehen.«

Weil der Text der Schlüssel zu allem war, stahlen sie nur von den Besten.

Toby versuchte alles. Er fixierte das gleichgültige, starre Publikum mit seinen versonnenen blauen Augen und sagte: »Haben Sie je einen Eskimo pinkeln sehen?« Darauf legte er beide Hände vor seinen Hosenschlitz, und heraus tröpfelten Eisstückchen.

Er setzte einen Turban auf und wickelte sich in ein Laken. »Abdul, der Schlangenbeschwörer«, kündigte er an. Er spielte auf einer Flöte, und aus einem Weidenkorb wand sich eine Kobra hervor, die sich rhythmisch nach der Musik bewegte, da Toby an Drähten zog. Der Körper der Schlange war ein Irrigator, ihr Kopf war das Schlauchende. Es war immer jemand im Publikum, der das komisch fand.

Er brachte die Standardwitze, die auch der Dümmste begriff. Er hatte Dutzende von »Knüllern« auf Lager; denn er mußte stets bereit sein, von einer Nummer auf die nächste umzuschalten, ehe die Bierflaschen flogen.

Und wo immer er auftrat, wurde seine Darbietung vom Rauschen einer Toilettenspülung begleitet.

Toby reiste im Bus durchs Land. Wenn er in eine neue Stadt kam, pflegte er im billigsten Hotel oder in der einfachsten Pension abzusteigen und sich dann über die Nachtklubs und Bars und Pferdewettlokale zu informieren. Er stopfte Pappe in die Sohlen seiner Schuhe und weißte seine Hemdkragen mit Kreide, um Wäscherechnungen zu sparen. Die Städte waren alle trostlos, und das Essen war immer schlecht; aber es war die Einsamkeit, die ihn zerfraß. Er hatte niemanden. Es gab keinen einzigen Menschen im ganzen Universum, den es interessierte, ob er lebte oder starb. Von Zeit zu Zeit schrieb er an seinen Vater, aber eher aus Pflichtgefühl als aus Liebe. Toby brauchte verzweifelt jemanden, mit dem er sprechen konnte, jemanden, der ihn verstand, seine Träume mit ihm teilte.

Er beobachtete, wie die erfolgreichen Unterhaltungskünstler, umringt von Bewunderern und in Begleitung schöner Frauen, die großen Klubs verließen und in blitzenden Limousinen davonfuhren, und Toby beneidete sie. *Eines Tages* . . .

Die schlimmsten Augenblicke waren, wenn er durchfiel, wenn er mitten in seiner Nummer ausgebuht und hinausgeworfen wurde, ehe er eine Chance gehabt hatte, überhaupt anzufangen. Dann haßte Toby das Publikum, wollte es umbringen. Es ging nicht nur darum, daß er versagt hatte – er hatte von Grund auf versagt. Noch tiefer konnte er nicht sinken; er war bereits ganz unten angelangt. Er verkroch sich in seinem Hotelzimmer und weinte und bat Gott, ihn in Ruhe zu lassen, diese Begierde von ihm zu nehmen, die ihn zwang, vor einem Publikum zu stehen und es zu unterhalten. *Gott, betete er, laß mich ein Schuhverkäufer oder Fleischer sein wollen. Alles, bloß nicht das.* Seine Mutter hatte sich geirrt. Gott hatte ihn nicht erwählt. Er würde nie berühmt werden. Morgen würde er sich eine andere Arbeit suchen. Er würde sich nach einem Bürojob mit geregelter Arbeitszeit umsehen und wie ein normales menschliches Wesen leben.

Und am nächsten Abend stand er doch wieder auf der Bühne, trug seine Imitationen vor, erzählte seine Witze und versuchte, die Leute für sich zu gewinnen, ehe sie sich gegen ihn wandten und ihn angriffen.

Er lächelte sie unschuldig an und sagte: »Es gab einmal einen Mann, der so verliebt in seine Ente war, daß er sie sogar mit ins Kino nahm. Als der Kassierer ihn nicht hineinlassen wollte, stopfte er sich die Ente vorn in seine Hose und ging hinein. Neben ihm saß eine Frau. Die wandte sich an ihren Mann und sagte: ›Ralph, der Mann neben mir hat seinen Penis draußen.‹ Ralph wollte wissen, ob er sie belästigte. ›Nein‹, sagte sie. ›Dann vergiß es, und guck dir den Film an.‹ Kurz darauf stieß die Frau ihren Mann erneut an und flüsterte: ›Ralph – sein Penis . . .‹ ›Ich habe dir doch gesagt‹, antwortete ihr Mann, ›beachte ihn einfach nicht.‹ – ›Wie sollte ich nicht? Er frißt meinen Puffmais!‹«

Er trat jeweils nur einen Abend im Three Six Five in San Francisco, in Rudy's Rail in New York und in Kin Wa Low's in Toledo auf. Er agierte bei Klempnerversammlungen und auf Festbanketts.

Und er lernte.

Er trat täglich bis zu fünfmal auf kleinen Bühnen auf, die sich Odeon, Empire oder Star nannten.

Und er lernte.

Und schließlich gehörte zu jenen Dingen, die Toby Temple lernte, daß er ohne weiteres den Rest seines Lebens auf der »Klo-Tour« verbringen konnte, unbekannt und unentdeckt. Da aber ereignete sich etwas, das dieses Problem zunächst in den Hintergrund drängte.

An einem kalten Sonntagnachmittag Anfang Dezember 1941 trat Toby im Dewey Theatre an der Fourteenth Street in New York auf, wo jede Nummer fünfmal pro Tag gegeben wurde. Es standen acht Nummern auf dem Programm, und zu Tobys Aufgaben gehörte es, sie anzusagen. Die erste Show ging gut. Während der zweiten Show, als Toby die Fliegenden Kanazawas vorstellte, eine japanische Akrobatenfamiie, wurden sie vom Publikum ausgezischt. Sie zogen sich sofort hinter die Bühne zurück. »Was zum Donnerwetter ist denn mit denen da draußen los?« fragte er.

»Mein Gott, haben Sie's nicht gehört? Die Japsen haben vor ein paar Stunden Pearl Harbor angegriffen«, informierte ihn der Bühnenmeister.

»Na und?« fragte Toby. »Sehen Sie sich diese Jungs an – die sind großartig.«

In der nächsten Show, als die japanische Truppe an der Reihe war, ging Toby auf die Bühne und sagte: »Ladys und Gentlemen, es ist mir eine große Ehre, Ihnen – frisch von ihrem Triumph in Manda zurückgekehrt – die Fliegenden Filippinos vorzustellen!« Sowie das Publikum die japanische Truppe sah, begann es zu zischen. Im Laufe des Tages machte Toby aus ihnen die glücklichen Hawaiianer, die verrückten Mongolen und schließlich die Eskimo-Flieger. Aber er konnte sie nicht retten. Sich selbst auch nicht, wie sich herausstellen sollte. Als er an jenem Abend seinen Vater anrief, erfuhr Toby, daß zu Hause ein Brief auf ihn wartete. Er war vom Präsidenten unterzeichnet. Sechs Wochen später trat Toby in die US-Armee ein. Am Tag seiner Einberufung hämmerte sein Kopf so stark, daß er kaum imstande war, den Eid zu leisten.

Die Kopfschmerzen kehrten immer wieder, und wenn sie auftraten, hatte die kleine Josephine das Gefühl, als würden zwei Riesenhände ihre Schläfen eindrücken. Sie versuchte, nicht zu weinen, weil es ihre Mutter aufregte. Mrs. Czinski hatte die Religion entdeckt. Sie hatte immer das unterschwellige Gefühl gehabt, sie und ihr Kind wären in irgendeiner Weise für den Tod ihres Mannes verantwortlich. Eines Nachmittags war sie in eine Erweckungsversammlung gegangen, und der Prediger hatte gewettert: »Ihr seid alle durchtränkt von Sünde und Verruchtheit. Der Gott, der euch über den Höllenschlund hält wie ein verhaßtes Insekt über ein Feuer, verabscheut euch. Ihr hängt an einem dünnen Faden, jeder einzelne Verdammte von euch, und die Flammen seines Zornes werden euch verzehren, wenn ihr nicht bereut.« Mrs. Czinski fühlte sich sofort besser, denn sie wußte, daß sie das Wort Gottes vernahm.

»Es ist eine Strafe Gottes, weil wir deinen Vater getötet haben«, pflegte Josephines Mutter zu dem Kind zu sagen, und da Josephine zu jung war, um die Bedeutung dieser Worte zu verstehen, wußte sie nur, daß sie etwas Schlechtes getan hatte, und sie wünschte, sie wüßte, was es war, damit sie ihrer Mutter sagen könnte, es täte ihr leid.

5

Am Anfang war Toby Temples Krieg ein Alptraum.

In der Armee war er ein Niemand, eine Nummer in einer Uniform wie Millionen andere, absichtslos, namenlos, anonym.

Er wurde in ein Grundausbildungslager in Georgia geschickt und dann nach England verschifft, wo seine Einheit einem Lager in Sussex zugeteilt wurde. Toby sagte dem Feldwebel, daß er den kommandierenden General sprechen wolle. Er kam bis zu einem Hauptmann. Sein Name war Sam Winters. Er war ein intelligenter, gebildeter Mann Anfang Dreißig. »Was haben Sie auf dem Herzen, Soldat?«

»Es ist folgendes, Hauptmann«, begann Toby. »Ich bin Unterhaltungskünstler. Ich bin im Showgeschäft tätig. Das heißt, das habe ich im Zivilleben gemacht.«

Hauptmann Winters lächelte über seinen Eifer. »Was genau machen Sie?« fragte er.

»Ein bißchen von allem«, erwiderte Toby. »Ich bringe Imitationen und Parodien und . . .« Er sah den Ausdruck in den Augen des Hauptmanns und endete stockend: » . . . solche Sachen.«

»Wo haben Sie gearbeitet?«

Toby begann zu sprechen und hielt dann inne. Es war hoffnungslos. Der Hauptmann würde nur von Städten wie New York und Hollywood beeindruckt sein. »Kein Ort, von dem Sie je gehört hätten«, erwiderte Toby. Er wußte jetzt, daß er seine Zeit vergeudete.

Hauptmann Winters sagte: »Es hängt nicht von mir ab, aber ich werde sehen, was ich tun kann.«

»Klar«, sagte Toby. »Vielen Dank, Hauptmann.« Er salutierte und ging.

Hauptmann Winters saß an seinem Schreibtisch und dachte noch lange, nachdem Toby gegangen war, über den Jungen nach. Sam Winters war Soldat geworden, weil er der Meinung war, daß dies ein Krieg sei, der durchgekämpft und gewonnen werden mußte. Gleichzeitig haßte er ihn aufgrund dessen, was er jungen Burschen wie Toby Temple antat. Aber wenn Temple wirklich begabt war, würde er sich früher oder später durchsetzen, denn Begabung war wie eine zarte Blume, die sich unter festem Boden entwickelt. Schließlich konnte nichts sie hindern, zu sprossen und zu blühen. Sam Winters hatte einen guten Job als Filmproduzent in Hollywood aufgegeben, um in die Armee einzutreten. Er hatte verschiedene erfolgreiche Filme für die Pan-Pacific-Studios produziert und hatte Dutzende von Hoffnungsvollen wie Toby Temple kommen und gehen sehen. Sie verdienten zumindest eine Chance. Im Laufe des Nachmittags sprach er mit Oberst Beech über Toby. »Ich glaube, wir sollten ihn von der Wehrbetreuung prüfen lassen«, sagte Hauptmann Winters. »Ich habe den Eindruck, daß er Talent hat, und weiß Gott, die Jungs werden alle nur erdenkliche Unterhaltung brauchen.«

Oberst Beech starrte Hauptmann Winters an und sagte kühl: »Gut, Hauptmann, schicken Sie mir eine Aktennotiz darüber.« Er blickte Hauptmann Winters nach, als der hinausging. Oberst Beech war Berufsoffizier, West-Point-Mann und Sohn eines West-Point-Mannes. Der Oberst verachtete alle Zivilisten, und für ihn war Hauptmann Winters ein Zivilist. Eine Uniform und die Spangen eines Hauptmanns machten noch keinen Soldaten. Als Oberst Beech die Aktennotiz über Toby Temple von Hauptmann Winters bekam, warf er einen Blick darauf und kritzelte dann wütend quer darüber »Antrag abgelehnt« und unterschrieb.

Danach fühlte er sich besser.

Am meisten vermißte Toby das Publikum. Er mußte sein Gefühl für Timing, seine Kenntnisse und Fähigkeiten weiterentwickeln. Er erzählte Witze, trug Imitationen vor und gab sein Repertoire bei jeder Gelegenheit zum besten. Es spielte keine Rolle, ob sein Publikum zwei GIs waren, die mit ihm auf einsamem Gelände Wache schoben, ein Omnibus mit Soldaten auf dem Weg zur Stadt oder ein Tellerwäscher, der Küchendienst hatte. Toby mußte sie zum Lachen bringen, mußte ihren Beifall gewinnen.

Hauptmann Sam Winters sah eines Tages zu, als Toby eine seiner Nummern im Aufenthaltsraum vorführte. Danach ging er auf Toby zu und sagte: »Tut mir leid, daß Ihre Versetzung nicht geklappt hat, Temple. Ich halte Sie für begabt. Wenn der Krieg vorbei ist und wenn Sie nach Hollywood kommen, besuchen Sie mich.« Er grinste und fügte hinzu: »Vorausgesetzt, ich habe da immer noch einen Job.« In der folgenden Woche kam Tobys Bataillon an die Front.

Wenn Toby sich in späteren Jahren an den Krieg erinnerte, waren es nicht die Schlachten, die er im Gedächtnis behalten hatte. In Saint-Lô war er ein toller Erfolg gewesen, als er zu einer Bing-Crosby-Platte sang und agierte. In Aachen war er ins Lazarett geschlichen und hatte den Verwundeten zwei Stunden lang Witze erzählt, ehe die Schwestern ihn hinauswarfen. Er erinnerte sich mit Befriedigung, daß ein GI derart gelacht hatte, daß alle seine Nähte geplatzt waren. In Metz war er nicht angekommen, aber Toby war der Meinung, daß es nur an der Nervosität des Publikums gelegen hatte, weil Nazi-Bomber die Stadt überflogen.

Tobys Bewährung im Kampfgeschehen war eher zufälliger Natur. Er wurde für seinen Einsatz bei der Gefangennahme eines deutschen Kommandopostens lobend erwähnt. In Wirklichkeit hatte Toby keine Ahnung gehabt, was sich abspielte. Er hatte John Wayne nachgeahmt und war so fortgerissen worden, daß alles vorüber war, ehe er auch nur Angst haben konnte.

Für Toby war nur seine Unterhaltungskunst wichtig. In Cherbourg ging er mit zwei Freunden in ein Bordell, und während sie oben waren, blieb Toby unten im Salon und gab für Madame und zwei ihrer Mädchen sein Repertoire zum besten. Danach schickte ihn Madame als Gast des Hauses nach oben.

Das war Tobys Krieg. Alles in allem war er nicht schlecht, und die Zeit ging schnell vorüber. 1945, bei Kriegsende, war Toby beinahe fünfundzwanzig. Äußerlich war er keinen Tag älter geworden. Er hatte dasselbe freundliche Gesicht und dieselben verführerischen blauen Augen und dieselbe hilflose, unschuldige Art.

Alle redeten über die Heimkehr. Da warteten eine junge Frau in Cansas City, eine Mutter und ein Vater in Bayonne, ein Geschäft in Saint Louis. Auf Toby wartete nichts und niemand. Außer Berühmtheit.

Er entschloß sich, nach Hollywood zu gehen. Es war langsam Zeit, daß Gott sein Versprechen einlöste.

»Kennt ihr Gott? Habt ihr das Gesicht von Jesus gese-

hen? Ich habe ihn gesehen, Brüder und Schwestern, und ich habe seine Stimme gehört, aber er spricht nur zu denen, die vor Ihm knien und ihre Sünden bekennen. Gott verabscheut die Unbußfertigen. Der Bogen des göttlichen Zorns ist gespannt, und der lodernde Pfeil seines gerechten Zorns zielt auf eure bösen Herzen, und jeden Augenblick wird er loslassen, und der Pfeil seiner Strafe wird eure Herzen durchbohren! Schaut zu ihm auf, ehe es zu spät ist!«

Josephine blickte entsetzt zur Spitze des Zeltes empor, wartete darauf, daß ein lodernder Pfeil auf sie herunterzischte. Sie drückte die Hand ihrer Mutter, aber ihre Mutter war sich dessen nicht bewußt. Ihr Gesicht glühte, und ihre Augen glänzten vor Inbrunst.

»Lobet Jesus!« brüllte die Gemeinde.

Die Evangelisations-Versammlungen fanden in einem riesigen Zelt am Stadtrand von Odessa statt, und Mrs. Czinski nahm Josephine zu allen mit. Die Kanzel des Predigers war eine zwei Meter über dem Boden errichtete hölzerne Tribüne. Direkt vor der Tribüne befand sich der »Hort der himmlischen Herrlichkeit«, eine Art Bretterverschlag, wohin die Sünder gebracht wurden, um zu bereuen und bekehrt zu werden. Hinter dem Verschlag standen lange Reihen harter Holzbänke, dicht gefüllt mit singenden, fanatischen Suchern des Seelenheils, in Ehrfurcht erstarrt vor den Drohungen der Hölle und der Verdammung. Für ein sechsjähriges Kind war es eine Qual. Die Evangelisten waren Bibelgläubige, Pfingstanbeter, Methodisten und Adventisten, und alle atmeten sie Höllenqualen und Verdammung.

»Kniet nieder, ihr Sünder, und zittert vor der Macht Jehovas! Denn euer gottloses Verhalten hat Jesus Christus das Herz gebrochen, und dafür sollt ihr die Strafe des

Zornes seines Vaters erleiden! Seht euch unter den Gesichtern der Kinder hier um, die in Lust empfangen wurden und voller Sünde sind.«

Und die kleine Josephine schämte sich zu Tode, fühlte, daß jeder sie anstarrte. Wenn die schlimmen Kopfschmerzen einsetzten, wußte Josephine, daß sie eine Strafe Gottes waren. Sie betete jeden Abend, daß sie weggingen, damit sie wußte, daß Gott ihr vergeben hatte. Sie hätte gerne gewußt, was sie so Schlechtes getan hatte.

» Und ich werde Halleluja singen, und ihr werdet Halleluja singen, und wir alle werden Halleluja singen, wenn wir heimkehren.«

»Alkohol ist das Blut des Teufels, Tabak ist sein Atem, und Unzucht ist sein Vergnügen. Habt ihr euch mit Satan auf einen Handel eingelassen? Dann sollt ihr ewig in der Hölle brennen, auf immer verdammt, weil Luzifer kommt, um euch zu holen!«

Und Josephine zitterte und sah sich verstört um, klammerte sich heftig an die Holzbank, damit der Teufel sie nicht holen konnte.

Sie sangen: »Ich möchte in den Himmel kommen, meine lang gesuchte Freud.« Aber Josephine mißverstand den Text und sang: »Ich möchte in den Himmel kommen, mit meinem langen guten Kleid.«

Nach den donnernden Strafpredigten kamen die Wunder. Josephine sah gleichermaßen entsetzt und fasziniert zu, wie eine Prozession verkrüppelter Frauen und Männer zum »Hort der himmlischen Herrlichkeit« hinkte und kroch und im Rollstuhl fuhr, wo der Prediger ihnen die Hände auflegte und den himmlischen Mächten empfahl, sie zu heilen. Sie warfen ihre Stöcke und Krücken weg, und einige von ihnen plapperten in einem hysteri-

schen Kauderwelsch, und Josephine duckte sich in panischer Angst.

Die Evangelisations-Versammlungen endeten immer damit, daß ein Teller herumgereicht wurde. »Jesus beobachtet euch – und er haßt einen Geizhals.« Und dann war es vorbei. Aber die Angst verließ Josephine lange nicht.

Im Jahre 1946 hatte die Stadt Odessa, Texas, eine dunkelbraune Patina. Vor langer Zeit, als die Indianer dort gelebt hatten, hatte sie nach Wüstensand gerochen. Jetzt roch sie nach Öl.

Es gab zwei Arten von Leuten in Odessa: Öl-Leute und die anderen. Die Öl-Leute schauten nicht auf die anderen hinunter – sie taten ihnen einfach leid, denn sicherlich war es Gottes Wille, daß jedermann Privatflugzeuge und Cadillacs und Swimmingpools hatte und Sektpartys für hundert Gäste gab. Deshalb hatte Er für Öl in Texas gesorgt.

Josephine Czinski wußte nicht, daß sie eine der anderen war. Mit sechs war Josephine Czinski ein schönes Kind, mit schimmerndem schwarzem Haar, tiefbraunen Augen und einem lieblichen ovalen Gesicht.

Josephines Mutter war eine geschickte Näherin, die bei den reichen Leuten in der Stadt arbeitete, und sie nahm Josephine mit, wenn sie zur Anprobe zu den Öl-Damen ging und Ballen von märchenhaftem Stoff in überwältigende Abendkleider verwandelte. Die Öl-Leute mochten Josephine, weil sie ein höfliches, freundliches Kind war, und sie mochten sich selbst dafür, daß sie sie mochten. Sie waren der Meinung, es sei demokratisch von ihnen, einem armen Kind von der anderen Seite der Stadt zu erlauben, mit ihren Kindern zu verkehren. Josephine war Polin, aber sie sah nicht so aus, und obgleich sie nie ein Mitglied des Klubs werden konnte, waren sie glücklich, ihr die Vorrechte einer Besucherin einzuräumen. Josephine durfte mit den Öl-Kindern spielen und ihre Fahrräder und Ponys und Hundertdollarpuppen benutzen, so daß sie allmählich ein Doppelleben führte. Da war ihr Leben zu Hause in der winzigen Holzbaracke mit arg mitgenommenen Möbeln und der Wasserleitung draußen und Türen, die in den Angeln hingen. Auf der anderen Seite Josephines Leben in prächtigen Villen auf weitläufigen Landgütern. Wenn Josephine bei Cissy Topping oder Lindy Ferguson über Nacht blieb, bekam sie ein großes Schlafzimmer ganz für sich, und das Frühstück wurde ihr von Zimmermädchen oder Butlern serviert. Josephine liebte es, mitten in der Nacht, wenn alle schliefen, aufzustehen, hinunterzugehen und die schönen Dinge im Haus, die bezaubernden Gemälde und das schwere Silber mit Monogramm und die von Zeit und Geschichte blankpolierten Antiquitäten, zu bewundern. Sie betrachtete sie prüfend und liebkoste sie und sagte sich, daß auch sie eines Tages solche Sachen besitzen würde, denn eines Tages würde sie in einem prächtigen Haus wohnen und von Schönheit umgeben sein.

Aber in beiden Welten fühlte Josephine sich einsam. Sie fürchtete sich, ihrer Mutter gegenüber von ihren Kopfschmerzen und ihrer Angst vor Gott zu sprechen, weil ihre Mutter eine grübelnde Fanatikerin geworden war, die besessen auf die Strafe Gottes wartete. Mit den Öl-Kindern wollte Josephine nicht über ihre Ängste sprechen, weil die von ihr erwarteten, daß sie heiter und freundlich war wie sie selbst. Daher war Josephine gezwungen, mit ihren Schrecken allein fertig zu werden.

An Josephines siebentem Geburtstag rief das Warenhaus Brubaker zu einem Fotowettbewerb auf, bei dem das schönste Kind in Odessa gewählt werden sollte. Das Wettbewerbsbild mußte in der Fotoabteilung des Warenhauses aufgenommen werden. Der Preis war ein Goldpokal, in den später der Name der Siegerin eingraviert werden sollte. Der Pokal war im Schaufenster des Warenhauses ausgestellt, und Josephine ging jeden Tag an dem Fenster vorbei, um ihn anzustarren. Sie wünschte ihn sich mehr, als sie sich je in ihrem Leben etwas gewünscht hatte. Josephines Mutter wollte nicht, daß sie an dem Wettbewerb teilnahm – »Eitelkeit ist der Spiegel des Teufels«, sagte sie –, aber eine der reichen Damen, die Josephine mochten, bezahlte das Bild. Von diesem Augenblick an wußte Josephine, daß der Goldpokal ihr gehörte. Sie sah ihn schon vor sich, wie er auf ihrem Toilettentisch stand. Sie würde ihn jeden Tag sorgfältig polieren. Als Josephine erfuhr, daß sie in die Endauswahl gekommen war, war sie zu aufgeregt, um zur Schule zu gehen. Sie blieb den ganzen Tag mit Magenschmerzen im Bett, weil sie so viel Glück nicht ertragen konnte. Zum ersten Mal würde sie etwas Schönes ihr eigen nennen.

Am nächsten Tag erfuhr Josephine, daß der Wettbewerb von Tina Hudson, einem der Öl-Kinder, gewonnen worden war. Tina war fast so schön wie Josephine, aber Tinas Vater war zufällig im Aufsichtsrat der Kette, zu der das Warenhaus Brubaker gehörte.

Als Josephine die Nachricht bekam, überfielen sie so starke Kopfschmerzen, daß sie am liebsten geschrien hätte. Sie fürchtete, Gott würde wissen, wieviel ihr dieser schöne Goldpokal bedeutete, und er mußte es gewußt haben, denn ihre Kopfschmerzen dauerten an. Nachts weinte sie in ihr Kopfkissen, damit ihre Mutter sie nicht hören konnte.

Einige Tage nach dem Wettbewerb wurde Josephine übers Wochenende in Tinas Haus eingeladen. Der Goldpokal stand auf dem Kaminsims in Tinas Zimmer. Josephine starrte ihn lange an.

Als Josephine nach Hause kam, war der Pokal in ihrem Köfferchen versteckt. Er befand sich immer noch dort, als Tinas Mutter erschien, um ihn zurückzuholen.

Josephines Mutter züchtigte sie mit einer aus einem langen, grünen Zweig gefertigten Rute. Aber Josephine war ihrer Mutter nicht böse.

Die wenigen Minuten, die Josephine den schönen Goldpokal in ihren Händen gehalten hatte, waren den ganzen Schmerz wert gewesen.

6

Hollywood war 1946 die Filmhauptstadt der Welt, ein Magnet für die Begabten, die Habgierigen, die Schönen, die Hoffnungsvollen und die Sonderbaren. Es war das Land der Palmen und Rita Hayworth' und des Heiligen Tempels des Allumfassenden Geistes und Santa Anitas. Es war die Kraft, die sie über Nacht zu einem Star machte; es war ein Schwindelgeschäft, ein Bordell, ein Orangenhain, ein Schrein. Es war ein magisches Kaleidoskop, und jeder, der hineinsah, sah sein eigenes Wunschbild.

Für Toby Temple war Hollywood der Ort, für den er bestimmt war. Er kam in der Stadt mit einem Kleidersack und dreihundert Dollar in bar an und zog in eine billige Pension am Cahuenga Boulevard. Er mußte schnell etwas unternehmen, ehe er pleite war. Toby wußte alles über Hollywood. Es war eine Stadt, in der man eine Fassade aufrichten mußte. Toby ging in ein Herrenmodegeschäft in der Vine Street, ließ sich neu einkleiden und schlenderte mit den verbliebenen zwanzig Dollar in der Tasche in das Brown Derby, wo alle Stars zu speisen pflegten. Die Wände waren mit Karikaturen der berühmtesten Schauspieler Hollywoods bedeckt. Toby konnte den Pulsschlag des Showgeschäfts fühlen, die Macht in dem Raum spüren. Er sah die Empfangsdame auf sich zukommen. Sie war Anfang Zwanzig, rothaarig und sehr hübsch und hatte eine großartige Figur.

Sie lächelte Toby fragend an. »Kann ich etwas für Sie tun?«

Toby konnte nicht widerstehen. Er griff mit beiden Händen zu und packte ihre reifen, melonenförmigen Brüste. Ein Ausdruck des Entsetzens trat auf ihr Gesicht. Als sie den Mund öffnete, um zu schreien, ließ Toby seine Augen glasig-starr werden und sagte schüchtern: »Entschuldigen Sie, Miss – ich bin blind.«

»Oh, das tut mir leid!« Sie war zerknirscht über ihre Unterstellung und empfand Mitleid. Sie führte Toby am Arm an einen Tisch, war ihm beim Platznehmen behilflich und nahm seine Bestellung entgegen. Als sie einige Augenblicke später wieder an seinen Tisch kam und ihn dabei ertappte, wie er sich die Bilder an der Wand betrachtete, strahlte Toby sie an und sagte: »Es ist ein Wunder! Ich kann wieder sehen!«

Er war so unschuldig-komisch, daß sie lachen mußte. Sie lachte die ganze Zeit während des gemeinsamen Dinners über Tobys Witze, auch später noch im Bett.

Toby nahm in und um Hollywood Gelegenheitsarbeiten an, weil diese ihn mit dem Showgeschäft in Berührung brachten. Er bewachte den Parkplatz bei Ciro, und wenn die Berühmtheiten vorfuhren, öffnete Toby den Wagenschlag mit einem freundlichen Lächeln und einer passenden Bemerkung. Sie nahmen keine Notiz von ihm. Er war nur ein kleiner Parkplatzwächter, und sie registrierten nicht einmal, daß er existierte. Toby beobachtete die schönen Mädchen, wenn sie in ihren teuren, engliegenden Kleidern aus den Wagen stiegen, und er dachte: *Wenn ihr nur wüßtet, was für ein großer Star ich einmal sein werde, würdet ihr allen diesen Kriechern den Laufpaß geben.*

Toby putzte Klinken bei den Agenten, aber er merkte schnell, daß er seine Zeit vergeudete. Die Agenten krochen nur den Stars hinten rein. Man durfte sich nicht um sie bemühen. Sie *selbst* mußten einen entdecken. Der Name, den Toby am häufigsten hörte, war Clifton Lawrence. Er gab sich nur mit den größten Talenten ab und machte die unglaublichsten Abschlüsse. *Eines Tages,* dachte Toby, *wird Clifton Lawrence mein Agent sein.*

Toby abonnierte die beiden Bibeln des Showgeschäfts: *Daily Variety* und den *Hollywood Reporter.* Er kam sich wie ein Eingeweihter vor. *Forever Amber* war von Twentieth Century-Fox gekauft worden, und Otto Preminger würde Regie führen. Ava Gardner hatte zugesagt, in *Whistle Stop* neben George Raft und Jorja Curtright die Hauptrolle zu übernehmen, und *Life with Father* war von Warner Brothers gekauft worden. Dann sah Toby eine Notiz, die seinen Puls schneller schlagen ließ: »Produktionsleiter Sam Winters wurde zum Vizepräsidenten der Produktionsabteilung der Pan-Pacific-Studios ernannt.«

7

Als Sam Winters nach dem Krieg nach Hause zurückkehrte, wartete sein Job in den Pan-Pacific-Studios auf ihn. Sechs Monate später gab es einen Riesenkrach. Der Leiter des Studios wurde gefeuert, und Sam wurde gebeten, seinen Posten zu übernehmen, bis ein neuer Produktionsleiter gefunden werden konnte. Sam machte seine Sache so gut, daß die Suche eingestellt wurde und er offiziell zum Vizepräsidenten der Produktionsabteilung ernannt wurde. Es war ein nervenaufreibender, Magengeschwüre verursachender Job, aber Sam liebte ihn mehr als alles in der Welt.

Hollywood war ein Zirkus mit drei Manegen, voll von wilden, geisteskranken Charakteren, ein Minenfeld mit einer Horde darüber hinwegtanzender Idioten. Die meisten Schauspieler, Regisseure und Produzenten waren egozentrische Größenwahnsinnige, undankbar, lasterhaft und destruktiv. Aber für Sam spielte nur Talent eine Rolle. Talent war der magische Schlüssel.

Sams Bürotür ging auf, und Lucille Elkins, seine Sekretärin, kam mit der soeben geöffneten Post herein. Lucille gehörte zum festen Inventar, eine der Zuverlässigen, die immer dableiben und ihre Chefs kommen und gehen sehen.

»Clifton Lawrence möchte Sie sprechen«, sagte Lucille.

»Bitten Sie ihn herein.«

Sam mochte Lawrence. Er hatte Lebensart. Fred Allan hatte gesagt: »Die ganze Aufrichtigkeit in Hollywood könnte im Nabel einer Stechmücke untergebracht werden, und dann wäre immer noch Platz für vier Kümmelkörner und das Herz eines Agenten.«

Cliff Lawrence war ehrlicher als die meisten Agenten. Er war in Hollywood bereits Legende, und seine Klientenliste war das *Who is Who* auf dem Unterhaltungssektor. Er hatte ein Einmannbüro und war dauernd unterwegs, kümmerte sich um seine Klienten in London, in der Schweiz, in Rom und New York. Er war eng mit allen wichtigen Hollywood-Direktoren befreundet und nahm an einer wöchentlichen Geheimsitzung teil, zu der sich auch die Produktionsleiter von drei Studios einfanden. Zweimal im Jahr charterte Lawrence eine Jacht, gewann ein halbes Dutzend schöner »Modelle« und lud die leitenden Direktoren der wichtigsten Studios zu einem einwöchigen »Angeltrip« ein. Clifton Lawrence besaß ein Strandhaus in Malibu, dessen Vorratsschränke stets gefüllt waren und das seinen Freunden zur Verfügung stand, wann immer sie es benutzen wollten. Das Verhältnis Clifton – Hollywood glich einer Symbiose, und jeder profitierte davon.

Sam beobachtete, wie sich die Tür öffnete und Lawrence in einem eleganten Maßanzug hereinstürzte. Er ging auf Sam zu, streckte eine tadellos manikürte Hand aus und sagte: »Wollte Ihnen bloß schnell guten Tag sagen. Wie geht's, lieber Junge?«

»Ich will mich mal so ausdrücken«, sagte Sam. »Wenn Tage Schiffe wären, wäre heute die *Titanic*.«

Clifton Lawrence schnalzte bedauernd.

»Wie hat Ihnen die gestrige Probevorführung gefallen?« fragte Sam.

»Kürzen Sie die ersten zwanzig Minuten, und drehen Sie einen neuen Schluß, und Sie werden einen Riesenerfolg haben.«

»Den Nagel auf den Kopf getroffen«, lächelte Sam. »Genau das tun wir. Irgendwelche Klienten, die Sie mir heute verkaufen können?«

Lawrence grinste. »Tut mir leid. Sie sind alle beschäftigt.«

Und das stimmte. Clifton Lawrences erstklassige Stars und die wenigen Regisseure und Produzenten waren immer gefragt.

»Wiedersehen zum Dinner am Freitag, Sam«, sagte Clifton. »*Ciao.*« Er wandte sich um und ging.

Luciles Stimme kam über die Sprechanlage. »Dallas Burke ist hier.«

»Schicken Sie ihn herein.«

»Und Mel Foss würde Sie gerne sprechen. Er sagte, es sei dringend.«

Mel Foss war der Leiter der Fernsehabteilung von Pan-Pacific-Studios.

Sam blickte auf seinen Terminkalender. »Sagen Sie ihm bitte, er soll morgen zum Frühstück kommen. Acht Uhr. In der Polo Lounge.«

Im Vorzimmer läutete das Telefon, und Lucille hob ab. »Mr. Winters' Büro.«

Eine unbekannte Stimme sagte: »Hallo. Ist der große Boß da?«

»Wer ist dort, bitte?«

»Sagen Sie ihm, ein alter Kamerad möchte ihn sprechen – Toby Temple. Wir waren zusammen in der Armee. Er hat mich eingeladen, ihn zu besuchen, wenn ich je nach Hollywood kommen sollte. Und hier bin ich.«

»Er ist in einer Konferenz, Mr. Temple. Könnte er zurückrufen?«

»Klar.« Er nannte seine Telefonnummer, und Lucille warf sie in den Papierkorb. Es war nicht das erste Mal, daß jemand die alte Masche mit dem Armeekameraden bei ihr versucht hatte.

Dallas Burke war als Regisseur einer der Wegbereiter der Filmindustrie. Burkes Filme wurden in jedem College gezeigt, an dem Filmkurse stattfanden. Von seinen früheren Filmen galt ein halbes Dutzend als Klassiker, und jedes seiner Werke konnte mindestens brillant und fortschrittlich genannt werden. Burke war jetzt Ende Siebzig, und seine wuchtige Gestalt war geschrumpft, so daß sein Anzug schlotternd an ihm herunterhing.
»Es ist schön, Sie wiederzusehen, Dallas«, sagte Sam, als der alte Mann das Büro betrat.
»Nett, Sie zu sehen, Kid.« Er wies auf seinen Begleiter. »Kennen Sie meinen Agenten?«
»Klar. Wie geht es Ihnen, Peter?«
Sie setzten sich.
»Wie ich höre, haben Sie eine Story für mich«, sagte Sam zu Dallas Burke.
»Sie ist einmalig.« Die Stimme des alten Mannes zitterte vor Aufregung.
»Ich bin begierig, sie zu hören, Dallas«, sagte Sam. »Schießen Sie los.«
Dallas Burke beugte sich vor und begann: »Woran ist jeder auf der Welt am meisten interessiert, Kid? An Liebe – stimmt's? Und diese Geschichte handelt von der heiligsten Art der Liebe, die es gibt – der Liebe einer Mutter zu ihrem Kind.« Seine Stimme wurde immer kräftiger, je weiter er sich in seine Geschichte vertiefte. »Wir beginnen in Long Island mit einem neunzehnjährigen Mädchen, das als Sekretärin bei einer reichen Familie arbeitet. Alter Geldadel. Gibt uns einen guten Aufhänger für

einen raffinierten Hintergrund – wissen Sie, was ich meine? High-Society-Quatsch. Der Mann, bei dem sie arbeitet, ist mit einer geizigen Blaublütigen verheiratet. Er mag seine Sekretärin, und sie mag ihn, obgleich er viel älter ist als sie.«

Sam hörte nur mit halbem Ohr zu. Es spielte keine Rolle, ob die Story eine Wiederholung von *Back Street* oder von *Imitation of Life* sein würde, Sam würde sie in jedem Fall kaufen. Es war beinahe zwanzig Jahre her, seit Dallas Burke seinen letzten Regieauftrag erhalten hatte. Doch Sam konnte der Industrie keinen Vorwurf daraus machen. Burkes letzte drei Filme waren teuer, altmodisch und alles andere als Kassenerfolge gewesen. Dallas Burke war als Filmemacher für immer passé. Aber er war ein Mensch und lebte noch, und irgendwie mußte man sich seiner annehmen, weil er keinen Cent gespart hatte. Ihm war ein Zimmer im Altersheim der Filmschaffenden angeboten worden, aber er hatte das empört abgelehnt. »Ich will nicht euer gottverdammtes Almosen!« hatte er gebrüllt. »Ihr redet mit dem Mann, der mit Doug Fairbanks und Jack Barrymore und Milton Sills und Bill Farnum gearbeitet hat. Ich bin ein Riese, ihr winzigen Bastarde!«

Und das war er auch. Er war eine Legende; aber selbst Legenden müssen essen.

Als Sam Produzent geworden war, hatte er einen befreundeten Agenten angerufen und ihn gebeten, Dallas Burke mit einer Idee für eine Film-Story zu ihm zu bringen. Seit der Zeit hatte Sam jedes Jahr unbrauchbare Geschichten von Dallas Burke für genügend Geld gekauft, damit der alte Mann leben konnte, und während Sam bei der Armee war, hatte er dafür gesorgt, daß die Vereinbarung weiterlief.

». . . so daß also«, sagte Dallas Burke, »das Kind aufwächst, ohne seine Mutter zu kennen. Aber die Mutter verfolgt den Lebensweg des Kindes. Am Schluß, als die Tochter diesen reichen Doktor heiratet, gibt es eine Riesenhochzeit. Und können Sie sich den Knalleffekt denken, Sam? Hören Sie sich das an – es ist einmalig. Die Mutter wird nicht eingelassen! Sie muß sich heimlich durch den Hintereingang in die Kirche schleichen, um die Trauung ihres einzigen Kindes mitzuerleben. Da bleibt im Publikum kein Auge trocken...

Das wär's. Was halten Sie davon?«

Sam hatte falsch geraten. *Stella Dallas*. Er warf dem Agenten einen Blick zu; der wich seinen Augen aus und sah verlegen auf die Spitzen seiner teuren Schuhe hinunter.

»Es ist großartig«, sagte Sam. »Es ist genau das, was wir suchen.« Sam wandte sich an den Agenten. »Rufen Sie die Geschäftsleitung an, und arbeiten Sie einen Vertrag mit denen aus, Peter. Ich werde Ihren Anruf dort ankündigen.«

Der Agent nickte.

»Machen Sie ihnen klar, daß sie ein hübsches Sümmchen hinblättern müssen, oder ich biete es Warner Brothers an«, sagte Dallas Burke. »Ich gebe Ihnen die Option darauf, weil wir Freunde sind.«

»Ich weiß das zu schätzen«, erwiderte Sam.

Er blickte den beiden Männern nach. Er wußte genau, daß er eigentlich kein Recht hatte, das Geld der Gesellschaft für eine derartige sentimentale Geste auszugeben. Aber die Filmwirtschaft verdankte Männern wie Dallas Burke einiges – ohne ihn und seinesgleichen wäre sie nie eine Industrie geworden.

Um acht Uhr am nächsten Morgen fuhr Sam Winters vor dem Beverly Hills vor. Ein paar Minuten später schlängelte er sich durch die Menge in der Polo Lounge, nickte Freunden, Bekannten und Konkurrenten zu. In diesem Raum wurden beim Frühstück, Lunch oder bei Cocktails mehr Geschäfte abgeschlossen als in allen Studiobüros zusammen. Mel Foss blickte auf, als Sam sich näherte.

»Morgen, Sam.«

Die beiden Männer schüttelten sich die Hände, und Sam glitt in die Nische Foss gegenüber. Vor acht Monaten hatte Sam Mel Foss als Leiter der Fernsehabteilung von Pan-Pacific-Studios eingestellt. Fernsehen war das jüngste Kind der Unterhaltungsbranche, und es entwikkelte sich mit unglaublicher Schnelligkeit. Alle Studios, die einmal verächtlich auf das Fernsehen herabgeblickt hatten, waren jetzt beteiligt.

Die Kellnerin kam, um ihre Bestellungen entgegenzunehmen, und als sie gegangen war, fragte Sam: »Was gibt's Gutes, Mel?«

Mel Foss schüttelte den Kopf. »Nichts Gutes«, sagte er. »Wir stecken in Schwierigkeiten.«

Sam wartete schweigend.

»Wir werden die ›Raiders‹ nicht weiterproduzieren.«

Sam sah ihn überrascht an. »Die Bewertungsquoten sind großartig. Warum sollte die Fernsehgesellschaft die Sache annullieren wollen? Sie ist gut genug, um ein Hit zu werden.«

»Es geht nicht um die Show«, sagte Foss. »Es geht um Jack Nolan.« Jack Nolan war der Star der »Raiders«. Er hatte auf Anhieb sowohl bei der Kritik als auch beim Publikum Erfolg gehabt.

»Was ist denn los mit ihm?« fragte Sam. Er haßte es, daß man Mel Foss jede Information aus der Nase ziehen mußte.

»Haben Sie die letzte Ausgabe von *Peek Magazine* gelesen?«

»Ich lese es überhaupt nicht. Der reine Mülleimer.« Plötzlich wußte er, was Foss meinte. »Sie haben Nolan erwischt!«

»Schwarz auf weiß«, erwiderte Foss. »Der blöde Kerl hat sein schönstes Spitzenkleid angezogen und ist zu einer Party gegangen. Jemand hat ihn fotografiert.«

»Wie schlimm steht es?«

»Könnte nicht schlimmer sein. Ich habe gestern ein Dutzend Anrufe von der Fernsehgesellschaft bekommen. Die Geldgeber und die Gesellschaft wollen aussteigen. Keiner will mit einem Schwulen in Verbindung gebracht werden.«

»Einem Transvestiten«, sagte Sam. Er hatte sich fest darauf verlassen, der Direktorenkonferenz in New York nächsten Monat einen beeindruckenden Fernsehbericht vorlegen zu können. Die Nachricht von Foss machte ihm einen Strich durch die Rechnung. Der Verlust der »Raiders« würde ein schwerer Schlag sein.

Es sei denn – er könnte etwas tun.

Als Sam in sein Büro zurückkehrte, winkte Lucille ihm mit einem Bündel Nachrichten. »Die wichtigsten liegen obenauf«, sagte sie. »Sie werden dringend...«

»Später. Verbinden Sie mich mit William Hunt von der International Broadcasting Company.«

Zwei Minuten später sprach Sam mit dem Leiter der IBC. Sam kannte Hunt seit Jahren, wenn auch nur flüchtig, und mochte ihn. Hunt hatte als hochbegabter junger Justitiar angefangen und sich zur Spitze der Hierarchie hinaufgearbeitet. Sie hatten selten Geschäfte miteinander, weil Sam nicht direkt etwas mit dem Fernsehen zu tun hatte. Jetzt wünschte er, er hätte sich die Zeit genommen, die Freundschaft mit Hunt zu pflegen. Als Hunt sich am Apparat meldete, zwang Sam sich, locker und ungezwungen zu klingen. »Morgen, Bill.«

»Was für eine nette Überraschung«, sagte Hunt. »Es ist lange her, Sam.«

»Viel zu lange. Das ist ja der Ärger in diesem Geschäft, Bill. Man hat nie Zeit für die Leute, die man mag.«

»Sehr wahr.«

Sam versuchte, einen beiläufigen Ton anzuschlagen. »Übrigens, haben Sie zufällig diesen blöden Artikel in *Peek* gelesen?«

»Natürlich«, sagte Hunt ruhig. »Deswegen streichen wir die Show aus dem Programm, Sam.« Es klang endgültig.

»Bill«, sagte Sam, »was würden Sie sagen, wenn ich Ihnen erklärte, daß Jack Nolan das Opfer einer Intrige geworden ist?«

Von der anderen Seite der Leitung ertönte ein Lachen. »Ich würde sagen, Sie sollten sich überlegen, ob Sie nicht Schriftsteller werden wollen.«

»Im Ernst«, sagte Sam aufrichtig. »Ich *kenne* Jack Nolan. Er ist so normal wie wir beide. Das Foto ist auf einem Kostümfest aufgenommen worden. Seine Freundin hatte Geburtstag, und er hat aus Jux ihr Kleid angezogen.« Sam fühlte, wie die Innenflächen seiner Hände feucht wurden.

»Ich kann nicht ...«

»Ich werde Ihnen sagen, wieviel Vertrauen ich in Jack setze«, sagte Sam ins Telefon. »Ich habe ihm gerade die Hauptrolle in *Laredo,* unserem großen Western im nächsten Jahr, angeboten.«

Es trat eine Pause ein. »Ist das Ihr Ernst, Sam?«

»Worauf Sie sich verdammt verlassen können. Es ist ein Drei-Millionen-Dollar-Film. Wenn sich herausstellen sollte, daß Jack Nolan schwul ist, würde er von der Leinwand weggelacht werden. Die Vorführer würden den Film nicht anrühren. Würde ich ein solches Risiko eingehen, wenn ich nicht wüßte, was ich sage?«

»Nun ja...« Bill Hunts Stimme klang zögernd.

»Kommen Sie, Bill, Sie werden doch ein lausiges Klatschblatt wie *Peek* die Karriere eines guten Mannes nicht zerstören lassen. Ihnen gefällt doch die Show, oder?«

»Sehr. Es ist eine verdammt gute Show. Aber die Geldgeber...«

»Es ist Ihre Fernsehgesellschaft. Sie haben mehr Geldgeber als Sendezeit. Wir haben Ihnen einen Hit gegeben, und wir sollten einen Erfolg nicht aufs Spiel setzen.«

»Nun...«

»Hat Mel Foss schon mit Ihnen über die Pläne gesprochen, die er mit den ›Raiders‹ für die nächste Saison hat?«

»Nein...«

»Wahrscheinlich wollte er Sie überraschen«, sagte Sam. »Warten Sie, bis Sie erfahren, was er vorhat! Gaststars, berühmte Western-Autoren, Aufnahmen vor Ort – großartig! Wenn die ›Raiders‹ nicht raketengleich Nummer eins werden, habe ich keine Ahnung vom Geschäft.«

Nach kurzem Zögern meinte Bill Hunt: »Sagen Sie Mel, er soll mich anrufen. Vielleicht haben wir alle ein wenig überstürzt reagiert.«

»Er wird Sie anrufen«, versprach Sam.

»Und, Sam – Sie verstehen meine Lage. Ich wollte niemanden kränken.«

»Natürlich nicht«, sagte Sam großzügig. »Dafür kenne ich Sie zu gut, Bill. Deshalb war ich auch der Meinung, Sie hätten ein Anrecht darauf, die Wahrheit zu erfahren.«

»Ich weiß das zu schätzen.«

»Wie wär's mit einem Lunch in der nächsten Woche?«

»Mit dem größten Vergnügen. Ich rufe Sie Montag an.«

Sie verabschiedeten sich und legten auf. Sam saß erschöpft da. Jack Nolan war so schwul wie nur irgendeiner. Und Sams ganze Zukunft hing von solchen Verrückten ab. Ein Studio zu leiten war, als ob man in einem Schneegestöber auf einem Drahtseil über die Niagarafälle balancierte. *Jeder, der diesen Job annimmt, muß verrückt sein,* dachte Sam. Er hob den Hörer seines Privattelefons und wählte. Wenig später sprach er mit Mel Foss.

»Die ›Raiders‹ bleiben im Programm«, sagte Sam.

»Was?« Foss klang verblüfft und ungläubig.

»Jawohl. Ich möchte, daß Sie mit Jack Nolan Klartext reden. Sagen Sie ihm, wenn er je wieder aus der Reihe tanzt, werde ich ihn persönlich aus der Stadt und zurück nach Fire Island jagen! Und ich meine es ernst. Wenn er den Drang hat, etwas zu lutschen, sagen Sie ihm, er solle es mal mit einer Banane versuchen!«

Sam knallte den Hörer auf die Gabel. Er lehnte sich im Sessel zurück und überlegte. Er hatte vergessen, Foss über die Änderung zu informieren, die er Bill Hunt aus dem Stegreif genannt hatte. Und er würde jemanden finden müssen, der ihm ein Drehbuch für einen Western namens *Laredo* lieferte.

Die Tür sprang auf, und Lucille stand mit aschfahlem Gesicht da.

»Jemand hat Atelier zehn in Brand gesteckt.«

8

Toby Temple hatte ein halbes Dutzendmal versucht, Sam Winters zu erreichen, aber er kam nie weiter als bis zu diesem Luder von einer Sekretärin, so daß er es schließlich aufgab. Er machte weiter seine Runden durch die Nachtklubs und Studios, jedoch ohne Erfolg. Im darauffolgenden Jahr nahm er alle möglichen Jobs an, um sich durchzubringen. Er verkaufte Immobilien, Versicherungen und Herrenartikel, und dazwischen trat er in Bars und obskuren Nachtklubs auf. Aber durch die Tore eines Studios kam er nicht.

»Du fängst das falsch an«, sagte ein Freund zu ihm. »Du mußt sie zu *dir* kommen lassen.«

»Und wie mache ich das?« fragte Toby zynisch.

»Indem du in die Actors West eintrittst.«

»Eine *Schauspielschule?*«

»Es ist mehr als das. Sie bringen Stücke heraus, und jedes Studio in der Stadt holt sich Leute von dort.«

Actors West hatte einen professionellen Anstrich. Toby merkte das, sowie er durch die Tür trat. An der Wand hingen Bilder ehemaliger Schüler. Toby erkannte in vielen von ihnen erfolgreiche Schauspieler.

Die blonde Vorzimmerdame hinter dem Schreibtisch fragte: »Sie wünschen, bitte?«

»Ich möchte einen Aufnahmeantrag stellen.«

»Haben Sie Bühnenerfahrung?« fragte sie. »Nun, nein«, sagte Toby. »Aber ich...«

Sie schüttelte den Kopf. »Tut mir leid. Mrs. Tanner empfängt niemanden, der keine Berufserfahrung hat.«

Toby starrte sie einen Augenblick an. »Soll das ein Scherz sein?«

»Nein. Das ist bei uns Voraussetzung. Sie empfängt niemanden...«

»Davon rede ich nicht«, sagte Toby. »Ich meine – Sie wissen wirklich nicht, wer ich bin?«

Die Blondine sah ihn an und erwiderte: »Nein.«

Toby stieß langsam den Atem aus. »Mein Gott«, sagte er. »Leland Hayward hatte recht. Wenn man in England arbeitet, weiß Hollywood noch nicht einmal, daß man existiert.« Er lächelte und fügte entschuldigend hinzu: »Ich habe mir einen Scherz erlaubt. Ich nahm an, Sie kennen mich.«

Jetzt war die Vorzimmerdame verwirrt, wußte nicht, was sie glauben sollte. »Sie *sind* also schon aufgetreten?«

Toby lachte. »Das kann man wohl sagen.«

Die Blondine nahm ein Formular. »Welche Rollen haben Sie gespielt und wo?«

»Hier keine«, antwortete Toby schnell. »Ich war in den letzten beiden Jahren in England, habe an Repertoirebühnen gespielt.«

Die Blondine nickte. »Ach so. Nun, ich werde mit Mrs. Tanner sprechen.«

Die Blondine verschwand im Nebenraum und kehrte ein paar Minuten später wieder zurück. »Mrs. Tanner läßt bitten. Viel Glück.«

Toby zwinkerte der Vorzimmerdame zu, holte tief Atem und betrat Mrs. Tanners Büro.

Alice Tanner war eine dunkelhaarige Frau mit einem

anziehenden, aristokratischen Gesicht. Sie schien Mitte Dreißig zu sein, etwa zehn Jahre älter als Toby. Sie saß hinter ihrem Schreibtisch, doch was Toby von ihrer Figur sehen konnte, war sensationell. *Hier könnte es mir gefallen,* stellte er fest.

Er lächelte gewinnend und sagte: »Ich bin Toby Temple.«

Alice Tanner stand auf und ging ihm entgegen. Ihr linkes Bein war von einer schweren Metallstütze umschlossen, und sie hinkte mit dem geübten, wiegenden Gang eines Menschen, der seit langem damit lebte.

Kinderlähmung, dachte Toby. Er war nicht sicher, ob er etwas dazu sagen sollte.

»Also, Sie wollen sich in unsere Kurse einschreiben lassen?«

»Sehr gern«, sagte Toby.

»Darf ich fragen, warum?«

Er bemühte sich, aufrichtig zu klingen: »Weil, wo immer ich hinkomme, Mrs. Tanner, die Leute über Ihre Schule und die wundervollen Stücke reden, die Sie herausbringen. Ich wette, Sie haben keine Ahnung, welchen Ruf Ihre Schule hat.«

Sie sah ihn einen Augenblick prüfend an. »Ich habe schon eine Ahnung. Deshalb muß ich auch besonders darauf achten, Schwindler rauszuhalten.«

Toby fühlte, daß er errötete, setzte aber ein jungenhaftes Lächeln auf und sagte: »Das kann ich mir vorstellen. Bestimmt versuchen viele, sich bei Ihnen einzuschleichen.«

»Nicht wenige«, stimmte Mrs. Tanner zu. Sie warf einen Blick auf die Karte, die sie in der Hand hielt. »Toby Temple.«

»Wahrscheinlich haben Sie den Namen noch nicht gehört«, erklärte er, »weil ich die letzten zwei Jahre in ...«

»Auf Repertoirebühnen in England spielte.«

Er nickte. »Richtig.«

Alice Tanner blickte ihn an und sagte ruhig: »Mr. Temple, Amerikaner dürfen nicht in englischen Repertoiretheatern spielen. Die Berufsgenossenschaft der britischen Schauspieler läßt das nicht zu.«

Toby spürte ein plötzliches Schwächegefühl in der Magengrube.

»Sie hätten sich zuerst informieren und uns beiden die Peinlichkeit ersparen sollen. Tut mir leid, aber wir nehmen hier nur Berufstalente auf.« Sie drehte sich um. Die Unterredung war beendet.

»Halt!« Seine Stimme war wie ein Peitschenschlag.

Sie drehte sich erstaunt um. In diesem Augenblick hatte Toby noch keine Ahnung, was er sagen oder tun würde. Er wußte nur, daß seine gesamte Zukunft in der Schwebe hing. Diese Frau war der Schlüssel zu allem, was er wollte, zu allem, wofür er geschuftet und geschwitzt hatte, und er würde sich durch sie nicht aufhalten lassen.

»Sie beurteilen Talente nicht nach Regeln, Lady! Okay – ich bin also nicht aufgetreten. Und warum nicht? Weil Leute wie Sie mir keine Chance geben wollen. Verstehen Sie, was ich meine?« Es war die Stimme von W. C. Fields.

Alice Tanner öffnete den Mund, um ihn zu unterbrechen, aber Toby gab ihr keine Gelegenheit dazu. Er war Jimmy Cagney, der ihr riet, dem armen Kerl eine Chance zu geben, und James Stewart, der ganz seiner Meinung war, und Clark Gable, der sagte, er sehne sich danach, mit dem Jungen zu arbeiten, und Cary Grant, der hinzufügte, er fände den Jungen brillant. Eine Menge Hollywood-Stars gaben sich hier ein Stelldichein, und sie sagten alle komische Dinge, Sachen, an die Toby Temple nie zuvor gedacht hatte. Die Worte, die Witze strömten in einem Anfall von Verzweiflung aus ihm hervor. Er war ein Ertrinkender in der Finsternis seiner eigenen Vergessenheit, der sich an ein Rettungsfloß von Worten klammerte, und die Worte waren das einzige, was ihn über Wasser hielt. Er war schweißüberströmt, rannte im Zimmer umher und imitierte die Bewegungen jeder Person, die er reden ließ. Er war wie wahnsinnig, völlig außer sich, vergaß, wo er war und weshalb er hier war, bis er Alice Tanner sagen hörte: »Hören Sie auf! Hören Sie auf!«

Sie lachte Tränen, sie rannen ihr das Gesicht hinunter. »Hören Sie auf!« wiederholte sie, nach Atem ringend.

Und langsam kehrte Toby wieder zur Erde zurück.

Mrs. Tanner wischte sich mit einem Taschentuch die Augen. »Sie – Sie sind verrückt«, sagte sie. »Wissen Sie das?«

Toby starrte sie an, ein Gefühl des Stolzes nahm langsam von ihm Besitz, hob ihn auf eine Woge der Begeisterung. »Es hat Ihnen gefallen – hm?«

Alice Tanner schüttelte den Kopf, holte tief Atem, um ihr Lachen zu bändigen, und sagte: »Nicht – nicht sehr.«

Toby sah sie haßerfüllt an. Sie hatte *über* ihn gelacht, nicht mit ihm. Er hatte sich blamiert.

»Worüber haben Sie dann gelacht?« wollte Toby wissen.

Sie lächelte und sagte ruhig: »Über Sie. Das war die tollste Vorführung, die ich je gesehen habe. Irgendwo hinter all diesen Filmstars steckt ein junger Mann mit einer großen Begabung. Sie brauchen nicht andere Leute zu imitieren. Sie sind von Natur aus komisch.«

Toby fühlte, wie sein Zorn abebbte.

»Ich glaube, daß Sie eines Tages wirklich gut sein könnten, wenn Sie den Willen haben, ernsthaft zu arbeiten. Wollen Sie das?«

Er lächelte sie selig an und sagte: »Krempeln wir die Ärmel hoch, und gehen wir an die Arbeit.«

Josephine arbeitete am Sonnabendvormittag schwer; sie half ihrer Mutter beim Hausputz. Um 12 Uhr holten Cissy und einige andere Freundinnen sie zu einer Landpartie ab.

Mrs. Czinski blickte Josephine nach, wie sie in der großen Limousine zusammen mit den Kindern der Öl-Leute davonfuhr. Sie dachte: Eines Tages wird Josephine etwas Schlimmes zustoßen. Ich sollte sie nicht mit diesen Leuten verkehren lassen. Sie sind die Kinder des Teufels. Und sie fragte sich, ob auch in Josephine ein Teufel steckte. Sie würde mit Reverend Damian sprechen. Er würde wissen, was zu tun war.

9

Actors West bestand aus zwei Abteilungen, der Schaukastengruppe, die die erfahreneren Schauspieler in sich vereinigte, und der Werkstattgruppe. Es waren die Schauspieler des Schaukastens, die jene Stücke aufführten, welche sich die Talentsucher der Studios ansahen. Toby war der Werkstattgruppe zugeteilt worden. Alice Tanner hatte ihm gesagt, daß es ein halbes oder ein ganzes Jahr dauern würde, ehe er soweit wäre, in einer Schaukastenaufführung mitzuwirken.

Toby fand den Unterricht interessant, aber ein entscheidender Bestandteil fehlte: das Publikum, die Lacher, die Menschen, die ihm Beifall spenden, die ihn lieben würden.

Seit Toby am Unterricht teilnahm – inzwischen waren einige Wochen vergangen –, hatte er die Leiterin der Schule sehr wenig gesehen. Gelegentlich kam sie in das Werkstatt-Theater, um die Improvisationen zu begutachten und ein ermutigendes Wort zu sagen, oder er begegnete ihr, wenn er zu seinem Kurs ging. Aber er hatte gehofft, es würde sich ein intimerer Kontakt ergeben. Er merkte, daß er ziemlich viel an Alice Tanner dachte. Sie war, was Toby eine Klassefrau nannte, also genau das, was er brauchte und, seiner Meinung nach, auch verdiente. Der Gedanke an ihr verkrüppeltes Bein hatte ihn zuerst gestört, aber allmählich übte es eine sexuelle Faszination auf ihn aus.

Toby sprach sie bei der nächsten Gelegenheit erneut auf seine Mitwirkung in einer Schaukastenaufführung an, wo die Kritiker und Talentsucher ihn sehen könnten.

»Sie sind noch nicht soweit«, antwortete Alice Tanner.

Sie stand ihm im Weg, hielt ihn vom Erfolg fern. *Ich muß etwas unternehmen,* entschied Toby.

Ein Schaukasten-Stück gelangte zur Aufführung, und am Premierenabend saß Toby in einer der mittleren Reihen neben einer Studentin namens Karen, einer dicken kleinen Charakterdarstellerin aus seinem Kurs. Toby hatte schon Szenen mit Karen gespielt und wußte zwei Dinge von ihr: Sie trug nie Unterwäsche, und sie hatte Mundgeruch. Sie hatte beinahe alles versucht, um Toby klarzumachen, daß sie mit ihm ins Bett gehen wollte, aber er hatte so getan, als kapierte er nicht. *Jesus,* dachte er, *mit ihr zu schlafen wäre so ähnlich, wie in ein Faß mit heißem Schweineschmalz einzutauchen.*

Während sie auf das Aufgehen des Vorhangs warteten, machte Karen ihn aufgeregt auf die Kritiker von der *Los Angeles Times* und vom *Herald-Expreß* und auf die Talentsucher von Twentieth Century-Fox, MGM und Warner Brothers aufmerksam. Das brachte Toby in Wut. Die waren hier, um die Schauspieler auf der Bühne zu sehen, während er im Publikum saß wie eine Attrappe. Er fühlte den fast unbezwingbaren Drang, aufzustehen und aus seinem Repertoire vorzutragen, sie zu blenden, ihnen zu zeigen, wie *wirkliche* Begabung aussah.

Dem Publikum gefiel das Stück, aber Toby konnte an nichts anderes denken als an die Talentsucher, die unmittelbar neben ihm saßen, die Männer, die seine Zukunft in der Hand hielten. Nun, wenn Actors West der Köder war, sie ihm zuzuführen, würde Toby ihn benutzen; aber er hatte nicht die Absicht, sechs Monate, ja nicht einmal sechs Wochen zu warten.

Am nächsten Morgen ging Toby in Alice Tanners Büro.

»Wie hat Ihnen das Stück gefallen?« fragte sie.

»Es war wunderbar«, antwortete Toby. »Diese Schauspieler sind wirklich großartig.« Er setzte ein zerknirschtes Lächeln auf. »Ich verstehe jetzt, was Sie meinen, wenn Sie sagen, ich sei noch nicht soweit.«

»Die haben mehr Erfahrung als Sie, das ist alles, aber Sie haben eine einzigartige Ausstrahlung. Sie werden es schaffen. Nur Geduld.«

Er seufzte. »Ich weiß nicht, vielleicht hau ich lieber ab, vergesse alles und gehe als Versicherungsagent oder so was.«

Sie sah ihn überrascht an. »Das dürfen Sie nicht«, sagte sie.

Toby schüttelte den Kopf. »Nachdem ich diese Profis gestern abend gesehen habe, glaube ich nicht, daß – daß ich das Zeug dazu habe.«

»Aber natürlich haben Sie's, Toby. So dürfen Sie nicht reden.«

In ihrer Stimme lag der Ton, auf den er gewartet hatte. Jetzt war sie nicht mehr eine Lehrerin, die mit einem Schüler sprach, sie war eine Frau, die zu einem Mann sprach, ihn ermutigte, sich um ihn sorgte. Toby spürte einen Kitzel der Befriedigung.

Er zuckte hilflos die Schultern. »Ich weiß es nicht mehr. Ich bin ganz allein in dieser Stadt. Ich habe niemanden, mit dem ich reden kann.«

»Sie können immer mit mir reden, Toby. Ich möchte gern eine Freundin für Sie sein.«

Er konnte hören, wie sich eine Art sexuelle Heiserkeit in ihre Stimme schlich. Tobys blaue Augen verhießen alle

Wunder der Welt, als er sie anstarrte. Sie beobachtete ihn, wie er zur Bürotür ging und sie abschloß. Er kehrte zu ihr zurück, fiel auf die Knie, begrub den Kopf in ihrem Schoß, und als ihre Finger sein Haar berührten, hob er langsam ihren Rock und enthüllte den armen, in die grausame Stahlstrebe gezwängten Schenkel. Er nahm sanft die Strebe ab, küßte zart die roten, von den Stahlschienen verursachten Flecke. Langsam löste er ihren Strumpfhalter, sprach die ganze Zeit davon, wie sehr er sie liebe und brauche, und küßte sie hinauf bis zu den feuchten, vor ihm entblößten Lippen. Er trug sie auf die tiefe Ledercouch und liebte sie.

An diesem Abend zog Toby zu Alice Tanner.

In jener Nacht entdeckte Toby, daß Alice Tanner eine bedauernswerte, einsame Frau war, die verzweifelt jemanden suchte, mit dem sie sprechen, den sie lieben konnte. Sie war in Boston geboren. Ihr Vater war ein reicher Fabrikant, der ihr ein großzügiges Taschengeld gegeben, sich im übrigen aber nicht um sie gekümmert hatte. Alice war vom Theater besessen und hatte sich zur Schauspielerin ausbilden lassen, aber im College war sie an Kinderlähmung erkrankt, und das hatte ihrem Traum ein Ende gemacht. Sie erzählte Toby, wie sich ihr Leben danach von Grund auf geändert hatte. Der Junge, mit dem sie verlobt war, hatte sie sitzenlassen, als er die Nachricht bekam. Alice war von zu Hause weggelaufen und hatte einen Psychiater geheiratet, der sechs Monate später Selbstmord beging. Es war, als ob sich alle Gefühle in ihr aufgestaut hätten. Jetzt brachen sie mit elementarer Gewalt hervor und ließen sie erschöpft, ruhig und wundervoll zufrieden zurück.

Toby liebte Alice, bis sie vor Ekstase beinahe bewußtlos wurde. Er füllte sie mit seinem riesigen Penis und bewegte langsam kreisend seine Hüften, bis er jeden Teil ihres Körpers zu berühren schien. Sie stöhnte: »O Liebling, ich liebe dich so sehr. O Gott, wie ich das liebe!«

Aber was die Schule anlangte, merkte Toby, daß er keinen Einfluß auf Alice hatte. Er sprach mit ihr über eine Rolle in der nächsten Schaukastenaufführung. Er wollte den Besetzungschefs vorgestellt werden, sie sollte bei allen wichtigen Studioleuten ein Wort für ihn einlegen, aber sie blieb fest. »Du kannst dir nur schaden, wenn du es übereilst, Liebling. Regel Nummer eins: Der erste Eindruck ist der wichtigste. Wenn man dich nicht gleich beim erstenmal mag, kommt man kein zweites Mal, um dich zu sehen. Du mußt perfekt sein.«

Mit diesen Worten wurde sie augenblicklich zu seinem Feind. Sie war gegen ihn. Toby schluckte seine Wut hinunter und zwang sich, sie anzulächeln. »Klar. Ich bin bloß ungeduldig. Ich möchte nicht nur für mich, sondern auch für dich Erfolg haben.«

»Wirklich! O Toby, ich liebe dich so sehr!«

»Ich liebe dich auch, Alice.« Und er blickte lächelnd in ihre hingebungsvollen Augen. Er wußte, daß er dieses Luder, das ihm im Wege stand, überlisten mußte. Er haßte sie und strafte sie dafür.

Wenn sie sich liebten, zwang er sie, Dinge zu tun, die sie nie zuvor getan hatte, Dinge, die er nicht einmal von einer Hure verlangt hätte; er gebrauchte ihren Mund, ihre Finger und ihre Zunge. Er trieb sie immer weiter und zwang sie zu einer Reihe von Demütigungen. Und jedesmal, wenn er sie zwang, etwas noch Entwürdigenderes zu tun, lobte er sie, so wie man einen Hund lobt, der einen neuen Trick gelernt hat, und sie war glücklich, weil sie ihn zufriedengestellt hatte. Und je mehr er sie demütigte, um so gedemütigter kam er sich selber vor. Er strafte sich und hatte nicht die geringste Ahnung, wofür.

Toby hatte einen Plan, und die Gelegenheit, ihn zu verwirklichen, kam schneller, als er zu hoffen gewagt hatte. Alice Tanner kündigte an, daß die Werkstattgruppe am kommenden Freitag eine Privataufführung für die fortgeschrittenen Klassen und deren Gäste veranstalten würde. Jeder Student konnte die Art seiner Darbietung selbst wählen. Toby bereitete einen Monolog vor und probte ihn immer wieder.

Am Morgen des Aufführungstages wartete Toby, bis der Kurs vorüber war, und ging dann zu Karen, der dicklichen Schauspielerin, die während des Stückes neben ihm gesessen hatte. »Würdest du mir einen Gefallen tun?« fragte er beiläufig.

»Klar, Toby.« Ihre Stimme klang überrascht und eifrig.

Toby trat zurück, um ihrem Atem auszuweichen. »Ich will einen alten Freund von mir verulken. Würdest du die Sekretärin von Clifton Lawrence anrufen und ihr sagen, du seist Sam Goldwyns Sekretärin und Mr. Goldwyn bäte darum, daß Mr. Lawrence heute abend zur Aufführung käme, um einen fabelhaften neuen Komiker zu sehen? Eine Karte liege für ihn an der Kasse bereit.«

Karen starrte ihn an. »Jesus, die Tanner würde mir den Kopf abreißen. Du weißt doch, daß sie bei Werkstattaufführungen keine Fremden duldet.«

»Das geht schon in Ordnung.« Er drückte ihren Arm. »Hast du heute nachmittag etwas vor?«

Sie schluckte. »Nein – nicht, wenn du einen Vorschlag hast.«

»Ich habe einen.«

Drei Stunden später führte eine verzückte Karen das Telefongespräch.

Der Zuschauerraum war mit Schauspielern aus den verschiedenen Kursen und ihren Gästen besetzt, aber die einzige Person, für die Toby Augen hatte, war der Mann, der am Ende der dritten Reihe saß. Toby hatte Ängste ausgestanden, daß sein Trick nicht funktionieren könnte. Sicherlich wurde ein so kluger Mann wie Clifton Lawrence das Manöver durchschauen. Aber er hatte es nicht durchschaut. Er war da. Auf der Bühne wurde gerade eine Szene aus der *Möwe* gespielt. Toby hoffte, daß die beiden Darsteller Clifton Lawrence nicht aus dem Theater treiben würden. Endlich war die Szene zu Ende. Die Schauspieler verbeugten sich und verließen die Bühne.

Nun war Toby an der Reihe. Plötzlich erschien Alice neben ihm in den Kulissen und flüsterte: »Viel Glück, Liebling«, nicht ahnend, daß sein Glück im Publikum saß.

»Danke, Alice.« Mit einem stillen Stoßgebet straffte Toby die Schultern, sprang auf die Bühne und lächelte das Publikum jungenhaft an. »Hallo allerseits! Ich bin Toby Temple. Haben Sie eigentlich schon mal über Ihren Namen nachgedacht und darüber, warum Ihre Eltern gerade ihn ausgesucht haben? Es ist schon verrückt. Ich habe meine Mutter mal gefragt, warum sie mich Toby genannt hat. Sie hat geantwortet, sie habe mich angesehen, und das habe genügt.«

Seine Miene war es, die sie zum Lachen brachte. Toby wirkte so unschuldig und versonnen, wie er da oben auf der Bühne stand, daß sie ihn in ihr Herz schlossen. Die Witze, die er riß, waren schauderhaft, aber das spielte keine Rolle. Er war so verletzlich, daß sie den Wunsch hatten, ihn zu beschützen, und sie taten das mit ihrem Beifall und ihrem Gelächter. Eine Woge der Zuneigung schlug Toby entgegen und erfüllte ihn mit einer fast unerträglichen Heiterkeit. Er war Edward G. Robinson und Jimmy Cagney, und Cagney sagte: »Du dreckige Ratte! Wem, glaubst du, gibst du Befehle?«

Robinson: »Dir, du Quatschkopf. Ich bin Cäsar der Kleine. Ich bin der Chef. Du bist nichts. Weißt du, was das heißt?«

»Klar, du dreckige Ratte. Du bist der Chef von Nichts.«

Schallendes Gelächter. Das Publikum war hingerissen.

Toby gab ihnen seinen Peter Lorre: »Ich sah das kleine Mädchen in ihrem Zimmer damit spielen, und es erregte mich. Ich weiß nicht, was über mich kam. Ich konnte nicht anders. Ich schlich mich in ihr Zimmer und zog die Schnur immer enger und enger – und machte ihr Yo-Yo kaputt.«

Riesengelächter.

Dann ging er zu Laurel und Hardy über. Plötzlich bemerkte er eine Bewegung im Publikum. Er blickte auf. Clifton Lawrence verließ den Zuschauerraum.

Den Rest des Abends nahm Toby nur noch verschwommen wahr.

Als die Veranstaltung vorüber war, ging Alice Tanner auf Toby zu. »Du warst wunderbar, Liebling! Ich . . .«

Er konnte es nicht ertragen, sie anzusehen, sich von irgend jemandem ansehen zu lassen. Er wollte mit seinem Elend allein sein, wollte versuchen, mit dem Schmerz fertig zu werden, der ihn zerriß. Eine Welt war für ihn zusammengebrochen. Er hatte seine Chance gehabt, und er hatte versagt. Clifton Lawrence hatte ihn stehenlassen, hatte noch nicht einmal das Ende seines Auftritts abgewartet. Clifton Lawrence war ein Mann, der sich auf Begabungen verstand, ein Mann vom Fach, der sich nur mit der Elite abgab. Wenn Lawrence nicht glaubte, daß etwas in Toby steckte . . . Ihm wurde übel.

»Ich mache einen Spaziergang«, sagte er zu Alice.

Er ging die Vine Street und Gower hinunter, bei der Columbia Film und RKO und Paramount vorbei. Alle Tore waren verschlossen. Er ging über den Hollywood Boulevard und blickte zu dem riesigen Schild hinauf, das höhnisch verkündete: HOLLYWOODLAND. Es gab kein Hollywoodland. Es war ein Wahn, ein falscher Traum, der Tausenden von sonst normalen Menschen die fixe Idee eingab, ein Star werden zu wollen. Das Wort *Hollywood* war wie ein Magnet, eine Falle, die die Menschen mit wunderbaren Versprechungen anlockte, um sie dann zu vernichten.

Toby lief die ganze Nacht durch die Straßen und fragte sich, was er nun mit seinem Leben anfangen sollte. Sein Glaube an sich selbst war zerstört worden, er fühlte sich wurzellos und wußte weder aus noch ein. Er hatte sich nie vorstellen können, etwas anderes zu tun, als die Menschen zu unterhalten, und wenn er das nicht konnte, blieben ihm nur noch langweilige, eintönige Jobs übrig, wo er den Rest seines Lebens, wie in einen Käfig eingesperrt, verbringen würde. Mr. Anonym. Niemand würde je wissen, wer er war. Er dachte an die langen, trostlosen Jahre, die bittere Einsamkeit von tausend namenlosen Städten, an die Menschen, die ihm Beifall gespendet und über ihn gelacht und ihn geliebt hatten. Toby weinte. Er weinte um das Vergangene und das Zukünftige.

Er weinte, weil er tot war.

Der Morgen dämmerte bereits, als Toby in den weißen Bungalow zurückkehrte, den er mit Alice teilte. Er ging ins Schlafzimmer und blickte auf die schlafende Gestalt hinunter. Er hatte geglaubt, daß sie das Sesam-öffne-dich des Wunderkönigreichs sein würde. Doch nicht für ihn. Er würde gehen. Er hatte keine Ahnung, wohin. Er war fast siebenundzwanzig Jahre alt und hatte keine Zukunft.

Er legte sich erschöpft auf die Couch. Er schloß die Augen und lauschte auf die Geräusche der erwachenden Stadt. Die Morgengeräusche von Städten sind alle gleich, und er dachte an Detroit. An seine Mutter. Sie stand in der Küche und buk Apfelkuchen für ihn. Er konnte ihren wundervollen moschusähnlichen weiblichen Geruch, vermischt mit dem Duft von in Butter schmorenden Äpfeln riechen, und sie sagte: »*Gott will, daß du berühmt wirst.*«

Er stand allein auf einer riesigen Bühne, von Scheinwerfern geblendet, und versuchte, sich an seinen Text zu erinnern. Toby konnte die Zuschauer sehen, wie sie ihre Plätze verließen und auf die Bühne stürmten, um ihn anzugreifen, ihn zu töten. Ihre Liebe war in Haß umgeschlagen. Sie umringten ihn, packten ihn und intonierten. »Toby! Toby! Toby!«

Toby fuhr hoch, sein Mund war wie ausgetrocknet vor Angst. Alice Tanner stand über ihn gebeugt und schüttelte ihn.

»Toby! Telefon. Clifton Lawrence.«

Clifton Lawrences Büro befand sich in einem kleinen Gebäude am Beverly Drive, südlich von Wilshire. Bilder französischer Impressionisten hingen an den getäfelten Wänden, und vor dem dunkelgrünen Marmorkamin waren ein Sofa und einige antike Sessel um einen erlesenen Teetisch gruppiert. Toby hatte noch nie etwas Ähnliches gesehen.

Eine hübsche rothaarige Sekretärin schenkte Tee ein. »Wie möchten Sie Ihren Tee, Mr. Temple?«

Mr. Temple! »Mit einem Stück Zucker.«

»Bitte sehr.« Ein sanftes Lächeln, und sie verschwand.

Toby wußte nicht, daß der Tee eine von Fortnum und Mason bezogene Spezialmischung war, auch nicht, daß er mit *Irish Baleek* parfümiert war, aber er wußte, daß er wunderbar schmeckte. Alles in diesem Büro war wunderbar, besonders der elegante kleine Mann, der in einem Lehnsessel saß und ihn musterte. Clifton Lawrence war kleiner, als Toby erwartet hatte, aber er vermittelte den Eindruck von Autorität und Macht.

»Ich kann Ihnen gar nicht sagen, wie dankbar ich Ihnen bin, daß Sie mich empfangen«, sagte Toby. »Es tut mir leid, daß ich Sie mit einer Täuschung in...«

Clifton Lawrence warf den Kopf zurück und lachte. »Täuschen, mich? Ich habe gestern mit Goldwyn zu Mittag gegessen und bin abends nur gekommen, weil ich sehen wollte, ob Ihre Begabung Ihrer Frechheit gleichkommt. Das ist der Fall.«

»Aber Sie sind gegangen!« rief Toby aus.

»Mein lieber Junge, man braucht nicht die ganze Dose Kaviar zu essen, um zu wissen, daß er gut ist, stimmt's? Ich wußte nach sechzig Sekunden, was in Ihnen steckt.«

Toby spürte, wie das Gefühl der Euphorie sich wieder einstellte. Nach der düsteren Verzweiflung der vergangenen Nacht in die höchsten Höhen gehoben zu werden, sein Leben neu beginnen zu dürfen...

»Ich setze große Hoffnungen in Sie, Temple«, sagte Clifton Lawrence. »Es reizt mich, Ihre Karriere aufzubauen. Ich habe beschlossen, als Agent für Sie tätig zu werden.«

Das Gefühl übermäßiger Freude drohte Toby fast zu zerreißen. Am liebsten wäre er aufgestanden und hätte laut geschrien. *Clifton Lawrence würde sein Agent sein!*

»... mich unter einer Bedingung mit Ihnen beschäftigen«, sagte Clifton Lawrence. »Daß Sie genau tun, was ich Ihnen sage. Ich dulde keine Launen. Wenn Sie nur einmal aus dem Tritt kommen, ist Schluß. Verstanden?«

Toby nickte schnell. »Ja, Sir. Ich habe verstanden.«

»Dazu gehört, daß Sie sich selbst gegenüber ganz ehrlich sind.« Er lächelte Toby an und sagte: »Ihre Nummer ist grauenvoll. Allerunterste Schublade.«

Es traf Toby wie ein Schlag in die Magengrube. Clifton Lawrence hatte ihn herzitiert, um ihn für diesen dämlichen Telefonanruf zu bestrafen; er würde ihn nicht annehmen.

Der kleine Agent aber fuhr fort: »Die Aufführung gestern abend war eine Veranstaltung von Amateuren, und genau das sind Sie – ein Amateur.« Clifton Lawrence stand auf und lief hin und her. »Ich werde Ihnen sagen, was in Ihnen steckt, und ich werde Ihnen auch sagen, was Sie brauchen, um ein Star zu werden.«

Toby saß stumm da.

»Fangen wir bei Ihren Witzen an«, sagte Clifton. »Die können Sie getrost vergessen.«

»Nun ja, manche sind vielleicht ein wenig abgedroschen, aber...«

»Als nächstes: Sie haben keinen Stil.«

Toby ballte innerlich die Fäuste. »Das Publikum schien...«

»Als nächstes: Sie können sich nicht bewegen.«

Toby nahm es schweigend zur Kenntnis.

Der kleine Agent trat zu ihm, blickte auf ihn hinunter und sagte, als könnte er Tobys Gedanken lesen: »Wenn Sie so schlecht sind, was tun Sie dann hier? Nun, Sie sind hier, weil Sie etwas haben, das man nicht mit Geld kaufen kann. Wenn Sie auf der Bühne stehen, möchte das Publikum Sie am liebsten auffressen. Die lieben Sie. Haben Sie eine Ahnung, wieviel das wert ist?«

Toby holte tief Atem und setzte sich zurück. »Sagen Sie's mir.«

»Mehr, als Sie sich je erträumen könnten. Mit dem richtigen Text und der richtigen Präsentation können Sie ein Star werden.«

Toby saß da und sonnte sich im Glanz dieser Worte, und es war, als hätte sein ganzes bisheriges Leben nur zu diesem einen Augenblick hingeführt, als wäre er bereits ein Star und als hätte sich alles erfüllt. Wie seine Mutter es vorhergesagt hatte.

»Der Schlüssel zum Erfolg eines Entertainers ist seine Persönlichkeit«, sagte Clifton Lawrence. »Man kann sie nicht kaufen, und man kann sie nicht vortäuschen. Man muß mit ihr geboren werden. Sie sind einer der Glücklichen, mein Lieber.« Er blickte auf die goldene Piaget-Uhr an seinem Handgelenk. »Ich habe für Sie für zwei Uhr eine Verabredung mit O'Hanlon und Rainger getroffen. Sie sind die besten Autoren in der Branche. Sie arbeiten für alle Spitzenkomiker.«

Toby sagte beunruhigt: »Ich fürchte, ich habe nicht genug Geld...«

Clifton Lawrence ging mit einer Handbewegung darüber hinweg. »Keine Sorge, mein Junge. Sie werden es mir später zurückzahlen.«

Lange nachdem Toby Temple gegangen war, saß Clifton Lawrence da und überlegte, lächelte in sich hinein, wenn er an dieses großäugige Unschuldsgesicht und die vertrauensvollen, treuherzigen blauen Augen dachte. Es war schon viele Jahre her, daß Clifton sich für einen Unbekannten eingesetzt hatte. Alle seine Klienten waren bedeutende Stars, und die Studios unternahmen die größten Anstrengungen, um sie für sich zu gewinnen. So etwas wie Spannung hatte es für ihn schon lange nicht mehr gegeben. Früher hatte es mehr Spaß gemacht, war es reizvoller gewesen. Es wäre eine erneute Herausforderung, sich dieses unerfahrenen Jungen anzunehmen, ihn zu fördern und ihn zu einem Superstar aufzubauen. Clifton hatte das Gefühl, daß er an dieser Erfahrung wirklich Freude haben würde. Er mochte den Jungen. Er mochte ihn tatsächlich sehr.

Das Treffen fand in den Twentieth-Century-Fox-Studios am Pico Boulevard in West Los Angeles statt, wo O'Hanlon und Rainger ihr Büro hatten. Toby hatte etwas Umwerfendes in der Art der Suite von Clifton Lawrence erwartet, aber die Räume der Autoren in einem kleinen Holzbungalow wirkten düster und schäbig.

Eine schlampige Sekretärin mittleren Alters in einer wollenen Strickjacke führte Toby in das Büro. Die schmutziggrünen Wände wiesen als einzigen Schmuck eine zerlöcherte Zielscheibe und ein Schild »Planen Sie im voraus« auf. Eine kaputte Jalousie hielt nur zum Teil die Sonnenstrahlen ab, die auf einen abgetretenen, schmutzigen braunen Teppich fielen. Zwei verschrammte Schreibtische waren aneinandergeschoben und mit Papieren, Bleistiften und halbgeleerten Kaffeebechern bedeckt.

»Hallo, Toby«, begrüßte ihn O'Hanlon. »Entschuldigen Sie die Unordnung. Das Dienstmädchen hat heute seinen freien Tag. – Ich bin O'Hanlon.« Er zeigte auf seinen Partner. »Das ist – äh?«

»Rainger.«

»Ah ja. Das ist Rainger.«

O'Hanlon war groß und breit und trug eine Hornbrille. Rainger war klein und zart. Beide Männer waren Anfang Dreißig und seit zehn Jahren ein erfolgreiches Autorenteam. Solange Toby mit ihnen arbeitete, nannte er sie »die Jungs«.

Toby sagte: »Wie ich höre, werdet ihr Burschen einige neue Witze für mich schreiben.«

O'Hanlon und Rainger wechselten einen Blick. Rainger sagte: »Cliff Lawrence meint, Sie könnten Amerikas neues Sexsymbol werden. Wollen mal sehen, was Sie können. Haben Sie eine Nummer parat?«

»Klar«, erwiderte Toby. Ihm fielen Cliftons Bemerkungen ein, und plötzlich hatte er kein Selbstvertrauen mehr.

Die beiden Autoren setzten sich auf die Couch und verschränkten die Arme.

»Schießen Sie los«, sagte O'Hanlon.

Toby sah sie an. »Einfach so?«

»Was hätten Sie denn gern?« fragte Rainger. »Eine Ouvertüre von einem Sechzigmannorchester?« Er wandte sich an O'Hanlon. »Ruf die Musikabteilung an.«

Du Scheißkerl, dachte Toby. *Ihr steht auf meiner Abschußliste, alle beide.* Er wußte, was sie vorhatten. Sie versuchten, ihn kleinzukriegen, damit sie zu Clifton Lawrence gehen und ihm sagen konnten: Wir *können ihm nicht helfen. Er ist ein Langweiler.* Nun, so leicht wollte er es ihnen nicht machen. Er setzte ein Lächeln auf, das nicht echt war, und stieg in sein Abbott-und-Costello-Repertoire ein. »He, Lou, schämst du dich nicht? Du entwickelst dich zu einem richtigen Schnorrer. Warum gehst du nicht und suchst dir einen Job?«

»Ich habe einen Job.«

»Was für einen?«

»Arbeitssuche.«

»Das nennst du einen Job?«

»Na klar. Er beschäftigt mich den ganzen Tag, ich habe eine geregelte Arbeitszeit und bin abends pünktlich zum Essen zu Hause.«

Die beiden prüften Toby, wogen ihn ab, analysierten ihn, und mitten in seiner Darbietung fingen sie an zu reden, als wäre er gar nicht im Zimmer.

»Er weiß nicht, wie er stehen soll.«

»Er rudert mit den Händen, als würde er Holz hacken. Wir könnten eine Holzhacker-Nummer für ihn schreiben.«

»Er drückt zu sehr auf die Tube.«

»Jesus, mit *dem* Text – was bleibt ihm anderes übrig?«

Toby wurde zusehends aus der Fassung gebracht. Er hatte es nicht nötig, sich von diesen beiden Verrückten beleidigen zu lassen. Ihre Einfälle waren vermutlich ohnehin miserabel.

Schließlich konnte er es nicht mehr ertragen. Er hielt inne, seine Stimme bebte vor Wut: »Ich brauche euch Schweinehunde nicht! Vielen Dank für die Gastfreundschaft.« Er ging auf die Tür zu.

Rainger stand auf. Er schien ehrlich verblüfft. »He! Was ist denn mit Ihnen los?«

Toby drehte sich wütend um. »Was zum Teufel glauben Sie, ist los? Sie – Sie . . .« Er war so enttäuscht, daß er den Tränen nahe war.

Rainger wandte sich verwirrt an O'Hanlon. »Wir müssen ihn gekränkt haben.«

»Ach herrje!«

Toby holte tief Atem. »Hören Sie zu, Sie beide, es ist mir egal, ob Sie mich mögen oder nicht, aber . . .«

»Wir *lieben* Sie!« rief O'Hanlon aus.

»Sie sind ein Schatz!« fiel Rainger ein.

Toby sah einen nach dem anderen völlig verblüfft an. »Was? Sie führten sich wie . . .«

»Wissen Sie, was mit Ihnen los ist, Toby? Sie sind unsicher. Entspannen Sie sich. Klar, Sie müssen noch viel lernen, aber andererseits, wenn Sie Bob Hope wären, stünden Sie nicht hier.«

O'Hanlon fügte hinzu: »Und wissen Sie, warum? Weil Bob heute in Carmel ist.«

»Golf spielen. Spielen Sie Golf?« fragte Rainger.

»Nein.«

Die beiden Autoren sahen sich bestürzt an. »Die ganzen Golfwitze im Eimer. Scheiße!«

O'Hanlon griff zum Telefon. »Bitte, bringen Sie uns einen Kaffee, Zsa Zsa.« Er legte wieder auf und sagte zu Toby: »Wissen Sie, wie viele Möchte-gern-Komiker es in dieser seltsamen Branche gibt, in der wir arbeiten?«

Toby schüttelte den Kopf.

»Kann ich Ihnen genau sagen. Drei Milliarden siebenhundertachtundzwanzig Millionen, gestern abend, sechs Uhr. Milton Beries Bruder nicht mitgerechnet. Bei Vollmond kriechen sie alle aus ihren Schlupfwinkeln. Es gibt nur ein halbes Dutzend echte Spitzenkomiker. Die anderen werden's nie schaffen. Spaß ist die ernsthafteste Sache der Welt. Es erfordert gottverdammte Anstrengung, komisch zu sein, ob man nun ein Komiker ist oder ein Komödiant.«

»Gibt es da einen Unterschied?«

»Einen großen. Ein Komiker öffnet komische Türen. Ein Komödiant öffnet Türen komisch.«

Rainger fragte: »Haben Sie sich je überlegt, was einen Komödianten zu einem Dauerbrenner und einen anderen zum Versager macht?«

»Die Texte«, sagte Toby, der ihnen schmeicheln wollte.

»Scheißdreck. Der letzte neue Witz wurde von Aristophanes erfunden. Im Grunde sind alle Witze gleich. George Burns kann dieselben sechs Witze erzählen, die sein Vorgänger im Programm gerade erst erzählt hat, und Burns hat den größeren Lacherfolg. Und wissen Sie, warum? Persönlichkeit.« *Genau das hatte Clifton Lawrence ihm auch gesagt.* »Ohne die sind Sie nichts, ein Niemand. Sie fangen mit Persönlichkeit an und bauen sie zu einem Charakter aus. Nehmen Sie Hope, zum Beispiel. Wenn er herauskäme und einen Jack-Benny-Monolog spräche, würde er wie eine Bombe einschlagen. Warum? Weil er einen Charakter aufgebaut hat. Das erwartet das Publikum von ihm. Wenn Hope auftritt, will das Publikum ein Feuerwerk von Witzen hören. Er ist ein liebenswerter Bursche, ein Großstadtjunge, der die Leute um den Finger wickelt. Jack Benny genau das Gegenteil. Er wüßte nicht, was er mit einem Bob-Hope-Monolog anfangen sollte, aber er kann eine Pause von zwei Minuten einlegen und ein Publikum vor Lachen zum Brüllen bringen. Jeder der Marx Brothers hat seinen eigenen Charakter. Fred Allen ist einmalig. Damit sind wir bei Ihnen. Kennen Sie Ihr Problem, Toby? Sie sind ein bißchen von jedem. Sie imitieren all die Großen. Nun, das ist schön und gut, wenn Sie für den Rest Ihres Lebens zweite Garnitur sein wollen. Wenn Sie aber mehr erreichen möchten, müssen Sie sich einen eigenen Charakter schaffen. Wenn Sie auf der Bühne stehen, muß das Publikum, noch bevor Sie überhaupt den Mund aufmachen, wissen, daß da oben Toby Temple steht. Kapiert?«

»Ja.«

O'Hanlon schaltete sich ein. »Wissen Sie, was Sie haben, Toby? Ein liebenswertes Gesicht. Wenn ich nicht schon Clark Gable versprochen wäre, wäre ich verrückt nach Ihnen. Sie haben etwas Naiv-Süßes an sich. Wenn Sie das richtig verpacken, ließe sich ein Vermögen daraus machen.«

Rainger pflichtete O'Hanlon bei.

»Sie können ungestraft Dinge sagen, die die anderen Jungs nicht bringen dürfen. Es ist wie bei einem Chorknaben, der vor sich hin flucht, man findet es reizend, weil man nicht glaubt, daß er tatsächlich weiß, was er sagt. Als Sie hier reinkamen, fragten Sie, ob wir die Burschen seien, die Ihre Witze schreiben würden. Die Antwort lautet nein. Das hier ist kein Witzladen; wir werden Ihnen zeigen, was in Ihnen steckt und was Sie damit anfangen können. Wir werden einen Charakter für Sie zurechtschneidern. Nun – was sagen Sie dazu?«

Toby sah von einem zum anderen, grinste überglücklich und sagte: »Krempeln wir die Ärmel hoch, und gehen wir an die Arbeit.«

Von nun an aß Toby täglich mit O'Hanlon und Rainger im Studio zu Mittag. Die Kantine der Twentieth Century-Fox war ein riesiger Raum, der von einem Ende zum anderen mit Stars besetzt war. An jedem x-beliebigen Tag konnte Toby Tyrone Power und Loretta Young und Betty Grable und Don Ameche und Alice Faye und Richard Widmark und Victor Mature und die Ritz Brothers und Dutzende anderer sehen. Einige saßen an Tischen in dem großen Saal, andere aßen in dem kleineren Direktoren-Speiseraum, der neben der Hauptkantine lag. Toby liebte es, sie alle zu beobachten. In kurzer Zeit würde er einer der Ihren sein, die Leute würden ihn um ein Autogramm bitten. Er war auf dem richtigen Weg, und er würde sie alle übertreffen.

Alice war begeistert von dem, was mit Toby geschah. »Ich weiß, du wirst es schaffen, Liebling.«

Toby lächelte sie an und schwieg.

Toby, O'Hanlon und Rainger führten lange Diskussionen über den neuen Typ, den Toby verkörpern sollte.

»Er sollte sich einbilden, ein kluger Mann, ein Mann von Welt zu sein«, sagte O'Hanlon. »Aber jedesmal, wenn er dran ist, macht er Mist.«

»Was macht er beruflich?« fragte Rainger. »Metaphern mischen?«

»Er sollte noch bei seiner Mutter leben. Er ist in ein Mädchen verliebt, aber er fürchtet sich davor, von zu Hause wegzuziehen, um sie zu heiraten. Schon fünf Jahre ist er mit ihr verlobt.«

»Zehn ist eine komischere Zahl.«

»Richtig. Also zehn. Seine Mutter würde selbst einen Hund zur Verzweiflung bringen. Jedesmal, wenn Toby heiraten möchte, wird sie krank. Das Time Magazin ruft jede Woche bei *ihr* an, um zu erfahren, was es in der Medizin Neues gibt.«

Toby war fasziniert von dem Schlagabtausch. Er hatte noch nie mit Profitextern gearbeitet, und es gefiel ihm. Besonders, da sich alles um ihn drehte. O'Hanlon und Rainger brauchten drei Wochen, um für Toby eine Nummer zu schreiben. Als sie sie ihm schließlich zeigten, war er begeistert. Sie war wirklich gut. Er machte ein paar Änderungsvorschläge, sie fügten ein paar Zeilen hinzu, strichen andere, und Toby Temple war fertig. Clifton Lawrence rief ihn zu sich.

»Sie fangen Sonnabend abend im Bowling Ball an.«

Toby starrte ihn an. Er hatte erwartet, an das Ciro oder das Trocadero vermittelt zu werden. »Was – was ist der Bowling Ball?«

»Ein kleiner Club an der Südwest Avenue.«

Toby machte ein enttäuschtes Gesicht. »Ich habe noch nie davon gehört.«

»Und die haben von Ihnen auch noch nichts gehört.

Darauf kommt's an, mein Junge. Wenn Sie da Mist machen, wird niemand etwas davon erfahren.«

Außer Clifton Lawrence.

Der Bowling Ball war eine richtige Müllkippe. Es gab kein passenderes Wort dafür. Er war nicht besser und nicht schlechter als die zehntausend anderen schmutzigen kleinen Bars im ganzen Land, ein Treffpunkt für Versager. Toby war schon tausendmal da aufgetreten, in tausend Städten. Die Gäste waren Männer mittleren Alters, Arbeiter in dunklen Hemden ohne Krawatte, zu deren Freizeitgewohnheiten es gehörte, sich hier mit ihren Kumpeln zu treffen, mit den müden Kellnerinnen in ihren engen Röcken und tief ausgeschnittenen Blusen anzubändeln und bei einem billigen Whisky oder einem Glas Bier dreckige Witze zu erzählen. Die Show fand auf engem Raum im Hintergrund des Lokals statt, wo drei gelangweilte Musiker spielten. Ein homosexueller Sänger eröffnete die Vorstellung, ihm folgte ein akrobatischer Tänzer und dann eine Stripperin, die mit einer schläfrigen Kobra arbeitete.

Toby saß zusammen mit Clifton Lawrence, O'Hanlon und Rainger an einem Tisch, sah den anderen Darbietungen zu, lauschte dem Publikum und versuchte, dessen Stimmung abzuschätzen.

»Biertrinker«, sagte Toby verächtlich.

Clifton wollte etwas entgegnen, hielt sich aber zurück, als er Tobys Gesicht sah. Toby hatte Angst. Clifton wußte, daß Toby in Lokalen wie diesem schon früher aufgetreten war, aber diesmal war es anders. Diesmal kam es drauf an.

Clifton sagte freundlich: »Wenn Sie die Biertrinker in die Tasche stecken, wird die Champagnerbande ein leichter Gegner für Sie sein. Diese Leute arbeiten den ganzen Tag schwer, Toby. Wenn sie abends ausgehen, wollen sie etwas für ihr Geld. Wenn Sie die zum Lachen bringen können, schaffen Sie's bei allen.«

In diesem Augenblick hörte Toby, wie der gelangweilte Conférencier seinen Namen ankündigte.

»Zeig's ihnen, Tiger!« sagte O'Hanlon.

Toby machte sich auf den Weg.

Er stand auf der Bühne, auf der Hut und gespannt, schätzte das Publikum ab wie ein argwöhnisches Tier, das im Wald Gefahr wittert.

Das Publikum war ein Tier mit hundert Köpfen, mit hundert verschiedenen Köpfen; und er mußte das Tier zum Lachen bringen. Er holte tief Atem. *Liebt mich,* betete er.

Er begann mit seiner Nummer.

Und niemand hörte ihm zu. Keiner lachte. Toby fühlte, wie ihm der Schweiß ausbrach. Die Nummer kam nicht an. Er behielt sein unechtes Lächeln bei und redete weiter, versuchte, den Lärm und die Unterhaltung zu übertönen. Er konnte ihre Aufmerksamkeit nicht auf sich lenken. Sie wollten wieder die nackten Weiber. Sie waren an zu vielen Sonnabendabenden zu vielen unbegabten, unkomischen Komikern ausgesetzt gewesen. Toby redete und redete, kämpfte gegen ihre Gleichgültigkeit an. Er machte weiter, weil es nichts gab, was er sonst hätte tun können. Er blickte hinüber zu Clifton Lawrence und den Jungs, sah, wie sie ihn besorgt beobachteten.

Toby fuhr fort. Es gab kein Publikum, nur Leute, die miteinander redeten, über ihre Probleme und ihr Leben diskutierten. Was sie betraf, hätte Toby Temple ruhig eine Million Meilen weit weg sein können. Oder tot. Seine Kehle war jetzt trocken vor Furcht, und es fiel ihm schwer, die Worte auszusprechen. Aus dem Augenwinkel sah Toby den Manager zur Kapelle hinübergehen. Er würde die Musik anfangen lassen und ihn endgültig mundtot machen. Es war alles vorbei. Tobys Handflächen waren naß, und seine Eingeweide rebellierten. Er konnte warmen Urin an seinem Bein hinunterrinnen fühlen. Er war so nervös, daß er die Worte zu verdrehen begann. Er wagte nicht, Clifton Lawrence oder die Texter anzusehen. Er schämte sich zu sehr. Der Manager stand bei der Kapelle und sprach mit den Musikern. Sie warfen einen Blick zu Toby Temple hinüber und nickten. Toby machte weiter, redete verzweifelt, wünschte, daß es endlich vorbei wäre, wollte irgendwohin rennen und sich verstecken.

Eine Frau mittleren Alters, die an einem Tisch direkt vor Toby saß, kicherte über einen seiner Witze. Ihre Begleiter verstummten, um zuzuhören. Toby redete in wilder Aufregung weiter. Die anderen am Tisch hörten jetzt ebenfalls zu, lachten. Dann der nächste Tisch.

Und der nächste. Und langsam ebbte die Unterhaltung ab. Sie hörten ihm jetzt zu. Gelächter setzte ein, hielt an, wurde stärker und wuchs. Und wuchs. Die Menschen im Raum wurden zu einem Publikum. Und er hatte sie im Griff. *Er hatte sie gottverdammt im Griff!* Es spielte keine Rolle mehr, daß er in einem billigen Saloon stand, vor einer Horde biertrinkender Sabbermäuler.

Was eine Rolle spielte, war ihr Lachen und ihre Sympathie. Sie erreichte Toby in Wellen der Zuneigung. Zuerst brachte er sie zum Lachen, dann zum Brüllen. Sie hatten noch nie so einen wie ihn gehört, weder in diesem kümmerlichen Lokal noch sonstwo. Sie applaudierten, und sie jubelten ihm zu, und fast hätten sie das Lokal zu Kleinholz gemacht. Sie waren Zeugen der Geburt eines Phänomens. Natürlich konnten sie das nicht wissen.

Aber Clifton Lawrence, O'Hanlon und Rainger wußten es. Und Toby Temple.

Gott hatte sich endlich durchgesetzt.

Reverend Damian hielt die lodernde Fackel dicht vor Josephines Gesicht und schrie: »O allmächtiger Gott, brenne das Böse in diesem sündigen Kind aus«, und die Gemeinde brüllte: »Amen!« Und Josephine fühlte, wie die Flamme ihr ins Gesicht züngelte, und Reverend Damian schrie: »Hilf dieser Sünderin, den Teufel zu bannen, o Gott. Wir werden ihn hinausbeten, wir werden ihn hinausbrennen, wir werden ihn ertränken«, und Hände packten Josephine, und ihr Gesicht wurde in einen Zuber mit kaltem Wasser getaucht, und sie wurde niedergehalten, während Stimmen in die Nachtluft emporstiegen, den Allmächtigen um seine Hilfe anflehten. Josephine wand sich, um freizukommen, rang nach Atem, und als sie sie endlich halb bewußtlos herauszogen, erklärte Reverend Damian: »Wir danken dir, süßer Jesus, für deine Gnade. Sie ist gerettet! Sie ist gerettet!« Und es herrschte große Freude, und jeder war im Geiste erhoben. Nur Josephine nicht, deren Kopfschmerzen stärker geworden waren.

10

»Ich habe ein Engagement für Sie in Las Vegas«, sagte Clifton Lawrence zu Toby. »Ich habe mit Dick Landry vereinbart, daß er mit Ihnen an Ihrer Nummer arbeitet. Er ist der beste Arrangeur, den es gibt.«

»Phantastisch! Welches Hotel? Das Flamingo? Das Thunderbird?«

»Das Oasis.«

»Das *Oasis?*« Toby blickte Cliff ungläubig an, er scherzte wohl. »Ich habe nie . . .«

»Ich weiß.« Cliff lächelte. »Sie haben nie davon gehört. Klar. Die haben auch nie von Ihnen gehört. Sie engagieren in Wirklichkeit nicht Sie – sie engagieren mich. Ihnen genügt mein Wort, daß Sie gut sind.«.

»Keine Sorge«, versprach Toby. »Ich werde Sie nicht blamieren.«

Kurz vor seiner Abreise unterrichtete Toby Alice Tanner über das Engagement in Las Vegas. »Ich weiß, daß du ein großer Star werden wirst«, sagte sie. »Deine Zeit ist gekommen. Sie werden dich anbeten, Darling.« Sie umarmte ihn und sagte: »Wann fahren wir, und was soll ich zur Premiere eines jungen Komiker-Genies anziehen?«

Toby schüttelte betrübt den Kopf. »Ich wünschte, ich

könnte dich mitnehmen, Alice. Das dumme ist nur, daß ich Tag und Nacht arbeiten muß, um eine Menge neuer Texte zu proben.«

Sie versuchte, ihre Enttäuschung zu verbergen. »Armer Toby.« Sie drückte ihn fester an sich. »Wie lange wirst du fortbleiben?«

»Ich weiß es noch nicht. Es ist kein zeitlich begrenztes Engagement.«

Es gab ihr einen leichten Stich, aber sie wußte, daß sie töricht war. »Ruf mich an, sobald du kannst«, sagte sie.

Toby küßte sie und stürmte zur Tür hinaus.

Es schien, als wäre Las Vegas, Nevada, eigens zu Tobys Vergnügen geschaffen worden. Er spürte es, sowie er der Stadt ansichtig wurde. Sie hatte eine wunderbare kinetische Energie, auf die er ansprach, eine vibrierende Kraft, die der in ihm brennenden Kraft gleichkam. Toby flog mit O'Hanlon und Rainger hin, und als sie landeten, wartete eine Limousine vom Hotel Oasis auf sie. Es war Tobys Vorgeschmack auf eine wundervolle Welt, die bald die seine sein sollte. Er genoß es, sich in dem riesigen schwarzen Wagen zurückzulehnen und vom Chauffeur gefragt zu werden: »Hatten Sie einen guten Flug, Mr. Temple?«

Es sind immer die kleinen Leute, die einen Erfolg riechen können, noch ehe er sich einstellt, dachte Toby.

»Es war wie üblich langweilig«, antwortete Toby lässig. Er fing das Lächeln auf, das O'Hanlon und Rainger tauschten, und grinste zurück. Er fühlte sich ihnen sehr verbunden. Sie waren alle ein Team, das gottverdammt beste Team im Showgeschäft.

Das Oasis lag abseits des glanzvollen Strip, weit weg von den berühmteren Hotels. Als die Limousine sich dem Hotel näherte, sah Toby, daß es nicht so groß oder so modisch war wie das Flamingo oder das Thunderbird, aber es hatte etwas Besseres, etwas viel Besseres. Es hatte eine riesige Tafel über dem Hoteleingang, auf der stand:

AB 4. SEPTEMBER
LILI WALLACE
TOBY TEMPLE

Tobys Name war in Leuchtbuchstaben angebracht, die dreißig Meter hoch zu sein schienen. Kein Anblick in der ganzen gottverdammten Welt war so schön wie dieser.

»Schauen Sie sich das an!« sagte er ehrfürchtig.

O'Hanlon warf einen Blick auf die Tafel und sagte: »Nanu? *Lili Wallace!*« Und er lachte. »Nach der Premiere werden Sie hoffentlich an erster Stelle stehen.«

Der Manager des Oasis, ein Mann in mittleren Jahren mit fahler Gesichtsfarbe, der Parker hieß, begrüßte Toby und geleitete ihn unter schmeichelhaften Reden persönlich in seine Suite. »Ich kann Ihnen gar nicht sagen, wie wir uns freuen, Sie bei uns zu haben, Mr. Temple. Wenn Sie irgend etwas brauchen – irgend etwas –, rufen Sie mich nur an.«

Die freundliche Aufnahme galt Clifton Lawrence, darüber war sich Toby klar. Es war das erstemal, daß der legendäre Agent sich herabgelassen hatte, einen seiner Klienten in dieses Hotel zu vermitteln. Der Manager des Oasis-Hotels hoffte, daß er in der Folgezeit einige von Lawrences wirklich großen Stars bekommen würde.

Die Suite war riesig. Sie bestand aus drei Schlafzimmern, einem großen Salon, einer Küche, einer Bar und einer Terrasse. Auf einem Tisch im Salon stand ein ganzes Sortiment von Flaschen, Blumen und eine große Schale mit frischem Obst und Käse mit einer Empfehlung der Direktion.

»Ich hoffe, Sie werden zufrieden sein, Mr. Temple«, sagte Parker.

Toby blickte sich um und dachte an all die kleinen, von Küchenschaben heimgesuchten Absteigen, in denen er gewohnt hatte. »Ja, ist schon recht.«

»Mr. Landry ist vor einer Stunde angekommen. Ich habe veranlaßt, daß das Mirage-Zimmer für Ihre Probe um drei Uhr geräumt wird.«

»Danke.«

»Vergessen Sie nicht, wenn Sie etwas brauchen...« Und der Manager ging unter Verbeugungen hinaus.

Toby stand da und genoß seine Umgebung. Er würde in Hotels wie diesem hier den Rest seines Lebens verbringen. Er würde alles haben – die Weiber, das Geld, den Beifall. Vor allen Dingen den Beifall. Die Leute würden vor ihm sitzen und lachen, jauchzen und ihn gern haben. *Das* war sein Lebenselixier. Er brauchte nichts anderes.

Dick Landry war Ende Zwanzig, ein zierlicher, schlanker Mann mit einer Glatze und langen, graziösen Beinen. Er hatte als Zigeuner am Broadway angefangen und war über den Revuetanz zum Solotänzer, Choreographen und Regisseur aufgerückt. Landry hatte Geschmack und ein Gespür dafür, was das Publikum wollte. Er konnte zwar aus einer schlechten Nummer keine gute machen, aber er konnte sie gut *aussehen* lassen, und wenn man ihm eine gute Nummer gab, konnte er sie zu einer Sensation machen. Bis vor zehn Tagen hatte Landry noch nie von Toby Temple gehört, und der einzige Grund, warum Landry seinen hoffnungslos überfüllten Stundenplan über den Haufen geworfen hatte, um nach Las Vegas zu kommen und bei Temples Nummer Regie zu führen, war, daß Clifton Lawrence ihn darum gebeten hatte.

Denn Clifton war es gewesen, der Landrys Karriere aufgebaut hatte.

Fünfzehn Minuten nachdem Dick Landry Toby Temple kennengelernt hatte, wußte er, daß er es mit einem Talent zu tun hatte. Als er Tobys Monolog hörte, mußte Landry laut lachen – was selten genug geschah. Es waren nicht so sehr die Witze als mehr die treuherzige Art, wie er sie vortrug. Er war so rührend ehrlich, daß es einem das Herz brach. Er war ein liebenswertes Küken voller Angst, daß ihm der Himmel auf den Kopf fallen könnte. Landry verspürte den Wunsch, auf die Bühne zu laufen, ihn zu umarmen und ihm zu versichern, daß alles gutgehen würde.

Als Toby geendet hatte, mußte Landry an sich halten, um nicht Beifall zu klatschen. Er ging zu Toby auf die Bühne. »Sie sind gut«, sagte er begeistert. »Wirklich gut.«

Toby war erfreut. »Danke. Cliff sagt, Sie könnten mir zeigen, wie man ganz groß rauskommt.«

Landry entgegnete: »Ich will es versuchen. Als erstes müssen Sie lernen, Abwechslung in Ihren Auftritt zu bringen. Solange Sie nur da oben stehen und Witze erzählen können, werden Sie nie mehr als ein gewöhnlicher Komiker sein. Singen Sie mir mal etwas vor.«

Toby grinste. »Da müssen Sie schon einen Kanarienvogel engagieren. Ich kann nicht singen.«

»Versuchen Sie's.«

Toby versuchte es. Landry war zufrieden. »Ihre Stimme ist zwar nicht kräftig«, sagte er zu Toby, »aber Sie haben Gehör. Mit den richtigen Liedern können Sie das Publikum glauben machen, Sie seien Frank Sinatra. Wir werden ein paar Komponisten beauftragen, etwas für Sie zu arrangieren. Ich möchte nicht, daß Sie dieselben Lieder singen, die jedermann bringt. Zeigen Sie mal, wie Sie sich bewegen.«

Landry beobachtete ihn genau. »Gut, gut. Sie werden zwar nie ein Tänzer sein, aber ich werde dafür sorgen, daß Sie wie einer aussehen.«

»Warum?« fragte Toby. »Singende Tänzer kriegt man für zehn Cents das Dutzend.«

»Genau wie Komiker«, gab Landry zurück. »Ich werde aus Ihnen einen Entertainer machen.«

Toby sagte grinsend: »Krempeln wir die Ärmel hoch, und gehen wir an die Arbeit.«

Sie gingen an die Arbeit. O'Hanlon und Rainger waren bei jeder Probe dabei, fügten Zeilen hinzu, schufen neue Szenen und beobachteten Landry, wie er Toby antrieb. Es war ein mörderischer Stundenplan. Toby probte, bis jeder Muskel in seinem Körper schmerzte; er verlor fünf Pfund und wurde schlank und kräftig. Er nahm täglich Gesangsstunden und sprach Konsonanten stimmhaft aus, bis er im Schlaf sang. Er arbeitete mit den Jungs an neuen Komödienszenen, brach das dann ab, um neue Lieder zu lernen, die für ihn geschrieben worden waren, und dann war es Zeit, wieder zu proben.

Beinahe jeden Tag fand Toby eine Mitteilung in seinem Fach, daß Alice Tanner angerufen habe. Er erinnerte sich, wie sie versucht hatte, ihn zurückzuhalten. *Du bist noch nicht soweit.* Nun, jetzt *war* er soweit, und er hatte es geschafft, *trotzdem*. Zum Teufel mit ihr! Er warf die Mitteilungen weg. Schließlich kamen keine mehr. Aber die Proben gingen weiter.

Plötzlich war der Abend der Premiere da.

Es ist etwas Geheimnisvolles um die Geburt eines neuen Stars. Es ist, als würde eine telepathische Botschaft umgehend an die vier Eckpfeiler des Showbusiness weitergeleitet. Auf magische Weise gelangt die Nachricht nach

London und Paris, nach New York und Sydney; wo immer es ein Theater gibt, wird die Botschaft bekannt.

Fünf Minuten nachdem Toby Temple die Bühne des Oasis-Hotels betreten hatte, hatte es sich herumgesprochen, daß ein neuer Stern am Horizont erschienen war.

Clifton Lawrence flog zu Tobys Premiere und blieb auch zur Spätvorstellung. Toby war geschmeichelt. Clifton vernachlässigte seinetwegen seine anderen Klienten. Als Toby seine Show beendet hatte, gingen beide in das Hotel-Café, das die ganze Nacht geöffnet hatte.

»Haben Sie all die Stars gesehen?« fragte Toby. »Als sie zu mir in die Garderobe kamen, bin ich verdammt fast gestorben.«

Clifton lächelte über Tobys Begeisterung. Er war ein so angenehmer Kontrast zu all seinen anderen, blasierten Klienten. Toby war ein Miezekätzchen. Ein süßes, blauäugiges Miezekätzchen.

»Sie erkennen ein Talent auf den ersten Blick«, sagte Clifton. »Auch das Oasis hat es erkannt. Sie wollen einen neuen Vertrag mit Ihnen machen. Sie wollen Sie von fünfundsechzig auf tausend pro Woche heraufsetzen.«

Toby ließ seinen Löffel fallen. »Tausend die Woche? Aber das ist ja phantastisch, Cliff!«

»Und auch das Thunderbird und das El Rancho haben bereits die Fühler ausgestreckt.«

»Schon?« fragte Toby freudig erregt.

»Machen Sie sich nicht gleich in die Hosen. Es handelt sich nur darum, in der Hotelhalle zu spielen.« Er lächelte. »Es ist die alte Geschichte, Toby. Für mich sind Sie der Größte, und Sie selbst halten sich ebenfalls für den Größten – aber sind Sie auch für den Größten der Größte?« Er stand auf. »Ich muß meine Maschine nach New York kriegen. Ich fliege morgen nach London weiter.«

»London? Wann kommen Sie zurück?«

»In ein paar Wochen.« Clifton beugte sich vor und sagte: »Hören Sie, mein Junge. Sie bleiben noch zwei Wochen hier. Nutzen Sie sie gut. Ich möchte, daß Sie an jedem Abend, den Sie auf der Bühne da oben stehen, überlegen, wie Sie noch besser sein könnten. Ich habe O'Hanlon und Rainger überredet zu bleiben. Sie sind bereit, Tag und Nacht mit Ihnen zu arbeiten. Nutzen Sie das aus. Landry wird an den Wochenenden herkommen, um zu sehen, wie alles läuft.«

»Großartig«, sagte Toby. »Danke, Cliff.«

»Oh, beinahe hätte ich's vergessen«, sagte Clifton Lawrence beiläufig. Er zog ein kleines Päckchen aus der Tasche und reichte es Toby.

Es enthielt ein Paar Brillantmanschettenknöpfe. Sie hatten die Form eines Sterns.

Wann immer Toby etwas Freizeit hatte, entspannte er sich an dem großen Swimmingpool hinter dem Hotel. Fünfundzwanzig Mädchen traten in der Show auf, und immer waren ein Dutzend oder mehr aus dem Ballett da, die sich in Badeanzügen sonnten. Sie wirkten in der heißen Mittagssonne wie spätblühende Blumen, eine schöner als die andere. Toby hatte auch früher keine Schwierigkeiten bei Frauen gehabt, doch nun machte er eine vollkommen neue Erfahrung. Die Showmädchen hatten noch nie von Toby Temple gehört, aber sein Name stand in Leuchtschrift über dem Hoteleingang. Das genügte. Er war ein *Star,* und sie kämpften miteinander um das Vorrecht, mit ihm ins Bett zu gehen.

Die nächsten zwei Wochen waren wundervoll für Toby. Er pflegte gegen Mittag aufzuwachen, im Speisesaal zu frühstücken, wo er nebenbei Autogramme gab. Dann probte er ein wenig, und danach pickte er sich eine oder zwei der Schönheiten am Pool heraus, und sie gingen in seine Suite hinauf, um sich in seinem Bett zu amüsieren.

Und Toby lernte etwas Neues. Wegen der knappen Kostüme, die die Mädchen trugen, mußten sie ihre Schamhaare entfernen. Sie stutzten sie derart, daß nur eine lockige Haarsträhne in der Mitte des Hügels übrigblieb.

»Es ist wie ein Aphrodisiakum«, vertraute eines der Mädchen Toby an. »Ein paar Stunden in zu engen Hosen, und man wird zur Nymphomanin.«

Toby gab sich keine Mühe, sich ihre Namen zu merken. Sie waren alle »Baby« oder »Honey« und vermischten sich zu einer Symphonie von Schenkeln und Lippen und gierigen Körpern.

In der letzten Woche seines Engagements im Oasis hatte Toby einen Besucher. Er hatte gerade seinen ersten Auftritt beendet und schminkte sich ab, als der Oberkellner seine Garderobe betrat und ihm zuflüsterte: »Mr. Al Caruso läßt Sie an seinen Tisch bitten.«

Al Caruso war einer der Großen in Las Vegas. Er war Alleininhaber eines Hotels, und es hieß, daß er Anteile an zwei oder drei anderen besaß. Weiter hieß es, er hätte Verbindungen zu Gangsterkreisen, aber das kümmerte Toby nicht. Wichtig war, Al Caruso zu gefallen, um für den Rest seines Lebens Engagements in Las Vegas zu bekommen. Er zog sich rasch an und ging in den Speisesaal, um Al Caruso kennenzulernen.

Al Caruso war ein kleiner Mann in den Fünfzigern mit grauem Haar, sanften, aber lebendigen braunen Augen und einem Bauchansatz. Er erinnerte Toby an eine Miniaturausgabe von Sankt Nikolaus. Als Toby an den Tisch trat, erhob sich Caruso, streckte ihm seine Hand entgegen, lächelte herzlich und sagte: »Al Caruso. Ich wollte Ihnen nur sagen, wie mir Ihre Show gefallen hat, Toby. Setzen Sie sich zu uns.«

Außer Caruso saßen noch zwei dunkelgekleidete Männer am Tisch. Stämmige Burschen, die an ihrer Coca-Cola nippten und während des ganzen Treffens kein Wort sagten. Toby erfuhr ihre Namen nie. Gewöhnlich pflegte Toby nach seinem ersten Auftritt zu Abend zu essen, und er hatte jetzt einen Bärenhunger, aber Caruso hatte offensichtlich seine Mahlzeit gerade beendet, und Toby wollte nicht interessierter am Essen erscheinen als an seinem Treffen mit dem großen Mann.

»Ich bin beeindruckt von Ihnen, mein Junge«, sagte Caruso. »Wirklich beeindruckt.« Und er strahlte Toby mit seinen lebhaften braunen Augen an.

»Danke, Mr. Caruso«, sagte Toby glücklich. »Das bedeutet mir sehr viel.«

»Nennen Sie mich Al.«

»Ja, Sir – Al.«

»Sie haben Zukunft, Toby. Ich habe manche kommen und gehen sehen. Aber nur die Begabten können sich halten. Sie *sind* begabt.«

Toby fühlte eine angenehme Wärme durch seinen Körper rieseln. Einen Augenblick dachte er daran, Al Caruso darauf hinzuweisen, daß für geschäftliche Dinge Clifton Lawrence zuständig sei; aber dann entschied er, die Verhandlung selbst zu führen. *Wenn Caruso derart scharf auf mich ist,* dachte Toby, *kann ich vielleicht zu einem besseren Abschluß kommen als Cliff.* Toby beschloß, zunächst Al Caruso ein Angebot machen zu lassen, dann würde er zu feilschen beginnen.

»Ich habe mir fast in die Hosen gemacht«, sagte Caruso. »Ihre Affen-Nummer ist das Komischste, was ich je gehört habe.«

»Aus Ihrem Munde ist das ein ganz besonderes Kompliment«, erwiderte Toby.

Die Augen des kleinen Sankt Nikolaus tränten vor Lachen. Er zog ein weißseidenes Taschentuch hervor und wischte sich die Augen. Er wandte sich an seine beiden Begleiter: »Hab ich nicht gesagt, daß er komisch ist?«

Die beiden Männer nickten.

Al Caruso wandte sich wieder zu Toby. »Will Ihnen sagen, weshalb ich Sie sprechen wollte, Toby.«

Das war der entscheidende Augenblick, in dem seine Karriere wirklich begann. Clifton Lawrence gondelte irgendwo in Europa herum und schloß Verträge für alte Klienten. Hier hätte er sein sollen, um *diesen* Vertrag zu machen. Er würde staunen, wenn er zurückkam!

Toby beugte sich vor und lächelte verbindlich. »Ich bin ganz Ohr, Al.«

»Millie liebt Sie.«

Toby blinzelte; es mußte sich um ein Mißverständnis handeln. Caruso beobachtete ihn mit funkelnden Augen.

»Es es tut mir leid«, sagte Toby verwirrt. »Was haben Sie gesagt?«

Al Caruso lächelte freundlich. »Millie liebt Sie. Sie hat es mir gesagt.«

Millie? Konnte das Carusos Frau sein? Seine Tochter? Toby wollte etwas sagen, aber Al Caruso unterbrach ihn.

»Sie ist ein großartiges Mädchen. Ich habe sie drei, vier Jahre ausgehalten.« Er drehte sich zu den anderen beiden Männern um. »Vier Jahre?«

Sie nickten.

Al Caruso wandte sich wieder an Toby. »Ich liebe dieses Mädchen, Toby. Ich bin sozusagen verrückt nach ihr.«

Toby spürte, wie ihm das Blut aus dem Gesicht wich. »Mr. Caruso, ich . . .«

Al Caruso sagte: »Millie und ich haben eine Vereinbarung getroffen. Ich betrüge sie nicht, außer mit meiner Frau, und sie betrügt mich nicht, außer sie erzählt es mir.« Er strahlte Toby an, und diesmal bemerkte Toby hinter dem sanften Lächeln etwas, das sein Blut zu Eis gerinnen ließ.

»Mr. Caruso...«

»Wissen Sie was, Toby? Sie sind der erste, mit dem sie mich jemals betrogen hat.« Er wandte sich an die beiden Männer am Tisch. »Sage ich die Wahrheit?«

Sie nickten.

Als Toby antwortete, zitterte seine Stimme. »Ich schwöre bei Gott, ich wußte nicht, daß Millie Ihre Freundin ist. Wenn ich es auch nur geahnt hätte, hätte ich sie nicht angerührt, ich hätte mich ihr nie genähert, Mr. Caruso...«

Sankt Nikolaus strahlte ihn an. »Al. Nennen Sie mich Al.«

»Al.« Es war wie ein Krächzen. Toby brach der Schweiß aus. »Hören Sie zu, Al«, sagte er. »Ich werde – ich werde sie nie wiedersehen. Nie. Glauben Sie mir, ich...«

Caruso starrte ihn an. »He! Ich glaube, Sie haben mir nicht zugehört.«

Toby schluckte. »Doch, doch, ich habe zugehört. Ich habe jedes Wort gehört, das Sie gesagt haben. Und Sie brauchen sich überhaupt keine Sorgen zu machen...«

»Ich sagte, das Kind liebt Sie. Wenn sie Sie haben will, dann soll sie Sie auch kriegen. Ich möchte, daß sie glücklich wird. Verstanden?«

»Ich...« Tobys Gedanken wirbelten durcheinander. Einen verrückten Augenblick lang hatte er tatsächlich geglaubt, daß der Mann ihm gegenüber auf Rache aus war. Statt dessen bot Al Caruso ihm seine Freundin an. Toby hätte vor Erleichterung beinahe laut aufgelacht. »Mein Gott, Al«, sagte Toby. »Klar. Ich tu, was Sie wollen.«

»Was Millie will.«

»Gut. Was Millie will.«

»Ich wußte, daß Sie ein netter Mann sind«, sagte Al Caruso. Er wandte sich an die beiden Männer am Tisch. »Hab ich nicht gesagt, daß Toby Temple ein netter Mann ist?«

Sie nickten und tranken schweigend weiter.

Al Caruso erhob sich, und die beiden Männer sprangen sofort auf und traten neben ihn. »Ich werde die Hochzeit selbst ausrichten«, sagte Al Caruso. »Wir werden den großen Bankettsaal im Morocco nehmen. Sie brauchen sich über nichts Gedanken zu machen. Ich werde mich um alles kümmern.«

Die Worte drangen zu Toby wie durch Watte, wie aus großer Entfernung. Sein Hirn registrierte zwar, was Al Caruso sagte, aber er begriff es nicht.

»Augenblick«, protestierte Toby. »Ich kann nicht...«

Caruso legte seine Hand auf Tobys Schulter. »Sie haben Glück, mein Lieber«, sagte er. »Ich meine, wenn Millie mich nicht davon überzeugt hätte, daß ihr zwei euch wirklich liebt, wenn ich den Eindruck hätte gewinnen müssen, daß Sie sie wie eine Zweidollarnutte behandelt haben, hätte die ganze Sache ein anderes Ende nehmen können. Verstehen Sie, was ich meine?«

Toby blickte unwillkürlich zu den beiden schwarzgekleideten Männern hinüber, die zustimmend nickten.

»Ihr Engagement hier geht am Sonnabendabend zu Ende«, sagte Al Caruso. »Am Sonntag findet die Hochzeit statt.«

Tobys Kehle war wieder ganz trocken. »Ich – die Sache ist die, Al, ich fürchte, ich habe da einige Engagements. Ich...«

»Die können warten«, sagte Al Caruso mit strahlendem Engelslächeln. »Ich werde Millies Hochzeitskleid selbst aussuchen. Nacht, Toby.«

Toby stand da, blickte den drei Gestalten nach, noch lange, nachdem sie verschwunden waren.

Er hatte nicht die geringste Ahnung, wer Millie war.

Am nächsten Morgen waren Tobys Ängste verflogen. Er hatte sich von dem unerwarteten Geschehen überrumpeln lassen. Doch die Zeiten eines Al Capone waren vorbei. Niemand konnte ihn zwingen, jemanden zu heiraten, den er nicht heiraten wollte. Al Caruso war nicht irgendein schäbiger Kerl, der Gewalt anwenden würde; er war ein respektabler Hotelbesitzer. Je mehr Toby über die Lage nachdachte, desto komischer kam sie ihm vor. Er schmückte sie im Geiste aus und hörte schon das Publikum lachen. Natürlich hatte er vor Caruso keine Angst gehabt, aber er würde die Sache so erzählen, als wäre er ängstlich gewesen. *Ich trete an seinen Tisch, und da sitzt Caruso, zusammen mit diesen sechs Gorillas, verstehen Sie? Alle haben sie so große Beulen, wo sie ihre Revolver tragen.* O ja, es würde eine großartige Story abgeben, er könnte eine phantastische Nummer daraus machen.

Den Rest der Woche mied Toby den Swimmingpool und das Kasino und wich allen Mädchen aus. Zwar fürchtete er Al Caruso nicht, aber warum sollte er unnötige Risiken eingehen? Toby hatte ursprünglich geplant, Las Vegas am Sonntagmittag mit dem Flugzeug zu verlassen. Statt dessen bestellte er für Sonnabend abend einen Mietwagen zur Rückseite des Hotelparkplatzes. Er packte seine Koffer, ehe er zu seiner letzten Show hinunterging, damit er sofort nach seinem Auftritt losfahren konnte. Er würde eine Weile Las Vegas fernbleiben.

Wenn Al Caruso es wirklich ernst meinte, konnte Clifton Lawrence die Sache in Ordnung bringen.

Tobys Schlußauftritt war sensationell. Das Publikum brachte ihm stehend Ovationen dar, die ersten dieser Art, die er je bekommen hatte. Er stand auf der Bühne und fühlte, wie eine Woge der Sympathie ihm entgegenschlug. Er trug noch eine Zugabe vor, trat dann ab und eilte nach oben. Das waren die großartigsten drei Wochen seines Lebens gewesen. In dieser kurzen Zeit war er von einem Niemand, der mit Kellnerinnen und Krüppeln schlief, zu einem Star aufgestiegen, der die Geliebte von Al Caruso aufs Kreuz gelegt hatte. Schöne Mädchen hatten ihn angefleht, mit ihm zu schlafen, das Publikum bewunderte ihn, und die großen Hotels rissen sich um ihn. Er hatte es geschafft, und er wußte, daß dies nur der Anfang war. Er zog den Zimmerschlüssel aus der Tasche. Als er öffnete, rief eine vertraute Stimme: »Hereinspaziert, mein Junge.«

Zögernd betrat Toby das Zimmer. Al Caruso und seine beiden Freunde warteten auf ihn. Ein kalter Schauder lief Toby den Rücken hinunter. Aber es gab keinen Grund zur Besorgnis. Caruso sagte strahlend: »Sie waren großartig heute abend, Toby, wirklich großartig.«

Toby fühlte sich erleichtert. »Es war ein gutes Publikum.«

Carusos braune Augen funkelten, und er sagte: »Sie haben aus ihm ein gutes Publikum gemacht, Toby. Ich sagte Ihnen ja bereits – Sie haben Talent.«

»Danke, Al.« Er wünschte, sie würden nun gehen, damit er aufbrechen konnte.

»Sie arbeiten schwer«, sagte Al Caruso. Er drehte sich zu seinen Begleitern um. »Hab ich nicht gesagt, ich habe noch nie jemand so schwer arbeiten sehen?«

Die beiden Männer nickten.

Caruso wandte sich wieder an Toby. »Nun – Millie war ziemlich betrübt, daß Sie sie nicht angerufen haben. Ich habe ihr gesagt, es läge daran, daß Sie so schwer arbeiten müßten.«

»Das stimmt«, sagte Toby schnell. »Ich freue mich, daß Sie Verständnis dafür haben, Al.«

Al lächelte freundlich. »Klar. Aber wissen Sie, wofür ich kein Verständnis habe? Sie haben nicht mal angerufen, um zu erfahren, wann die Hochzeit stattfindet.«

»Ich wollte morgen früh anrufen.«

Al Caruso lachte und sagte tadelnd: »Aus Los Angeles?«

Toby beschlich ein leichtes Unbehagen. »Was reden Sie da, Al?«

Caruso blickte ihn vorwurfsvoll an. »Ihre Koffer stehen fertig gepackt da drin.« Er kniff Toby spielerisch in die Wange. »Ich habe Ihnen gesagt, daß ich jeden umbringen würde, der Millie weh tut.«

»Moment mal! Ich wollte wirklich nicht...«

»Sie sind ein guter Junge, aber Sie sind dumm, Toby. Wahrscheinlich gehört das zu Ihrer Genialität, ha?«

Toby starrte in das pausbäckige, strahlende Gesicht und wußte nicht, was er sagen sollte.

»Sie müssen mir glauben«, sagte Al Caruso herzlich. »Ich bin Ihr Freund. Ich möchte sichergehen, daß Ihnen nichts Böses geschieht. Um Millies willen. Aber wenn Sie nicht auf mich hören, was kann ich da tun? Wissen Sie, wie man einen sturen Kerl dazu bringt, aufzupassen?«

Toby schüttelte wie betäubt den Kopf.

»Zuerst gibt man ihm eins über die Rübe.«

Toby spürte Angst in sich aufsteigen.

»Sind Sie Links- oder Rechtshänder?« fragte Caruso.

»Rechtshänder«, murmelte Toby.

Caruso nickte freundlich und drehte sich zu den beiden Männern um. »Brecht ihm den rechten Arm«, sagte er.

Einer der beiden hatte plötzlich ein Brecheisen in den Händen. Toby spürte, wie er am ganzen Körper zu zittern begann.

»Um Gottes willen«, hörte er sich sagen. »Das können Sie doch nicht tun.«

Einer der Männer versetzte ihm einen Schlag in die Magengrube. In der nächsten Sekunde fühlte Toby einen unerträglichen Schmerz, als das Brecheisen seinen rechten Arm traf und seine Knochen zertrümmerte. Er stürzte zu Boden, wand sich in unerträglichen Schmerzen. Er versuchte zu schreien, hatte aber nicht genug Atem. Durch seine von Tränen verschleierten Augen erkannte er das lächelnde Gesicht von Al Caruso.

»Hören Sie mir auch zu?« fragte Caruso leise.

Toby nickte unter Qualen.

»Gut.« Er wandte sich an einen der Männer. »Mach seine Hose auf.«

Der Mann beugte sich hinunter und öffnete den Reißverschluß von Tobys Hose. Mit dem Brecheisen holte er Tobys Penis heraus.

Caruso stand einen Augenblick da und betrachtete ihn. »Sie sind ein glücklicher Mann, Toby. Sie sind verdammt gut bestückt.«

Eine derartige Angst hatte Toby noch nie ausgestanden. »O Gott ... bitte ... tun Sie's nicht ... tun Sie mir das nicht an«, krächzte er.

»Ich könnte Ihnen nicht weh tun«, sagte Caruso. »Solange Sie gut zu Millie sind, sind Sie mein Freund. Wenn sie mir aber je erzählt, daß Sie sie auf irgendeine Weise gekränkt haben – verstehen Sie?« Er stieß Tobys gebrochenen Arm mit der Schuhspitze an, und Toby schrie laut auf. »Ich freue mich, daß wir uns verstehen«, sagte

Caruso strahlend. »Die Hochzeit findet um ein Uhr statt.«

Carusos Stimme kam und ging in Wellen. Toby spürte, daß er das Bewußtsein verlor. Aber er mußte durchhalten. »Ich kann nicht«, wimmerte er. »Mein Arm...«

»Machen Sie sich darüber keine Sorgen«, sagte Al Caruso. »Ein Arzt ist schon unterwegs. Er wird Ihren Arm schienen und Ihnen eine Spritze geben. Sie werden keine Schmerzen haben. Die Jungs kommen morgen her, um Sie abzuholen. Sie werden doch bereit sein?«

Toby lag in einem bösen, schmerzhaften Traum, starrte hinauf in Sankt Nikolaus' lächelndes Gesicht und wollte nicht glauben, daß etwas Derartiges passieren konnte. Er sah, wie Carusos Fuß sich wieder auf seinen Arm zubewegte.

»B-bestimmt«, stöhnte Toby. »Ich werde bereit sein...«

Und er verlor das Bewußtsein.

11

Die Hochzeit fand im Ballsaal des Morocco Hotels statt. Halb Las Vegas schien sich ein Stelldichein zu geben. Man sah Entertainer, die Besitzer all der anderen Hotels und Showgirls und im Mittelpunkt von allem Al Caruso und zwei Dutzend seiner Freunde, ruhige, konservativ angezogene Männer, von denen die meisten nicht tranken. Überall standen verschwenderische Blumenarrangements, Musiker liefen herum, und ein riesiges Büfett und zwei Brunnen, aus denen Champagner floß, waren aufgestellt. Al Caruso hatte an alles gedacht.

Jeder hatte Mitgefühl mit dem Bräutigam, der den Arm in einer Schlinge trug, weil er ihn sich bei einem Sturz auf der Treppe gebrochen hatte. Und alle waren der Meinung, nie zuvor ein so schönes Paar gesehen zu haben. Es war eine wundervolle Hochzeit.

Toby war von den Beruhigungsmitteln, die der Arzt ihm gegeben hatte, so betäubt, daß er die Zeremonie nahezu blind über sich ergehen ließ. Als aber die Wirkung der Drogen nachließ und die Schmerzen ihn wieder packten, kehrten Haß und Zorn zurück. Am liebsten hätte er die unglaubliche Demütigung, die er erleiden mußte, jedem der Anwesenden ins Gesicht geschrien.

Toby blickte zu seiner jungen Frau auf der anderen Seite des Raumes hinüber. Jetzt erinnerte er sich an Millie. Sie war ein hübsches Mädchen Anfang der Zwanzig, hatte honigblondes Haar und eine gute Figur. Toby erinnerte sich, daß sie lauter als die anderen über seine Witze gelacht hatte und ihm überallhin gefolgt war. An etwas anderes erinnerte er sich ebenfalls. Sie war eine der wenigen, die sich geweigert hatten, mit ihm ins Bett zu gehen, und das hatte sie für ihn nur noch begehrenswerter gemacht. Jetzt erinnerte er sich an *alles*.

»Ich bin verrückt nach dir«, hatte er gesagt, »Magst du mich nicht?«

»Natürlich mag ich dich«, hatte sie erwidert. »Aber ich habe einen Freund.« Warum hatte er nicht auf sie gehört! Statt dessen hatte er sie beschwatzt, auf einen Drink zu ihm heraufzukommen, und hatte dann angefangen, ihr komische Geschichten zu erzählen. Millie lachte derart, daß sie kaum merkte, was Toby tat, bis er sie ausgezogen und im Bett hatte.

»Bitte, Toby«, hatte sie ihn angefleht. »Bitte nicht. Mein Freund wird wütend sein.«

»Vergiß ihn. Ich werde mich später um den Burschen kümmern«, hatte Toby gesagt. »Jetzt werde ich mich um *dich* kümmern.«

Als Toby am nächsten Morgen aufwachte, lag Millie weinend neben ihm. Toby hatte sie in die Arme genommen und gefragt: »He, Baby, was ist los? Hat es dir nicht gefallen?«

»Natürlich. Aber...«

»Komm schon, laß das«, hatte Toby gesagt. »Ich liebe dich.«

Sie hatte sich auf die Ellbogen gestützt, ihm in die Augen geblickt und gesagt: »Wirklich, Toby? Ich meine, *wirklich?*«

»Verdammt noch mal, ja.« Er wußte, was sie

brauchte, und es erwies sich als eine wahre Ermunterung.

Sie hatte ihn beobachtet, wie er vom Duschen zurückkehrte, sein noch nasses Haar mit dem Handtuch abtrocknete und einen seiner Schlager summte. Sie hatte glücklich gelächelt und gesagt: »Ich glaube, ich habe dich vom ersten Augenblick an geliebt, Toby.«

»Das ist ja wunderbar. Wollen wir uns das Frühstück bestellen?«

Und das war alles gewesen ... Bis jetzt. Weil er mit einem dummen Weibsstück eine einzige Nacht verbracht hatte, war sein ganzes Leben auf den Kopf gestellt.

Jetzt stand Toby da und sah Millie in ihrem langen, weißen Hochzeitskleid auf sich zukommen und ihn anlächeln, und er verfluchte sich, und er verfluchte seinen Schwanz, und er verfluchte den Tag, an dem er geboren war.

Der Mann auf dem Vordersitz der Limousine kicherte und sagte bewundernd: »Das muß ich Ihnen lassen, Boß. Der arme Kerl hat überhaupt nicht kapiert, was wirklich los ist.«

Caruso lächelte nachsichtig. Es hatte gut geklappt. Seit seine Frau, die der reinste Drachen war, von seinem Verhältnis mit Millie Wind bekommen hatte, war es Caruso klar, daß er Mittel und Wege finden mußte, um das blonde Showgirl loszuwerden.

»Erinnere mich daran, daß ich dafür sorge, daß er Millie gut behandelt«, sagte Caruso leise.

Toby und Millie zogen in ein kleines Haus in Benedict Canyon. Anfangs grübelte Toby stundenlang darüber nach, wie er aus dieser Ehe wieder herauskommen könnte. Er würde Millie so schlecht behandeln, daß sie die Scheidung einreiche. Oder er würde sie mit einem anderen »erwischen« und dann auf einer Scheidung bestehen. Oder er würde sie verlassen und so Caruso herausfordern, irgend etwas zu tun. Aber er änderte seine Ansicht nach einem Gespräch mit Dick Landry.

Einige Wochen nach der Hochzeit aßen sie zusammen im Bel Air, und Landry fragte: »Wie gut kennen Sie Al Caruso eigentlich?«

Toby blickte auf. »Wieso?«

»Lassen Sie sich mit ihm auf nichts ein, Toby. Er ist ein Killer. Ich werde Ihnen etwas erzählen, und die Geschichte ist wahr. Carusos jüngerer Bruder heiratete ein neunzehnjähriges Mädchen, das gerade aus dem Kloster gekommen war. Ein Jahr später erwischte der Junge seine Frau im Bett mit einem anderen. Er erzählte es Al.«

Toby hörte gespannt zu. »Und was geschah dann?«

»Carusos Schläger schnitten dem Burschen den Schwanz ab. Sie tauchten ihn in Benzin und zündeten ihn vor seinen Augen an. Dann verschwanden sie und ließen ihn verbluten.«

Toby erinnerte sich, wie Caruso gesagt hatte: *Mach seine Hose auf,* erinnerte sich an die harten Hände, die sich an seinem Reißverschluß zu schaffen machten, und kalter Schweiß brach ihm aus. Ihm wurde übel. Er wußte nun, daß es keinen Ausweg für ihn gab.

Josephine fand einen Ausweg, als sie zehn war. Es gab eine Tür in eine andere Welt, wohin sie sich vor den Bestrafungen ihrer Mutter und den ständigen Drohungen von Höllenqualen und Verdammung retten konnte, eine Welt voll Zauber und Schönheit. Sie saß stundenlang im Kino und sah sich die bezaubernden Menschen auf der Leinwand an. Sie alle wohnten in schönen Häusern und trugen entzückende Kleider, und alle waren so glücklich.

Und Josephine dachte: Eines Tages werde ich nach Hollywood fahren und so leben wie sie. Sie hoffte, daß ihre Mutter sie verstehen würde.

Ihre Mutter war der Meinung, daß Filme Machwerke des Teufels seien, deshalb mußte Josephine ihre Kinobesuche verheimlichen. Sie bezahlte mit dem Geld, das sie sich als Babysitter verdiente. Heute wurde eine Liebesgeschichte gezeigt, und Josephine beugte sich in freudiger Erwartung vor. Im Vorspann erschien als Produzent »Sam Winters«.

12

Es gab Tage, an denen Sam Winters das Gefühl hatte, eine Irrenanstalt statt eines Filmstudios zu leiten und daß alle Insassen nur ein Ziel hatten: ihn kleinzukriegen. Heute war wieder so ein Tag. Es hatte in der Nacht zuvor erneut im Atelier gebrannt – zum viertenmal; der Geldgeber von *My Man Friday* war vom Star der Serie beleidigt worden und wollte die Show nicht weiterfinanzieren; Bett Firestone, der hochbegabte Nachwuchsregisseur des Studios, hatte plötzlich die Produktion eines Fünf-Millionen-Dollar-Films gestoppt, und Tessie Brand wollte aus einem Film aussteigen, dessen Dreharbeiten in wenigen Tagen beginnen sollten.

Der Brandmeister und der Studioaufseher waren in Sams Büro.

»Welchen Schaden hat das Feuer gestern abend angerichtet?« fragte Sam.

Der Aufseher sagte: »Die Kulissen sind restlos vernichtet, Mr. Winters. Dekoration fünfzehn müssen wir völlig neu bauen. Sechzehn läßt sich reparieren, aber es wird drei Monate dauern.«

»Die Zeit haben wir nicht!« fuhr Sam ihn an. »Gehen Sie ans Telefon und mieten Sie was bei Goldwyn. Nutzen Sie dieses Wochenende, um mit dem Bau von Kulissen zu beginnen. Los, los, Bewegung!«

Er wandte sich an den Brandmeister, einen Mann namens Redly, der Sam an den Schauspieler George Bancroft erinnerte.

»Irgend jemand scheint was gegen sie zu haben, Mr. Winters«, sagte Reilly. »Es handelt sich in allen Fällen eindeutig um Brandstiftung. Haben Sie die ›Nörgler‹ überprüft?«

Die »Nörgler« waren verärgerte Angestellte, die kürzlich gefeuert worden waren oder einen anderen Grund zu haben glaubten, über ihre Arbeitgeber verärgert zu sein.

»Wir haben zweimal alle Personalakten geprüft«, erwiderte Sam, »und nicht das geringste gefunden.«

»Wer immer diese Brände legt, weiß genau, was er tut. Er benutzt einen Zeitzünder, der an eine selbstgebastelte Brandbombe angeschlossen ist. Es könnte sich um einen Elektriker oder einen Mechaniker handeln.«

»Danke für den Hinweis«, sagte Sam. »Ich werde ihn weitergeben.«

»Roger Tapp aus Tahiti.«

»Stellen Sie durch«, sagte Sam. Tapp war der Produzent von *My Man Friday*, dessen Außenaufnahmen auf Tahiti gedreht wurden. Tony Fletcher spielte die Hauptrolle.

»Was gibt's?« fragte Sam.

»Sie werden's nicht glauben, Sam. Philipp Heller, der Aufsichtsratsvorsitzende der Gesellschaft, die die Serie finanziert, hat uns hier mit seiner Familie besucht. Gestern nachmittag warfen sie einen Blick hinter die Kulissen, während Tony Fletcher mitten in einer Szene war. Er schrie sie an und beleidigte sie.«

»Was hat er gesagt?«

»Er sagte, sie sollten gefälligst von *seiner Insel* verschwinden.«

»Ach du lieber Gott!«

»Für den hält er sich. Heller ist so außer sich, daß er die Gelder streichen will.«

»Gehen Sie zu Heller, und entschuldigen Sie sich. Sofort. Sagen Sie ihm, Tony Fletcher hätte einen Nervenzusammenbruch. Schicken Sie Mrs. Heller Blumen, laden Sie sie zum Dinner ein. Mit Tony werde ich selbst ein Wörtchen reden.«

Die Unterhaltung dauerte dreißig Minuten. Sie begann damit, daß Sam sagte: »Hör zu, du dämlicher Schwanzlutscher...«, und endete mit: »Ich liebe dich auch, Baby. Ich fliege rüber, sobald ich mich hier freimachen kann. Und um Himmels willen, Tony, leg Mrs. Heller nicht aufs Kreuz!«

Das nächste Problem war Bert Firestone, der junge Nachwuchsregisseur, der die Pan-Pacific-Studios lahmlegte. Die Aufnahmen zu Firestones Film *There's Always Tomorrow* dauerten schon hundertzehn Tage, und er kostete bereits eine Million Dollar mehr als veranschlagt. Jetzt hatte Bert Firestone die Produktion gestoppt, was bedeutete, daß außer den Stars hundertfünfzig Statisten herumsaßen und nichts taten. Bert Firestone. Ein dreißigjähriger Springinsfeld, der über die Leitung von Fernsehlotterien eines Chicagoer Senders zur Filmregie in Hollywood gekommen war. Firestones erste drei Filme waren ziemlich durchschnittlich gewesen, aber sein vierter war ein toller Erfolg geworden. Aufgrund dieses Kassenschlagers war er zum Favoriten aufgestiegen. Sam erinnerte sich an seine erste Begegnung mit ihm. Firestone sah wie ein fünfzehnjähriger Milchbart aus. Er war ein blasser, schüchterner Mann mit winzigen, kurzsichtigen Augen hinter einer dunklen Hornbrille. Sam hatte der

Junge leid getan. Firestone kannte niemanden in Hollywood, und Sam hatte sich verpflichtet gefühlt, mit ihm essen zu gehen und dafür zu sorgen, daß er zu Partys eingeladen wurde. Als sie zum erstenmal über *There's Always Tomorrow* gesprochen hatten, war Firestone sehr höflich und zurückhaltend gewesen. Er habe noch viel zu lernen, erklärte er und hing an jedem Wort, das Sam sagte. Sollte er bei diesem Film Regie führen dürfen, sagte er, würde er sich in jeder Hinsicht auf Mr. Winters' Sachkenntnis stützen.

Das war, *bevor* Firestone den Vertrag unterschrieb. *Nachdem* er ihn unterschrieben hatte, mußte man Adolf Hitler für Albert Schweitzer halten. Der kleine pausbäckige Bursche verwandelte sich über Nacht in ein Ungeheuer. Er brach jeden Kontakt ab und ignorierte Sams Besetzungsvorschläge völlig. Er bestand darauf, ein großartiges Drehbuch, dem Sam zugestimmt hatte, völlig umzuschreiben, und er änderte die meisten bereits vereinbarten Aufnahmeorte. Sam hatte ihn rausschmeißen wollen, aber das New Yorker Büro hatte ihm geraten abzuwarten. Rudolph Hergershorn, der Präsident der Gesellschaft, war von dem riesigen Reingewinn aus Firestones letztem Film geradezu hypnotisiert. So war Sam gezwungen, den Dingen ihren Lauf zu lassen. Firestone schien von Tag zu Tag anmaßender zu werden. Er nahm schweigend an einer Produktionssitzung teil, und wenn alle erfahrenen Abteilungsleiter gesprochen hatten, legte er los und stauchte sie zusammen. Sam knirschte mit den Zähnen, aber er konnte nichts tun. In Null Komma nichts erwarb Firestone sich den Spitznamen »Kaiser«, aber seine Mitarbeiter nannten ihn auch den »Kinderschwanz« aus Chicago. Jemand hatte von ihm gesagt: »Er ist ein Zwitter. Wahrscheinlich könnte er sich selbst ficken und ein zweiköpfiges Monstrum gebären.«

Jetzt, mitten in den Aufnahmen, hatte Firestone den Betrieb der Gesellschaft lahmgelegt.

Sam ging zu Devlin Kelly, dem Leiter der künstlerischen Abteilung, hinüber. »Erklären Sie es mir schnell«, sagte Sam.

»Klar, ›Kinderschwanz‹ hat angeordnet...«

»Lassen Sie das. Er heißt *Firestone*.«

»Verzeihung. *Mr. Firestone* bat mich, eine Schloßkulisse für ihn zu bauen. Er hat die Skizze selbst entworfen. Sie haben sie genehmigt.«

»Sie war gut. Was ist passiert?«

»Nun, wir haben genau das gebaut, was der kleine Scheißkerl wollte, doch als er es sich gestern ansah, gefiel es ihm plötzlich nicht mehr. Eine halbe Million Piepen im Eimer.«

»Ich werde mit ihm reden«, sagte Sam.

Bert Firestone spielte hinter dem Atelier dreiundzwanzig mit dem Filmteam Basketball. Sie hatten ein Spielfeld hergerichtet, hatten Begrenzungslinien gezogen und zwei Körbe aufgestellt.

Sam stand da und schaute einen Augenblick zu. Das Spiel kostete das Studio zweitausend Dollar die Stunde. »Bert!«

Firestone drehte sich um, sah Sam, lächelte und winkte. Der Ball wurde ihm zugespielt, Bert dribbelte, täuschte und verfehlte den Korb. Dann schlenderte er zu Sam hinüber. »Wie steht's?« Als ob nichts geschehen wäre.

Als Sam das jungenhafte, lächelnde Gesicht betrachtete, kam ihm der Gedanke, daß Bert Firestone ein Psychopath sei. Talentiert, vielleicht sogar genial, aber ein Geisteskranker. Und fünf Millionen Dollar der Gesellschaft waren in seinen Händen.

»Wie ich höre, gibt es Schwierigkeiten wegen der neuen Kulisse«, sagte Sam. »Regeln wir die Sache.«

Bert Firestone lächelte lässig und erwiderte: »Da gibt's nichts zu regeln, Sam. Die Kulisse paßt nicht.«

Sam ging in die Luft. »Was zum Donnerwetter reden Sie da? Wir haben Ihnen genau das hingestellt, was Sie verlangt haben. Sie haben es selbst entworfen. Was also stimmt daran nicht?«

Firestone sah ihn an und blinzelte. »Wieso denn, alles ist in schönster Ordnung. Ich habe nur meine Meinung geändert. Ich möchte kein Schloß mehr. Es ist nicht der richtige Schauplatz. Verstehen Sie, was ich meine? Es ist Ellens und Mikes Abschiedsszene. Ellen soll Mike an Deck seines Schiffes besuchen, kurz bevor es ausläuft.«

Sam starrte ihn an. »Wir haben keine Schiffskulisse, Bert.«

Bert Firestone reckte die Arme, lächelte lässig und sagte: »Bauen Sie mir eine, Sam.«

»Klar, ich bin auch wütend«, sagte Rudolph Hergershorn am Telefon, »aber Sie können ihn nicht ersetzen, Sam. Wir stecken schon zu tief in der Sache drin. Wir haben keine Stars in diesem Film. Unser Star heißt Bert Firestone.«

»Wissen Sie, wie weit er das Budget überzogen hat?«

»Sicher. Und wie Goldwyn sagte: ›Ich werde diesen Schweinehund nie wieder engagieren, außer ich brauche ihn.‹ Wir brauchen ihn, um diesen Film zu beenden.«

»Es ist ein Fehler«, wandte Sam ein. »Man sollte ihm derartige Schweinereien nicht durchgehen lassen.«

»Sam – gefällt Ihnen das, was Firestone bis jetzt abgedreht hat?«

Sam mußte ehrlich sein. »Großartig.«

»Bauen Sie ihm sein Schiff«

Die Kulisse war in zehn Tagen fertig, und Bert Firestone nahm mit seinem Team die Dreharbeiten zu *There's Always Tomorrow* wieder auf. Der Film wurde zum größten Erfolg des Jahres.

Das nächste Problem war Tessie Brand.

Tessie war die geilste Sängerin im Showgeschäft. Die Nachricht, daß es Sam Winters gelungen war, sie für drei Filme bei den Pan-Pacific-Studios zu verpflichten, hatte wie eine Bombe eingeschlagen. Während die anderen Studios mit Tessies Agenten verhandelten, war Sam heimlich nach New York geflogen, hatte sich Tessies Show angesehen und sie hinterher zum Essen eingeladen. Es hatte bis sieben Uhr morgens gedauert.

Tessie Brand war eines der häßlichsten Mädchen, die Sam je gesehen hatte, und wahrscheinlich das begabteste. Es war das Talent, das sich durchsetzte. Als Tochter eines Schneiders in Brooklyn geboren, hatte Tessie nie in ihrem Leben eine Gesangstunde gehabt. Aber wenn sie auf die Bühne trat und mit einer Stimme loslegte, die die Dachbalken erschütterte, spielte das Publikum verrückt. Tessie hatte als zweite Besetzung in einem Broadwaymusical mitgewirkt, das nur sechs Wochen gelaufen war. Am letzten Abend hatte eine der Hauptdarstellerinnen den Fehler begangen, sich krank zu melden und zu Hause zu bleiben. Tessie Brand gab an jenem Abend ihr Debüt, sang aus vollem Herzen zu den paar Leuten im Publikum, zu denen zufällig auch Paul Varrick, ein Broadwayregisseur, gehörte. Er stellte Tessie in seinem nächsten Musical als Star heraus. Sie machte aus der mäßigen Show einen Kassenschlager. Die Kritiker überboten sich in dem Versuch, die unglaubliche, häßliche Tessie und ihre sagenhafte Stimme in Superlativen zu beschreiben. Sie nahm ihre erste Platte auf. Über Nacht wurde sie zur Nummer eins.

Sie machte eine Plattenserie, und innerhalb eines Monats wurden zwei Millionen Stück verkauft. Sie war wie König Midas, denn alles, was sie berührte, wurde zu Gold. Broadwayregisseure und Plattenfirmen machten ein Vermögen mit Tessie Brand, und auch Hollywood wollte ins Geschäft einsteigen. Die Begeisterung legte sich, sobald sie einen Blick auf Tessies Gesicht geworfen hatten, aber ihr Kassenerfolg gab ihr eine unwiderstehliche Schönheit.

Nachdem Sam fünf Minuten mit ihr zusammen war, wußte er, wie er sie zu nehmen hatte.

»Was mich nervös macht«, gestand sie Sam am ersten Abend ihrer Bekanntschaft, »ist, wie ich auf dieser großen Leinwand aussehen werde. Ich bin schon in Wirklichkeit häßlich genug, stimmt's? Alle Studios sagen mir, daß sie mich auf schön hintrimmen können, aber ich glaube, das ist ganz großer Mist.«

»Das ist es auch«, sagte Sam.

Tessie blickte ihn überrascht an.

»Lassen Sie nicht zu, daß man Sie verändert, Tessie. Es wäre Ihr Ruin.«

»Wie meinen Sie das?«

»*Sich selbst* müssen Sie verkaufen – Tessie Brand, nicht eine Kunstpuppe da oben.«

»Sie sind der erste, der mich versteht«, sagte Tessie. »Sie sind ein *Mensch*. Sind Sie verheiratet?«

»Nein«, sagte Sam.

»Treiben Sie sich rum?«

Sam lachte. »Mit Sängerinnen nie – ich bin unmusikalisch.«

»Das ist auch nicht nötig.« Tessie lächelte. »Sie gefallen mir.«

»Gefalle ich Ihnen gut genug, um einige Filme mit mir zu machen?«

Sie sah ihn an und antwortete: »Klar.«

»Wundervoll. Ich werde den Vertrag mit Ihrem Agenten ausarbeiten.«

Sie streichelte Sams Hand und sagte: »Sind Sie sicher, daß Sie sich nicht rumtreiben?«

Tessie Brands ersten beiden Filme übertrafen alles bisher Dagewesene. Sie wurde für den ersten von einer Akademie ausgezeichnet und erhielt einen Oscar für den zweiten. Das Publikum in der ganzen Welt stand Schlange vor den Kinos, um Tessie zu sehen und diese unglaubliche Stimme zu hören. Sie war ein Allroundtalent. Sie war komisch, konnte singen und spielen. Ihre Häßlichkeit erwies sich als ein großer Vorteil, weil das Publikum sich mit ihr identifizierte. Tessie Brand wurde ein Erfolgssymbol für alle Reizlosen, Ungeliebten, Unerwünschten.

Tessie heiratete den Hauptdarsteller ihres ersten Films, ließ sich nach den Wiederholungsaufnahmen von ihm scheiden und heiratete den Hauptdarsteller ihres nächsten Films. Sam hatte gerüchtweise gehört, daß auch diese Ehe in die Brüche ging, aber Hollywood war eine Brutstätte für Klatsch. Er schenkte dem keine Aufmerksamkeit, denn er war der Meinung, daß es ihn nichts anging.

Es stellte sich heraus, daß er sich irrte.

Sam telefonierte mit Barry Herman, Tessies Agent. »Was ist los, Barry?«

»Es geht um Tessies neuen Film. Sie ist nicht glücklich damit, Sam.«

Sam geriet in Wut. »Moment mal! Tessie war mit dem Produzenten, dem Regisseur und dem Drehbuch einverstanden. Wir haben die Kulissen bauen lassen und sind startbereit. Es gibt keine Möglichkeit für sie, noch auszusteigen. Ich werde ...«

»Sie möchte gar nicht aussteigen.«

Sam war verblüfft. »Was zum Donnerwetter will sie also?«

»Sie will einen neuen Regisseur für den Film.«

Sam brüllte ins Telefon: »*Was* will sie?«

»Ralph Dastin versteht sie nicht.«

»Dastin ist einer der besten Regisseure in der Branche. Sie kann von Glück sagen, daß sie ihn hat.«

»Ganz Ihrer Meinung, Sam. Aber die chemische Zusammensetzung stimmt nicht. Sie macht den Film nicht, es sei denn, er steigt aus.«

»Sie hat einen Vertrag, Barry.«

»Das weiß ich, mein Lieber. Und glauben Sie mir, Tessie beabsichtigt durchaus, ihn einzuhalten. Solange sie physisch dazu in der Lage ist. Nur – sie wird nervös, wenn sie unglücklich ist, und kann sich dann nicht mehr an ihren Text erinnern.«

»Ich rufe Sie wieder an«, sagte Sam wütend. Er knallte den Hörer hin. Dieses gottverdammte Luder! Es gab überhaupt keinen Grund, Dastin rauszuwerfen. Wahrscheinlich hatte er sich geweigert, mit ihr zu schlafen, oder etwas ähnlich Lächerliches. Er sagte zu Lucille: »Bitten Sie Ralph Dastin, zu mir zu kommen.«

Ralph Dastin war ein liebenswürdiger Mann in den Fünfzigern. Er hatte als Schriftsteller angefangen und war schließlich Regisseur geworden. Seine Filme hatten Geschmack und Charme.

»Ralph«, begann Sam. »Ich weiß nicht, wie ich...«

Dastin hob die Hand. »Sie brauchen nichts zu sagen, Sam. Ich war sowieso auf dem Weg hierher, um Ihnen mitzuteilen, daß ich kündige.«

»Was zum Teufel geht hier vor?« fragte Sam.

Dastin zuckte die Schultern. »Unseren Star juckt's. Sie will jemand anders, der sie kratzt.«

»Soll das heißen, daß sie schon einen Ersatz für Sie gefunden hat?«

»Himmel, leben Sie auf dem Mond? Lesen Sie nicht die Klatschspalten?«

»Nicht, wenn ich es vermeiden kann. Wie heißt er?«

»Es ist kein *er*.«

Sam setzte sich langsam. »*Was?*«

»Es ist die Kostümbildnerin in Tessies Film. Ihr Name ist Barbara Carter.«

»Sind Sie sicher?« fragte Sam.

»Sie sind der einzige in der ganzen westlichen Hemisphäre, der das nicht weiß.«

Sam schüttelte den Kopf. »Ich habe immer geglaubt, Tessie sei normal.«

»Sam, das Leben ist eine Cafeteria. Tessie ist ein hungriges Mädchen.«

»Nun, ich denke nicht daran, einer gottverdammten Bühnenbildnerin die Leitung eines Vier-Millionen-Dollar-Films anzuvertrauen.«

Dastin grinste. »Da haben Sie aber was Falsches gesagt.«

»Was soll *das* nun wieder heißen?«

»Das heißt, zu Tessies neuer Masche gehört auch die Ansicht, daß Frauen in diesem Geschäft keine faire Chance hätten. Ihr kleiner Star ist sehr feministisch geworden.«

»Ich werde es nicht tun«, sagte Sam.

»Tun Sie, was Sie wollen. Aber ich gebe Ihnen gratis und franko einen Rat: Es ist der einzige Weg, diesen Film jemals zu Ende zu führen.«

Sam telefonierte mit Barry Herman. »Sagen Sie Tessie, daß Ralph Dastin seine Mitarbeit gekündigt hat«, sagte Sam.

»Sie wird erfreut sein, das zu hören.«

Sam knirschte mit den Zähnen und fragte dann: »Hat sie vielleicht schon einen Vorschlag, wer die Regie übernehmen könnte?«

»Ja, den hat sie«, sagte Herman ruhig. »Tessie hat ein sehr begabtes junges Mädchen entdeckt, das sie für geeignet hält. Unter der Führung eines Mannes, der so ausgezeichnet ist wie Sie, Sam . . .«

»Sparen Sie sich diesen Quatsch«, sagte Sam. »Ist das ihr letztes Wort?«

»Ich fürchte ja, Sam. Tut mir leid.«

Barbara Carter hatte ein hübsches Gesicht, eine gute Figur und war, soweit Sam es beurteilen konnte, vollkommen feminin. Er beobachtete sie, wie sie auf der Ledercouch in seinem Büro Platz nahm und ihre langen, gutgeformten Beine übereinanderschlug. Als sie sprach, klang ihre Stimme etwas rauh, aber das rührte vielleicht daher, daß Sam nach irgendeinem Anzeichen suchte. Sie sah ihn prüfend aus sanften grauen Augen an und sagte: »Ich scheine in einer furchtbaren Klemme zu stecken, Mr. Winters. Ich hatte nicht die Absicht, jemanden zu verdrängen. Und doch« – sie hob hilflos die Hände – »sagt Miss Brand, daß sie den Film einfach nicht machen will, wenn ich nicht Regie führe. Was soll ich tun?«

Einen Augenblick war Sam versucht, es ihr zu sagen. Statt dessen fragte er: »Haben Sie Erfahrungen in der Filmbranche – außer, daß Sie Kostümbildnerin sind?«

»Ich war Platzanweiserin, und ich habe eine Menge Filme gesehen.«

Entsetzlich! »Was veranlaßt Miss Brand zu der Annahme, daß Sie Regie führen können?«

Als hätte Sam Schleusentore geöffnet, brach es aus Barbara hervor: »Tessie und ich haben viel über diesen

Film geredet.« Nicht mehr *Miss Brand,* bemerkte Sam. »Ich bin der Meinung, daß eine Menge an dem Drehbuch falsch ist, und sie stimmte mir zu.«

»Glauben Sie, daß Sie besser wissen, wie man ein Drehbuch schreibt, als ein preisgekrönter Schriftsteller, der ein halbes Dutzend erfolgreiche Filme und Broadway-Stücke geschrieben hat?«

»Durchaus nicht, Mr. Winters! Ich meine nur, daß ich mehr von *Frauen* verstehe.«

Die grauen Augen blickten jetzt härter, die Stimme klang etwas schärfer. »Finden Sie es nicht lächerlich, daß immer nur Männer Frauenrollen schreiben? Nur wir wissen genau, was wir empfinden. Sehen Sie das nicht ein?«

Sam hatte das Spiel satt. Er wußte, daß er sie verpflichten würde, und er haßte sich dafür, aber schließlich leitete er ein Studio, und es war seine Aufgabe, dafür zu sorgen, daß Filme gemacht wurden. Wenn Tessie Brand wollte, daß ihr Schoßkind bei diesem Film Regie führte, würde Sam sonstwas tun. Ein Tessie-Brand-Film konnte leicht zwanzig bis dreißig Millionen Dollar einspielen. Außerdem konnte Barbara Carter kaum noch großen Schaden anrichten. Jetzt nicht mehr. Die Dreharbeiten standen zu dicht bevor, als daß noch größere Änderungen gemacht werden konnten.

»Sie haben mich überzeugt«, sagte Sam spöttisch. »Sie haben den Job. Ich gratuliere.«

Am nächsten Morgen verkündeten der *Hollywood Reporter* und *Variety* auf den ersten Seiten, daß Barbara Carter die Regie des neuen Tessie-Brand-Films übernommen habe. Als Sam die Zeitungen in seinen Papierkorb werfen wollte, fiel ihm eine kleine Nachricht unten auf der Seite ins Auge: »TOBY TEMPLE FÜR DAS TAHOE HOTEL VERPFLICHTET.«

Toby Temple. Sam erinnerte sich an den eifrigen jungen Komiker in Uniform, und die Erinnerung zauberte ein Lächeln auf sein Gesicht. Sam nahm sich vor, sich Temple anzuschauen, sollte er je in dieser Stadt spielen.

Er fragte sich, weshalb Temple sich nie mit ihm in Verbindung gesetzt hatte.

13

Seltsamerweise war es Millie, die für Toby Temples Aufstieg zum Star verantwortlich war. Vor ihrer Heirat war er nur ein rühriger, tüchtiger Komiker, einer von Dutzenden gewesen. Seit der Heirat war etwas Neues hinzugekommen: Haß. Toby war zur Ehe mit einem Mädchen gezwungen worden, das er verachtete, und ihn beherrschte kalte Wut.

Obgleich Toby es nicht merkte, war Millie eine wunderbare, hingebungsvolle Ehefrau. Sie betete ihn an und tat alles, was sie konnte, um ihm zu gefallen. Sie tapezierte und richtete das Haus in Benedict Canyon ein und machte ein wahres Schmuckstück daraus. Aber je mehr Millie versuchte, Toby zu gefallen, desto mehr haßte er sie. Er war stets äußerst höflich zu ihr, achtete darauf, daß er nichts tat oder sagte, was sie dazu veranlassen konnte, sich bei Al Caruso zu beschweren. Solange er lebte, würde Toby den entsetzlichen Schmerz in seinem Arm nicht vergessen und nicht den Anblick von Al Caruso, als er sagte: »Wenn Sie Millie jemals kränken...«

Weil Toby sich nicht an seiner Frau rächen konnte, richtete er seine Wut gegen sein Publikum. Jeder, der mit Geschirr klapperte oder aufstand, um zur Toilette zu gehen, oder zu reden wagte, während Toby auf der Bühne stand, war sofort einer wilden Schimpfkanonade ausgesetzt. Toby machte das mit einem so unschuldigen, naiven Charme, daß das Publikum entzückt war, und wenn Toby ein hilfloses Opfer fertigmachte, lachten die Leute, bis ihnen die Tränen kamen. Sein unschuldiges, argloses Gesicht und seine bösartige, komische Zunge – diese Mischung machte ihn unwiderstehlich. Er konnte die abscheulichsten Dinge sagen und ungestraft davonkommen. Es galt als Auszeichnung, für eine Schimpfkanonade von Toby Temple ausgewählt zu werden. Es kam seinen Opfern nie in den Sinn, daß Toby jedes Wort ernst meinte. War Toby vorher nur einer von zahlreichen jungen, vielversprechenden Komikern gewesen, wurde er jetzt zum Gesprächsthema im Showgeschäft.

Als Clifton Lawrence aus Europa zurückkehrte, war er verblüfft, zu hören, daß Toby ein Showgirl geheiratet hatte. Es schien nicht zu ihm zu passen, aber als er Toby danach fragte, blickte der ihn an und sagte: »Was gibt's da zu erzählen, Cliff? Ich lernte Millie kennen, verliebte mich in sie, und schon war's geschehen.«

Es hatte nicht echt geklungen. Und noch etwas anderes gab dem Agenten ein Rätsel auf. Eines Tages sagte Clifton zu Toby: »Sie werden tatsächlich ein Star. Ich habe Sie für vier Wochen ans Thunderbird verpflichten können. Zweitausend die Woche.«

»Was ist mit der Tournee?«

»Vergessen Sie das. Las Vegas zahlt zehnmal soviel, und jeder wird Ihre Nummer sehen.«

»Streichen Sie Vegas. Besorgen Sie mir die Tournee.«

Clifton sah ihn überrascht an. »Aber Las Vegas ist . . .«

»Besorgen Sie mir die Tournee.« In Tobys Stimme war ein Ton, den Clifton Lawrence noch nie gehört hatte. Es war nicht Arroganz oder Leidenschaftlichkeit, es war mehr als das, eine heftige, im Zaum gehaltene Wut.

Eine Wut, die in krassem Gegensatz zu seinem Gesicht stand, das heiterer und knabenhafter war denn je.

Von nun an war Toby ständig unterwegs. Es war seine einzige Möglichkeit, dem Gefängnis zu entfliehen. Er spielte in Nachtclubs und Theatern und in Vortragssälen, und wenn diese Engagements beendet waren, bekniete er Clifton Lawrence, ihn an Universitäten zu vermitteln. Egal wohin – nur fort von Millie.

Er erhielt unzählige Angebote von attraktiven Frauen. Es war in jeder Stadt das gleiche. Sie warteten in Tobys Garderobe vor und nach der Show und lauerten ihm in der Hotelhalle auf.

Toby ging mit keiner ins Bett. Er dachte an den abgehackten und verbrannten Penis und an Al Caruso, der zu Toby gesagt hatte: »*Sie sind verdammt gut bestückt... Ich könnte Ihnen nicht weh tun. Sie sind mein Freund. Solange Sie gut zu Millie sind...*

Und Toby wies alle Frauen ab.

»Ich liebe meine Frau«, sagte er schüchtern. Und sie glaubten ihm und bewunderten ihn um so mehr, und das Gerücht verbreitete sich, so wie Toby es sich wünschte: Toby Temple trieb sich nicht herum, er war ein treuer Ehemann.

Aber die reizenden Mädchen liefen ihm trotzdem nach, und je mehr er sich weigerte, um so mehr wollten sie ihn haben. Und Toby sehnte sich so sehr nach einer Frau, daß er unter ständigen physischen Schmerzen litt. Seine Lenden taten ihm so weh, daß es ihm schwerfiel zu arbeiten. Er fing wieder an zu onanieren. Und jedesmal dachte er dabei an all die schönen Mädchen, die darauf warteten, mit ihm ins Bett zu gehen, und er fluchte und haderte mit seinem Schicksal.

Weil Toby Sex nicht haben konnte, dachte er an nichts

anderes. Wann immer er nach einer Tournee heimkehrte, wartete Millie auf ihn, sehnsüchtig, liebevoll und bereit. Und sowie Toby sie sah, erlosch sein Verlangen. Sie war die Feindin, und Toby verachtete sie für das, was sie ihm antat. Er zwang sich, mit ihr ins Bett zu gehen, aber tatsächlich befriedigte er Al Caruso. Immer wenn Toby Millie nahm, geschah es mit einer wilden Brutalität, die ihr schmerzvolles Keuchen entlockte. Er bildete sich ein, es seien Freudentränen, und er stieß immer stärker in sie hinein, bis er schließlich in einer Explosion der Wut seinen gehässigen Samen in sie ergoß. Er gab nicht Liebe.
Er gab Haß.

Im Juni 1950 überschritten die Nordkoreaner den 38. Breitengrad und griffen die Südkoreaner an, und Präsident Truman befahl den U. S.-Truppen einzugreifen. Ganz gleich, was die übrige Welt dachte, für Toby war der Koreakrieg das beste, was ihm passieren konnte.

Anfang Dezember war in der *Daily Variety* zu lesen, daß Bob Hope sich anschickte, eine Weihnachts-Tournee zur Unterhaltung der Truppen in Seoul zu unternehmen. Dreißig Sekunden, nachdem er das gelesen hatte, rief Toby Clifton Lawrence an.

»Sie müssen mich da reinbringen, Cliff.«

»Wozu? Sie sind beinahe dreißig Jahre alt. Glauben Sie mir, mein Junge, diese Tourneen sind kein Vergnügen. Ich . . .«

»Es kümmert mich einen Dreck, ob sie ein Vergnügen sind oder nicht!« schrie Toby ins Telefon. »Unsere Soldaten sind da draußen und setzen ihr Leben aufs Spiel. Ich könnte ihnen wenigstens ein paar Lacher entlokken.«

Das war eine Seite von Toby Temple, die Clifton noch nicht kannte. Er war angetan und freute sich darüber.

»Okay. Wenn Ihnen so viel daran liegt, werde ich sehen, was ich tun kann«, versprach Clifton.

Eine Stunde später rief er Toby wieder an. »Ich habe mit Bob Hope gesprochen. Er wäre glücklich, Sie dabeizuhaben. Wenn Sie aber Ihre Meinung ändern sollten...«

»Kommt nicht in Frage«, sagte Toby und legte auf.

Clifton Lawrence saß lange da und dachte über Toby nach. Er war sehr stolz auf ihn. Toby war ein wunderbarer Mensch, und Clifton Lawrence war hoch erfreut, derjenige zu sein, der Toby bei seiner Karriere behilflich sein konnte.

Toby spielte in Taegu und Pusan und Chonju und fand Trost in dem Gelächter der Soldaten. Millie verschwand fast völlig aus seinen Gedanken.

Dann war Weihnachten vorüber. Statt nach Hause zurückzukehren, ging Toby nach Guam. Die Jungs mochten ihn. Er ging nach Tokio und unterhielt die Verwundeten im Armeelazarett. Aber schließlich war es Zeit, heimzufahren.

Im April, als Toby von einer zehnwöchigen Tournee durch den Mittleren Westen zurückkam, erwartete Millie ihn auf dem Flugplatz. Ihre ersten Worte waren: »Liebling – ich bekomme ein Kind!«

Er starrte sie wie betäubt an. Sie verwechselte seine Miene mit dem Ausdruck von Glück.

»Ist es nicht wundervoll?« rief sie aus. »Wenn du jetzt fort bist, habe ich das Kind, das mir Gesellschaft leisten kann. Hoffentlich ist es ein Junge, dann könntest du ihn zu Baseballspielen mitnehmen und...«

Toby hörte sich den Rest der affektierten Dummheiten gar nicht erst an. Es war, als würden ihre Worte aus weiter Ferne zu ihm dringen. Insgeheim hatte Toby gehofft, daß es eines Tages irgendeine Fluchtchance für ihn gäbe. Sie waren zwei Jahre verheiratet, und es kam ihm vor wie eine Ewigkeit. Und jetzt das! Millie würde ihn *nie* freigeben.

Nie.

Das Kind sollte um Weihnachten herum geboren werden. Toby hatte Vorbereitungen getroffen, mit einer Unterhaltungstruppe nach Guam zu fliegen, hatte aber keine Ahnung, ob Al Caruso damit einverstanden sein würde, daß er unterwegs wäre, wenn Millie das Kind bekam. Es gab nur einen Weg, es herauszufinden. Toby rief in Las Vegas an.

Er erkannte Carusos fröhliche Stimme sofort. »Hallo, mein Junge! Schön, Sie wieder mal zu hören.«

»Gleichfalls, Al.«

»Wie ich höre, werden Sie Vater. Sie müssen schrecklich aufgeregt sein.«

»Aufgeregt ist gar kein Ausdruck«, sagte Toby wahrheitsgemäß. Er gab seiner Stimme einen besorgten Klang. »Genau deshalb rufe ich Sie auch an, Al. Das Kind wird um Weihnachten herum geboren werden und ...« Er mußte sehr vorsichtig sein. »Ich weiß nicht, was ich tun soll. Einerseits möchte ich hier bei Millie sein, wenn das Kind geboren wird, andererseits hat man mich gebeten, wieder nach Korea und Guam zu gehen und die Truppen zu betreuen.«

Es entstand eine lange Pause. »Das ist tatsächlich ein Problem.«

»Ich möchte unsere Jungs nicht enttäuschen, aber genausowenig möchte ich Millie enttäuschen.«

»Nun ja.« Wieder eine Pause. Dann: »Ich werde Ihnen sagen, was ich denke, mein Junge. Wir sind alle gute

Amerikaner, stimmt's? Diese Jungs da draußen kämpfen für uns, stimmt's?«

Toby fühlte, wie sich sein Körper entspannte. »Klar. Aber ich würde ungern...«

»Millie wird's schon schaffen«, sagte Caruso. »Die Frauen haben seit Ewigkeiten Kinder bekommen. Sie fliegen nach Korea.«

Sechs Wochen später, am Heiligen Abend, als Toby unter donnerndem Applaus die Bühne der Garnison in Pusan verließ, wurde ihm ein Telegramm ausgehändigt, in dem es hieß, daß Millie bei der Geburt eines totgeborenen Sohnes gestorben war.

Toby war frei.

14

Der 14. August 1952 war Josephine Czinskis dreizehnter Geburtstag. Sie war von Mary Lou Kenyon, die am selben Tag geboren war, zu einer Party eingeladen. Josephines Mutter hatte ihr verboten hinzugehen. »Das sind schlechte Menschen«, hatte Mrs. Czinski sie gewarnt. »Du tätest besser daran, zu Hause zu bleiben und die Bibel zu lesen.«
 Aber Josephine hatte keineswegs die Absicht, zu Hause zu bleiben. Ihre Freundinnen waren nicht schlecht. Sie wünschte, sie könnte das ihrer Mutter begreiflich machen. Sobald ihre Mutter aus dem Haus war, nahm Josephine fünf Dollar, die sie sich als Babysitter verdient hatte, und ging in die Stadt, wo sie sich einen entzückenden weißen Badeanzug kaufte. Dann fuhr sie zu Mary Lou. Sie hatte das Gefühl, daß es ein wundervoller Tag werden würde.

Mary Lou Kenyon wohnte in dem schönsten aller Häuser der Öl-Leute. Ihr Heim war voller Antiquitäten, kostbarer Wandteppiche und schöner Gemälde. Auf dem Grundstück gab es Wohnpavillons für Gäste, Ställe, eine Tennisanlage, einen privaten Flugzeuglandeplatz und zwei Swimmingpools, einen riesigen für die Kenyons und ihre Gäste und hinten einen kleineren für das Personal.

Mary Lou hatte einen älteren Bruder namens David, von dem Josephine von Zeit zu Zeit einen Blick erhaschte. Er war der bestaussehende Junge, dem sie je begegnet war. Er schien etwa zwei Meter groß zu sein, mit breiten Schultern und spöttischen grauen Augen. Er gehörte zum All-America-Team und hatte ein Rhodes-Stipendium. Mary hatte außerdem eine ältere Schwester gehabt, Beth, die gestorben war, als Josephine noch ein kleines Mädchen war.

Jetzt, auf der Party, hielt Josephine hoffnungsvoll Ausschau nach David, aber sie konnte ihn nirgends entdecken. Früher war es vorgekommen, daß er stehengeblieben war und sie angesprochen hatte, aber jedesmal war Josephine rot geworden und stumm geblieben.

Die Party war ein großer Erfolg. Es waren vierzehn Jungen und Mädchen da. Es gab ein Picknick mit Rindfleisch, Hähnchen, Chilli, Kartoffelsalat und Limonade, das auf der Terrasse von livrierten Butlern und Dienstmädchen hergerichtet wurde. Dann packten Mary Lou und Josephine ihre Geschenke aus, während alle anderen dabeistanden und sie begutachteten.

Mary Lou schlug vor: »Gehen wir schwimmen.«

Alle stürzten sich in die Umkleidekabinen zu beiden Seiten des Schwimmbeckens. Als Josephine ihren neuen Badeanzug anzog, meinte sie, noch nie so glücklich gewesen zu sein. Es war in jeder Hinsicht ein vollkommener Tag, den sie mit ihren Freundinnen verbrachte. Sie gehörte zu ihnen, hatte teil an der Schönheit, die sie überall umgab. Daran war nichts Schlechtes. Sie wünschte, sie könnte die Zeit anhalten, damit dieser Tag nie zu Ende ginge.

Josephine trat ins helle Sonnenlicht hinaus. Als sie auf das Schwimmbecken zuging, merkte sie, daß die anderen sie beobachteten, die Mädchen mit offenkundigem

Neid, die Jungen mit abschätzenden, verstohlenen Blikken. In den letzten Monaten hatte sich Josephines Körper in aufregender Weise entwickelt. Ihre Brüste waren fest und prall geworden und spannten gegen ihren Badeanzug, und ihre sanft geschwungenen Hüften verrieten bereits die üppigen Kurven einer Frau. Josephine sprang zu den anderen ins Schwimmbecken.

»Spielen wir Marco Polo!« rief jemand.

Josephine liebte dieses Spiel. Sie watete gern mit festgeschlossenen Augen im warmen Wasser herum und rief: »Marco!«, und die anderen mußten antworten: »Polo!« Josephine tauchte nach dem Geräusch ihrer Stimmen, bis sie jemanden zu fassen bekam, und dann war derjenige »dran«.

Sie fingen mit dem Spiel an. Cissy Topping war »dran«. Sie versuchte, den Jungen zu erwischen, den sie mochte, Bob Jackson, konnte ihn aber nicht kriegen, worauf sie sich an Josephine hängte. Josephine schloß fest die Augen und horchte auf das verräterische Geräusch von Spritzern.

»Marco!« rief sie.

Ein Chor antwortete: »Polo!«

Josephine stürzte sich auf die nächste Stimme. Sie tastete im Wasser herum. Niemand.

»Marco!« rief sie.

Wieder: »Polo!« im Chor.

Sie tappte blind umher, doch ohne Erfolg. Für Josephine spielte es keine Rolle, daß die anderen schneller waren als sie selbst; sie wollte, daß dieses Spiel immer weiterginge, daß es, wie dieser Tag, bis in alle Ewigkeit dauern sollte.

Sie blieb still stehen, bemühte sich, einen Spritzer, ein Kichern, ein Flüstern zu hören. Sie watete im Schwimmbecken herum, mit geschlossenen Augen und ausgestreckten Händen, und erreichte die Leiter. Sie kletterte eine Sprosse hinauf, um ohne ihre eigene Wellenbewegung besser hören zu können.

»Marco!« rief sie.

Doch es folgte keine Antwort. Sie stand still da.

»Marco!«

Schweigen. Es war, als wäre sie ganz allein in einer warmen, nassen, verlassenen Welt. Sie spielten ihr einen Streich. Sie hatten ausgemacht, daß niemand ihr antworten sollte. Josephine lächelte und öffnete die Augen.

Sie stand allein auf der Leiter zum Schwimmbecken. Irgend etwas zwang sie, an sich hinunterzusehen. Der untere Teil ihres weißen Badeanzuges hatte rote Flecken, und ein dünnes Rinnsal von Blut rann zwischen ihren Schenkeln hinab. Die Kinder standen alle am Rand des Schwimmbeckens und starrten sie an; Josephine blickte verzweifelt zu ihnen auf. »Ich . . .« Sie wußte nicht, was sie sagen sollte. Schnell tauchte sie wieder ins Wasser zurück, um ihre Schande zu verbergen.

»Wir tun so etwas nicht im Swimmingpool«, sagte Mary Lou.

»Polaken tun's«, sagte eine andere Stimme kichernd.

»He, gehen wir duschen.«

»Klar. Ich komme mir klebrig vor.«

»Wer will schon in so was schwimmen?«

Josephine schloß wieder die Augen und hörte, daß sie zu den Kabinen gingen und sie allein ließen. Sie blieb zurück, hielt die Augen fest geschlossen und preßte die Beine zusammen, um das anstößige Rinnsal aufzuhalten. Sie hatte noch nie ihre Periode gehabt. Es kam vollkommen unerwartet. Im nächsten Augenblick würden alle zurückkommen und ihr sagen, daß sie sie nur gehänselt hätten, daß sie nach wie vor ihre Freunde wären, daß das Glück nie aufhören würde. Sie würden wiederkommen und erklären, es sei nur ein Spiel gewesen. Vielleicht waren sie schon wieder zurück, bereit, weiterzuspielen. Mit fest geschlossenen Augen flüsterte sie: »Marco«, und das Echo erstarb in der Nachmittagsluft. Sie hatte keine Ahnung, wie lange sie mit geschlossenen Augen im Wasser stand.

Wir tun so etwas nicht im Swimmingpool.
Polaken tun's.

Sie bekam heftige Kopfschmerzen. Ihr wurde übel, und ihr Magen krampfte sich plötzlich zusammen. Aber Josephine wußte, daß sie dort mit festgeschlossenenAugen stehenbleiben mußte. Bis sie alle wiederkamen und ihr sagten, es sei nur Spaß gewesen.

Sie hörte Schritte und ein Geräusch über sich, und jetzt wußte sie, daß alles in Ordnung war. Sie waren zurückgekommen. Sie schlug die Augen auf und blickte nach oben.

David, Mary Lous älterer Bruder, stand neben dem Bassin, einen Bademantel in den Händen.

»Ich entschuldige mich für alle«, sagte er mit beherrschter Stimme. Er hielt ihr den Bademantel hin. »Hier, komm heraus und zieh das an.«

Aber Josephine schloß die Augen und blieb wie erstarrt stehen. Sie wollte so schnell wie möglich sterben.

15

Es war einer von Sam Winters' guten Tagen. Der Andrang zu dem Tessie-Brand-Film war gewaltig. Zum Teil lag das natürlich daran, daß Tessie sich selbst übertroffen hatte, um ihre Forderung zu rechtfertigen. Aber was immer der Grund sein mochte, Barbara Carter war zur brillantesten Nachwuchsregisseurin des Jahres aufgestiegen. Für Kostümbildnerinnen würde es ein phantastisches Jahr werden.

Die von Pan-Pacific produzierten Fernsehsendungen waren gut angekommen, und *My Man Friday* war der durchschlagendste Erfolg. Die Fernsehgesellschaft verhandelte mit Sam über einen neuen Fünfjahresvertrag für die Serie.

Sam wollte gerade zum Essen gehen, als Lucille hereinstürzte: »Eben ist jemand erwischt worden, der Feuer in der Requisitenabteilung gelegt hat. Sie bringen ihn her.«

Der Mann saß Sam schweigend in einem Sessel gegenüber. Zwei Atelierwächter standen hinter ihm. Seine Augen funkelten vor Bosheit. Sam hatte den Schock noch nicht überwunden. »Warum?« fragte er. »Um Himmels willen – warum?«

»Weil ich Ihre gottverfluchte Wohltätigkeit nicht mehr

ertragen konnte«, sagte Dallas Burke. »Ich hasse Sie und dieses Studio und das ganze beschissene Geschäft. *Ich* habe dieses Geschäft aufgebaut, Sie Mistkerl. *Ich* habe die Hälfte der Ateliers in dieser dreckigen Stadt bezahlt. Alle sind durch mich reich geworden. Warum haben Sie mir keinen Regieauftrag gegeben, statt mich abzuspeisen, indem Sie mir angeblich einen Haufen gottverdammt gestohlener Märchen abkauften? Sie hätten mir das Telefonbuch abgekauft, Sam. Ich wollte keine Gefälligkeiten von Ihnen – ich wollte einen Job. Sie sind schuld, daß ich einmal als Versager sterbe, Sie Scheißkerl, und das kann ich Ihnen nie verzeihen!«

Lange nachdem man Dallas Burke fortgebracht hatte, saß Sam da und dachte über ihn nach, erinnerte sich an all das, was Dallas geleistet hatte, an die wunderbaren Filme, die er gemacht hatte. In jeder anderen Branche wäre er ein Held gewesen, wäre Aufsichtsratsvorsitzender geworden oder hätte sich mit einer hübschen, fetten Pension und mit Ruhm bedeckt zur Ruhe gesetzt.

Aber dies war eben die wundervolle Welt des Showgeschäfts.

16

Anfang der fünfziger Jahre hatte Toby Temple mehr und mehr Erfolg. Er trat in Nightclubs auf – dem Chez Paree in Chicago, dem Latin Casino in Philadelphia, dem Copacabana in New York. Er gab Wohltätigkeitsveranstaltungen, gastierte in Kinderkrankenhäusern und Wohlfahrtseinrichtungen – er war bereit, für jeden an jedem Ort und zu jederzeit aufzutreten. Das Publikum war sein Herzblut. Er brauchte seinen Applaus und seine Liebe. Er war voll und ganz dem Showgeschäft ergeben. Bedeutende Dinge ereigneten sich in der ganzen Welt, aber für Toby waren sie lediglich Mahlgut für seine Nummer.

Als im Jahre 1951 General MacArthur entlassen wurde und den Ausspruch tat: »Alte Soldaten sterben nicht – sie schwinden dahin«, sagte Toby: »Himmel – wir müssen dieselbe Wäscherei haben.«

Als im Jahre 1952 die Wasserstoffbombe getestet wurde, war Tobys Kommentar: »Das ist gar nichts. Sie hätten meine Premiere in Atlanta erleben sollen.«

Als Nixon seine »Checkers«-Rede hielt, meinte Toby: »Ich würde ihn sofort wählen. Nicht Nixon – Chekkers.«

Ike war Präsident, und Stalin starb, und Jung-Amerika trug Davy-Crockett-Mützen, und es gab einen Busboykott in Montgomery.

Und alles wurde in Tobys Nummer verarbeitet.

Wenn er seine scharfen Witze mit der großäugigen Miene verblüffter Unschuld zum besten gab, brüllten die Zuhörer und lachten, bis ihnen die Tränen kamen. Sein Publikum liebte ihn, und er lebte von dieser Liebe, weidete sich daran und stieg auf der Erfolgsleiter immer höher.

Aber eine tiefe, ziellose Rastlosigkeit beherrschte ihn. Er suchte immer etwas anderes, etwas Neues. Er konnte sich nie richtig amüsieren, weil er stets fürchtete, er könnte irgendwo eine bessere Party versäumen oder vor einem besseren Publikum auftreten oder ein hübscheres Mädchen küssen. Er wechselte die Mädchen so häufig wie seine Hemden. Nach seiner Erfahrung mit Millie fürchtete er den Gedanken, an irgend jemanden gekettet zu werden. Er erinnerte sich an die Zeit, als er auf »Klo-Tour« gewesen war und die Stars mit den prächtigen Limousinen und den schönen Frauen beneidet hatte. Jetzt hatte er es geschafft, und er war ebenso einsam, wie er damals gewesen war. Wer hatte doch gesagt: »Wenn du dorthin kommst, gibt es kein Dort...«

Es war ihm bestimmt, Nummer eins zu werden, und er wußte, daß er es schaffen würde. Nur eines bedauerte er: daß seine Mutter es nicht mehr miterlebte, wie sich ihre Voraussage bestätigte.

Die einzige Erinnerung an sie war sein Vater.

Das Altersheim in Detroit befand sich in einem häßlichen Backsteinbau aus dem vergangenen Jahrhundert. Seine Mauern bargen den süßlichen Gestank nach Alter und Tod.

Toby Temples Vater hatte einen Schlaganfall erlitten und vegetierte nur noch dahin, ein Mann mit teilnahmslosen, apathischen Augen und einem Geist, der sich für nichts interessierte als für Tobys Besuche. Toby stand in der schmutziggrün ausgelegten Halle des Heimes, das jetzt seinen Vater beherbergte. Die Schwestern und Insassen drängten sich bewundernd um ihn.

»Ich sah Sie letzte Woche in der Harold-Hobson-Show, Toby. Sie waren einfach wunderbar! Wie kommen Sie nur auf all die klugen Sachen, die Sie sagen?«

»Meine Texter kommen darauf«, sagte Toby, und sie lachten über seine Bescheidenheit.

Ein Pfleger kam den Gang herunter und schob einen Rollstuhl vor sich her: Tobys Vater. Er war frisch rasiert und hatte das Haar ordentlich gekämmt. Er hatte sich zu Ehren des Besuches seines Sohnes einen Anzug anziehen lassen.

»Hallo, das ist ja Beau Brummel!« rief Toby, und jeder sah bewundernd Tobys Vater an und wünschte sich, auch einen so wundervollen, berühmten Sohn wie Toby zu haben, der ihn besuchen käme.

Toby trat zu seinem Vater, beugte sich zu ihm hinunter und umarmte ihn. »Wem willst du etwas vormachen?« fragte Toby. Er zeigte auf den Pfleger. »Du solltest *ihn* herumschieben, Pop.«

Alle lachten, behielten die geistreiche Bemerkung im Gedächtnis, um ihren Freunden berichten zu können, was sie von Toby Temple gehört hatten. *Neulich war ich mit Toby Temple zusammen, und er sagte... Ich stand so dicht neben ihm wie jetzt neben dir, und ich hörte ihn...*

Er stand herum und unterhielt sie, zog sie auf, und sie waren geradezu verrückt danach. Er hänselte sie mit ihrem Liebesleben und ihrer Gesundheit und ihren Kindern, und eine kleine Weile konnten sie über ihre eigenen Probleme lachen. Schließlich sagte Toby kläglich: »Ich verlasse Sie ungern, Sie sind das bestaussehende Publikum, das ich seit Jahren gehabt habe« – *sie würden sich auch daran bestimmt erinnern* –, »aber ich muß auch ein wenig mit Pop allein sein. Er hat versprochen, mir ein paar neue Witze zu liefern.«

Sie schmunzelten und lachten und bewunderten ihn.

Toby war allein mit seinem Vater in dem kleinen Besuchszimmer. Selbst dieser Raum roch nach Tod. Doch andererseits: *Dazu war dieses Heim da, nicht wahr?* dachte Toby. *Tod?* Es war voll von verbrauchten Müttern und Vätern, die im Weg waren. Sie waren aus kleinen Schlafkammern herausgeholt worden, aus den Eßzimmern und Wohnzimmern, wo sie nach und nach zu einer Last geworden waren, wenn man Gäste hatte. Sie waren von ihren Kindern, von Nichten und Neffen in dieses Altenheim gebracht worden. *Glaube mir, es ist zu deinem Besten, Vater, Mutter, Onkel George, Tante Bess. Du wirst mit einer Menge sehr netter Leute deines Alters zusammen sein. Du wirst die ganze Zeit Gesellschaft haben. Verstehst du, was ich meine?* Was sie wirklich meinten, war: *Ich schicke dich dahin, damit du wie all diese anderen nutzlosen Leute stirbst. Ich habe es satt, dich am Tisch dummes Zeug reden und dieselben Geschichten x-mal wiederholen zu hören und die Kinder plagen zu lassen. Ich habe es satt, daß du ins Bett machst.* Die Eskimos waren in dieser Hinsicht viel ehrlicher. Die schickten ihre Alten in die eisige Polarnacht hinaus und überließen sie dort ihrem Schicksal.

»Ich freue mich sehr, daß du gekommen bist«, sagte Tobys Vater. Er sprach stockend. »Ich wollte mit dir reden. Ich habe eine gute Nachricht für dich. Der alte Art Riley von nebenan ist gestern gestorben.«

Toby starrte ihn an. »*Das* nennst du eine gute Nachricht?«

»Es bedeutet, daß ich sein Zimmer bekommen kann«, erklärte sein Vater. »Es ist ein Einzelzimmer.«

Und darum drehte es sich im Alter: Überleben, sich an die paar leiblichen Genüsse klammern, die noch übriggeblieben waren. Toby hatte hier Leute gesehen, für die der Tod eine Erlösung gewesen wäre. Aber sie klammerten sich ans Leben. *Alles Gute zum Geburtstag, Mr. Dorset. Was empfinden Sie, da Sie heute fünfundneunzig Jahre alt geworden sind? . . . Wenn ich an die andere Möglichkeit denke, fühle ich mich großartig.*

Schließlich war es Zeit für Toby, zu gehen.

»Ich besuche dich wieder, sobald ich kann«, versprach Toby. Er gab seinem Vater etwas Bargeld und verteilte großzügig Trinkgelder an die Schwestern und Pfleger. »Sie kümmern sich gut um ihn, ja? Ich brauche den Alten Herrn für meine Nummer.«

Und fort war er. In dem Augenblick, als er durch die Tür trat, hatte er sie alle vergessen. Er dachte an seinen Auftritt an diesem Abend.

Wochenlang sprachen sie im Heim über nichts anderes als über seinen Besuch.

17

Mit siebzehn war Josephine Czinski das schönste Mädchen in Odessa. Sie hatte einen goldbraunen Teint, ihr langes schwarzes Haar zeigte im Sonnenlicht einen Anflug von Kastanienbraun, und ihre tiefbraunen Augen waren mit Goldtupfen gesprenkelt. Sie hatte eine phantastische Figur mit einem vollen, runden Busen, einer schlanken Taille, sanft geschwellten Hüften und langen, wohlgeformten Beinen.

Josephine verkehrte nicht mehr mit den Öl-Leuten. Sie ging jetzt mit den anderen aus. Nach der Schule arbeitete sie als Kellnerin im Golden Derrick, einem beliebten Drive-in-Restaurant. Mary Lou und Cissy Topping kamen mit ihren Freunden dorthin. Josephine begrüßte sie immer höflich, aber es war eben doch alles anders als früher.

Josephine war erfüllt von einer Rastlosigkeit, einer Sehnsucht nach etwas, das sie noch nicht kennengelernt hatte. Es war namenlos, aber es existierte. Sie wollte weg aus dieser häßlichen Stadt, wußte aber nicht, wohin sie gehen oder was sie tun wollte. Wenn sie zu lange darüber nachdachte, bekam sie Kopfschmerzen.

Sie ging mit einem Dutzend Jungen und Männern aus. Ihrer Mutter gefiel Warren Hoffman am besten.

»Warren wäre der richtige Mann für dich. Er geht regelmäßig in die Kirche, hat als Klempner ein gutes Einkommen und ist verrückt nach dir.«

»Er ist fünfundzwanzig und zu dick.«

Ihre Mutter sah Josephine prüfend an. »Arme Polakenmädchen finden keine Ritter in schimmernder Rüstung. Nicht in Texas und nirgendwo sonst. Mach dir bloß nichts vor.«

Josephine pflegte Warren Hoffman zu erlauben, sie einmal in der Woche ins Kino auszuführen. Er hielt ihre Hand in seinen großen schwitzenden, schwieligen Händen und drückte sie während des ganzen Films. Josephine merkte es kaum. Sie war zu sehr in die Handlung des Films versunken. Was sich da oben abspielte, war eine Auferstehung der Welt schöner Menschen und Dinge, mit denen sie aufgewachsen war, nur war diese Welt noch größer und noch erregender. Josephine empfand dunkel, daß Hollywood ihr alles bieten konnte, was sie wünschte: Lebensfreude, Lachen und Glück. Sie wußte, daß es, abgesehen von einer Heirat mit einem reichen Mann, für sie keine Möglichkeit gab, je ein solches Leben zu führen. Und die reichen Jungs waren alle an die reichen Mädchen vergeben.

Nur einer nicht.

David Kenyon. Josephine dachte oft an ihn. Vor langer Zeit hatte sie ein Foto von ihm aus Mary Lous Haus gestohlen. Sie hielt es in ihrem Schrank verborgen und holte es nur heraus, um es anzuschauen, wenn sie unglücklich war. Es brachte die Erinnerung an David zurück, wie er am Rand des Schwimmbeckens neben ihr stand und sagte: *Ich entschuldige mich für alle,* und das Gefühl der Kränkung war allmählich geschwunden und durch seine sanfte Herzlichkeit verdrängt worden. Sie hatte David noch einmal nach diesem furchtbaren Tag am Schwimmbecken gesehen, als er ihr den Bademantel gebracht hatte. Er hatte mit seiner Familie in einem Wagen gesessen, und Josephine erfuhr später, daß er zum Bahnhof gefahren worden war. Er war nach Oxford, England, unterwegs. Das war vor vier Jahren gewesen, 1952. David war zwar in den Sommerferien und zu Weihnachten nach Hause gekommen, aber ihre Wege hatten sich nie gekreuzt. Josephine hatte die anderen Mädchen oft über ihn sprechen hören. Außer dem Besitz, den David von seinem Vater geerbt hatte, war ihm von seiner Großmutter ein Vermögen in Höhe von fünf Millionen Dollar hinterlassen worden. Er war eine wirklich gute Partie. *Aber nicht für die Tochter einer polnischen Näherin.*

Daß David Kenyon aus Europa zurückgekehrt war, wußte Josephine nicht. Es war ein später Sonnabendabend im Juli, und Josephine war bei ihrer Arbeit im Golden Derrick. Ihr schien es, als wäre die halbe Bevölkerung von Odessa ins Drive-in-Restaurant gekommen, um mit Gallonen von Limonade, Eis und Sodawasser gegen die Hitzewelle anzukämpfen. Der Andrang war so groß gewesen, daß Josephine noch keine Möglichkeit gefunden hatte, eine Pause zu machen. Ein Kranz von Autos zog sich ohne Ende über die neon-beleuchtete Auffahrt, wie metallene Tiere, die an einer surrealistischen Wasserstelle Schlange stehen. Josephine bediente einen Wagen mit der ihrer Meinung nach millionsten Bestellung von Cheeseburgers und Cokes, hielt die Speisekarte bereit und ging hinüber zu einem weißen Sportwagen, der gerade vorgefahren war.

»Guten Abend«, sagte Josephine freundlich. »Wünschen Sie die Speisekarte?«

»Hallo, Fremde.«

Beim Klang von David Kenyons Stimme begann Josephines Herz heftig zu schlagen. Er sah genauso aus, wie sie ihn in Erinnerung hatte, nur daß sie ihn noch anziehender fand. Er zeigte Reife und Sicherheit, die er bei seinem Auslandsaufenthalt erworben hatte. Neben ihm saß Cissy Topping, kühl und schön in einem teuren Seidenkomplet.

Cissy sagte: »Hallo, Josie. An einem heißen Abend solltest du aber nicht arbeiten, Schätzchen.«

Als ob Josephine es sich aussuchen könnte, ob sie hierherkommen oder in ein Theater mit Klimaanlage gehen oder mit David Kenyon in einem Sportwagen herumfahren wollte.

Josephine antwortete gelassen: »Es hält mich von der Straße fern« und sah, daß David Kenyon sie anlächelte. Sie wußte, daß er sie verstand.

Noch lange nachdem sie fortgefahren waren, dachte Josephine über David nach. Sie wiederholte sich jedes seiner Worte – *Hallo, Fremde... Ich nehme Schweinebraten und ein Bier – nein, lieber Kaffee. Kalte Getränke sind schlecht an einem heißen Abend... Wie gefällt Ihnen die Arbeit hier?... Ich möchte bitte bezahlen... Behalten Sie das Kleingeld... Es war nett, Sie wiederzusehen, Josephine –,* suchte nach versteckten Bedeutungen, feinen Unterschieden, die sie vielleicht überhört hatte. Natürlich hätte er nichts sagen können, da Cissy neben ihm saß, aber die Wahrheit war, daß er Josephine nichts zu sagen hatte. Sie war überrascht, daß er sich überhaupt noch an ihren Namen erinnert hatte.

Sie stand vor der Spüle in der kleinen Küche des Restaurants, in Gedanken versunken, als Paco, der junge mexikanische Koch, hinter sie trat und sagte: *»Que pasa, Josita?* Du hast diesen seltsamen Blick im Auge.«

Sie mochte Paco. Er war Ende Zwanzig, ein schlanker,

dunkeläugiger Mann, immer bereit, zu lachen und einen Scherz zu machen, wenn die Spannung stieg und alle nervös waren.

»Wer iiist es?«

Josephine lächelte: »Niemand, Paco.«

»Bueno. Weil nämlich sechs hungrige Wagen da draußen verrückt spielen. *Vamos!*«

Am nächsten Morgen rief er an, und Josephine wußte, daß er es war, ehe sie den Hörer abhob. Sie hatte ihn die ganze Nacht nicht aus ihren Gedanken verbannen können. Es war, als ob dieser Anruf die Verlängerung ihres Traumes wäre.

Seine ersten Worte waren: »Sie sind ein Traum. Während ich weg war, sind Sie erwachsen und eine Schönheit geworden«, und sie hätte vor Glück sterben können.

Er führte sie an jenem Abend zum Essen aus. Josephine war auf ein verschwiegenes kleines Restaurant vorbereitet gewesen, in dem David nicht Gefahr lief, seine alten Freunde zu treffen. Statt dessen gingen sie in seinen Klub, wo jeder an ihrem Tisch stehenblieb, um hallo zu sagen. David schämte sich nicht nur nicht, mit Josephine gesehen zu werden, er schien sogar stolz auf sie zu sein. Und sie liebte ihn deswegen und aus hundert anderen Gründen. Sein Aussehen, seine Freundlichkeit und sein Verständnis, die reine Freude, mit ihm zusammen zu sein. Sie hatte nie geahnt, daß ein so wundervoller Mensch wie David existieren konnte.

Jeden Tag, nachdem Josephine ihre Arbeit beendet hatte, waren sie zusammen. Josephine mußte Männer abwehren, seit sie vierzehn war, denn sie besaß eine sexuelle Ausstrahlung, die herausfordernd wirkte. Immer betätschelten Männer sie, streckten die Hände nach ihr aus, versuchten, ihre Brüste zu drücken oder ihr unter den Rock zu greifen, weil sie meinten, sie könnten das Mädchen damit reizen, und ahnten nicht, wie sehr es davon abgestoßen wurde.

David Kenyon war anders. Er legte nur seinen Arm um sie oder berührte sie gelegentlich, und Josephines ganzer Körper reagierte sofort. Bei keinem anderen Mann hatte sie jemals dieses Gefühl gehabt. An den Tagen, an denen sie David nicht sah, konnte sie an nichts anderes denken.

Sie fand sich damit ab, daß sie in ihn verliebt war. Als die Wochen vergingen und sie immer mehr Zeit miteinander verbrachten, entdeckte Josephine, daß das Wunder geschehen war: Auch David hatte sich in sie verliebt.

Er besprach seine Probleme und seine familiären Schwierigkeiten mit ihr. »Mutter will, daß ich die Unternehmensleitung übernehme«, sagte David zu ihr, »aber ich bin nicht sicher, ob ich damit den Rest meines Lebens verbringen will.«

Außer Ölquellen und Raffinerien besaßen die Kenyons eine der größten Viehfarmen im Südwesten, eine Hotelkette, einige Banken und eine große Versicherungsgesellschaft.

»Kannst du nicht einfach nein sagen, David?«

David seufzte: »Du kennst meine Mutter nicht.«

Josephine hatte Davids Mutter kennengelernt. Sie war eine winzige Frau (es schien unmöglich, daß David aus dieser zarten Gestalt hervorgegangen war), die drei Kinder geboren hatte. Während und nach jeder Schwangerschaft war sie sehr krank gewesen und hatte nach der dritten Niederkunft eine Herzattacke gehabt. Die ganzen Jahre hindurch beschrieb sie ihren Kindern wiederholt ihr Leiden, und diese wuchsen in dem Glauben auf, daß ihre Mutter bewußt ihr Leben aufs Spiel gesetzt hatte, um jedes von ihnen zur Welt zu bringen. Es gab ihr eine gewaltige Macht über die Familie, die sie schonungslos ausübte.

»Ich möchte mein eigenes Leben führen«, erklärte David Josephine, »aber ich kann nichts tun, was meine Mutter verletzt. Die Wahrheit ist – Dr. Young glaubt nicht, daß sie noch lange bei uns sein wird.«

Eines Abends erzählte Josephine David von ihren Träumen, nach Hollywood zu gehen und ein Star zu werden. Er sah sie an und sagte ruhig: »Ich werde dich nicht gehen lassen.« Sie merkte, daß ihr Herz wie wild schlug. Jedesmal wenn sie beisammen waren, wurde das Gefühl der Vertrautheit zwischen ihnen stärker. Josephines Herkunft bedeutete David gar nichts. Er besaß keinen Funken von Snobismus, und das machte den Vorfall, der sich eines Abends im Drive-in-Restaurant abspielte, um so empörender.

Es war Polizeistunde, und David wartete draußen im Wagen auf sie. Josephine war mit Paco in der kleinen Küche, räumte noch rasch die letzten Tabletts weg.

»Ernste Verabredung, was?« fragte Paco.

Josephine lächelte. »Woher weißt du?«

»Weil du wie Weihnachten aussiehst. Dein hübsches Gesicht leuchtet von oben bis unten. Sag ihm von mir, er sei ein einziger glücklicher *hombre*!«

Josephine sagte lächelnd: »Werd ich.« Einer plötzlichen Regung folgend, beugte sie sich vor und gab Paco einen Kuß auf die Wange. Einen Augenblick später hörte sie das Dröhnen eines Motors und dann das Kreischen von Reifen. Sie konnte gerade noch sehen, wie Davids weißes Coupé gegen den Kotflügel eines anderen Wagens krachte und davonraste. Sie stand ungläubig da und sah die Schlußlichter in der Nacht verschwinden.

Um drei Uhr morgens, als Josephine sich ruhelos im Bett hin und her warf, hörte sie draußen vor ihrem

Schlafzimmer einen Wagen vorfahren. Sie eilte zum Fenster und blickte hinaus. Hinter dem Steuer saß David. Er war betrunken. Schnell zog Josephine sich einen Morgenrock über und ging hinaus.

»Steig ein«, befahl David. Josephine öffnete den Wagenschlag und glitt neben ihn. Es folgte eine lange, drückende Stille. Als David endlich sprach, war seine Stimme belegt, aber nicht nur vom Whisky, den er getrunken hatte. Es war eine Wut in ihm, eine wilde Raserei, die die Worte aus ihm heraustrieb wie eine Serie kleiner Explosionen. »Du gehörst mir nicht«, sagte David. »Du bist frei und kannst tun und lassen, was dir beliebt. Aber solange du mit mir ausgehst, erwarte ich von dir, daß du nicht jeden gottverfluchten Mexikaner küßt. Verstanden?«

Sie sah ihn hilflos an und sagte dann: »Als ich Paco küßte, war es wegen – er sagte etwas, das mich glücklich machte. Er ist mein Freund.«

David holte tief Atem, versuchte der Gefühle, die in ihm tobten, Herr zu werden. »Ich werde dir etwas erzählen, das ich noch keinem Menschen erzählt habe.«

Josephine saß abwartend da, fragte sich, was als nächstes kommen würde.

»Ich habe eine ältere Schwester«, sagte David. »Beth – ich bete sie an.«

Josephine hatte eine undeutliche Erinnerung an Beth, eine blonde, hellhäutige Schönheit, die Josephine immer aufgesucht hatte, wenn sie zu Mary Lou zum Spielen hinübergegangen war. Josephine war acht gewesen, als Beth starb. David mußte ungefähr fünfzehn gewesen sein. »Ich erinnere mich an ihren Tod«, sagte Josephine.

Davids nächste Worte waren ein Schock. »Beth lebt.«

Sie starrte ihn an. »Aber ich – jeder glaubte...«

»Sie ist in einer Irrenanstalt.« Er wandte ihr das Gesicht zu, seine Stimme war wie erloschen. »Sie wurde von einem unserer mexikanischen Gärtner vergewaltigt. Beths Schlafzimmer lag in der Halle gegenüber von meinem. Ich hörte ihre Schreie und raste in ihr Zimmer. Er hatte ihr das Nachthemd heruntergerissen und lag auf ihr und...« Seine Stimme brach in der Erinnerung. »Ich rang mit ihm, bis meine Mutter hereingerannt kam und die Polizei rief. Sie kam schließlich und brachte den Mann ins Gefängnis. In derselben Nacht beging er in seiner Zelle Selbstmord. Aber Beth hatte den Verstand verloren. Sie wird nie wieder aus der Anstalt herauskommen. Nie. Ich kann dir nicht sagen, wie sehr ich sie liebe, Josie. Sie fehlt mir so sehr. Seit dieser Nacht kann ich – ich – es nicht ertragen...«

Sie legte ihre Hand auf die seine und sagte: »Es tut mir leid, David. Ich verstehe. Ich bin froh, daß du's mir erzählt hast.«

Auf eine seltsame Art hatte dieser Vorfall sie nur noch enger miteinander verbunden. Sie sprachen über Dinge, die sie noch nie erörtert hatten. David lächelte, als Josephine ihm von dem religiösen Fanatismus ihrer Mutter erzählte. »Ich hatte mal so einen Onkel«, sagte er. »Er verschwand in einem Kloster in Tibet.«

»Nächsten Monat werde ich vierundzwanzig«, sagte David eines Tages zu Josephine. »Es ist eine alte Familientradition, daß die Kenyon-Männer bis vierundzwanzig verheiratet sind.« Und ihr Herz hüpfte vor Freude.

Am nächsten Abend hatte David Karten für ein Stück im Globe Theatre. Als er Josephine abholte, sagte er: »Vergessen wir das Stück. Reden wir von unserer Zukunft.«

Sowie Josephine das hörte, wußte sie, daß alles, wofür sie gebetet hatte, sich erfüllen würde. Sie konnte es in Davids Augen lesen. Sie waren voll Liebe und Verlangen.

Sie sagte: »Fahren wir zum Dewey Lake hinaus.«

Sie wollte, daß es der romantischste Heiratsantrag würde, der je gemacht worden war, etwas, das sie ihren Kindern immer wieder erzählen könnte. Sie wollte sich an jeden Augenblick dieser Nacht erinnern.

Dewey Lake war ein kleiner See, etwa vierzig Meilen von Odessa entfernt. Die Nacht war schön und sternenübersät, mit einem sanften, zunehmenden Mond. Die Sterne tanzten auf dem Wasser, und die Luft war voller rätselhafter Geräusche einer geheimen Welt, eines Mikrokosmos des Universums, wo winzige, unsichtbare Geschöpfe sich liebten und Beute machten und selbst Beute wurden und starben.

Josephine und David saßen schweigend im Wagen und horchten auf die Geräusche der Nacht. Josephine beobachtete ihn, wie er hinter dem Steuer des Wagens saß, sein anziehendes Gesicht war gespannt und ernst. Sie hatte ihn noch nie so geliebt wie in diesem Augenblick. Sie wollte etwas Wundervolles für ihn tun, ihm etwas geben, um ihm zu zeigen, wie sehr sie ihn liebte. Und plötzlich wußte sie, was sie tun würde.

»Gehen wir schwimmen, David«, sagte sie.

»Wir haben keine Badeanzüge mit.«

»Spielt keine Rolle.«

Er wandte sich ihr zu, um sie anzublicken, und wollte etwas sagen, aber Josephine war schon ausgestiegen und rannte zum Ufer des Sees hinunter. Als sie anfing, sich auszuziehen, konnte sie ihn hinter sich hören. Sie sprang ins warme Wasser. Einen Augenblick später war David neben ihr.

»Josie...«

Sie wandte sich ihm zu, ihr Körper schmerzte vor Verlangen nach ihm. Sie umarmten sich im Wasser, und sie konnte seine männliche Härte spüren, und er sagte:

»Wir können nicht, Josie.« Seine Stimme war erstickt vor Verlangen nach ihr. Sie langte hinunter und sagte: »Doch. O ja, David.«

Sie waren wieder am Ufer, und er war auf ihr und in ihr und eins mit ihr, und sie waren beide ein Teil der Sterne und der Erde und der samtenen Nacht.

Sie lagen lange beieinander und hielten sich umschlungen. Viel später erst, nachdem David sie zu Hause abgesetzt hatte, erinnerte sich Josephine, daß er nicht um sie angehalten hatte. Aber es spielte keine Rolle mehr. Was sie miteinander geteilt hatten, war eine stärkere Bindung als jede Heiratszeremonie. Er würde morgen um ihre Hand anhalten.

Josephine schlief am nächsten Tag bis Mittag. Sie wachte mit einem Lächeln auf dem Gesicht auf. Das Lächeln war noch da, als ihre Mutter ins Schlafzimmer kam, ein entzückendes altes Hochzeitskleid über dem Arm. »Geh zu Brubaker hinüber und bring mir zwölf Meter Tüll. Mrs. Topping hat mir soeben ihr Hochzeitskleid gebracht. Ich muß es bis Sonnabend für Cissy ändern. Sie und David Kenyon heiraten.«

David Kenyon hatte seine Mutter aufgesucht, gleich nachdem er Josephine nach Hause gefahren hatte. Sie lag im Bett, eine winzige, gebrechliche Frau, die einst sehr schön gewesen war.

Davids Mutter schlug die Augen auf, als er in ihr gedämpft beleuchtetes Schlafzimmer trat. Sie lächelte, als sie sah, wer es war. »Hallo, mein Sohn, du bist noch spät auf.«

»Ich war mit Josephine aus, Mutter.«

Sie sagte nichts darauf, beobachtete ihn nur mit ihren intelligenten grauen Augen.

»Ich werde sie heiraten«, sagte David.

Sie schüttelte langsam den Kopf. »Ich kann nicht zulassen, daß du einen solchen Fehler machst, David.«

»Du kennst Josephine nicht gut genug. Sie ist...«

»Sicherlich ist sie ein reizendes Mädchen. Aber sie ist keine Frau für einen Kenyon. Cissy Topping würde dich glücklich machen. Und wenn du sie heiratest, würde das auch mich glücklich machen.«

Er nahm ihre gebrechliche Hand in die seine und sagte: »Ich liebe dich sehr, Mutter, aber ich bin durchaus in der Lage, meine eigenen Entscheidungen zu treffen.«

»Wirklich?« sagte sie leise. »Tust du immer das Richtige?«

Er starrte sie an, und sie sagte: »Kann man sich darauf verlassen, daß du immer richtig handelst, David? Daß du nicht den Kopf verlierst? Nichts Furchtbares tust...«

Er riß seine Hand weg.

»Weißt du immer, was du tust, mein Sohn?« Ihre Stimme war noch leiser.

»Mutter, um Himmels willen!«

»Du hast dieser Familie schon genug angetan, David. Bürde mir nicht noch mehr auf. Ich glaube, ich könnte es nicht ertragen.«

Sein Gesicht war aschfahl. »Du weißt, daß ich nicht – ich konnte nichts dafür...«

»Du bist zu alt, um wieder fortgeschickt zu werden. Jetzt bist du ein Mann. Ich möchte, daß du auch wie ein Mann handelst.«

Seine Stimme war voll tiefer Qual. »Ich – liebe sie...«

Sie bekam einen Anfall, und David ließ den Arzt holen. Später hatten er und der Arzt eine Unterredung.

»Ich fürchte, Ihre Mutter wird nicht mehr lange leben, David.«

Und so wurde die Entscheidung für ihn getroffen.

Er besuchte Cissy Topping.

»Ich liebe eine andere«, sagte David. »Meine Mutter dachte immer, daß du und ich ...«

»Das dachte ich auch, Liebling.«

»Ich weiß, es ist etwas Ungeheuerliches, worum ich dich bitten möchte, aber wärest du bereit, mich zu heiraten, bis – bis meine Mutter stirbt, und dich dann von mir scheiden zu lassen?«

Cissy sah ihn an und sagte leise: »Wenn du das willst, David.«

Es kam ihm vor, als wäre ein unerträgliches Gewicht von seinen Schultern genommen worden. »Danke, Cissy, ich kann dir gar nicht sagen, wie sehr ...«

Sie lächelte und sagte: »Wozu sind alte Freunde da?«

Sofort nachdem David gegangen war, rief Cissy Topping Davids Mutter an. Alles, was sie sagte, war: »Es ist alles geregelt.«

Das einzige, was David Kenyon nicht vorausgesehen hatte, war, daß Josephine von der bevorstehenden Heirat hören würde, ehe er ihr alles erklären konnte. Als David zu Josephines Haus kam, wurde die Tür von Mrs. Czinski geöffnet.

»Ich möchte gerne Josephine sprechen«, sagte er.

Sie blitzte ihn mit Augen an, aus denen ein bösartiger Triumph leuchtete. »Jesus wird seine Feinde bezwingen und niederschlagen, und die Bösen sollen für immer verflucht sein.«

David sagte geduldig: »Ich möchte mit Josephine reden.«

»Sie ist fort«, sagte Mrs. Czinski. »Sie ist fortgegangen!«

18

Der staubige Greyhound-Bus, der von Odessa über El Paso und San Bernardino nach Los Angeles fuhr, war um sieben Uhr morgens in der Hollywood-Station in der Vine Street eingetroffen, und während der zweitägigen Reise über fünfzehnhundert Meilen war aus Josephine Czinski Jill Castle geworden. Äußerlich war sie die alte geblieben. Innerlich hatte sie sich verändert. Etwas in ihr war verschwunden. Das Lachen war erstorben!

In dem Augenblick, als sie die Nachricht gehört hatte, wußte Josephine, daß sie fliehen mußte. Sie begann, achtlos ihre Kleider in einen Koffer zu werfen. Sie hatte keine Ahnung, wohin sie fahren oder was sie tun würde, wenn sie dort ankäme. Sie wußte nur, daß sie fort mußte, auf der Stelle.

Als sie ihr Schlafzimmer verließ und die Fotos der Filmstars an der Wand sah, wußte sie plötzlich, wohin sie fahren würde. Zwei Stunden später saß sie im Bus nach Hollywood. Odessa und alle Bewohner dieser Stadt traten in den Hintergrund, verblaßten immer mehr, als der Bus sie ihrer neuen Bestimmung entgegenfuhr. Sie versuchte, ihre wahnsinnigen Kopfschmerzen zu vergessen. Vielleicht hätte sie der schrecklichen Schmerzen wegen einen Arzt aufsuchen sollen. Aber jetzt war das gleichgültig. Sie waren ein Teil ihrer Vergangenheit, und sie war sicher, sie würden vergehen. Von jetzt an würde das Leben wunderbar werden. Josephine Czinski war tot.

Es lebe Jill Castle.

Zweites Buch

19

Toby Temple wurde zum Superstar aufgrund des unwahrscheinlichen Zusammentreffens eines Vaterschaftsprozesses mit einem Blinddarmdurchbruch und dank dem Präsidenten der Vereinigten Staaten.

Der Presseklub von Washington gab sein alljährliches Bankett, und der Ehrengast war der Präsident. Es war eine Repräsentationsveranstaltung; anwesend waren der Vizepräsident, Senatoren, Kabinettsmitglieder, Oberste Richter und jeder, der eine Eintrittskarte kaufen, leihen oder stehlen konnte. Weil über das Ereignis immer in der internationalen Presse berichtet wurde, war die Rolle des Conférenciers ein hochbezahlter Job geworden. In diesem Jahr war einer von Amerikas Star-Komikern als Conférencier ausersehen worden. Eine Woche nachdem er zugesagt hatte, wurde er als Beklagter in einem Vaterschaftsprozeß genannt, der ein fünfzehnjähriges Mädchen betraf. Dem Rat seines Rechtsanwalts folgend, fuhr der Komiker sofort für unbestimmte Zeit auf Urlaub ins Ausland. Der Organisationsausschuß wandte sich nun an Nummer zwei seiner Wahl, einen beliebten Film- und Fernsehstar. Er kam am Abend vor dem Bankett in Washington an. Am folgenden Nachmittag, dem Tag des Festessens, rief sein Agent an und teilte mit, der Schauspieler sei im Krankenhaus und müsse sich wegen eines Blinddarmdurchbruchs einer plötzlichen Operation unterziehen.

Es waren nur noch sechs Stunden bis zum Beginn des Banketts. Der Ausschuß ging verzweifelt die Liste möglicher Ersatzleute durch. Die geeigneten Künstler waren alle in einem Film oder in einer Fernsehshow beschäftigt oder zu weit weg, um noch rechtzeitig nach Washington kommen zu können. Ein Kandidat nach dem anderen fiel aus, und schließlich, fast am Ende der Liste, tauchte der Name Toby Temple auf. Ein Ausschußmitglied schüttelte den Kopf. »Temple ist Nachtklubkomiker. Er ist zu unbeherrscht. Wir können nicht wagen, ihn auf den Präsidenten loszulassen.«

»Er wäre schon brauchbar, wenn wir ihn veranlassen könnten, seinen Ton zu dämpfen.«

Der Vorsitzende des Ausschusses blickte um sich und sagte: »Ich will Ihnen mal sagen, warum er besonders brauchbar ist, meine Herren. Er ist in New York und kann in einer Stunde hiersein. Das gottverdammte Bankett findet heute abend statt.«

Auf diese Weise entschied sich der Ausschuß für Toby Temple.

Als Toby sich in dem überfüllten Bankettsaal umsah, dachte er, wenn heute abend eine Bombe auf diesen Saal fiele, wäre die Regierung der Vereinigten Staaten mit einem Schlag führerlos.

Der Präsident saß in der Mitte am Tisch des Sprechers auf dem Podium. Ein halbes Dutzend Beamte des Geheimdienstes stand hinter ihm. In der Hast der letzten Minuten, als alles koordiniert werden mußte, hatte niemand daran gedacht, Toby dem Präsidenten vorzustellen, aber Toby störte das nicht. *Der Präsident wird sich an mich erinnern,* dachte er. Er rief sich sein Treffen mit Downey, dem Vorsitzenden des Organisationsausschusses, ins Gedächtnis zurück. Downey hatte gesagt: »Wir mögen Ihre Art von Humor, Toby. Sie sind sehr komisch, wenn Sie die Leute angreifen. Aber...« Er machte eine Pause, um sich zu räuspern. »Das ist – äh – ein empfindlicher Kreis hier heute abend. Verstehen Sie mich nicht falsch. Es ist nicht so, daß sie einen kleinen Scherz über sich selbst nicht akzeptieren könnten, aber alles, was heute abend in diesem Saal gesagt wird, wird von den Nachrichtenmedien in der ganzen Welt verbreitet, und natürlich will keiner von uns, daß irgend etwas gesagt wird, das den Präsidenten der Vereinigten Staaten oder Mitglieder des Kongresses lächerlich macht. Mit anderen Worten, wir möchten, daß Sie komisch sind, aber wir wollen nicht, daß Sie jemanden verärgern.«

»Verlassen Sie sich ganz auf mich«, hatte Toby lächelnd gesagt.

Das Geschirr war bereits von den Tischen abgeräumt, und Downey stand vor dem Mikrophon. »Herr Präsident, verehrte Gäste, ich habe das Vergnügen, Ihnen unseren Conférencier vorzustellen, einen der intelligentesten jungen Komiker, Mr. Toby Temple!«

Es gab höflichen Applaus, als Toby aufstand und zum Mikrophon ging. Sein Blick glitt über das Publikum und dann zum Präsidenten der Vereinigten Staaten hin.

Der Präsident war ein schlichter, geradliniger Mann. Er hatte nichts übrig für das, was er Zylinderdiplomatie nannte. »Von Mensch zu Mensch«, hatte er in einer Rede an die Nation gesagt, »das brauchen wir. Wir müssen aufhören, uns auf Computer zu verlassen, und wieder anfangen, unseren Instinkten zu vertrauen. Wenn ich mich mit den Führern ausländischer Mächte zusammensetze, möchte ich auf meinem Hosenboden verhandeln.« Der Satz war immer wieder zitiert worden.

Jetzt sah Toby den Präsidenten der Vereinigten Staaten an und sagte mit stolzerfüllter Stimme: »Mr. President, ich kann Ihnen nicht sagen, was es für mich bedeutet, hier oben auf demselben Podium mit dem Mann zu stehen, der die ganze Welt an seinem Hintern hat.«

Es folgte eine erschrockene, lange Stille, dann grinste der Präsident, lachte laut, und das Publikum brach plötzlich in schallendes Gelächter aus und applaudierte. Von diesem Augenblick an konnte Toby nichts mehr falsch machen. Er attackierte die anwesenden Senatoren, den Obersten Gerichtshof, die Presse. Sie waren begeistert. Sie schrien und johlten, weil sie wußten, daß Toby kein Wort von dem, was er sagte, ernst meinte. Es war überwältigend komisch, diese Beleidigungen von einem Mann mit einem so jungenhaften, unschuldigen Gesicht zu hören. An diesem Abend waren auch ausländische Minister anwesend, und Toby wandte sich mit einer unglaublichen Mischung aus ihren Landessprachen an sie, die so echt klang, daß sie zustimmend nickten.

Sie brachten ihm stehend Ovationen dar. Der Präsident kam auf Toby zu und sagte: »Das war brillant, absolut brillant. Wir geben am Montag ein kleines Abendessen im Weißen Haus, Toby, ich würde mich sehr freuen, wenn...«

Am nächsten Tag berichteten alle Zeitungen über Toby Temples Triumph. Seine Bemerkungen wurden überall zitiert. Er wurde als Entertainer ins Weiße Haus eingeladen. Das machte ihn zu einer noch größeren Sensation. Er erhielt Angebote aus der ganzen Welt. Toby trat im Palladium in London auf, gab eine Privatvorstellung für die Königin, wurde gebeten, Wohltätigkeitskonzerte zu dirigieren und sich für das National Arts Committee zur Verfügung zu stellen. Er spielte häufig mit dem Präsidenten Golf und wurde immer wieder ins Weiße Haus eingeladen. Toby lernte Kongreßabgeordnete, Gouverneure und die Direktoren von Amerikas größten Wirtschaftsunternehmen kennen. Er beleidigte sie alle, und je mehr er sie attackierte, desto entzückter waren sie. Sie rissen sich um ihn, damit er seinen bissigen Humor über ihre Gäste ausschüttete. Mit Toby befreundet zu sein wurde zum Prestigesymbol für die feine Gesellschaft.

Die Angebote, die nun kamen, waren phänomenal. Clifton Lawrence war ebenso begeistert darüber wie Toby, und Cliftons Begeisterung hatte nichts mit Geschäft oder Geld zu tun. Toby Temple war das Wunderbarste, was sich seit Jahren in seinem Leben ereignet hatte, und er hatte das Gefühl, als wäre Toby sein eigener Sohn. Er hatte mehr Zeit auf Tobys Karriere verwandt als auf die irgendeines anderen seiner Klienten, aber es hatte sich gelohnt. Toby hatte hart gearbeitet, hatte sein Talent weiterentwickelt, bis es wie ein Diamant funkelte. Und er erwies sich als dankbar und sehr großzügig, was in dieser Branche selten ist.

»Es gibt kein Hotel in Las Vegas, das nicht hinter Ihnen her wäre«, sagte Clifton Lawrence zu Toby. »Geld spielt dabei keine Rolle. Man will Sie haben, Punkt. Auf meinem Schreibtisch stapeln sich Drehbücher von Fox, Universal, Pan-Pacific – alles Hauptrollen. Sie können auf eine Europatournee gehen, jede Gastrolle steht Ihnen frei, und Sie können bei jeder beliebigen Fernsehgesellschaft eine eigene Fernsehshow haben. Das würde Ihnen immer noch Zeit für Las Vegas und einen Film pro Jahr lassen.«

»Wieviel könnte ich mit einer eigenen Fernsehshow verdienen, Cliff?«

»Ich glaube, ich kann sie auf zehntausend pro Woche für eine einstündige Vorstellung heraufdrücken, und sie müßten für zwei Jahre fest abschließen, vielleicht sogar für drei. Wenn sie scharf genug auf Sie sind, werden sie es akzeptieren.«

Toby lehnte sich triumphierend auf der Couch zurück. Zehntausend für eine Vorstellung, sagen wir, vierzig Vorstellungen. In drei Jahren würden das über eine Million Dollar sein dafür, daß er der Welt sagte, was er von ihr hielt! Er blickte zu Clifton hinüber. Der kleine Agent versuchte, sich gelassen zu geben, aber Toby konnte sehen, daß er sehr gespannt war. Er wollte, daß Toby den Fernsehvorschlag annahm. Warum nicht? Clifton konnte eine Provision von 120 000 Dollar für Tobys Talent und Schweiß kassieren. Verdiente Clifton dieses Geld? Er hatte sich nie in dreckigen kleinen Nachtbars abschinden, sich nie von einem betrunkenen Publikum leere Bierflaschen an den Kopf werfen lassen oder zu geldgierigen Quacksalbern in namenlosen Dörfern gehen müssen, um einen Tripper behandeln zu lassen, weil die verkommenen Huren im Umkreis der »Klo-Tour« die einzigen Mädchen gewesen waren, die man haben konnte. Was wußte Clifton Lawrence von den Zimmern, die von Küchenschaben wimmelten, und von dem widerlichen Fraß und der endlosen Folge von Nachtfahrten mit dem Bus von einem Höllenloch zum anderen? Er würde das nie verstehen können. Ein Kritiker hatte Toby einen Übernachterfolg genannt, und Toby hatte laut herausgelacht. Jetzt, in Clifton Lawrences Büro, sagte er: »Ich möchte meine eigene Fernsehshow.«

Sechs Wochen später war der Vertrag mit Consolidated Broadcasting unterzeichnet.

»Die Fernsehleute wollen, daß eine Filmgesellschaft

eine Ausfallbürgschaft übernimmt«, sagte Clifton Lawrence zu Toby. »Mir gefällt der Gedanke, weil ich vielleicht ein Filmgeschäft daraus machen kann.«

»Welche Gesellschaft?«

»Pan-Pacific.«

Toby runzelte die Stirn. »Sam Winters?«

»Richtig. Wenn Sie mich fragen, er ist der beste Studioleiter in der Branche. Außerdem besitzt er die Rechte an einer Sache, an der ich für Sie interessiert bin. *The Kid Goes West.*«

Toby sagte: »Ich war mit Winters in der Armee. Okay. Aber er schuldet mir was. Das soll er zu spüren bekommen!«

Clifton Lawrence und Sam Winters waren in der Sauna des Gymnastikraums der Pan-Pacific-Studios und atmeten den Eukalyptusgeruch der heißen Luft ein.

»Das ist das Leben«, seufzte der kleine Agent. »Wer braucht schon Geld?«

Sam grinste: »Warum reden Sie nicht so, wenn wir verhandeln, Cliff?«

»Ich möchte Sie nicht zu sehr verwöhnen, mein Lieber.«

»Wie ich höre, haben Sie bei der Consolidated Broadcasting einen Vertrag für Toby Temple unterzeichnet.«

»O ja. Das größte Geschäft, das die je gemacht haben.«

»Wo kriegen Sie die Ausfallbürgschaft für die Show her?«

»Warum, Sam?«

»Wir wären eventuell daran interessiert. Ich könnte Ihnen sogar zusätzlich einen Filmabschluß bieten. Ich habe gerade die Filmrechte an einer Komödie mit dem Titel *The Kid Goes West* erworben. Das ist in der Branche noch nicht bekannt. Toby wäre die Idealbesetzung dafür.«

Clifton Lawrence runzelte die Stirn und sagte: »So ein Pech! Schade, daß ich das nicht früher gewußt habe, Sam. Ich habe bereits eine Vereinbarung mit MGM getroffen.«

»Haben Sie fest abgeschlossen?«

»Nun ja, praktisch so gut wie. Ich habe ihnen mein Wort gegeben...«

Zwanzig Minuten später hatte Clifton Lawrence einen lukrativen Vertrag für Toby Temple ausgehandelt, nach dem Pan-Pacific-Studios »Die Toby-Temple-Show« produzieren und ihn als Star in *The Kid Goes West* herausbringen würden.

Die Verhandlungen hätten an sich länger dauern können, wenn es in der Sauna nicht so unerträglich heiß geworden wäre.

Eine Klausel in Toby Temples Vertrag besagte, daß er nicht an den Proben teilnehmen mußte. Tobys Double arbeitete mit den Gaststars in den Sketchen und Tanzszenen, und Toby erschien erst zur Schlußprobe und für die Aufnahmen. Auf diese Weise konnte er seinen Part frisch und spontan darbieten.

Am Nachmittag des Premierentags im September 1956 betrat Toby das Theater an der Vine Street, wo die Aufnahmen für die Show gemacht werden sollten, und beobachtete den Ablauf der Probe. Als sie vorbei war, nahm Toby den Platz seines Double ein. Plötzlich war das Theater geladen mit Elektrizität. Die Show lebte, knisterte und sprühte. Und als sie an jenem Abend aufgenommen und gesendet wurde, sahen vierzig Millionen Menschen zu. Es war, als ob das Fernsehen extra für Toby Temple erfunden worden wäre. In Großaufnahme war er noch liebenswerter, und jeder wollte ihn in seinem Wohnzimmer haben. Die Darbietung war ein einzigartiger Erfolg. Sie eroberte Platz eins bei den Einschaltquoten und ließ sich von dort nicht mehr verdrängen. Toby Temple war kein Star mehr.

Er war ein Superstar geworden.

20

Hollywood war aufregender, als Jill Castle es sich je erträumt hatte. Sie machte eine Stadtrundfahrt und sah die Villen der Stars. Und sie wußte, auch sie würde eines Tages ein schönes Heim in Bel-Air oder Beverly Hills besitzen. In der Zwischenzeit wohnte Jill in einem alten Mietshaus, einem häßlichen zweistöckigen Holzgebäude, das in eine noch häßlichere Pension mit zwölf winzigen Schlafkammern verwandelt worden war. Das Zimmer war billig, was bedeutete, daß die zweihundert Dollar, die sie sich gespart hatte, noch eine Weile reichen würden. Das Haus stand in Bronson, ein paar Minuten vom Hollywood Boulevard und der Vine Street, dem Zentrum Hollywoods, entfernt, und auch die Filmstudios lagen ganz in der Nähe.

Das Haus hatte aber noch ein weiteres angenehmes Merkmal. Es beherbergte ein Dutzend Mieter, die alle entweder versuchten, beim Film anzukommen, oder dort als Statisten oder in Nebenrollen arbeiteten oder aber sich bereits aus dem Filmgeschäft zurückgezogen hatten. Die Oldtimer schwirrten in gelben Morgenröcken und Lockenwicklern, in abgetragenen Anzügen und durchgelaufenen Schuhen, denen kein Putzen mehr Glanz verleihen konnte, durchs Haus. Die Mieter sahen eher verbraucht aus als alt. Es gab einen Aufenthaltsraum mit schäbigen und zerschrammten Möbeln, in dem man sich am Abend versammelte, um zu plaudern und Klatsch auszutauschen. Jeder gab Jill Ratschläge, von denen die meisten einander widersprachen.

»Wenn Sie zum Film wollen, meine Liebe, müssen Sie sich einen RA suchen, der Sie mag.« Das kam von einer sauertöpfischen Dame, die kürzlich aus einer Fernsehserie entlassen worden war.

»Was ist ein RA?« fragte Jill.

»Ein Regieassistent.« Der Ton war voll Mitleid über Jills Unwissenheit. »Er ist derjenige, der die *Supes* einstellt.«

Jill war zu befangen, um zu fragen, was die »Supes« seien.

»Wenn Sie *mich* fragen, suchen Sie sich einen geilen Besetzungschef. Ein RA kann Sie nur in *seinem* Film verwenden. Ein Besetzungschef kann Sie überall einsetzen.« Das von einer zahnlosen Frau, die in den Achtzigern sein mußte.

»Soo? Die meisten von ihnen sind schwul«, sagte ein glatzköpfiger Charakterdarsteller.

»Was macht das schon? Ich meine, wenn er einen lanciert?« warf ein eifriger, bebrillter junger Mann ein, der darauf brannte, Drehbuchautor zu werden.

»Wie ist es, wenn man als Statist anfängt?« fragte Jill. »Central Casting...«

»Das können Sie vergessen. Die registrieren Sie nicht einmal, es sei denn, Sie sind eine Spezialität.«

»Verzeihung – was ist eine Spezialität?«

»Na, wenn Sie beispielsweise amputiert sind. Das bringt dreiunddreißig achtundfünfzig statt der regulären einundzwanzig fünfzig ein. Wenn Sie einen Frack oder Smoking haben oder reiten können, verdienen Sie achtundzwanzig dreiunddreißig. Wenn Sie wissen, wie man

Karten ausgibt, oder mit dem Rechen an einem Spieltisch umgehen können, gibt es achtundzwanzig dreiunddreißig. Wenn Sie Fußball oder Baseball spielen können, kriegen Sie dreiunddreißig achtundfünfzig – soviel wie als Amputierter. Wenn Sie auf einem Kamel oder Elefanten reiten, gibt es fünfundfünfzig vierundneunzig. Hören Sie auf mich, versuchen Sie gar nicht erst, Statistin zu werden. Bemühen Sie sich um eine Nebenrolle.«

»Ich wüßte nicht, wo da der Unterschied liegt«, bekannte Jill.

»In einer Nebenrolle hat man wenigstens eine Zeile Text zu sagen. Statisten dürfen nicht sprechen, außer den Omnies.«

»Den was?«

»Die Omnies – die machen die Hintergrundgeräusche.«

»Als erstes müssen Sie sich einen Agenten suchen.«

»Wie finde ich einen?«

»Die sind im *Screen Actor* aufgeführt. Das ist das Fachorgan der Filmschauspieler-Gewerkschaft. Ich habe ein Exemplar in meinem Zimmer. Ich werde es mal holen.«

Gemeinsam mit Jill gingen sie die Liste der Agenten durch und schränkten sie schließlich auf ein Dutzend der kleineren ein. Alle stimmten darin überein, daß Jill in einer großen Agentur keine Chance hätte.

Mit der Liste bewaffnet, machte Jill die Runde. Die ersten sechs Agenten wollten nicht einmal mit ihr sprechen. Sie begegnete dem siebenten, als er gerade sein Büro verließ.

»Entschuldigen Sie«, sagte Jill. »Ich suche einen Agenten.«

Er betrachtete sie einen Augenblick und sagte dann: »Zeigen Sie mir mal Ihr Album.«

Sie starrte ihn verständnislos an. »Mein was?«

»Sie sind wohl gerade erst aus dem Bus gestiegen? Ohne ein Album können Sie in dieser Stadt nichts anfangen. Lassen Sie ein paar Aufnahmen von sich machen. Verschiedene Posen. Glamourzeugs. Titten und Arsch.«

Jill fand einen Fotografen in Culver City in der Nähe der David-Selznick-Studios, der ihr ein Album für fünfunddreißig Dollar machte. Eine Woche später holte sie die Bilder ab und war sehr angetan von ihnen. Sie fand, daß sie schön aussah. Alle ihre Stimmungen waren von der Kamera eingefangen worden. Sie war nachdenklich... böse... schmachtend... sexy. Der Fotograf hatte die Bilder in eine Mappe mit Cellophanhüllen geheftet.

»Hier vorne«, erklärte er, »fügen Sie Ihren Rollennachweis ein.«

Rollennachweis. Das war der nächste Schritt.

Gegen Ende der beiden folgenden Wochen hatte Jill jeden Agenten auf ihrer Liste besucht oder sich um ein Gespräch bemüht. Keiner von ihnen war auch nur entfernt interessiert. Einer hatte zu ihr gesagt: »Sie waren schon gestern hier, Schätzchen.«

Sie schüttelte den Kopf. »Nein, das stimmt nicht.«

»Nein? Sie sah aber genauso aus wie Sie. Das ist es eben. Ihr seht alle wie Elizabeth Taylor oder Lana Turner oder Ava Gardner aus. In jeder anderen Stadt würden Sie sofort einen Job finden. Sie sind schön, sehen sexy aus, und Sie haben eine glänzende Figur. Aber in Hollywood zählt das nicht allzuviel. Schöne Mädchen kommen aus allen Teilen der Welt hierher. Sie haben sich bei den Theateraufführungen in der Schule hervorgetan oder einen Schönheitswettbewerb gewonnen, oder ihr Freund hat ihnen gesagt, sie müßten eigentlich zum Film – und bums! Zu Tausenden strömen sie hier zusammen, und sie sind sich alle gleich. Glauben Sie mir, Schätzchen, Sie waren gestern schon hier.«

Die Mitbewohner halfen Jill beim Zusammenstellen einer neuen Liste von Agenten. Ihre Büros waren kleiner, und sie lagen in einem billigen Stadtviertel, aber das Ergebnis war das gleiche.

»Kommen Sie wieder, wenn Sie eine gewisse schauspielerische Erfahrung gesammelt haben, Kind. Sie sehen gut aus, und vielleicht wird aus Ihnen 'ne neue Greta Garbo, aber ich kann meine Zeit nicht damit vergeuden, das herauszufinden. Bringen Sie mir einen Rollennachweis, und ich werde als Agent für Sie tätig werden.«

»Wie kann ich eine Bescheinigung bekommen, wenn niemand mir eine Rolle gibt?«

»Tja. Das ist eben das Problem. Viel Glück.«

Eine einzige Agentur stand noch auf Jills Liste; sie war ihr von einem Mädchen empfohlen worden, neben dem sie im Mayflower Coffee Shop am Hollywood Boulevard gesessen hatte. Die Dunning Agentur befand sich in einem kleinen Bungalow abseits von La Cienega in einem Wohnbezirk. Jill hatte telefonisch einen Termin ausgemacht, und eine Frauenstimme hatte sie gebeten, um sechs Uhr hinzukommen.

Jill sah sich in dem kleinen Büro um, das einmal als Wohnzimmer gedient hatte. Das Mobiliar bestand aus einem alten, zerkratzten, mit Papieren bedeckten Schreibtisch, einer Kunstledercouch, die mit weißen Klebestreifen ausgebessert war, und drei im Raum verteilten Rohrstühlen. Eine große, korpulente Frau mit einem pockennarbigen Gesicht kam aus einem Nebenzimmer und sagte: »Hallo. Kann ich etwas für Sie tun?«

»Ich bin Jill Castle. Ich habe einen Termin mit Mr. Dunning.«

»*Miss* Dunning«, sagte die Frau. »Das bin ich.«

»Oh«, sagte Jill überrascht. »Verzeihung, ich glaubte...«

Die Frau lächelte sie freundlich an. »Es spielt keine Rolle.«

Aber doch, es spielt eine Rolle, dachte Jill voll plötzlicher Erregung. Warum war ihr das nicht früher eingefallen? Eine *Agentin!* Jemand, der alle Traumata durchgemacht hatte, jemand, der verstehen würde, wie einem jungen Mädchen zumute war, das erst am Anfang stand. Sie würde verständnisvoller sein, als ein Mann es je sein könnte.

»Wie ich sehe, haben Sie Ihr Album mitgebracht«, sagte Miss Dunning. »Darf ich es sehen?«

»Natürlich«, sagte Jill. Sie reichte es ihr hinüber.

Die Frau öffnete das Album. »Sie sind fotogen.«

Jill wußte nicht, was sie darauf sagen sollte. »Danke.«

Die Agentin betrachtete die Bilder von Jill im Badeanzug. »Sie haben eine gute Figur. Das ist wichtig. Woher kommen Sie?«

»Aus Texas«, sagte Jill. »Odessa.«

»Wie lange sind Sie schon in Hollywood, Jill?«

»Ungefähr zwei Monate.«

»Bei wie vielen Agenten sind Sie gewesen?«

Einen Augenblick war Jill versucht zu lügen, aber sie sah nichts als Mitleid und Verständnis in den Augen der Frau. »Etwa dreißig, schätze ich.«

Die Agentin lachte. »Und schließlich kamen Sie zu Rose Dunning. Nun, Sie hätten Schlimmeres tun können. Ich bin nicht MCA oder William Morris, aber ich sorge dafür, daß meine Leute Arbeit haben.«

»Ich habe keinerlei schauspielerische Erfahrung.«

Die Frau nickte, sie schien nicht überrascht. »Wenn Sie welche hätten, wären Sie bei MCA oder William Morris. Ich bin eine Art Vorschule. Ich verhelfe talentierten Kindern zu einem Start, und dann schnappen mir die großen Agenturen sie weg.«

Zum erstenmal seit Wochen spürte Jill so etwas wie Hoffnung. »Glauben Sie – daß Sie etwas für mich tun könnten?« fragte sie.

Die Frau lächelte. »Ich habe Verträge für Klientinnen ausgehandelt, die nicht halb so hübsch sind wie Sie. Ich glaube schon, daß ich Arbeit für Sie finden könnte. Das ist die einzige Möglichkeit, Erfahrungen zu sammeln, stimmt's?«

Jill war ihr unendlich dankbar.

»Das Ärgerliche an dieser Stadt ist, daß man Kindern wie Ihnen keine Chance gibt. Alle Studios tönen laut, daß sie verzweifelt nach neuen Talenten suchen, und dann errichten sie eine hohe Mauer und lassen niemand hinein. Nun, wir werden ihnen ein Schnippchen schlagen. Ich denke da an drei Dinge, für die Sie sich eignen könnten: ein Tagesjob in einem Schmachtfetzen fürs Fernsehen, ein Schlager in dem Toby-Temple-Film und eine Rolle in dem neuen Tessie-Brand-Film.«

Jill hatte das Gefühl, als würde sich alles um sie herum drehen. »Aber würden die...«

»Wenn *ich* Sie empfehle, werden sie Sie nehmen. Ich schicke keine Klientinnen, die nicht gut sind. Es sind nur Nebenrollen, verstehen Sie, aber es ist immerhin ein Anfang.«

»Ich kann Ihnen gar nicht sagen, wie dankbar ich Ihnen wäre«, sagte Jill.

»Ich glaube, ich habe das Drehbuch des Fernsehspiels hier.« Rose Dunning stemmte sich mühsam aus ihrem Sessel, ging ins Nebenzimmer und bat Jill, ihr zu folgen.

Das Zimmer war ein Schlafzimmer mit einem Doppelbett in einer Ecke unter dem Fenster und einem metallenen Aktenschrank in der gegenüberliegenden Ecke. Rose Dunning watschelte zu dem Aktenschrank, öffnete eine Schublade und nahm ein Drehbuch heraus. Sie brachte es Jill.

»Das ist es. Der Besetzungschef ist ein guter Freund von mir, und wenn Sie mit dem da Erfolg haben, wird er Sie weiter beschäftigen.«

»Ich werde Erfolg haben«, versprach Jill leidenschaftlich.

Die Agentin lächelte. »Natürlich kann ich ihm nicht die Katze im Sack schicken. Würde es Ihnen etwas ausmachen, mir vorzulesen?«

»Nein, natürlich nicht.«

Die Agentin öffnete das Drehbuch und setzte sich aufs Bett. »Nehmen wir diese Szene.«

Jill setzte sich neben sie aufs Bett und sah sich das Drehbuch an. »Ihre Rolle ist die Natalie. Sie ist ein reiches Mädchen, das mit einem Schlappschwanz verheiratet ist. Sie beschließt, sich von ihm scheiden zu lassen, aber er will nicht. Hier treten Sie auf.«

Jill überflog schnell die Szene. Sie wünschte, sie hätte die Chance gehabt, das Drehbuch über Nacht oder nur eine Stunde durchzugehen. Sie wollte so gern einen guten Eindruck machen.

»Fertig?«

»Ja – ich glaube«, sagte Jill. Sie schloß die Augen und versuchte, sich in ihre Rolle zu versetzen. Eine reiche Frau. Wie die Mütter der Freunde und Freundinnen, mit denen sie aufgewachsen war, Menschen, die es für selbstverständlich hielten, daß sie alles, was sie wollten, im Leben haben konnten, und die glaubten, daß die anderen Leute nur für sie da seien. Die Cissy Toppings der Welt.

Sie schlug die Augen auf, sah auf das Drehbuch hinunter und fing an zu lesen. »Ich möchte mit dir reden, Peter.«

»Können wir das nicht aufschieben?« Das war Rose Dunning, die ihr das Stichwort gab.

»Ich fürchte, es ist schon zu lange aufgeschoben worden. Ich fliege heute nachmittag nach Reno.«

»Einfach so?«

»Nein. Ich habe seit fünf Jahren versucht, dieses Flugzeug zu bekommen, Peter. Und diesmal werde ich es nehmen.«

Jill fühlte Rose Dunnings Hand auf ihren Schenkeln. »Das ist sehr gut«, sagte die Agentin beifällig. »Lesen Sie weiter.« Sie ließ ihre Hand auf Jills Bein ruhen.

»Dein Problem ist, daß du noch nicht erwachsen bist. Du spielst immer noch herum. Nun, von jetzt an wirst du allein spielen müssen.«

Rose Dunnings Hand streichelte ihren Schenkel. Es war peinlich. »Fein. Machen Sie weiter«, sagte sie.

»Ich – ich möchte nicht, daß du je wieder mit mir in Verbindung trittst. Hast du mich verstanden?«

Die Hand streichelte Jill jetzt schneller, bewegte sich auf ihre Leistengegend zu. Jill ließ das Drehbuch sinken und sah Rose Dunning an. Das Gesicht der Frau war gerötet, und ihre Augen hatten einen glasigen Ausdruck.

»Lesen Sie weiter«, stieß sie heiser hervor.

»Ich – ich kann nicht«, sagte Jill. »Wenn Sie . . .«

Die Hand der Frau bewegte sich schneller. »Das ist, um dich in Stimmung zu bringen, Liebling. Es ist ein sexueller Kampf, siehst du. Ich möchte den Sex in dir fühlen.« Ihre Hand drückte jetzt fester und bewegte sich zwischen Jills Beinen.

»Nein!« Jill sprang zitternd auf.

Speichel tropfte aus dem Mundwinkel der Frau. »Sei gut zu mir, und ich werde gut zu dir sein.« Ihre Stimme klang flehentlich. »Komm her, Baby.« Sie streckte die Arme aus und griff nach ihr, und Jill lief aus dem Zimmer.

Auf der Straße übergab sie sich. Selbst als die quälenden Krämpfe vorüber waren und ihr Magen sich beruhigt hatte, fühlte sie sich nicht besser. Ihre Kopfschmerzen hatten wieder eingesetzt.

Es war nicht fair. Die Kopfschmerzen gehörten nicht zu ihr. Sie gehörten zu Josephine Czinski.

Während der nächsten fünfzehn Monate wurde Jill Castle ein echtes Mitglied der Überlebenden, des Stammes der Menschen am Rande des Showgeschäfts, die Jahre und manchmal ein ganzes Leben lang versuchten, in der Branche Fuß zu fassen, und inzwischen in anderen Berufen arbeiteten. Die Tatsache, daß diese Nebenbeschäftigungen zuweilen zehn oder gar fünfzehn Jahre füllten, entmutigte sie nicht.

Wie uralte Volksstämme einst um längst erloschene Lagerfeuer saßen und von tapferen Taten erzählten, so saßen die Überlebenden in Schwabs Drugstore herum und erzählten sich wieder und wieder Heldenepen aus dem Showgeschäft, hüteten sorgsam den Rest kalten Kaffees in ihren Tassen, während sie einander Kostproben des neuesten Klatsches aus erster Hand übermittelten. Sie waren nicht mehr im Geschäft, und doch waren sie auf geheimnisvolle Weise mit seinem Puls und Herzschlag verbunden. Sie konnten berichten, welcher Star ersetzt werden würde, welcher Produzent beim Beischlaf mit seinem Regisseur erwischt worden war und welcher Chef einer Fernsehgesellschaft die Treppe hinauffallen würde. Sie wußten das alles, noch bevor jemand anders es wußte, erfuhren es durch ihre eigene, besondere Art von Urwaldtrommeln. Denn das Geschäft war wie ein Urwald. Darüber hatten sie keine Illusionen. Ihre Illusionen lagen in anderer Richtung. Sie glaubten, einen Weg durch die Studiotore finden, die Studiowände erklimmen zu können. Sie waren die Künstler, waren die Auserwählten. Hollywood war ihr Jericho, und Josua würde seine goldene Trompete blasen, und die mächtigen Tore würden vor ihnen zusammenstürzen, und ihre Feinde würden erschlagen werden – und siehe da! Sam Winters würde seinen Zauberstab schwingen, und sie würden seidene Kleider tragen und Stars sein und für immer von ihrem dankbaren Publikum geliebt und angebetet werden. Amen. Der Kaffee bei Schwab war ein berauschender, heiliger Wein, und sie waren die Jünger der Zukunft, drängten sich trostsuchend zusammen, wärmten einander mit ihren Träumen, da sie auf der Schwelle zum Erfolg standen. Sie hatten einen Regieassistenten getroffen, der ihnen ankündigte, einen Produzenten, der sagte, einen Besetzungschef, der versprach, und nur noch eine Sekunde, und der Erfolg würde in Reichweite liegen.

Inzwischen arbeiteten sie in Supermärkten und Garagen, in Schönheitssalons und Autowäschereien. Sie lebten zusammen und heirateten einander und ließen sich wieder scheiden und merkten nie, wie die Zeit sie verriet. Sie waren sich ihrer Falten und der grau werdenden Schläfen nicht bewußt und nicht der Tatsache, daß es morgens eine halbe Stunde länger dauerte, ihr Make-up aufzutragen. Sie waren abgenutzt, ohne gebraucht worden zu sein, gealtert, ohne gereift zu sein, zu alt für eine Karriere bei der Zelluloidindustrie, zu alt, Kinder zu bekommen, zu alt für die jüngeren Rollen, die sie einst so sehr begehrt hatten.

Sie waren jetzt Charakterdarsteller. Aber sie träumten immer noch.

Die jüngeren und hübscheren Mädchen nahmen mit, was sie »Matratzengeld« nannten.

»Warum sich den Hintern verrenken bei einem Ganztagsjob, wenn man sich bloß ein paar Minuten auf den Rücken zu legen braucht und leicht zwanzig Piepen verdienen kann? Nur so lange, bis der Agent sich meldet.«

Jill war daran nicht interessiert. Ihr einziges Interesse galt ihrer Karriere. Ein armes polnisches Mädchen konnte keinen David Kenyon heiraten. Das wußte sie jetzt. Aber Jill Castle, der Filmstar, konnte jeden und alles haben. Sollte sie das nicht erreichen, würde sie sich wieder in Josephine Czinski zurückverwandeln.

Aber das würde sie nie zulassen.

Jill erhielt ihr erstes Engagement durch Harriet Marcus, eine der Überlebenden, die eine Kusine hatte, deren Exschwager zweiter Regieassistent bei einer medizinischen Fernsehserie war, die in den Universal-Studios hergestellt wurde. Er war bereit, Jill eine Chance zu geben. Die Rolle bestand aus einem Satz, für den Jill siebenundfünfzig Dollar erhalten sollte, abzüglich Sozialversicherung, Steuern und Beitrag für den Filmwohlfahrtsfonds. Jill sollte die Rolle einer Krankenschwester spielen. Das Drehbuch sah vor, daß sie in einem Krankenzimmer am Bett eines Patienten saß und ihm den Puls fühlte, wenn der Doktor eintrat.

DOKTOR: »Wie geht es ihm, Schwester?«
SCHWESTER: »Ich fürchte, nicht sehr gut, Doktor.«
Das war es.

Jill bekam an einem Montag nachmittag eine einzige vervielfältigte Seite aus dem Drehbuch und wurde für den folgenden Morgen um sechs Uhr zum Schminken bestellt. Sie ging die Szene hundertmal durch. Sie wünschte, das Studio hätte ihr das ganze Drehbuch gegeben. Wie konnten die nur erwarten, daß es ihr gelang, sich aus einer einzigen Seite eine Persönlichkeit vorzustellen? Jill versuchte zu analysieren, was für eine Art Frau die Schwester sein könnte. War sie verheiratet? Ledig? Sie könnte im geheimen den Doktor lieben. Oder sie hatten eine Liaison miteinander, die inzwischen beendet war. Wie war sie dem Patienten gegenüber eingestellt? Haßte sie den Gedanken an seinen Tod? Oder hielt sie ihn für einen Segen?

»Ich fürchte, nicht sehr gut, Doktor.« Sie versuchte, ihre Stimme besorgt klingen zu lassen.

Sie begann noch einmal: »Ich fürchte, *nicht* sehr gut, Doktor.« Anklägerisch. Es war die Schuld des Doktors. Wenn er nicht bei seiner Geliebten gewesen wäre...

Jill blieb die ganze Nacht auf und arbeitete an der Rolle, zu überdreht, um schlafen zu können, aber am Morgen, als sie sich im Studio meldete, fühlte sie sich angeregt und belebt. Es war noch dunkel, als sie in einem Wagen, den sie sich von ihrer Freundin Harriet geliehen hatte, am Gittertor ankam. Jill nannte dem Pförtner ihren Namen, der verglich ihn mit der Eintragung in seinem Dienstplan und winkte sie hindurch.

»Studio sieben«, sagte er. »Zwei Blocks weiter, dann rechts.«

Ihr Name stand auf dem Dienstplan. Universal-Studios erwarteten sie. Es war wie ein Traum. Als Jill auf das Studio zufuhr, beschloß sie, ihre Rolle mit dem Regisseur zu besprechen, ihn wissen zu lassen, daß sie fähig war, ihm jede Interpretation zu geben, die er wollte. Jill fuhr auf den großen Parkplatz und ging zum Studio hinüber.

Das Atelier war voller Leute, die geschäftig Scheinwerfer montierten, elektrische Geräte herbeischleppten, die Kamera in Stellung brachten und in einer Fachsprache Befehle gaben, die sie nicht verstand. »Alles Licht auf mich, dreh voll auf, Junge, gib alles, was du hast!«

Jill stand da und sog alles in sich auf: den Anblick, die Gerüche und die Begleitmusik des Showgeschäfts. Das war ihre Welt, ihre Zukunft. Sie würde einen Weg finden, um den Regisseur zu beeindrucken, ihm zu zeigen, was in ihr steckte. Er würde sie als eine Persönlichkeit kennenlernen, nicht als eine x-beliebige Schauspielerin.

Der zweite Regieassistent trieb Jill und ein Dutzend anderer Schauspieler in die Garderobe, wo Jill einen Schwesternkittel ausgehändigt bekam. Dann wurde sie ins Atelier zurückgeschickt, wo sie und die anderen Komparsen in einer Ecke geschminkt wurden. Gerade als sie ihr Make-up beendet hatte, rief der Regieassistent ihren Namen. Jill eilte in die Dekoration des Krankenzimmers, wo der Regisseur neben der Kamera mit dem Star der Serie sprach. Der Star hieß Rod Hanson. Er spielte einen Arzt voller Mitgefühl und Weisheit. Als Jill auf sie zuging, sagte Rod Hanson: »Ich habe einen deutschen Gärtner, der einen besseren Dialog furzen kann als diese Scheiße hier. Warum sind die Drehbuchfritzen nie in der Lage, mir einen blutvollen Charakter zu geben? Gottverdammmich!«

»Rod, die Serie läuft schon seit fünf Jahren. Versuchen Sie bloß nicht, an einem Schlager herumzudoktern. Das Publikum mag Sie so, wie Sie sind.«

Der Kameramann trat zum Regisseur. »Alles klar, Chef.«

»Danke, Hal«, antwortete der Regisseur. Er wandte sich an Rod Hanson. »Können wir jetzt? Wir reden später noch mal darüber.«

»Eines Tages werde ich mir mit diesem Studio den Hintern abwischen«, knurrte Hanson und stelzte davon.

Jill wandte sich an den Regisseur, der jetzt allein war. Das war die Gelegenheit, um ihre Interpretation der Rolle darzulegen und ihm zu zeigen, daß sie seine Probleme verstand und ihm helfen würde, die Szene bedeutungsvoll zu machen. Sie lächelte ihn warm und freundlich an. »Ich bin Jill Castle«, sagte sie. »Ich spiele die Krankenschwester. Ich glaube, die Rolle könnte wirklich interessant sein, und ich habe auch schon einige Ideen, die...«

Er nickte abwesend, sagte: »Drüben ans Bett« und ging davon, um mit dem Kameramann zu sprechen.

Jill sah ihm verblüfft nach. Der zweite Regieassistent, der Exschwager von Harriets Kusine, eilte zu Jill und sagte leise: »Um Himmels willen, haben Sie nicht gehört? Hinüber ans Bett!«

»Ich wollte ihn fragen...«

»Machen Sie keinen Mist!« flüsterte er böse. »Gehen Sie auf Ihren Platz!«

Jill ging zum Bett des Patienten hinüber.

»All right. Bitte Ruhe.« Der Regieassistent sah den Regisseur an. »Wollen Sie eine Probe, Chef?«

»Dafür? Nein, wir drehen gleich.«

»Beginnen wir. Ruhe überall, ich bitte um Ruhe: Bitte abfahren!«

Unglaubig sah Jill auf die Klappe. Sie blickte verzweifelt zum Regisseur hinüber, hätte ihn so gern gefragt, wie er die Szene interpretiert haben wollte, in welchem Verhältnis sie zu dem sterbenden Mann stünde, was für ein Mensch sie war...

Eine Stimme rief: »Kamera läuft!«

Alle sahen erwartungsvoll auf Jill. Sie überlegte, ob sie es wagen dürfte zu bitten, die Kamera eine Sekunde zu stoppen, damit sie die Szene diskutieren könnte und...

Der Regisseur brüllte: »Mein Gott im Himmel! Schwester! Hier ist kein Leichenschauhaus – hier ist ein Krankenzimmer. Fühlen Sie schon seinen gottverdammten Puls, ehe er an Altersschwäche eingeht!«

Jill sah ängstlich in das helle Licht um sie herum. Sie holte tief Atem, hob die Hand des Patienten und fühlte seinen Puls. Wenn sie ihr nicht helfen wollten, würde sie die Szene eben auf ihre Weise interpretieren müssen. Der Patient war der Vater des Arztes. Die beiden hatten sich gestritten. Der Vater war in einen Unfall verwickelt worden, und der Arzt war gerade benachrichtigt worden. Jill blickte auf und sah Rod Hanson, der zu ihr trat und fragte: »Wie geht es ihm, Schwester?«

Jill blickte in die Augen des Arztes und las Besorgnis darin. Sie wollte ihm die Wahrheit sagen, daß sein Vater im Sterben liege und daß es zu spät für sie beide sei, den Streit beizulegen. Doch mußte sie es ihm so beibringen, daß es ihn nicht vernichten würde und ...

Der Regisseur brüllte: »Aus! Aus! Aus! Gott verdammt noch mal, die Idiotin hat nur einen Satz zu sprechen und kann nicht mal den behalten. Wo habt ihr die denn her – vom Arbeitsamt?«

Jill wandte sich der wütenden Stimme zu. »Ich – ich kann meinen Satz«, sagte sie empört. »Ich wollte bloß ...«

»Nun, wenn Sie ihn können, um Himmels willen, warum *sagen* Sie ihn dann nicht? Die Pause ist viel zu lang! Also, wenn er Ihnen die gottverdammte Frage stellt, dann *beantworten Sie sie*. Okay?«

»Ich wollte doch bloß wissen, ob ...«

»Also alles noch mal von vorn. Kamera ab!«

»Alles bereit, Kamera läuft!«

Jill zitterten die Knie. Es schien, daß sie die einzige war, die für die Szene Interesse zeigte. Alles, was sie wollte, war, etwas Schönes zu schaffen. Die heißen Jupiterlampen machten sie schwindlig, und sie konnte den Schweiß an ihren Armen hinunterrinnen fühlen, spürte, wie er ihre saubere, gestärkte Schwesterntracht ruinierte.

»Also, bitte, Schwester!«

Jill stand über den Patienten gebeugt und fühlte ihm den Puls. Wenn sie die Szene noch mal verpatzte, würde man ihr nie wieder eine Rolle geben. Sie dachte an Harriet und an ihre Freunde in der Pension und an das, was sie sagen würden.

Sie wäre nicht mehr eine von ihnen. Sie wäre eine Zielscheibe des Spotts. Hollywood war eine kleine Stadt. So etwas sprach sich schnell herum.

Der Arzt kam herein und trat zu ihr. »Wie geht es ihm, Schwester?«

»Ich fürchte, nicht sehr gut, Doktor.«

Kein anderes Studio würde sie beschäftigen. Es wäre ihr letzter Job. Es wäre das Ende von allem.

Der Arzt sagte: »Ich möchte, daß dieser Mann auf die Intensivstation verlegt wird, sofort.«

»Gut!« rief der Regisseur. »Gestorben, wird kopiert.«

Jill nahm die Atelierarbeiter, die an ihr vorübereilten, kaum wahr; sie bauten die Dekoration ab, um die nächste aufzubauen. Sie hatte ihren ersten Auftritt gehabt – und dabei an etwas anderes gedacht. Sie konnte einfach nicht glauben, daß es schon vorbei war. Sie fragte sich, ob sie den Regisseur aufsuchen und ihm danken sollte, aber er war auf der anderen Seite des Ateliers und sprach mit einer Gruppe von Leuten. Der Regieassistent trat zu ihr, drückte ihren Arm und sagte: »Das haben Sie gut gemacht, Kindchen. Bloß lernen Sie nächstes Mal Ihren Text.«

Sie war in ihrem ersten Film aufgetreten; hatte ihren ersten Rollennachweis.

Von jetzt an, dachte Jill, *werde ich nur noch arbeiten.*

Jill bekam ihren nächsten Job dreizehn Monate später, als sie bei MGM eine Nebenrolle spielte. Inzwischen arbeitete sie in einer Reihe von bürgerlichen Berufen. Sie wurde Avon-Beraterin, sie bediente in einem Cola-Ausschank und fuhr kurze Zeit ein Taxi.

Als ihr Geld zur Neige ging, beschloß Jill, zusammen mit Harriet Marcus ein Apartment zu mieten. Es war eine Wohnung mit zwei Schlafzimmern, und Harriet machte von ihrem Schlafzimmer fleißig Gebrauch. Harriet arbeitete als Mannequin in einem Warenhaus. Sie war ein attraktives Mädchen mit kurzem, schwarzem Haar, schwarzen Augen, der knabenhaften Figur eines Mannequins und mit Sinn für Humor.

»Wenn man aus Hoboken kommt«, sagte sie zu Jill, »ist es *besser*, wenn man Humor hat.«

Anfangs war Jill durch Harriets kühle Selbstsicherheit eingeschüchtert gewesen, aber bald merkte sie, daß Harriet hinter dieser blasierten Fassade ein warmherziges, verschrecktes Kind war. Sie war dauernd verliebt. Als Jill ihr zum erstenmal begegnete, sagte Harriet: »Ich möchte, daß Sie Ralph kennenlernen. Wir werden nächsten Monat heiraten.«

Eine Woche später war Ralph unter Mitnahme von Harriets Auto mit unbekanntem Ziel verzogen.

Ein paar Tage nachdem Ralph verschwunden war, lernte Harriet Tony kennen. Er war im Import-Export-Geschäft, und Harriet verliebte sich Hals über Kopf in ihn.

»Er ist sehr bedeutend«, vertraute Harriet Jill an. Aber irgend jemand war offensichtlich nicht dieser Meinung, denn Tony wurde einen Monat später im Los Angeles River treibend gefunden.

Alex war Harriets nächste Liebe.

»Er ist der bestaussehende Mann, der dir je begegnet ist«, versicherte Harriet Jill.

Alex *sah* sehr gut aus. Er trug teure Anzüge, fuhr ein

schickes Kabriolett und verbrachte viel Zeit auf der Rennbahn. Die Romanze dauerte so lange, bis Harriet kein Geld mehr hatte. Es regte Jill auf, daß Harriet so wenig Vernunft in bezug auf Männer zeigte.

»Ich kann nichts dafür«, gestand Harriet. »Ich werde immer wieder von Burschen angezogen, die in Schwierigkeiten stecken. Ich glaube, es ist mein Mutterinstinkt.« Sie grinste und fügte hinzu: »Meine Mutter war eine Idiotin.«

Jill sah Harriets Verlobte in einer Prozession kommen und gehen. Da waren Nick und Bobby und John und Raymond, bis Jill sich schließlich nicht mehr auf dem laufenden halten konnte.

Ein paar Monate nachdem sie zusammengezogen waren, teilte Harriet ihr mit, daß sie schwanger sei.

»Ich glaube, es war Leonard«, witzelte sie, »aber weißt du – im Dunkeln sehen sie alle gleich aus.«

»Wo ist Leonard?«

»Entweder in Omaha oder Okinawa. In Geographie war ich immer miserabel.«

»Und was wirst du jetzt tun?«

»Ich werde mein Baby bekommen.«

Wegen ihrer schmächtigen Figur war Harriets Schwangerschaft schon nach wenigen Wochen zu sehen, und sie mußte ihren Job als Mannequin aufgeben. Jill fand Arbeit in einem Supermarkt, so daß sie sie beide ernähren konnte.

Als Jill eines Nachmittags nach Hause kam, fand sie einen Zettel von Harriet, auf dem stand: »Ich wollte schon immer, daß mein Baby in Hoboken geboren wird. Ich gehe nach Hause zurück. Ich wette, da wartet ein wundervoller Mann auf mich. Danke für alles.« Der Zettel war unterschrieben mit: »Harriet, die Nonne.«

In dem Apartment war es plötzlich einsam geworden.

21

Toby Temple befand sich wie in einem Rausch. Er war zweiundvierzig, und ihm gehörte die Welt. Er scherzte mit Königen und spielte Golf mit Präsidenten, doch seinen Millionen biertrinkender Fans machte das nichts aus, weil sie wußten, daß Toby einer von ihnen war, ihr Champion, der alle die heiligen Kühe molk, die Großen und Mächtigen verspottete, die Losungsworte des Establishments zerstörte. Sie liebten Toby, weil sie wußten, daß auch er sie liebte.

In allen seinen Interviews sprach er über seine Mutter, und sie wurde mehr und mehr zu einer Heiligen. Für Toby war das die einzige Möglichkeit, seinen Erfolg mit ihr zu teilen.

Toby erwarb einen herrlichen Besitz in Bel-Air. Das Haus war im Tudor-Stil gebaut, hatte acht Schlafzimmer und ein riesiges Treppenhaus mit geschnitzter Täfelung. Es gab ein Kino, ein Spielzimmer, einen Weinkeller, und auf dem Gelände befanden sich ein Swimmingpool, ein Anbau für die Haushälterin und zwei Gästehäuser. Er kaufte sich eine elegante Villa in Palm Springs, eine Anzahl Rennpferde und stellte ein Trio von Handlangern ein. Toby nannte sie alle »Mac«, und sie beteten ihn an. Sie machten Botengänge, chauffierten ihn, beschafften ihm zu jeder Tages- oder Nachtzeit Mädchen, machten Ausflüge mit ihm, massierten ihn. Was immer der Herr wünschte, die drei Macs waren stets bereit, ihm seine Launen zu erfüllen. Sie waren die Spaßmacher für den Spaßmacher der Nation. Toby hatte vier Sekretärinnen, von denen zwei sich ausschließlich um die ungeheure Flut der Fanpost kümmern mußten. Seine Privatsekretärin war eine hübsche einundzwanzigjährige Blondine namens Sherry. Ihr Körper mußte von einem Sexbesessenen erschaffen worden sein, und Toby bestand darauf, daß sie kurze Röcke und nichts darunter trug. Es ersparte beiden eine Menge Zeit.

Die Premiere von Toby Temples erstem Kinofilm war bemerkenswert gut über die Bühne gegangen. Sam Winters und Clifton Lawrence waren im Uraufführungstheater. Anschließend gingen alle zu Chasen, um über den Film zu diskutieren.

Nachdem das Geschäft zustande gekommen war, hatte Toby seine erste Begegnung mit Sam genossen. »Es wäre billiger gewesen, wenn Sie meine Telefonanrufe erwidert hätten«, meinte Toby, und er erzählte Sam, wie er versucht hatte, ihn zu erreichen.

»Mein Pech«, sagte Sam zerknirscht.

Jetzt, bei Chasen, wandte sich Sam an Clifton Lawrence. »Wenn Sie nicht gerade einen Arm und ein Bein von mir verlangen, würde ich gern für eine neue dreiteilige Filmserie mit Toby abschließen.«

»Nur einen Arm. Ich werde Sie morgen früh anrufen«, antwortete der Agent. Er blickte auf seine Uhr. »Ich muß weg.«

»Wohin gehen Sie?« fragte Toby.

»Ich treffe mich mit einem anderen Klienten. Ich *habe* andere Klienten, mein Junge.«

Toby sah ihn sonderbar an und sagte dann: »Natürlich.«

»Die Kritiken am nächsten Morgen glichen Hymnen. Jeder Kritiker prophezeite, Toby Temple werde beim Film ein ebenso großer Star wie beim Fernsehen werden.
Toby las alle Besprechungen und rief dann Clifton Lawrence an. »Gratuliere, mein Junge«, sagte der Agent. »Haben Sie den *Reporter* und *Variety* gelesen? Das sind geradezu Liebesbriefe.«
»Hab ich. Es ist wie im Schlaraffenland, und ich bin eine große, fette Ratte. Kann es für mich noch etwas Schöneres geben?«
»Ich habe Ihnen ja gesagt, daß Ihnen eines Tages die Welt gehören würde, Toby, und nun ist es soweit. Sie haben's geschafft.«
»Cliff, ich hätte gern mit Ihnen gesprochen. Könnten Sie herkommen?«
»Natürlich. Um fünf Uhr könnte ich's einrichten und...«
»Ich meine jetzt.«
Ein kurzes Zögern, dann antwortete Clifton: »Ich habe Verabredungen bis...«
»Oh, wenn Sie zu beschäftigt sind, vergessen Sie's.« Und Toby legte auf.
Eine Minute später rief Clifton Lawrences Sekretärin an und sagte: »Mr. Lawrence ist auf dem Weg zu Ihnen, Mr. Temple.«

Clifton Lawrence saß auf Tobys Couch. »Um Himmels willen, Toby. Sie wissen, daß ich für Sie nie zu beschäftigt bin. Ich habe nicht geahnt, daß Sie mich gleich sprechen wollten, sonst hätte ich keine anderen Verabredungen getroffen.«

Toby starrte ihn schweigend an und ließ ihn schwitzen. Clifton räusperte sich und sagte: »Nun reden Sie schon! Sie sind mein Klient Nummer eins. Wissen Sie das nicht?«

Und das stimmt, dachte Clifton. *Ich habe ihn zu dem gemacht, was er ist. Er ist meine Schöpfung. Und ich genieße seinen Erfolg genauso wie er.*

Toby lächelte. »Bin ich das wirklich, Cliff?« Er konnte förmlich sehen, wie die Spannung aus dem Körper des kleinen Agenten wich. »Ich fing schon an zu zweifeln...«

»Was soll das heißen?«

»Sie haben so viele Klienten, daß ich manchmal den Eindruck habe, Sie kümmern sich nicht genug um mich.«

»Das ist nicht wahr. Ich widme Ihnen mehr Zeit als...«

»Ich würde es gern sehen, daß Sie nur noch mich vertreten, Cliff.«

Clifton lächelte. »Sie scherzen.«

»Nein. Ich meine es ernst.« Toby sah das Lächeln aus Cliftons Gesicht schwinden. »Ich glaube, ich bin wichtig genug, um meinen eigenen Agenten zu haben – und wenn ich sage, meinen eigenen Agenten, dann meine ich nicht jemanden, der für mich keine Zeit hat, weil er sich um ein Dutzend andere Leute kümmern muß. Es ist wie beim Gruppensex, Cliff. Irgend jemand bleibt immer mit einem Ständer zurück.«

Clifton musterte ihn einen Augenblick und sagte dann: »Machen Sie uns einen Drink.« Während Toby zur Bar hinüberging, saß Clifton grübelnd da. Er kannte das wirkliche Problem – es lag weder an Tobys Egoismus noch an seiner übersteigerten Selbsteinschätzung.

Es hatte mit Tobys Einsamkeit zu tun. Toby war der einsamste Mann, den Clifton je kennengelernt hatte.

Clifton hatte miterlebt, wie Toby sich Frauen dutzendweise gekauft hatte und ebenso versucht hatte, sich mit verschwenderischen Geschenken Freunde zu kaufen. Stets bezahlte Toby alle Rechnungen. Clifton hatte einmal einen Musiker zu Toby sagen hören: »Sie haben es nicht nötig, sich Liebe zu kaufen, Toby. Jeder liebt Sie sowieso.« Toby hatte ihm zugezwinkert und geantwortet: »Warum etwas riskieren?«

Der Musiker wurde nie mehr in Tobys Show beschäftigt.

Toby wollte, daß jeder ihm alles gab. Er war von einer Gier besessen, und je mehr er errang, desto stärker wurde seine Gier.

Clifton hatte gehört, daß Toby gleichzeitig mit einem halben Dutzend Mädchen ins Bett ging, um seinen Hunger zu stillen. Aber natürlich funktionierte das nicht. Was Toby brauchte, war *ein* Mädchen, und das hatte er nie gefunden. Also spielte er weiter mit der großen Zahl.

Er hatte das verzweifelte Verlangen, immer Menschen um sich zu haben.

Einsamkeit. Toby fühlte sie nur dann nicht, wenn er vor seinem Publikum stand, wenn er dessen Beifall vernehmen und dessen Liebe spüren konnte. *Es war alles so einfach,* dachte Clifton. Wenn Toby nicht auf der Bühne stand, schleppte er sein Publikum mit sich herum. Er war stets von Musikern und Handlangern und Textern und Showgirls und abgetakelten Komikern und wen er sonst in seinen Umkreis ziehen konnte umgeben.

Und nun wollte er Clifton Lawrence. *Ganz.*

Clifton betreute ein Dutzend Klienten, aber deren Gesamteinkommen war nicht viel größer als Tobys Einkommen aus Auftritten in Nachtklubs, im Fernsehen und in Filmen; denn die Abschlüsse, die Clifton für Toby erzielen konnte, waren phantastisch. Trotzdem traf Clifton seine Entscheidung nicht des Geldes wegen. Er traf sie, weil er Toby Temple liebte und Toby ihn brauchte. So wie er Toby brauchte. Clifton erinnerte sich, wie schal sein Leben gewesen war, bevor Toby auftauchte. Jahrelang hatte er vor keiner neuen Aufgabe gestanden. Er war auf der Woge alter Erfolge geschwommen. Und er dachte jetzt an die knisternde Spannung, die Toby um sich verbreitete, den Spaß und das Gelächter und die herzliche Kameradschaft, die sie miteinander verband.

Als Toby zu Clifton zurückkam und ihm seinen Drink reichte, hob Clifton das Glas und sagte: »Auf uns beide, mein Junge.«

Es war eine Zeit der Erfolge und des Amüsements und der Partys, und Toby war immer »obenauf«. Die Leute erwarteten von ihm, daß er komisch war. Ein Schauspieler konnte sich hinter den Worten Shakespeares oder Shaws oder Molières verstecken, und ein Sänger konnte auf die Hilfe von Gershwin oder Rodger and Hart oder Cole Porter zählen. Ein Komiker jedoch war ganz auf sich gestellt. Seine einzige Waffe war sein Witz.

Toby Temples Stegreifwitze wurden bald in ganz Hollywood berühmt. Auf einer Party für den hochbetagten Begründer eines Studios wurde Toby gefragt: »Ist er tatsächlich schon einundneunzig?«

Toby erwiderte: »Aber ja. Und wenn er hundert wird, wird er bestimmt gegen zwei andere eingetauscht.«

Bei einem Dinner erzählte ein berühmter Arzt, zu dessen Patienten viele Stars gehörten, einer Gruppe von Schauspielern einen langatmigen und gequälten Witz.

»Doc«, bat Toby, »unterhalten Sie uns nicht – retten Sie uns!«

Eines Tages brauchte das Studio für einen Film Löwen, und als Toby sie in einem Lastwagen ankommen sah, schrie er gellend: »Christen – noch zehn Minuten!«

Tobys derbe Scherze wurden legendär. Eines Tages sagte ein Produzent zu ihm: »Wie ich höre, finden bei Ihnen dauernd wilde Partys statt. Ich habe noch nie eine Hollywood-Orgie mitgemacht.«

Prompt antwortete Toby: »Sie haben Glück. Freitag abend findet bei mir wieder so was statt. Sie brauchen sich nicht um ein Mädchen zu bemühen. Die sind haufenweise da. Alle nackt.«

Freitag abend erschien der aufgeregte Produzent in Tobys Heim und wurde vom Butler empfangen.

»Hier entlang, bitte, Sir«, sagte der Butler. Er führte den Produzenten in eine große Garderobe, in der sich Kleidungsstücke, Damenwäsche, Unterhosen, Hemden, Krawatten und Jacketts, auf den Stühlen häuften. »Sie können hier ablegen. Die Herrschaften sind im Salon.«

Der Produzent zog sich hastig aus. Vom Salon her konnte er schwatzende und lachende Männer- und Frauenstimmen vernehmen. Nackt tippelte er durch die Halle, stieß die Salontür auf und trat ein. Er sah sich hundert Gästen in Abendkleidung gegenüber.

Eines Tages, als Toby einen Fahrstuhl verließ, drehte er sich zu einem aufgeblasenen Hauptabteilungsleiter einer Fernsehgesellschaft um und fragte: »Übrigens, Peter, wie haben Sie das eigentlich geschafft, aus dem Sittenprozeß herauszukommen?« Die Fahrstuhltür schloß sich, und der Abteilungsleiter blieb mit einem halben Dutzend Leuten zurück, die ihn mißtrauisch musterten.

Als es wieder soweit war, über einen neuen Vertrag zu verhandeln, ließ sich Toby einen abgerichteten Panther ins Studio liefern. Toby öffnete die Tür des Büros von Sam Winters, der mitten in einer Besprechung war.

»Mein Agent möchte Sie sprechen«, sagte Toby. Er scheuchte den Panther ins Büro und schloß die Tür.

Wenn Toby später die Geschichte erzählte, behauptete er, daß drei von den Burschen im Büro beinahe einen Herzschlag bekommen hätten und es einen Monat gedauert hätte, bis der Gestank des Pantherurins aus dem Zimmer verflogen war.

Toby hatte einen Stab von zehn Textern, an der Spitze O'Hanlon und Rainger. Toby nörgelte ständig über das ihm gelieferte Material. Einmal verpflichtete Toby eine Prostituierte in sein Autorenteam. Als er erfuhr, daß seine Texter die meiste Zeit im Schlafzimmer zubrachten, mußte er das Mädchen rauswerfen. Ein anderes Mal brachte Toby einen Leierkastenmann und dessen Affen zu einer Drehbuchbesprechung mit. Es war demütigend und erniedrigend, aber O'Hanlon und Rainger und die anderen Autoren schluckten es, weil Toby ihre Ideen in reines Gold verwandelte. Er war der Beste im Geschäft.

Toby war freigebig bis zur Verschwendung. Er beschenkte seine Angestellten und Freunde mit goldenen Uhren und Zigarettenanzündern oder mit kompletten Garderoben und Europareisen. Er hatte immer eine Unmenge Geld bei sich und zahlte alles bar, sogar zwei Rolls-Royces. Er hatte ein weiches Herz. Jeden Freitag stellten sich ein Dutzend Schmarotzer bei ihm ein. Einmal sagte Toby zu einem von ihnen: »He, was suchen Sie denn heute hier? Ich habe doch gerade in *Variety* gelesen, daß Sie ein Engagement bekommen haben.« Der Mann sah Toby an und erwiderte: »Verdammt, habe ich nicht zwei Wochen Kündigungsfrist?«

Es kursierten unzählige Geschichten über Toby, und fast alle entsprachen der Wahrheit. Einmal kam während einer Besprechung einer der Autoren zu spät, eine unverzeihliche Sünde. »Es tut mir leid, daß ich zu spät komme«, entschuldigte er sich. »Mein Junge ist heute früh überfahren worden.«

Toby sah ihn an und fragte: »Haben Sie die Texte fertig?«

Alle Anwesenden waren empört. Nach der Sitzung sagte einer der Autoren zu O'Hanlon: »Das ist der kälteste Schweinehund auf der ganzen Welt.«

Toby ließ einen der besten Gehirnchirurgen einfliegen, um den verunglückten Jungen zu operieren, und bezahlte sämtliche Krankenhausrechnungen. Zum Vater sagte er: »Wenn Sie irgend jemand etwas davon erzählen, fliegen Sie raus.«

Arbeit war das einzige, was Toby seine Einsamkeit vergessen ließ, das einzige, was ihm echte Freude bereitete. War eine Show ein Erfolg, war Toby der amüsanteste Mensch auf der Welt, lief jedoch etwas schief, war er unausstehlich und machte jeden zur Zielscheibe seiner Wut.

Er mußte alles besitzen. Einmal nahm er während einer Besprechung Raingers Kopf zwischen seine Hände und rief den Anwesenden zu: »Das ist meiner. Er gehört mir.«

Gleichzeitig wuchs sein Haß auf die Autoren, weil er sie brauchte, aber auf niemanden angewiesen sein wollte. Deshalb strafte er sie mit Verachtung. Am Zahltag machte er Papierflieger aus ihren Schecks und ließ sie herumsegeln. Beim geringsten Lapsus warf er sie hinaus. Eines Tages erschien ein Autor sonnengebräunt, und Toby entließ ihn sofort. »Warum denn?« fragte ihn O'Hanlon. »Er ist einer unserer besten Schreiber.«

»Hätte er gearbeitet«, antwortete Toby, »wäre er nicht braungebrannt.«

Ein neuer Autor brachte einen Witz über Mütter und mußte gehen.

Wenn ein Gast in seiner Show einen Lacherfolg hatte, pflegte Toby auszurufen: »Sie sind phantastisch! Ich hätte Sie am liebsten jede Woche in meiner Show.« Er warf dem Regisseur einen Blick zu und sagte: »Verstanden?«, und der Regisseur wußte, daß der Schauspieler nie mehr in Tobys Show auftreten durfte.

Toby vereinte in sich eine Unzahl von Widersprüchen. Er war eifersüchtig auf den Erfolg anderer Komiker, und trotzdem geschah folgendes: Eines Tages, als Toby die Probebühne verließ, kam er an der Garderobe eines alten Komikers vorbei, der einst ein Star gewesen war, mit dessen Karriere es jedoch längst bergab ging, Vinnie Turkel. Vinnie war für seine erste dramatische Rolle in einem Live-Fernsehspiel verpflichtet worden. Er hoffte auf ein Comeback. Als Toby in seine Garderobe guckte, sah er Vinnie betrunken auf der Couch liegen. Der Regisseur der Show kam vorbei und sagte zu Toby: »Kümmern Sie sich nicht um ihn, Toby. Er ist erledigt.«

»Was ist passiert?«

»Nun, Sie wissen, daß Vinnie für seine hohe, tremolierende Stimme berühmt war. Wir begannen mit den Proben, und jedesmal, wenn Vinnie den Mund öffnete und ernst zu sein versuchte, fingen alle an zu lachen. Das gab dem armen Alten den Rest.«

»Er hat mit seiner Rolle gerechnet, nicht wahr?« fragte Toby.

Der Regisseur zuckte die Schultern. »Jeder Schauspieler rechnet mit jeder Rolle.«

Toby nahm Vinnie Turkel mit nach Hause und blieb bei dem alten Komiker, bis er nüchtern war. »Das ist die beste Rolle, die Sie je in Ihrem Leben gehabt haben. Wollen Sie die Sache schmeißen?«

Vinnie schüttelte unglücklich den Kopf. »Ich habe sie schon geschmissen, Toby. Ich krieg's nicht hin.«

»Wer sagt das?« fragte Toby. »Sie können diese Rolle besser spielen als irgendein anderer.«

Der alte Mann schüttelte den Kopf. »Sie haben über mich gelacht.«

»Na klar. Und wissen Sie, warum? Weil Sie sie Ihr Leben lang zum Lachen gebracht haben. Sie erwarten einfach von Ihnen, daß Sie komisch sind. Aber wenn Sie bei der Stange bleiben, werden Sie gewinnen. Sie werden sie überwältigen.«

Toby verbrachte den ganzen Nachmittag damit, Vinnies Selbstvertrauen wiederherzustellen. Abends rief er den Regisseur zu Hause an. »Turkel ist wieder in Ordnung«, sagte er. »Sie brauchen sich keine Sorgen mehr zu machen.«

»Ich weiß«, erwiderte der Regisseur. »Ich habe ihn ersetzen lassen.«

»Machen Sie's rückgängig«, sagte Toby. »Sie müssen ihm eine Chance geben.«

»Das Risiko kann ich nicht eingehen, Toby. Er wird sich wieder betrinken und...«

»Ich mache Ihnen einen Vorschlag«, unterbrach ihn Toby. »Lassen Sie ihn drin. Wenn Sie ihn auch nach der Kostümprobe nicht mehr wollen, werde ich seine Rolle übernehmen, und zwar umsonst.«

Es gab eine Pause, dann fragte der Regisseur: »Ist das Ihr Ernst?«

»Darauf können Sie Gift nehmen.«

»Gemacht«, sagte der Regisseur rasch. »Bestellen Sie Vinnie, daß er morgen früh um neun zur Probe kommen soll.«

Als das Fernsehspiel gesendet wurde, war es der Schlager der Saison. Und es war Vinnie Turkel, der von den

Kritikern in den Himmel gehoben wurde. Er gewann jeden Preis, den das Fernsehen zu vergeben hatte, und eine neue Karriere als dramatischer Schauspieler eröffnete sich ihm. Als er Toby als Zeichen seiner Dankbarkeit ein kostbares Geschenk sandte, schickte Toby es mit einem kurzen Brief zurück: »Nicht ich, *Sie* waren der Darsteller.«

Das war Toby Temple.

Einige Monate später verpflichtete Toby Vinnie Turkel für einen Sketch in seiner Show. Vinnie übertrieb in einem von Tobys Lacherfolgen, und augenblicklich gab Toby ihm die falschen Stichwörter, machte seine Witze kaputt und demütigte ihn vor vierzig Millionen Zuschauern.

Auch das war Toby Ternple.

Als O'Hanlon einmal gefragt wurde, wie Toby Temple nun wirklich sei, antwortete er: »Erinnern Sie sich an den Film, in dem Charlie Chaplin den Millionär kennenlernt? Ist der Millionär betrunken, ist er Charlies Kumpel. Ist er nüchtern, wirft er ihn mit einem Tritt in den Hintern raus. Das ist Toby Temple – nur ohne Alkohol.«

Während einer Zusammenkunft mit den leitenden Männern einer Fernsehgesellschaft sprach einer der Jüngeren kaum ein Wort. Hinterher sagte Toby zu Clifton Lawrence: »Ich glaube, er kann mich nicht leiden.«

»Wer?«

»Der junge Mann bei der Besprechung.«

»Was spielt das für eine Rolle? Er ist völlig unwichtig.«

»Er hat nicht ein einziges Wort zu mir gesagt«, war Tobys düstere Antwort. »Er kann mich bestimmt nicht leiden.«

Toby war so außer sich, daß Clifton Lawrence den Jungen ausfindig machen mußte. Er rief den bestürzten

Mann mitten in der Nacht an und fragte ihn: »Haben Sie etwas gegen Toby Temple?«

»Ich? Ich halte ihn für den witzigsten Mann auf der ganzen Welt!«

»Tun Sie mir dann bitte einen Gefallen, mein Junge: Rufen Sie ihn an und sagen Sie ihm das.«

»*Was?*«

»Rufen Sie Toby an und sagen Sie ihm, daß Sie ihn mögen.«

»Aber natürlich. Ich werde ihn gleich morgen früh anrufen.«

»Rufen Sie jetzt an.«

»Es ist drei Uhr morgens!«

»Spielt keine Rolle. Er wartet darauf.«

Als der junge Mann Toby anrief, wurde der Hörer sofort abgehoben. Tobys Stimme war zu vernehmen: »Hallo.«

Der junge Mann schluckte und sagte: »Ich – ich wollte Ihnen nur sagen, daß ich Sie großartig finde.«

»Danke, Kamerad«, antwortete Toby und legte auf.

Tobys Hofstaat wurde immer größer. Manchmal, wenn er nachts aufwachte, rief er Freunde an und überredete sie, zu einer Kartenrunde herüberzukommen, oder er weckte O'Hanlon und Rainger und beorderte sie zu einer Drehbuchbesprechung. Oft saß er die ganze Nacht mit den drei Macs und Clifton Lawrence und einem halben Dutzend Starlets und Schmarotzern zu Hause und sah sich Filme an.

Und je mehr Menschen er um sich versammelte, desto einsamer wurde Toby.

22

Es war November 1963, und der herbstliche Sonnenschein war einem schwachen, kalten Licht gewichen. Die frühen Morgenstunden waren jetzt neblig und kühl, und die ersten Winterregen hatten eingesetzt.

Jill Castle ging immer noch jeden Morgen zu Schwab, aber es kam ihr vor, als wären die Unterhaltungen immer dieselben. Die Überlebenden redeten davon, wer eine Rolle verloren hatte und warum. Sie freuten sich hämisch über jede vernichtende Kritik, die erschien, und mißbilligten die guten. Es war das Klagelied der Verlierer, und Jill fragte sich, ob sie wie sie werden würde. Sie war immer noch davon überzeugt, eines Tages ein Star zu werden, aber als sie sich im Kreis der vertrauten Gesichter umsah, merkte sie, daß alle von sich dasselbe glaubten. War es möglich, daß sie keinen Sinn mehr für die Realität hatten, daß sie alle darauf vertrauten, daß ihr Wahn Wirklichkeit werden würde? Sie konnte den Gedanken nicht ertragen.

Jill war die Beichtmutter der Gruppe geworden. Sie kamen mit ihren Problemen zu ihr, und sie hörte zu und versuchte zu helfen; mit Rat, mit ein paar Dollar oder mit einem Schlafplatz für ein oder zwei Wochen. Sie ging selten aus, weil sie auf ihre Karriere versessen war und niemanden kennengelernt hatte, der sie interessierte.

Wann immer Jill ein bißchen Geld beiseite legen konnte, schickte sie es ihrer Mutter mit langen, glühenden Briefen, in denen sie schrieb, wie gut es ihr gehe. Am Anfang hatte Jills Mutter ihr geantwortet und sie gedrängt, Buße zu tun und eine Gottesbraut zu werden. Aber als Jill gelegentlich in Filmen mitwirkte und mehr Geld nach Hause schickte, empfand die Mutter einen gewissen widerstrebenden Stolz. Sie hatte nichts mehr dagegen, daß Jill Schauspielerin war, aber sie beschwor sie, sich um Rollen in religiösen Filmen zu bemühen. »Ich bin sicher, daß Mr. DeMille Dir eine Rolle geben wird, wenn Du ihm Deinen Glauben darlegst«, schrieb sie.

Odessa war eine kleine Stadt. Jills Mutter arbeitete immer noch für die Öl-Leute, und Jill wußte, daß ihre Mutter von ihr reden und daß David Kenyon früher oder später von ihrem Erfolg hören würde. Und so erfand Jill in ihren Briefen Geschichten über die vielen Stars, mit denen sie zusammenarbeitete, und war stets darauf bedacht, ihre Vornamen zu benutzen. Schnell lernte sie den Trick der Kleindarsteller, sich aufnehmen zu lassen, während sie neben dem Star standen. Von dem Fotografen bekam sie dann zwei Abzüge, von denen sie einen an ihre Mutter schickte und den anderen für sich behielt. Sie ließ in ihren Briefen durchblicken, daß sie kurz vor der großen Karriere stand.

In Südkalifornien, wo es nie schneit, ist es Brauch, daß eine Nikolausparade den Hollywood Boulevard hinuntermarschiert und danach jeden Abend bis zum Heiligen Abend ein Nikolausfestzug seine Runde macht. Die Bürger von Hollywood feiern das Christkind ebenso gewissenhaft wie ihre Nachbarn in nördlichen Landstrichen. Man kann sie nicht dafür verantwortlich machen, daß »Ehre sei Gott in der Höhe« und »Stille Nacht«

und »Leise rieselt der Schnee« in einer Umgebung, die in einer Temperatur von 40 Grad Celsius schmachtet, aus Heim- und Autoradios strömen. Wie alle anderen rotblütigen, patriotischen Amerikaner sehnen sie sich inbrünstig nach altmodischen weißen Weihnachten, aber da sie wissen, daß Gott diesen Wunsch nicht erfüllen wird, haben sie gelernt, das Fest auf ihre Weise zu begehen. Sie schmücken die Straßen mit Weihnachtskerzen und Christbäumen aus Plastik und mit Nikoläusen samt ihren Schlitten und Rentieren aus Pappmaché. Filmstars und Charakterdarsteller wetteifern miteinander um das Vorrecht, in der Nikolausparade mitzufahren, nicht etwa, um die Tausende von Kindern und Erwachsenen, die vom Straßenrand den Umzug bewundern, in Weihnachtsstimmung zu versetzen, sondern weil die Parade *live* vom Fernsehen übertragen wird und ihre Gesichter von einer Küste zur anderen gesehen werden.

Jill Castle stand für sich an einer Ecke und sah die zahllosen Wagen vorbeifahren, von denen die Stars ihren Fans zuwinkten. Großmarschall der Parade war in diesem Jahr Toby Temple. Die begeisterte Menge jubelte frenetisch, als sein Festwagen vorbeifuhr. Jill erhaschte einen Blick auf Tobys strahlendes, angeregtes Gesicht, dann war er vorbei.

Es folgte die Hollywood High-School-Band, danach der Festwagen der Freimaurer und eine Marinekorpskapelle. Da waren Reiter in Cowboykostümen und ein Posaunenchor der Heilsarmee. Es gab Gesangsgruppen mit Fahnen und Wimpeln, einen Festwagen mit Tieren und Vögeln, die aus Blumen gesteckt waren; Lokomotiven, Clowns und Jazzbands. Es war vielleicht nicht der wahre Weihnachtsgeist, aber es war ein typisches Hollywood-Schauspiel.

Jill hatte früher einmal mit einigen der Darsteller auf den Festwagen gearbeitet. Einer von ihnen winkte ihr zu und rief zu ihr hinunter: »Hallo, Jill! Wie geht's?«

Mehrere Leute in der Menge drehten sich neidisch nach ihr um, und es schmeichelte ihrem Selbstgefühl sehr, daß den Leuten gezeigt wurde, daß auch sie dazugehörte. Eine tiefe, klangvolle Stimme neben ihr fragte: »Entschuldigen Sie – sind Sie Schauspielerin?«

Jill wandte sich um. Der Sprecher war ein großer, blonder, gutaussehender junger Mann von Mitte Zwanzig. Sein Gesicht war gebräunt, und seine Zähne waren weiß und ebenmäßig. Er trug alte Jeans und ein blaues Tweedjackett mit Lederflecken auf den Ellbogen.

»Ja.«

»Ich auch. Ich bin Schau*spieler*, meine ich.« Er grinste und fügte hinzu: »Hart kämpfend.«

Jill zeigte auf sich und bestätigte: »Genau wie ich.«

Er lachte. »Darf ich Sie zu einer Tasse Kaffee einladen?«

Er hieß Alan Preston und kam aus Salt Lake City, wo sein Vater Ältester in der Mormonenkirche war. »Ich wuchs mit zuviel Religion und zuwenig Spaß auf«, vertraute er Jill an.

Es ist beinahe prophetisch, dachte Jill. *Wir kommen aus genau den gleichen Verhältnissen.*

»Ich bin ein guter Schauspieler, glaube ich«, sagte Alan wehmütig, »aber das hier ist ein hartes Pflaster. Bei uns zu Hause will jeder einem helfen. Hier scheint es, daß jeder nur darauf aus ist, einen hereinzulegen.«

Sie unterhielten sich, bis das Cafe schloß, und inzwischen waren sie gute Freunde geworden. Als Alan fragte: »Kommen Sie mit zu mir?«, zögerte Jill nur einen Augenblick. »Gern.«

Alan Preston wohnte in einer Pension hinter der Highland Avenue, zwei Häuserblocks von der Hollywood Bowl entfernt. Er hatte ein winziges Hinterzimmer.

»Man müßte diese Pension ›Die Müllkippe‹ nennen«, sagte er zu Jill. »Sie sollten die Sonderlinge sehen, die hier wohnen. Alle sind fest davon überzeugt, daß sie es noch schaffen, ganz groß im Showgeschäft herauszukommen.«

Genau wie wir, dachte Jill.

Die Einrichtung von Alans Zimmer bestand aus einem Bett, einer Kommode, einem Stuhl und einem kleinen, wackligen Tisch. »Ich warte nur darauf, daß ich in meinen Palast ziehen kann«, erklärte Alan.

Jill lachte. »Genau wie ich.«

Alan wollte sie in die Arme nehmen, doch sie erstarrte. »Bitte nicht.«

Er sah sie einen Augenblick an und sagte sanft: »Okay«, und Jill war plötzlich verlegen. Was tat sie denn im Zimmer dieses Mannes? Sie wußte die Antwort. Sie war verzweifelt einsam. Sie hungerte danach, mit jemandem sprechen zu können, hungerte danach, die Arme eines Mannes um sich zu fühlen, der sie hielt und sie ermutigte und ihr sagte, daß alles wunderbar werden würde. Es war so lange her. Sie dachte an David Kenyon, aber das war in einem anderen Leben, in einer anderen Welt. Sie verlangte so sehr nach ihm, daß es schmerzte. Etwas später, als Alan Preston seine Arme wieder um Jill legte, schloß sie die Augen, und es war David, der sie küßte und auszog und sie umarmte.

Jill verbrachte die Nacht bei Alan, und ein paar Tage danach zog er zu ihr in ihr kleines Apartment.

Alan Preston war der unkomplizierteste Mann, den Jill je kennengelernt hatte. Er war unbekümmert und locker, nahm jeden Tag, wie er kam, und sorgte sich nicht im geringsten um das Morgen. Wenn Jill über seine

Art Leben mit ihm diskutieren wollte, sagte er: »Erinnerst du dich an ›Begegnung in Samarra‹? Wenn es passieren soll, passiert es. Das Schicksal findet dich. Du brauchst es nicht zu suchen.«

Alan blieb noch lange, nachdem Jill gegangen war, um Arbeit zu suchen, im Bett. Wenn sie nach Hause kam, saß er in einem bequemen Sessel, las oder trank mit Freunden Bier. Er brachte kein Geld nach Hause.

»Du bist dämlich«, sagte eine von Jills Freundinnen zu ihr. »Er teilt dein Bett, trinkt deinen Schnaps. Schmeiß ihn raus.«

Aber Jill tat das nicht.

Zum erstenmal verstand Jill Harriet, verstand alle ihre Freundinnen, die sich verzweifelt an Männer klammerten, die sie nicht liebten.

Es war die Angst vor dem Alleinsein.

Jill war arbeitslos. In ein paar Tagen war Weihnachten, und sie war bei ihren letzten paar Dollar angelangt. Aber sie *mußte* ihrer Mutter ein Weihnachtsgeschenk schicken. Alan löste das Problem. Er war eines Morgens früh weggegangen, ohne zu sagen, wohin. Als er zurückkehrte, sagte er zu Jill: »Wir haben einen Job.«

»Was für einen?«

»Spielen, natürlich. Wir sind Schauspieler, nicht wahr?«

Jill schaute ihn von plötzlicher Hoffnung erfüllt an. »Ist das dein Ernst?«

»Natürlich. Ich habe einen Freund getroffen, der Filmregisseur ist. Er beginnt morgen mit einem Film. Es sind Rollen für uns beide drin. Pro Person hundert Piepen, für nur einen Tag Arbeit.«

»Das ist ja großartig!« rief Jill aus. »Hundert Dollar!« Damit konnte sie ihrer Mutter wunderschönen englischen Wollstoff für einen Wintermantel kaufen und genug übrigbehalten, um für sich eine elegante Handtasche zu erstehen.

»Es ist allerdings nur ein kleiner Filmemacher. Es wird in irgendeiner Garage gedreht.«

Jill sagte: »Was können wir verlieren? Es ist eine Rolle.«

Die Garage lag im Süden von Los Angeles, in einem Bezirk, der innerhalb einer Generation seine Exklusivität verloren hatte und auf ein Mittelklasseniveau herabgesunken war.

Sie wurden von einem kleinen dunkelhäutigen Mann an der Tür begrüßt, der Alan die Hand gab und sagte: »Hast es geschafft, Kumpel? Großartig.«

Er wandte sich Jill zu und pfiff anerkennend durch die Zähne. »Du hast nicht übertrieben, Kumpel. Sie kann sich sehen lassen.«

Alan sagte: »Jill, das ist Peter Terraglio. Jill Castle.«

»Sehr erfreut!« sagte Jill.

»Pete ist der Regisseur«, erklärte Alan.

»Regisseur, Produzent, Cheftellerwäscher. Ich mache ein bißchen von allem. Kommt rein.« Er führte sie durch die leere Garage in einen Anbau, in dem einst Dienstboten untergebracht gewesen sein mochten. Vom Korridor gingen zwei Schlafzimmer ab. Die Tür zu dem einen stand offen. Als sie näher kamen, konnten sie das Geräusch von Stimmen hören. Jill ging zur Tür, blickte hinein und blieb erschrocken und ungläubig stehen. Mitten im Zimmer lagen vier nackte Menschen auf einem Bett, ein Schwarzer, ein Mexikaner und zwei Mädchen, eines weiß und eines schwarz. Ein Kameramann leuchtete die Szene aus, während eines der Mädchen den Mexikaner leckte. Das Mädchen machte eine kurze Pause und sagte atemlos: »Los, los, du Schwanz. Werd hart.«

Jill fühlte sich einer Ohnmacht nahe. Sie drehte sich in der Tür rasch um und wollte zurückgehen, spürte aber, wie ihre Beine nachgaben. Alan hatte seinen Arm um sie gelegt und stützte sie.

»Alles in Ordnung?«

Sie konnte ihm nicht antworten. Sie hatte rasende Kopfschmerzen, und ihr Magen drohte zu rebellieren.

»Warte hier!« befahl Alan.

In einer Minute war er mit einem Glas mit roten Pillen und einer Flasche Wodka wieder da. Er nahm zwei Pillen heraus und gab sie Jill. »Mit denen wirst du dich besser fühlen.«

Jill steckte die Pillen in den Mund, ihr Kopf hämmerte.

»Spül es mit dem da hinunter«, sagte Alan zu ihr. Sie gehorchte.

»Hier.« Alan gab ihr noch eine Pille. Sie schluckte sie mit Wodka. »Du mußt dich einen Augenblick hinlegen.«

Er führte Jill in das leere Schlafzimmer, und sie legte sich auf das Bett. Sie konnte sich nur langsam bewegen. Die Pillen begannen zu wirken. Ihr wurde allmählich besser. Die gallenbittere Flüssigkeit kam ihr nicht mehr hoch.

Fünfzehn Minuten später verschwanden die Kopfschmerzen. Alan gab ihr noch eine Pille. Ohne nachzudenken, schluckte Jill sie. Sie nahm noch einen Schluck Wodka. Es war so ein Segen, daß der Schmerz verschwand. Alan benahm sich seltsam, bewegte sich um das Bett herum. »Setz dich ruhig hin«, sagte sie.

»Ich sitze ganz ruhig.«

Jill fand das komisch und brach in Lachen aus. Sie lachte, bis ihr die Tränen das Gesicht herunterliefen.

»Was – was waren das für Pillen?«

»Gegen deine Kopfschmerzen, Liebling.«

Terraglio schaute herein und sagte: »Wie geht's uns? Alles in Ordnung?«

»Alles – alles in bester Ordnung«, murmelte Jill.

Terraglio sah Alan an und nickte. »Fünf Minuten«, sagte er und eilte davon.

Alan beugte sich über Jill, streichelte ihre Brust und ihre Schenkel, hob ihren Rock und griff ihr zwischen die Beine. Es fühlte sich wunderbar aufregend an, und Jill wollte ihn plötzlich in sich haben.

»Hör zu, Baby«, sagte Alan, »ich würde dich nie bitten, etwas Schlechtes zu tun. Aber liebe mich einfach. Das tun wir sowieso, nur daß wir dieses Mal dafür bezahlt werden. Zweihundert Piepen. Und sie gehören dir ganz allein.«

Sie schüttelte den Kopf, aber es schien eine Ewigkeit zu dauern, bis sie ihn von der einen Seite zur anderen bewegen konnte. »Das könnte ich nicht tun«, sagte sie undeutlich.

»Warum nicht?«

Sie mußte sich konzentrieren, um sich zu erinnern. »Weil ich – ich ein Star werde. Kann keine Pornofilme machen.«

»Möchtest du, daß ich mit dir schlafe?«

»O ja! Ich will dich haben, David.«

Alan wollte etwas sagen, dann grinste er. »Klar, Baby. Ich will dich auch. Komm.«

Er nahm Jills Hand und zog sie vom Bett. Jill hatte das Gefühl, als würde sie schweben.

Sie waren im Gang und betraten das zweite Schlafzimmer.

»Okay«, sagte Terraglio, als er sie sah. »Wir behalten dieselbe Einstellung bei. Hier kommt frische Ware.«

»Soll ich die Laken wechseln?« fragte jemand.

»Was zum Donnerwetter glaubst du? Sind wir MGM?«

Jill klammerte sich an Alan. »David, es sind Leute hier.«

»Die gehen gleich«, versicherte ihr Alan. »Da.« Er nahm noch eine Pille heraus und gab sie Jill. Er hielt ihr die Flasche Wodka an die Lippen, und sie schluckte die Pille. Von diesem Augenblick an geschah alles wie in einem Nebel. David zog sie aus und sagte tröstliche Dinge. Dann waren sie beide auf dem Bett, nackt. Ein helles Licht flammte auf, blendete sie.

»Nimm ihn in den Mund«, sagte er, und es war David, der sprach.

»O ja.« Sie streichelte ihn liebevoll und steckte ihn in den Mund, und jemand im Zimmer sagte etwas, was Jill nicht verstehen konnte, und David rückte weg, so daß Jill gezwungen war, ihr Gesicht ins Licht zu drehen und in den grellen Glanz zu blinzeln. Sie wurde auf das Bett hinuntergestoßen, und dann war David in ihr und liebte sie, und zur selben Zeit hatte sie seinen Penis im Mund. Sie liebte ihn so sehr. Die Lichter störten sie und das Gerede im Hintergrund. Sie wollte David sagen, er solle sie zum Schweigen bringen, aber sie war in einem Taumel der Verzückung, hatte einen Orgasmus nach dem anderen, bis sie glaubte, ihr Körper würde auseinanderreißen. David liebte *sie,* nicht Cissy, und er war zu ihr zurückgekommen, und sie waren verheiratet. Sie verbrachten wundervolle Flitterwochen.

»David ...«, sagte sie. Sie schlug die Augen auf, und der Mexikaner war auf ihr, strich mit der Zunge an ihrem Körper hinunter. Sie wollte ihn fragen, wo David war, aber sie konnte die Worte nicht herausbekommen. Sie schloß die Augen, während der Mann phantastische Dinge mit ihrem Körper tat. Als Jill wieder die Augen aufschlug, hatte sich der Mann auf irgendeine Weise in ein Mädchen mit langem rotem Haar und großen Brüsten verwandelt, die über Jills Bauch strichen. Dann begann die Frau, etwas mit ihrer Zunge zu tun, und Jill schloß die Augen und wurde bewußtlos.

Die beiden Männer blickten auf die Gestalt auf dem Bett hinunter.

»Kommt sie wieder in Ordnung?« fragte Terraglio.

»Klar«, sagte Alan.

»Du schaffst wirklich was ran«, sagte Terraglio bewundernd. »Sie ist großartig. Sieht am besten von allen aus bisher.«

»Es ist mir ein Vergnügen.« Er streckte die Hand aus.

Terraglio zog ein dickes Bündel Banknoten aus der Tasche und blätterte zwei davon ab. »Hier. Willst du zu einem kleinen Weihnachtsessen vorbeikommen? Stella würde sich freuen, dich zu sehen.«

»Kann ich nicht«, sagte Alan. »Ich verbringe Weihnachten mit Frau und Kindern. Ich nehme das nächste Flugzeug nach Florida.«

»Diesmal haben wir einen tollen Film im Kasten.« Terraglio nickte zu dem bewußtlosen Mädchen hinunter. »Unter welchem Namen sollen wir sie laufen lassen?«

Alan grinste. »Warum nicht unter ihrem richtigen? Sie heißt Josephine Czinski. Wenn der Film in Odessa läuft, gibt das 'ne echte Überraschung für ihre Freunde.«

23

Es war gelogen. Die Zeit war kein Freund, der alle Wunden heilte; sie war ein Feind, der die Jugend verwüstete und zerstörte. Die Jahreszeiten kamen und gingen, und jede Jahreszeit brachte eine neue Ernte nach Hollywood. Die Konkurrenz kam per Anhalter, auf Motorrädern und in Zügen und Flugzeugen. Sie waren alle achtzehn Jahre alt, wie Jill einst gewesen war. Sie waren langbeinig und geschmeidig, mit frischen, begierigen jungen Gesichtern und mit strahlendem Lächeln, für das sie keine Pillen brauchten. Und mit jeder neuen Ernte, die hereinkam, wurde Jill ein Jahr älter. Eines Tages blickte sie in den Spiegel, und es war das Jahr 1964, und sie war fünfundzwanzig geworden.

Zuerst hatte die Tatsache, daß sie diesen pornographischen Film gemacht hatte, sie entsetzt. Sie hatte in der Angst gelebt, daß ein Besetzungschef davon erfahren und sie auf die schwarze Liste setzen würde. Aber als die Wochen und dann die Monate vergingen, vergaß Jill allmählich ihre Ängste. Doch sie hatte sich gewandelt. Jedes der folgenden Jahre hatte seinen Stempel auf ihr hinterlassen, eine Patina der Härte, wie die Jahresringe an einem Baum. Sie begann, alle Leute zu hassen, die ihr keine Chance boten, die Leute, die Versprechungen machten, ohne sie je zu halten.

Sie hatte sich auf eine endlose Reihe monotoner, undankbarer Jobs eingelassen. Sie war Sekretärin und Empfangsdame und Köchin und Babysitter und Modell und Kellnerin und Telefonistin und Verkäuferin. Natürlich nur, bis sie »den Anruf« bekam.

Aber »der Anruf« kam nie. Und Jills Verbitterung wuchs. Sie machte gelegentlich ein paar Schritte oder sprach einen einzelnen Satz, aber das führte zu nichts. Sie sah in den Spiegel und nahm die Botschaft der Zeit wahr: *Eile.* Wenn sie ihr Spiegelbild sah, war es wie eine Rückschau in die Schichten der Vergangenheit. Es gab immer noch Spuren von dem frischen jungen Mädchen, das vor sieben endlosen Jahren nach Hollywood gekommen war. Aber das frische junge Mädchen hatte Fältchen in den Augenwinkeln und tiefere Linien, die von den Nasenflügeln zum Kinn hinunterliefen, Warnsignale der schnell dahinfließenden Zeit und des nicht errungenen Erfolges, Erinnerungen an all die zahllosen, trostlosen kleinen Niederlagen. *Eile, Jill, eile!*

Deshalb beschloß sie, daß es an der Zeit sei, ja zu sagen, als Fred Kapper, ein achtzehnjähriger Regieassistent bei der Fox, ihr sagte, er habe eine gute Rolle für sie, wenn sie mit ihm ins Bett ginge.

Sie traf ihn im Studio in seiner Mittagspause.

»Ich habe bloß eine halbe Stunde«, sagte er. »Mal überlegen, wo wir ein ruhiges Plätzchen finden können.« Er stand einen Augenblick stirnrunzelnd, in Gedanken versunken da, dann hellte sich seine Miene auf. »Der Synchronisierraum. Los.«

Der Synchronisierraum war eine kleine, schalldichte Vorführkammer, wo alle Tonstreifen auf einer Spule vereinigt waren.

Fred Kapper blickte sich in dem kahlen Raum um und sagte: »Scheiße! Hier war früher eine kleine Couch.« Er sah auf seine Uhr. »Es muß auch so gehen. Zieh dich aus, Schätzchen. Die Synchronisier-Crew wird in zwanzig Minuten zurück sein.«

Jill sah ihn einen Augenblick an, kam sich wie eine Hure vor und haßte ihn. Aber sie zeigte es nicht. Sie hatte es auf ihre Art versucht und war gescheitert. Jetzt versuchte sie es auf die andere Art. Sie zog ihr Kleid und ihren Slip aus. Kapper gab sich keine Mühe, sich auszuziehen. Er öffnete nur seinen Reißverschluß und holte seinen geschwollenen Penis heraus. Er sah Jill an und grinste: »Was für ein schöner Arsch. Beug dich vor.«

Jill blickte sich nach etwas um, worauf sie sich stützen könnte. Vor ihr stand die Lachmaschine, eine Musiktruhe auf Rädern, die durch einen Knopfdruck von außen bedient werden konnte.

»Los, beug dich vor.«

Jill zögerte einen Augenblick, beugte sich dann vor, stützte sich mit den Händen ab. Kapper näherte sich ihr von hinten, und Jill fühlte seine Finger ihre Backen teilen. Einen Augenblick später spürte sie, wie die Spitze seines Penis gegen ihren After drückte. »Warte«, sagte Jill. »Nicht da! Ich – ich kann nicht...«

»Schrei für mich, Baby!« Und er stieß sein Glied in sie hinein, riß sie in einem schrecklichen Schmerz auf. Mit jedem Schrei drang er tiefer in sie ein. Sie versuchte krampfhaft zu entkommen, aber er packte ihre Hüften und hielt sie fest. Sie verlor das Gleichgewicht. Als sie die Hand ausstreckte, um sich abzustützen, berührten ihre Finger die Knöpfe der Lachmaschine, und unverzüglich war der Raum von wahnsinnigem Gelächter erfüllt. Während Jill sich in Schmerzen wand, schlugen ihre Hände auf die Maschine, und eine Frau kicherte, und eine Menge lachte schallend, und ein Mädchen kicherte, und hundert Stimmen schnatterten und kicherten und brüllten über einen obszönen Witz. Das Echo hallte von den Wänden wider, während Jill vor Schmerzen aufschrie.

Dann spürte sie eine Folge von Zuckungen, und einen Augenblick später wurde das fremde Stück Fleisch aus ihrem Innern zurückgezogen, und langsam verklang das Gelächter im Raum. Jill stand still, mit geschlossenen Augen und kämpfte gegen den Schmerz an. Als sie sich schließlich aufrichten und umdrehen konnte, zog Fred Kapper seinen Reißverschluß hoch.

»Du warst sensationell, Liebling. Diese Schreie bringen mich richtig in Fahrt.«

Und Jill fragte sich, was für ein Ungeheuer er sein würde, wenn er neunzehn war.

Er sah, daß sie blutete. »Mach dich sauber und komm zum Studio zwölf hinüber. Heute nachmittag geht's los.«

Nach dieser ersten Erfahrung war das übrige leicht. Jill arbeitete regelmäßig in allen Studios: Warner Brothers, Paramount, MGM, Universal, Columbia, Fox. Wirklich überall, außer bei Disney, wo es keinen Sex gab.

Jill bereitete sich auf die Rolle, die sie im Bett spielte, so ernsthaft vor, als wäre es eine Hauptrolle in einem Film. Sie las Bücher über orientalische Erotik und kaufte Liebestränke und Reizmittel in einem Sexladen am Santa Monica Boulevard. Sie benutzte eine Lotion, die ihr eine Stewardeß aus dem Orient mitbrachte, mit einem Hauch von Immergrün darin. Sie lernte, ihre Liebhaber langsam und sinnlich zu massieren. Sie rieb die Lotion in die Brust ihres Partners und über seinen Magen hinunter in die Leistengegend ein, machte sanft kreisende Bewegungen. »Schließ die Augen und entspanne dich«, flüsterte sie.

Ihre Finger waren so leicht wie Schmetterlingsflügel, bewegten sich an seinem Körper hinunter und liebkosten ihn. Sobald er eine Erektion bekam, nahm Jill das anschwellende Glied in die Hand und streichelte es sanft, strich mit ihrer Zunge zwischen seinen Beinen hinunter, bis er sich vor Wollust wand, und wanderte langsam bis zu seinen Zehen hinunter. Dann drehte Jill ihn herum, und alles fing von vorn an. War das Glied eines Mannes schlaff, führte sie es sanft zwischen die Lippen ihrer Scheide und fühlte es hart und steif werden. Sie brachte den Männern bei, wie sie kurz vor dem Orgasmus aufhören und erneut einen Höhepunkt erreichen konnten, so daß ihr Orgasmus schließlich wie eine Explosion kam. Sie hatten ihr Vergnügen, zogen sich an und gingen. Keiner blieb lange genug, um ihr die schönsten fünf Minuten des Liebesspiels zu geben, die Ruhe danach, den friedlichen Ausklang in den Armen eines Geliebten.

Eine Rolle für Jill war ein geringer Preis in Anbetracht des Vergnügens, das sie den entscheidenden Männern, den Regieassistenten, den Regisseuren und den Produzenten, bot. In der ganzen Stadt war sie als »heiße Ware« bekannt, und jeder wollte seinen Teil davon haben. Und Jill gab ihn. Jedesmal war weniger Selbstachtung und mehr Haß und Verbitterung dabei.

Sie wußte nicht, wie oder wann, aber sie wußte, daß diese Stadt eines Tages für das bezahlen würde, was sie ihr angetan hatte.

Im Laufe der nächsten fünf Jahre erschien Jill in Dutzenden von Filmen, Fernsehshows und Reklamesendungen. Sie war die Sekretärin, die »Guten Morgen, Mr. Stevens« sagte, und der Babysitter, der sagte: »Machen Sie sich keine Sorgen, genießen Sie den Abend. Ich bringe die Kinder zu Bett«, und die Fahrstuhlführerin, die meldete:

»Sechster Stock«, und das Mädchen, das vertraulich mitteilte: »Alle meine Freundinnen benutzen elegante Unterwäsche.« Aber etwas wirklich Entscheidendes geschah nicht. Sie war ein namenloses Gesicht in der Menge. Sie war im Geschäft, und doch war sie es nicht, und sie konnte den Gedanken nicht ertragen, daß sie den Rest ihres Lebens so verbringen würde.

1969 starb Jills Mutter, und Jill fuhr zur Beerdigung nach Odessa. Es war ein Spätnachmittag, und knapp ein Dutzend Leute nahmen an der Feier teil. Keine der Frauen, für die ihre Mutter die ganzen Jahre gearbeitet hatte, war anwesend. Einige der Trauergäste waren Mitglieder der Erweckungsbewegung. Jill erinnerte sich, wie verängstigt sie bei diesen Versammlungen gewesen war. Aber ihre Mutter hatte einen gewissen Trost darin gefunden.

Eine vertraute Stimme sagte ruhig: »Hallo, Josephine.«

Sie drehte sich um, und er stand neben ihr, und sie blickte ihm in die Augen, und es war, als wären sie nie getrennt gewesen, als hätten sie einander immer gehört. Die Jahre hatten seinen Gesichtszügen mehr Reife verliehen, seinen Schläfen eine Spur von Grau hinzugefügt. Aber er hatte sich nicht verändert, war immer noch David, ihr David. Und doch waren sie Fremde.

Er sagte: »Darf ich dir mein Beileid aussprechen.«

Und sie hörte sich erwidern: »Danke, David.«

Wie in einem Theaterstück.

»Ich muß dich sprechen. Können wir uns heute abend treffen?« Seine Stimme war ein einziges Flehen.

Sie dachte an ihr letztes Zusammensein und an sein Verlangen und das Versprechen und die Träume. Und sie sagte: »Na gut, David.«

»Am See? Hast du einen Wagen?«

Sie nickte.

»Ich bin in einer Stunde da.«

Cissy stand nackt vor dem Spiegel und wollte sich gerade zu einem Abendessen anziehen, als David nach Hause kam. Er betrat ihr Schlafzimmer und musterte sie. Er konnte seine Frau ganz leidenschaftslos betrachten, denn er empfand nichts für sie. Sie war schön. Cissy hatte auf ihre Figur geachtet, hatte sie mit Diät und Gymnastik in Form gehalten. Ihr Körper war ihr Aktivposten, und David hatte Grund zu der Annahme, daß sie ihn großzügig mit anderen teilte, mit ihrem Golflehrer, ihrem Skilehrer, ihrem Flugausbilder. Aber er konnte ihr keinen Vorwurf machen. Es war schon lange her, daß er mit ihr geschlafen hatte.

Anfangs hatte er wirklich geglaubt, daß sie in eine Scheidung einwilligen würde, wenn Mama Kenyon starb. Aber seine Mutter lebte immer noch und fühlte sich wohl. David konnte nicht sagen, ob er überlistet worden oder ob ein Wunder geschehen war. Ein Jahr nach ihrer Heirat hatte David zu Cissy gesagt: »Ich glaube, wir sollten jetzt über die Scheidung reden.«

Cissy hatte geantwortet: »Was für eine Scheidung?« Und als sie sein Erstaunen sah, lachte sie. »Ich bin *gerne* Mrs. David Kenyon, Liebling. Hast du wirklich geglaubt, ich würde dich für diese kleine polnische Hure aufgeben?«

Er hatte sie geohrfeigt.

Am nächsten Tag war er zu seinem Anwalt gegangen. Nachdem David die Situation geschildert hatte, sagte der Anwalt: »Ich kann Ihnen die Scheidung verschaffen. Aber wenn Cissy entschlossen ist, sich nicht von Ihnen zu trennen, David, wird es Sie verdammt teuer zu stehen kommen.«

»Verschaffen Sie sie mir.«

Nachdem Cissy die Scheidungsklage erhalten hatte, schloß sie sich in Davids Badezimmer ein und nahm eine Überdosis Schlaftabletten. Es hatte Davids und zweier seiner Diener bedurft, die schwere Tür einzuschlagen. Cissy hatte zwei Tage mit dem Tode gerungen. David hatte sie in dem Privatkrankenhaus besucht, in das sie gebracht worden war.

»Tut mir leid, David«, hatte sie gesagt. »Ich könnte nicht ohne dich leben. So einfach ist das.«

Am nächsten Morgen hatte er die Scheidungsklage zurückgezogen.

Das war vor fast zehn Jahren gewesen, und Davids Ehe war zu einer Art Waffenstillstand geworden. Er hatte das Kenyon-Imperium übernommen und verwandte seine ganze Energie auf dessen Leitung. Er fand körperlichen Trost bei einer Kette von Mädchen, die er sich in den verschiedenen Städten der Welt hielt, wohin seine Geschäfte ihn führten. Josephine aber konnte er nicht vergessen.

David hatte keine Ahnung, wie sie über ihn dachte. Er wollte es wissen, und doch fürchtete er sich davor, es herauszufinden. Sie hatte allen Grund, ihn zu hassen. Als er die Nachricht vom Tod ihrer Mutter erhalten hatte, war er zur Beerdigung gegangen, nur um sie zu sehen. Bei ihrem Anblick wußte er, daß sich nichts geändert hatte. Jedenfalls nicht für ihn. Die Jahre waren in einem Augenblick hinweggefegt, und er liebte sie noch genauso wie damals.

Ich muß dich sprechen ... können wir uns heute abend treffen ...

Na gut, David ...

Am See.

Cissy drehte sich um, als sie Davids prüfenden Blick im Spiegel bemerkte. »Du solltest dich umziehen, David. Wir kommen zu spät.«

»Ich treffe mich mit Josephine. Wenn sie mich noch will, werde ich sie heiraten. Ich glaube, es ist wirklich an der Zeit, diese Farce zu beenden, findest du nicht auch?«

Sie stand da und sah David an, ihr nackter Körper wurde im Spiegel reflektiert.

»Ich muß mich anziehen«, sagte sie.

David nickte und ging hinaus. Er betrat das große Wohnzimmer, schritt auf und ab und bereitete sich auf die Auseinandersetzung vor. Cissy würde sich nach all diesen Jahren sicherlich nicht an eine Ehe klammern wollen, die nur noch eine leere Hülle war. Er würde ihr alles geben, was sie...

Er hörte, wie Cissys Wagen gestartet wurde, und dann das Kreischen von Reifen, als er die Auffahrt hinunterschoß. David rannte zur Eingangstür und blickte hinaus. Cissys Maserati raste auf die Landstraße zu.

Hastig stieg David in seinen Wagen, ließ den Motor an und folgte Cissy die Auffahrt hinunter.

Als er die Landstraße erreichte, verschwand ihr Wagen gerade in der Entfernung. Er trat aufs Gaspedal. Der Maserati war schneller als Davids Rolls-Royce. Er gab noch mehr Gas: 105... 120... 135 km/h. Ihr Wagen war nicht mehr in Sichtweite.

150... 165... immer noch nichts von ihr zu sehen.

Er erreichte eine kleine Anhöhe, und da sah er den Wagen wie ein winziges Spielzeugauto um eine Kurve schießen. Die Reifen schienen kaum noch den Boden zu berühren, der Wagen schlingerte gefährlich über die Landstraße, fing sich dann wieder und erreichte die nächste Kurve. Doch plötzlich schoß er über den Straßenrand hinaus, wurde in die Luft katapultiert, überschlug sich und landete auf einem Feld.

David zog den wie leblosen Körper gerade noch aus dem Wagen, bevor der geborstene Benzintank Feuer fing.

Es war sechs Uhr am nächsten Morgen, als der Chefarzt den Operationssaal verließ und zu David sagte: »Sie wird es schaffen.«

Jill erreichte den See kurz vor Sonnenuntergang. Sie fuhr dicht an das Wasser heran, stellte den Motor ab und lauschte auf das Rauschen des Windes in der Luft. *Ich weiß nicht, wann ich je so glücklich gewesen bin,* dachte sie. Und dann korrigierte sie sich: *Doch, hier, mit David.* Und sie erinnerte sich an seinen Körper und wurde beinahe bewußtlos vor Verlangen. Was immer ihr Glück zerstört hatte, es zählte nicht mehr. Das hatte sie im selben Augenblick gefühlt, als sie David gesehen hatte. Er liebte sie noch immer. Sie wußte es.

Sie sah die blutrote Sonne in das ferne Wasser tauchen, und die Dunkelheit brach herein. Sie wünschte, David würde sich beeilen.

Eine Stunde verstrich, dann zwei, und die Luft wurde kühl. Sie saß im Wagen, ganz still. Sie betrachtete den riesigen, am Himmel treibenden Mond. Sie horchte auf die Nachtgeräusche ringsum und sagte sich: *David wird kommen.*

Sie saß die ganze Nacht so da, und am Morgen, als die Sonne den Horizont zu färben begann, ließ sie den Wagen an und fuhr heim nach Hollywood.

24

Jill saß vor ihrem Frisiertisch und musterte ihr Gesicht im Spiegel. Sie entdeckte ein kaum sichtbares Fältchen im Augenwinkel und runzelte die Stirn. *Es ist unfair,* dachte sie. *Ein Mann kann sich einfach gehenlassen. Er kann graues Haar, einen Spitzbauch und ein Gesicht wie eine Landkarte haben, niemand findet etwas dabei. Aber wenn eine Frau auch nur eine winzige Falte hat...* Sie begann ihr Make-up aufzutragen. Bob Schiffer, Hollywoods Star unter den Maskenbildnern, hatte ihr einige Tricks beigebracht. Sie trug eine flüssige Grundierung anstelle des Puders auf, den sie früher benutzt hatte. Puder trocknete die Haut aus, während die Grundierung sie feucht hielt. Als nächstes konzentrierte sie sich auf ihre Augenpartie, trug das Make-up unter den Augen drei oder vier Schattierungen heller auf als das übrige, um die Augenringe abzudecken, verteilte ein wenig Lidschatten, um die Augen zu betonen, befestigte dann sorgfältig falsche Wimpern über ihren eigenen und bog sie nach oben. Sie bürstete ein wenig Mastix auf ihre eigenen und die falschen Wimpern, um so die Augen noch größer erscheinen zu lassen. Dann tupfte sie zarte Punkte auf das Unterlid. Danach trug Jill Lippenstift auf und puderte die Lippen, ehe sie eine zweite Schicht Lippenstift auftrug. Auf die Wangen kam ein wenig Rouge, bevor sie sich puderte, wobei sie die Partien um die Augen aussparte, wo der Puder die schwachen Fältchen nur noch hervorheben würde.

Jill setzte sich im Sessel zurück und prüfte die Wirkung im Spiegel. Sie sah hinreißend aus. Eines Tages würde sie zum Klebetrick greifen müssen, aber das hatte Gott sei Dank noch viele Jahre Zeit. Jill kannte ältere Schauspielerinnen, die zu dieser Täuschung griffen. Sie befestigten winzige Klebestreifen dicht unter ihrem Haaransatz, an denen Fäden befestigt waren, die sie um den Kopf banden und unter ihrem Haar verbargen. Mit deren Hilfe sollte die erschlaffte Gesichtshaut gestrafft werden, eine Art Gesichts-Lifting ohne die Kosten und den Schmerz eines chirurgischen Eingriffs. Ähnlich ging man vor, um Hängebrüste zu kaschieren. Ein um die Brust gelegter und weit oben befestigter Klebestreifen ermöglichte eine einfache Lösung dieses Problems. Jills Brüste waren noch fest.

Nachdem sie ihr weiches, schwarzes Haar gekämmt hatte, sah sie noch einmal in den Spiegel, warf einen Blick auf ihre Armbanduhr und stellte fest, daß sie sich beeilen mußte.

Sie hatte eine Besprechung wegen der »Toby-Temple-Show«.

25

Eddie Berrigan, der Besetzungschef für Tobys Show, war verheiratet. Einer seiner Freunde stellte ihm dreimal in der Woche sein Apartment zur Verfügung. Einer der Nachmittage war für Berrigans Geliebte reserviert, die anderen beiden für das, was er als »altes Talent« und »neues Talent« bezeichnete.

Jill Castle war ein »neues Talent«. Mehrere Kollegen hatten Eddie erzählt, daß Jill phantastische Vorspiele kannte und auch sonst nicht untalentiert war. Eddie war scharf darauf, sie auszuprobieren. Jetzt war eine Rolle in einem Sketch zu besetzen, die genau das richtige für sie war. Für diese Rolle brauchte man nur sexy auszusehen, ein paar Sätze zu sprechen und abzugehen.

Jill las Eddie vor, und er war zufrieden. Sie war keine Kate Hepburn, aber das verlangte auch niemand. »Sie können die Rolle haben«, sagte er.

»Danke, Eddie.«

»Hier ist Ihr Text. Die Proben beginnen morgen früh Punkt zehn. Seien Sie pünktlich, und haben Sie Ihren Text parat.«

»Selbstverständlich.« Sie wartete.

»Äh – wie wär's mit einer Tasse Kaffee heute nachmittag?«

Jill nickte.

»Ein Freund von mir hat ein Apartment im Allerton.«
»Ich weiß, wo es ist«, sagte Jill.
»Apartment sechs D. Drei Uhr.«

Die Proben verliefen glatt. Es würde eine gute Show werden. Zu den Hauptattraktionen gehörten ein großartiges Tanzensemble aus Argentinien, eine Rock-and-Roll-Band, ein exzellenter Zauberer und ein berühmter Gesangsstar. Nur Toby Temple war nicht anwesend. Jill sprach Eddie Berrigan darauf an. »Ist er krank?«

Eddie brummte: »Das Fußvolk probt, während der alte Toby sich amüsiert. Er wird zur Aufnahme aufkreuzen und dann verduften.«

Toby Temple erschien Sonnabend früh und rauschte wie ein König ins Atelier. Aus einer Ecke des Studios beobachtete Jill, wie er, seine drei Handlanger, Clifton Lawrence und zwei abgetakelte Komiker im Gefolge, hereinkam. Der Auftritt erfüllte Jill mit Verachtung. Sie wußte alles über Toby Temple. Er war krankhaft selbstgefällig und prahlte, wie es hieß, damit, daß er mit jeder hübschen Schauspielerin in Hollywood im Bett gewesen sei. Keine hatte ihm bisher einen Korb gegeben. O ja, Jill wußte Bescheid über den Großen Toby Temple.

Der Regisseur, ein reizbarer, nervöser Mann namens Harry Durkin, stellte Toby die Mitwirkenden vor. Mit den meisten hatte Toby bereits gearbeitet. Hollywood war ein Dorf, und die Gesichter wurden einem bald vertraut. Jill Castle war Toby noch nie begegnet. Sie sah in ihrem beigefarbenen Leinenkleid schön, kühl und elegant aus.

»Und was spielen Sie, Süße?« fragte Toby.

»Ich bin im Astronauten-Sketch, Mr. Temple.«

Er schenkte ihr ein warmes Lächeln und sagte: »Meine Freunde nennen mich Toby.«

Man begann mit der Arbeit. Die Probe verlief ungewöhnlich glatt, und Durkin merkte schnell, weshalb. Toby wollte Jill imponieren. Er hatte jedes andere Mädchen in der Show aufs Kreuz gelegt, und Jill bedeutete eine neue Herausforderung für ihn.

Der Sketch, den Toby mit Jill spielte, war der Höhepunkt der Show. Toby fügte für Jill ein paar zusätzliche komische Zeilen ein. Nach der Probe sagte er zu ihr: »Wie wär's mit einem Drink?«

»Herzlichen Dank, ich trinke nicht.« Jill lächelte und verschwand.

Sie hatte eine Verabredung mit einem Besetzungschef, und das war wichtiger als Toby Temple. Der war eine Eintagsfliege. Ein Besetzungschef dagegen bedeutete regelmäßige Beschäftigung.

Als die Show an jenem Abend gesendet wurde, war sie ein Riesenerfolg, eine der besten, die Toby Temple je gemacht hatte.

»Wieder ein Wurf«, sagte Clifton zu Toby. »Dieser Astronauten-Sketch war erstklassig.«

Toby grinste. »Yeah. Mir gefällt das Hühnchen darin. Die hat was Besonderes.«

»Sie ist hübsch«, bestätigte Clifton. Jede Woche gab es ein anderes Mädchen. Alle hatten was Besonderes, und alle gingen mit Toby ins Bett und waren am nächsten Tag vergessen.

»Arrangieren Sie ein Abendessen für uns drei, Cliff.«

Es war keine Bitte. Es war ein Befehl. Vor einigen Jahren noch hätte Clifton Toby geantwortet, er solle sich selbst darum kümmern. Doch heute war das anders. Wenn Toby etwas von einem verlangte, tat man es. Er war ein König, und dies war sein Königreich, und wer nicht ausgestoßen werden wollte, mußte sich seine Gunst erhalten.

»Klar, Toby«, sagte Clifton. »Ich werde es arrangieren.«

Clifton ging durch den Flur zur Garderobe, wo die Tänzerinnen und Schauspielerinnen sich umzogen. Er klopfte einmal an und trat ein. Im Raum befand sich ein Dutzend mehr oder weniger bekleidete Mädchen. Sie erwiderten seinen Gruß, schenkten ihm aber weiter keine Aufmerksamkeit. Jill hatte sich abgeschminkt und zog gerade ihren Mantel an. Clifton ging auf sie zu. »Sie waren sehr gut«, sagte er.

Jill warf ihm im Spiegel einen uninteressierten Blick zu. »Danke.« Es hatte eine Zeit gegeben, da es aufregend gewesen wäre, Clifton Lawrence so nahe zu sein. Er hätte ihr jede Tür in Hollywood öffnen können. Jetzt aber wußte jeder, daß er nur noch Toby Temples Handlanger war.

»Ich habe eine gute Nachricht für Sie. Mr. Temple möchte mit Ihnen zu Abend essen.«

Jill strich sich mit den Fingerspitzen durchs Haar und sagte: »Bestellen Sie ihm, daß ich müde bin. Ich gehe schlafen.« Und sie ging hinaus.

Das Essen an jenem Abend war höchst trübselig. Toby, Clifton Lawrence und Durkin, der Regisseur, saßen im La Rue in einer der Nischen. Durkin hatte vorgeschlagen, ein paar Mädchen aus der Show einzuladen, aber Toby hatte das wütend abgelehnt.

Der Kellner fragte: »Möchten Sie etwas bestellen, Mr. Temple?«

Toby wies auf Clifton und antwortete: »Ja. Bringen Sie dem Idioten dort eine Portion Zunge.«

Clifton stimmte in das Gelächter der anderen ein, um so zu tun, als handele es sich um einen Scherz.

Toby fuhr ihn an: »Ich habe Sie um die einfachste Sache der Welt gebeten: ein Mädchen zum Essen einzuladen. Wer hat Sie geheißen, sie zu verscheuchen?«

»Sie war müde«, erklärte Clifton. »Sie sagte...«

»*Kein* Weibsbild ist zu müde, um mit mir zu essen. Sie müssen etwas gesagt haben, was sie in Rage gebracht hat.« Toby hatte seine Stimme erhoben. Die Leute in der benachbarten Nische starrten zu ihnen herüber. Toby schenkte ihnen sein jungenhaftes Lächeln und sagte: »Das ist ein Abschiedsessen, Herrschaften.« Er zeigte auf Clifton. »Er hat sein Gehirn dem Zoo gespendet.«

Gelächter klang herüber. Clifton zwang sich zu einem Grinsen, aber unter dem Tisch hatte er seine Hände zu Fäusten geballt.

»Wollen Sie wissen, wie dumm er ist?« fragte Toby. »In Polen erzählt man sich Witze über ihn.«

Das Gelächter schwoll an. Clifton wäre am liebsten aufgestanden und gegangen, doch er wagte es nicht. Durkin saß bestürzt da, war aber klug genug, nichts zu sagen. Toby hatte jetzt die Aufmerksamkeit mehrerer benachbarter Nischen auf sich gezogen. Er hob wieder die Stimme und setzte dazu sein bezauberndstes Lächeln auf. »Cliff Lawrence hat seine Dummheit redlich verdient. Als er geboren wurde, hatten seine Eltern einen mächtigen Streit seinetwegen. Seine Mutter behauptete, er sei nicht ihr Kind.«

Glücklicherweise ging der Abend schließlich zu Ende. Doch schon am nächsten Morgen würden in der ganzen Stadt Clifton-Lawrence-Geschichten kursieren.

In jener Nacht lag Clifton Lawrence schlaflos im Bett. Er fragte sich, warum er es geduldet hatte, daß Toby ihn so demütigte. Die Antwort war einfach genug: Geld. Tobys Einnahmen brachten ihm jährlich mehr als eine Viertelmillion Dollar. Cliftons Lebensstil war teuer und aufwendig, und er hatte nicht einen Cent gespart. Da er keine anderen Klienten mehr hatte, brauchte er Toby. Das war der springende Punkt. Toby wußte das, und Clifton zu quälen war für ihn ein Sport geworden. Clifton mußte aussteigen, ehe es zu spät war.

Aber er wußte, *daß* es bereits zu spät war.

In diese Lage war er durch seine Zuneigung zu Toby geraten: Er hatte ihn wirklich sehr gern gehabt. Er hatte miterlebt, wie Toby andere vernichtete – Frauen, die sich in ihn verliebt hatten; Komiker, die mit ihm konkurrieren wollten; Kritiker, die ihn verrissen. Doch das waren immer die *anderen* gewesen. Clifton hätte nie geglaubt, daß Toby sich auch auf ihn stürzen würde. Sie standen sich einfach zu nahe, Clifton hatte zuviel für ihn getan.

Aber er fürchtete sich vor dem Gedanken, was die Zukunft für ihn bereithalten mochte.

Normalerweise hätte Toby Jill Castle keines zweiten Blickes mehr gewürdigt. Aber Toby war es nicht gewöhnt, daß man ihm etwas verweigerte, was er haben wollte. Jills abschlägige Antwort saß wie ein Stachel in ihm. Er lud sie erneut zum Essen ein. Als sie wieder ablehnte, tat Toby das als dummes Spiel ab und beschloß, sie zu vergessen. Nun war es aber so, daß Jill Toby nie hätte täuschen können, wenn es wirklich ein Spiel gewesen wäre, weil Toby die Frauen zu gut kannte. Nein, er vermutete, daß Jill *tatsächlich* nicht mit ihm ausgehen wollte, und dieser Gedanke fraß an ihm. Er konnte sie nicht aus seinen Gedanken verbannen.

Beiläufig erwähnte Toby Eddie Berrigan gegenüber, daß es vielleicht ein guter Gedanke wäre, Jill Castle in der nächsten Show wieder einzusetzen. Eddie rief sie an. Sie sagte ihm, sie hätte eine Nebenrolle in einem Western angenommen. Als Eddie das Toby mitteilte, war der Komiker außer sich.

»Sagen Sie ihr, sie soll alles absagen, ganz egal, was«, fuhr er ihn an. »Wir werden ihr mehr bezahlen. Um Himmels willen, das ist die Fernsehshow Nummer eins! Was ist los mit diesem dämlichen Weibsbild?«

Eddie rief Jill wieder an und sagte ihr, was Toby meinte. »Er möchte Sie unbedingt wieder in seiner Show haben, Jill. Können Sie das einrichten?«

»Tut mir leid«, erwiderte Jill. »Ich habe einen Vertrag mit Universal. Aus dem komme ich nicht heraus.«

Sie würde es auch gar nicht versuchen. Eine Schauspielerin kam in Hollywood nicht voran, wenn sie aus einem Vertrag ausstieg. Toby Temples Show bedeutete für Jill lediglich eine Eintagsfliege. Am nächsten Abend rief der große Mann sie höchstpersönlich an. Seine Stimme klang warm und verführerisch.

»Jill? Hier ist Ihr kleiner alter Co-Star, Toby.«

»Hallo, Mr. Temple.«

»Ach, lassen Sie das! Was soll der Mister-Quatsch?« Keine Antwort. »Mögen Sie Baseball?« fragte Toby. »Ich habe Logenplätze.«

»Nein.«

»Ich auch nicht«, sagte er lachend. »Das war nur eine Testfrage. Hören Sie, wie wär's mit einem Dinner am Sonnabendabend bei mir? Ich habe den Chefkoch vom Pariser Maxim anheuern können. Er...«

»Tut mir leid. Ich habe eine Verabredung, Mr. Temple.« Nicht eine Andeutung von Interesse war in ihrer Stimme.

Toby merkte, daß er den Hörer fester packte. »Und wann haben Sie mal Zeit?«

»Ich bin ein schwer arbeitendes Mädchen. Ich gehe kaum aus. Trotzdem danke für die Einladung.«

Und die Leitung war tot. Die Kanaille hatte aufgelegt – eine miese kleine Komparsin hatte ein Gespräch mit

Toby Temple abgebrochen. Keine einzige der Frauen, die Toby Temple kannte, hätte nicht ein Jahr ihres Lebens hingegeben, um eine Nacht mit ihm zu verbringen – und dieses dumme Miststück hatte ihn abblitzen lassen! Er war außer sich vor Wut, und er ließ sie an jedem in seiner Umgebung aus. Nichts war ihm recht. Das Drehbuch war zum Kotzen, der Regisseur war ein Idiot, die Musik war entsetzlich und die Schauspieler miserabel. Er beorderte Eddie Berrigan, den Besetzungschef, in seine Garderobe.

»Was wissen Sie über Jill Castle?« fragte Toby.

»Nichts«, antwortete Eddie sofort. Er war doch nicht verrückt. Wie jeder Mitwirkende der Show wußte er genau, was los war. Wie immer die Sache ausging, er hatte keine Lust, da hineingezogen zu werden.

»Hurt sie rum?«

»Nein, Sir«, sagte Eddie bestimmt. »Wenn sie es täte, wüßte ich's.«

»Holen Sie Erkundigungen über sie ein«, befahl Toby. »Stellen Sie fest, ob sie einen Freund hat, wo sie sich herumtreibt, was sie tut – Sie wissen schon, was ich meine.«

»Ja, Sir«, erwiderte Eddie angelegentlich.

Um drei Uhr früh wurde Eddie vom Telefon neben seinem Bett geweckt.

»Was haben Sie herausbekommen?« fragte eine Stimme.

Eddie setzte sich im Bett auf und versuchte, sich wachzublinzeln. »Wer zum Teufel . . .« Plötzlich ging ihm auf, wer am anderen Ende der Leitung war. »Ich habe mich erkundigt«, sagte er hastig. »Sie hat ein einwandfreies Gesundheitszeugnis.«

»Ich habe Sie nicht nach ihrem verdammten Gesundheitszeugnis gefragt«, fuhr er ihn an. »Hurt sie rum?«

»Nein, Sir. Ganz im Gegenteil. Ich habe mit allen meinen Kollegen in der Branche gesprochen. Alle mögen Jill und verpflichten sie, weil sie eine großartige Schauspielerin ist.« Er sprach jetzt schneller, weil er seinen Gesprächspartner unbedingt überzeugen wollte. Wenn Toby Temple je erfuhr, daß Jill mit Eddie geschlafen hatte – ihn Toby Temple *vorgezogen* hatte –, wäre Eddie für immer erledigt. Er *hatte* mit allen ihm bekannten Besetzungschefs gesprochen, und alle waren in derselben Lage wie er. Niemand wollte sich Toby Temple zum Feind machen, und sie waren übereingekommen zu schweigen. »Sie gibt sich mit *niemandem* ab.«

Tobys Stimme wurde ruhiger. »Aha. Dann hat sie wohl so 'ne Art Fimmel, was?«

»Sieht so aus«, meinte Eddie erleichtert.

»O je! Hoffentlich habe ich Sie nicht aufgeweckt.«

»Aber nein, natürlich nicht, Mr. Temple.«

Trotzdem lag Eddie noch lange wach und grübelte darüber nach, was ihm passieren würde, wenn die Wahrheit jemals herauskäme.

Denn dies war Toby Temples Stadt.

Toby und Clifton Lawrence aßen Mittag im Hillcrest Country Club. Der Klub war gegründet worden, weil nur wenige der führenden Landklubs in Los Angeles Juden aufnahmen und die anderen das Verbot der Zulassung so streng einhielten, daß Groucho Marx' zehnjährige Tochter Melinda aus dem Swimmingpool eines dieser Klubs herausgeholt worden war, in den eine nichtjüdische Freundin sie mitgenommen hatte. Als Groucho das erfuhr, rief er den Manager des Klubs an und sagte: »Hören Sie mal – meine Tochter ist nur *Halb*-Jüdin. Würden Sie ihr erlauben, bis zu den Hüften ins Wasser zu gehen?«

Infolge von Zwischenfällen dieser Art gründeten einige wohlhabende Juden, die gern Tennis, Golf und Rommé spielten und den Antisemiten eins auswischen wollten, ihren eigenen Klub, zu dem ausschließlich Juden als Mitglieder zugelassen wurden. Hillcrest entstand inmitten eines herrlichen Parks, einige Meilen von Beverly Hills entfernt, und wurde rasch für seine Gastronomie und die anregendste Unterhaltung in der Stadt bekannt. Nicht-Juden drängten sich danach, dort Mitglied zu werden, und mit einer toleranten Geste beschloß der Ausschuß, einige Nicht-Juden in den Klub aufzunehmen.

Toby saß stets an dem Tisch, an dem die Komiker Hollywoods zusammenkamen, um Witze auszutauschen und sich gegenseitig zu übertreffen. Heute hatte Toby jedoch andere Dinge im Kopf. Er nahm mit Clifton einen Ecktisch. »Ich brauche Ihren Rat, Cliff«, sagte Toby.

Der kleine Agent warf ihm einen überraschten Blick zu. Es war lange her, daß Toby ihn um Rat gefragt hatte. »Selbstverständlich, mein Junge.«

»Es geht um das Mädchen«, begann Toby, und Clifton wußte sofort, was kommen würde. Die halbe Stadt kannte bereits die Geschichte. Es war der größte Witz in Hollywood. Einer der Kolumnisten hatte sie sogar anonym glossiert. Toby hatte es gelesen und geäußert: »Wer mag dieser Schmierfink sein?« Der große Liebhaber war an einem Mädchen in der Stadt hängengeblieben, das ihn abblitzen ließ. Es gab nur eine Möglichkeit, diese Situation zu meistern.

»Jill Castle«, sagte Toby, »erinnern Sie sich an sie? Das junge Ding in der Show.«

»O ja, ein sehr attraktives Mädchen. Was für ein Problem gibt's denn da?«

»Das weiß ich zum Donnerwetter eben nicht«, gestand Toby ein. »Sie scheint was gegen mich zu haben.

Jedesmal, wenn ich mich mit ihr verabreden will, gibt sie mir einen Korb. Ich komme mir allmählich wie der letzte Dreck vor.«

»Warum lassen Sie es dann nicht bleiben?«

»Mann, das ist ja das Verrückte! Ich kann nicht. Unter uns und bei meinem Schwanz gesagt, in meinem ganzen Leben war ich noch nie so scharf auf ein Weibsbild wie jetzt. Ich kann an nichts anderes mehr denken.« Er lächelte beklommen und meinte: »Ich sagte Ihnen ja, es ist verrückt. Sie haben schon manche harte Nuß geknackt, Cliff. Was soll ich tun?«

Einen unbesonnenen Augenblick war Clifton versucht, Toby die Wahrheit zu sagen. Aber er konnte ihm nicht erzählen, daß sein Traummädchen mit jedem Regieassistenten in der Stadt schlief, der ihr eine kleine Rolle geben konnte. Nicht, wenn er Toby als Klienten behalten wollte. »Ich habe eine Idee«, sagte Clifton zögernd. »Meint sie es ernst mit der Schauspielerei?«

»Ja. Sie ist sehr ehrgeizig.«

»Na gut. Dann schicken Sie ihr eine Einladung, die sie annehmen muß.«

»Wie meinen Sie das?«

»Geben Sie eine Party in Ihrem Haus.«

»Ich habe Ihnen doch gerade gesagt, daß sie nicht...«

»Lassen Sie es mich erklären. Laden Sie Filmbosse, Produzenten, Regisseure ein – Leute, die etwas für sie tun könnten. Wenn sie als Schauspielerin wirklich etwas erreichen will, wird sie scharf darauf sein, sie kennenzulernen.«

Toby wählte ihre Nummer. »Hallo, Jill.«

»Wer ist dort?« fragte sie.

Jeder im Land kannte seine Stimme, und sie fragte!

»Toby. Toby Temple.«

»Oh.« In einem Ton, der gar nichts bedeutete.

»Hören Sie, Jill, ich gebe nächsten Mittwochabend eine kleine Party in meinem Haus, und es« – er hörte, wie sie zu einer Ablehnung ansetzte, und fuhr hastig fort – »es werden Sam Winters, der Leiter von Pan-Pacific, und einige andere Filmbosse und mehrere Produzenten und Regisseure dasein. Ich dachte, es wäre wichtig für Sie, diese Leute kennenzulernen. Werden Sie kommen?«

Nach einer kurzen Pause antwortete Jill Castle: »Mittwoch abend. Ja, ich werde kommen. Danke, Toby.«

Und keiner von beiden wußte, daß es eine »Begegnung in Samarra« war.

Auf der Terrasse spielte ein Orchester, während livrierte Kellner Platten mit Cocktailhappen und Champagner herumreichten.

Als Jill mit fünfundvierzigminütiger Verspätung eintraf, eilte Toby an die Tür, um sie zu begrüßen. Sie trug ein schlichtes weißes Seidenkleid, und ihr schwarzes Haar fiel sanft auf ihre Schultern. Sie sah hinreißend aus. Toby konnte die Augen nicht von ihr lassen. Jill wußte, daß sie schön aussah. Sie hatte ihr Haar gewaschen, sich besonders sorgfältig zurechtgemacht und viel Zeit auf ihr Make-up verwendet.

»Es sind eine Menge Leute hier, die Sie kennenlernen sollten.« Toby nahm Jill an der Hand und führte sie durch die große Empfangshalle in den Salon. Jill blieb an der Tür stehen und starrte auf die Gäste. Nahezu jedes Gesicht im Raum war ihr vertraut. Sie kannte sie von den Titelblättern von *Time* und *Life* und *Newsweek* und *Paris Match* und *OGGI* oder hatte sie auf der Leinwand oder dem Bildschirm gesehen. Dies war das *wahre* Hollywood. Dies waren die Filmemacher. Jill hatte es sich tausendmal vorgestellt, mit diesen Leuten zusammenzusein, sich mit ihnen zu unterhalten. Angesichts der Wirklichkeit konnte sie es kaum fassen, daß es tatsächlich eingetreten war.

Toby reichte ihr ein Glas Champagner. Er nahm ihren Arm und führte sie zu einem Mann, der Mittelpunkt einer Gruppe war. »Sam, ich möchte, daß Sie Jill Castle kennenlernen.«

Sam drehte sich um. »Hallo, Jill Castle«, sagte er liebenswürdig.

»Jill, das ist Sam Winters, Häuptling der Pan-Pacific-Studios.«

»Ich weiß, wer Mr. Winters ist«, sagte Jill.

»Jill ist Schauspielerin, Sam, eine verdammt kluge Schauspielerin. Sie könnten sie verwenden. Geben Sie Ihrer Bude ein bißchen Klasse.«

»Ich werde es mir merken«, erwiderte Sam höflich.

Toby griff nach Jills Hand und hielt sie fest. »Kommen Sie, meine Liebe«, sagte er. »Ich möchte, daß Sie alle kennenlernen.«

Noch ehe der Abend vorüber war, hatte Jill drei Filmbosse, ein halbes Dutzend bedeutender Produzenten, drei Regisseure, einige Autoren, mehrere Zeitungs- und Fernsehkolumnisten und ein Dutzend Stars kennengelernt. Während des Dinners saß Jill zur Rechten von Toby. Sie lauschte den verschiedenen Unterhaltungen und genoß das Gefühl, zum erstenmal dazuzugehören.

»... das Dumme an diesen Klassikern ist, daß bei einem Mißerfolg die ganze Gesellschaft draufgehen kann. Fox ist bis über die Ohren verschuldet und muß abwarten, wie *Cleopatra* läuft.«

»... haben Sie schon den neuen Billy-Wilder-Film gesehen? Sensationell!«

»So? Ich fand ihn besser, als er mit Brackett zusammenarbeitete. Brackett ist Klasse.«

»Billy besitzt Intelligenz.«

». . . schickte ich also letzte Woche Peck einen Krimi, und er ist ganz wild darauf. Er sagte, er werde mir in ein oder zwei Tagen endgültig Bescheid geben.«

». . . bekam ich diese Einladung, den neuen Guru, Krishi Pramananada, kennenzulernen. Und was soll ich Ihnen sagen, meine Liebe, es stellte sich heraus, daß ich ihn bereits kannte.«

». . . da will man einen Film mit zwei finanzieren, und in dem Augenblick, wo man die Bürgschaft hat, sind die Kosten durch die Inflation plus die verdammten Gewerkschaften auf drei oder vier gestiegen.«

Millionen, dachte Jill aufgeregt. *Drei oder vier Millionen.* Sie erinnerte sich an die endlosen Unterhaltungen über Pfennigbeträge bei Schwab, wo die Schmarotzer, die Überlebenden, sich gegenseitig mit Krumen von Informationen über die derzeitigen Vorhaben der Studios fütterten. Nun, die Leute an diesem Tisch heute abend waren die *echten* Überlebenden, diejenigen, von denen in Hollywood alles abhing.

Das waren die Leute, die ihre Türen verschlossen gehalten hatten, sich geweigert hatten, ihr eine echte Chance zu geben. Jeder an diesem Tisch hätte ihr helfen können, hätte ihr Leben ändern können, aber keiner hatte auch nur fünf Minuten Zeit für Jill Castle übriggehabt. Sie sah zu einem Produzenten hinüber, der mit einem neuen Musical-Film angab. Er hatte sich geweigert, mit Jill überhaupt zu sprechen.

Am anderen Ende des Tisches war ein berühmter Lustspielregisseur in eine angeregte Unterhaltung mit dem Star seines letzten Films versunken. Er hatte sich geweigert, Jill zu empfangen.

Sam Winters sprach mit dem Direktor einer anderen Gesellschaft. Jill hatte Winters ein Telegramm geschickt, worin sie ihn bat, sich ihren Auftritt in einer Fernsehshow anzusehen. Er hatte sich nicht die Mühe gemacht zu antworten.

Sie würden für ihre Geringschätzung und Kränkungen bezahlen, sie und jeder in dieser Stadt, der sie schäbig behandelt hatte. Selbst jetzt bedeutete sie diesen Leuten hier nichts, aber das würde sich ändern. O ja. Eines Tages würden sie bezahlen.

Das Essen war vorzüglich, aber Jill war zu sehr in Anspruch genommen, als daß sie bemerkte, was sie aß. Nach dem Dinner stand Toby auf und sagte: »Auf jetzt! Wir müssen uns beeilen, sonst fängt der Film ohne uns an.« Jill am Arm, ging er in den großen Vorführraum, wo sie sich einen Film ansehen würden.

Der Raum war so eingerichtet, daß sechzig Personen bequem auf Couchen und in Sesseln die Vorführung ansehen konnten. Ein offener Schrank mit Süßigkeiten stand auf der einen Seite des Eingangs, auf der anderen ein Popcornautomat.

Toby hatte sich neben Jill gesetzt. Sie wußte während der ganzen Vorstellung, daß seine Augen mehr auf ihr als auf der Leinwand ruhten. Als der Film zu Ende war und das Licht anging, wurden Kaffee und Kuchen serviert. Eine halbe Stunde später begann sich die Party aufzulösen. Die meisten Gäste mußten früh in ihren Studios sein.

Toby stand an der Haustür und verabschiedete sich von Sam Winters, als Jill im Mantel herankam. »Wo wollen Sie hin?« fragte Toby. »Ich werde Sie nach Hause bringen.«

»Ich habe meinen eigenen Wagen«, antwortete Jill liebenswürdig. »Herzlichen Dank für den reizenden Abend, Toby.« Damit ging sie.

Toby stand ungläubig da und sah sie fortfahren. Er

hatte aufregende Pläne für den weiteren Verlauf des Abends gehabt. Er wollte Jill nach oben ins Schlafzimmer führen, und – er hatte sogar die Bänder herausgesucht, die er abspielen würde! *Jede Frau, die heute abend hier war, wäre mit Freuden in mein Bett gehopst,* dachte Toby. Und es handelte sich um Stars, nicht um irgendeine dämliche Kleindarstellerin. Jill Castle war einfach zu verdammt blöde, um zu begreifen, was sie ausschlug. Was Toby betraf, war es aus. Er hatte seine Lektion gelernt.

Er würde nie mehr mit Jill sprechen.

Toby rief Jill um neun Uhr am nächsten Morgen an, und es meldete sich der automatische Anrufbeantworter. »Hallo, hier ist Jill Castle. Es tut mir leid, daß ich gerade nicht zu Hause bin. Wenn Sie Ihren Namen und Ihre Telefonnummer angeben, rufe ich Sie nach meiner Rückkehr an. Bitte warten Sie, bis Sie den Signalton hören. Danke.« Dann kam ein scharfes Piep.

Toby stand da und umklammerte den Hörer in seiner Hand, dann schmetterte er ihn auf die Gabel, ohne eine Nachricht zu hinterlassen. Er sollte verdammt sein, wenn er eine Unterhaltung mit einer automatischen Stimme führte. Eine Sekunde später wählte er die Nummer noch einmal. Er lauschte wieder auf das Band und sprach dann: »Sie besitzen den nettesten Stimmenübermittler in der Stadt. Sie sollten ihn einpacken. Normalerweise rufe ich Mädchen, die essen und dann weglaufen, nicht an, aber ich habe beschlossen, in Ihrem Fall eine Ausnahme zu machen. Was haben Sie zum Dinner heu...« Die Verbindung war unterbrochen. Er hatte für das gottverdammte Band zu lange gesprochen. Er erstarrte, weil er nicht wußte, was er tun sollte, und sich wie ein Esel vorkam. Es versetzte ihn in Wut, daß er noch einmal anrufen mußte, aber er wählte die Nummer zum drittenmal und sagte: »Wie ich schon sagte, bevor der Rabbi mich beschnitt, wie wäre es mit einem Dinner heute abend? Ich werde auf Ihren Anruf warten.« Er hinterließ seine Nummer und legte auf.

Toby wartete voll Unruhe den ganzen Tag und hörte nichts von ihr. Um sieben dachte er: *Zum Teufel mit dir. Das war deine letzte Chance, Baby.* Und diesmal war es endgültig. Er holte sein Privattelefonbuch heraus und blätterte es durch. Es stand niemand drin, der ihn interessierte.

26

Es war die phantastischste Rolle in Jills Leben.

Sie hatte keine Ahnung, weshalb Toby gerade sie besitzen wollte, wo er doch jedes Mädchen in Hollywood haben konnte, und es war ihr auch egal. Tatsache blieb, daß er sie wollte. Tagelang war Jill nicht fähig gewesen, an etwas anderes zu denken als an die Dinner-Party und wie jeder – alle diese wichtigen Leute – Toby geschmeichelt hatte. Sie würden alles für ihn tun. Nun mußte Jill einen Weg finden, daß Toby etwas für *sie* tat. Sie wußte, daß sie sehr klug vorgehen mußte. Toby hatte den Ruf, daß er jedes Interesse an einem Mädchen verlor, sobald er es im Bett gehabt hatte. Jill verbrachte viel Zeit damit, darüber nachzudenken, wie sie sich Toby gegenüber verhalten sollte.

Er rief sie jeden Tag an, aber sie ließ eine Woche vergehen, ehe sie seine Einladung zu einem Abendessen annahm. Er war in einer so euphorischen Stimmung, daß im Studio über nichts anderes gesprochen wurde.

»Wenn es so etwas überhaupt gäbe«, sagte Toby zu Clifton, »würde ich annehmen, daß ich verliebt bin. Jedesmal, wenn ich nur an Jill denke, kriege ich eine Erektion.« Er grinste und fügte hinzu: »Und wenn ich eine Erektion kriege, mein Lieber, könnte ich genausogut eine Anschlagtafel auf dem Hollywood Boulevard anbringen.«

Am Abend ihrer ersten Verabredung holte Toby Jill in ihrem Apartment ab und sagte: »Wir haben einen Tisch bei Chasen.« Er war sicher, ihr damit eine Freude zu machen.

»Oh?« Es lag etwas wie Enttäuschung in ihrer Stimme.

Er blinzelte. »Würden Sie gern woanders hingehen?« Es war Sonnabend abend, aber Toby wußte, daß er überall einen Tisch bekommen würde: bei Perino, im Ambassador, im Derby. »Sagen Sie's nur.«

Jill zögerte und sagte dann: »Sie werden lachen.«
»Nein, werde ich nicht.«
»Bei Tommy.«

Toby wurde von einem der Macs am Schwimmbecken massiert, während Clifton Lawrence zusah. »Sie werden es nicht glauben«, erzählte Toby, noch immer verblüfft. »Wir stellten uns in dieser Hamburger-Bude zwanzig Minuten lang an. Wissen Sie, wo zum Teufel Tommy ist? In der Unterstadt von Los Angeles. Die einzigen Leute, die in die Unterstadt von Los Angeles kommen, sind illegale Einwanderer aus Mexiko. Sie ist verrückt. Ich bin bereit, hundert Piepen an sie zu verschwenden, mit französischem Champagner und dem ganzen Getue, und statt dessen kostet mich der Abend zwei Dollar und vierzig Cents. Ich wollte sie danach zu Pip mitnehmen. Wissen Sie, was wir statt dessen taten? Wir gingen am Strand von Santa Monica spazieren. Ich kriegte Sand in meine Guccis. Kein Mensch wandert bei Nacht den Strand entlang.« Er schüttelte voller Bewunderung den Kopf. »Jill Castle. Nehmen Sie ihr das ab?«

»Nein«, sagte Clifton trocken.

»Sie wollte nicht auf einen kleinen Schlummertrunk

zu mir hinaufkommen, so daß ich annahm, ich würde bei ihr eine Schlafstelle finden, logisch?«

»Logisch.«

»Falsch. Sie ließ mich nicht mal über die Türschwelle. Ich bekam einen Kuß auf die Wange und fand mich auf dem Heimweg, allein. Was ist denn das für eine Nacht in der Stadt für Charlie-Superstar?«

»Werden Sie sie wiedersehen?«

»Was denken Sie? Darauf können Sie sich verdammt verlassen!«

Danach waren Toby und Jill beinahe jeden Abend zusammen. Wenn Jill Toby sagte, sie könne ihn nicht sehen, weil sie zu tun habe oder einen Anruf früh am Morgen erwarte, war Toby verzweifelt. Er rief Jill ein Dutzend Mal am Tag an.

Er führte sie in die zauberhaftesten Restaurants und die exklusivsten Privatklubs in der Stadt. Als Gegenleistung nahm Jill ihn in das alte Speisehaus in Santa Monica und das Trancas Inn und das kleine französische Familienbistro namens Taix mit und zu Papa de Carlos und zu allen anderen abgelegenen Orten, die eine hart kämpfende Schauspielerin ohne Geld kennenlernt. Toby war es egal, wohin er ging, solange Jill bei ihm war.

Sie war die erste Person in seinem Leben, die ihm das Gefühl der Einsamkeit zu vertreiben vermochte.

Toby fürchtete sich jetzt beinahe, mit Jill ins Bett zu gehen, aus Angst, die Verzauberung würde weichen. Und trotzdem begehrte er sie mehr, als er jemals in seinem Leben eine Frau begehrt hatte. Einmal, am Ende eines gemeinsam verbrachten Abends, als Jill ihm einen flüchtigen Gutenachtkuß gab, griff er ihr zwischen die Beine und sagte: »Gott, Jill, ich werde noch verrückt, wenn ich dich nicht haben kann.« Sie zog sich zurück und sagte kalt: »Wenn du das willst, kannst du es dir überall in der Stadt für zwanzig Dollar kaufen.« Sie schlug ihm die Tür vor der Nase zu. Danach lehnte sie sich an die Tür, zitternd vor Furcht, daß sie zu weit gegangen sein könnte. Sie lag die ganze Nacht wach und grübelte.

Am nächsten Tag schickte Toby ihr ein Brillantarmband, und Jill wußte, daß alles in Ordnung war. Sie sandte das Armband mit ein paar Worten zurück, die sie sich sorgfältig überlegt hatte: »Trotzdem – vielen Dank. Du gibst mir das Gefühl, sehr schön zu sein.«

»Es hat mich dreitausend gekostet«, sagte Toby stolz zu Clifton, »und sie schickt es zurück!« Er schüttelte ungläubig den Kopf. »Was halten Sie von einem solchen Mädchen?«

Clifton hätte ihm genau sagen können, was er von ihr hielt, aber alles, was er sagte, war: »Sie ist in der Tat ungewöhnlich, mein Lieber.«

»Ungewöhnlich!« rief Toby aus. »Jedes Weibsstück in dieser Stadt ist scharf auf alles, worauf es seine heißen kleinen Hände legen kann. Jill ist das erste Mädchen, das ich kennengelernt habe, das sich einen Dreck um materielle Dinge schert. Machen Sie mir einen Vorwurf, daß ich verrückt nach ihr bin?«

»Nein«, sagte Clifton. Aber er machte sich Sorgen. Er wußte alles über Jill und fragte sich, ob er nicht früher hätte deutlich werden sollen.

»Ich hätte nichts dagegen, wenn Sie Jill als Klientin annehmen würden«, sagte Toby zu Clifton. »Ich wette, sie könnte ein großer Star werden.«

Clifton parierte das geschickt, aber bestimmt: »Nein, danke, Toby. Ein Superstar am Hals ist genug«, sagte er lachend.

Am Abend wiederholte Toby diese Bemerkung Jill gegenüber.

Nach seinem erfolglosen Versuch achtete Toby darauf, das Thema Bett nicht mehr anzuschneiden. Und wenn er ehrlich war, mußte er zugeben, daß er stolz auf Jill war, weil sie sich ihm verweigerte. Alle anderen Mädchen, mit denen er gegangen war, waren Fußmatten gewesen. Jill nicht. Wenn Toby etwas tat, was Jill nicht für richtig hielt, sagte sie ihm das. Eines Abends fuhr Toby einen Mann an, der ihn wegen eines Autogramms belästigte. Später sagte Jill: »Wenn du auf der Bühne sarkastisch bist, Toby, bist du komisch, aber diesen Mann hast du beleidigt.«

Toby war zurückgegangen und hatte sich bei dem Mann entschuldigt.

Jill sagte ihm auch, daß das viele Trinken nicht gut für ihn sei. Er setzte seinen Alkoholkonsum herab. Sie machte gelegentlich eine kritische Bemerkung über seine Anzüge, und er wechselte die Schneider. Toby erlaubte Jill, Dinge zu sagen, die er von niemandem sonst in der Welt hingenommen hätte. Niemand hatte je gewagt, ihn herumzukommandieren oder zu kritisieren.

Ausgenommen natürlich seine Mutter.

Jill weigerte sich, von Toby Geld oder teure Geschenke anzunehmen, aber er wußte, daß sie nicht viel Geld haben konnte, und ihre Haltung machte ihn noch stolzer auf sie.

Eines Abends, als Toby in Jills Apartment darauf wartete, daß sie sich zu einem Dinner umzog, bemerkte er einen Stapel Rechnungen im Wohnzimmer. Toby steckte sie in die Tasche und wies Clifton am nächsten Tag an, sie zu bezahlen. Toby kam sich vor, als hätte er einen Sieg errungen. Aber er wollte etwas Großes, etwas Entscheidendes für Jill tun.

Und plötzlich wußte er, was er tun würde.

»Sam – ich möchte Ihnen einen ganz großen Gefallen tun!«

Vorsicht vor Stars, die einem Geschenke machen wollen, dachte Sam Winters gequält.

»Sie haben wie verrückt nach einem Mädchen für Kellers Film gesucht, stimmt's?« fragte Toby. »Nun, ich habe eines für Sie.«

»Eine, die ich kenne?« fragte Sam.

»Sie haben sie in meinem Haus kennengelernt. Jill Castle.«

Sam erinnerte sich an Jill. Schönes Gesicht, gute Figur und schwarzes Haar. Viel zu alt, um den Teenager in dem Keller-Film zu spielen. Aber wenn Toby Temple durchaus wollte, daß man Probeaufnahmen von ihr machte, würde Sam ihm den Gefallen tun. »Schicken Sie sie heute nachmittag zu mir«, sagte er.

Sam sorgte dafür, daß bei Jill Castles Probeaufnahmen sorgfältig gearbeitet wurde. Man gab ihr einen der besten Kameramänner des Studios, und Keller leitete persönlich die Probe.

Sam sah sich am nächsten Tag die Aufnahmen an. Wie er vermutet hatte, war Jill zu reif für die Rolle. Davon abgesehen, war sie nicht schlecht. Was ihr fehlte, war Charisma, der Zauber, der von der Leinwand ausstrahlt.

Er rief Toby Temple an. »Ich habe mir heute früh Jills Probeaufnahmen angesehen, Toby. Sie ist fotogen, und sie kann ihren Text sprechen, aber sie ist keine Hauptdarstellerin. Sie könnte mit kleineren Rollen Erfolg haben; wenn sie allerdings ihr Herz daran hängt, ein Star zu werden, ist sie, glaube ich, auf dem falschen Dampfer.«

Toby holte Jill an jenem Abend ab, um sie zu einem Essen zu Ehren eines berühmten englischen Regisseurs, der eben in Hollywood eingetroffen war, mitzunehmen. Jill hatte sich sehr darauf gefreut.

Sie öffnete Toby die Tür, und im selben Augenblick, in dem er eintrat, wußte sie, daß etwas nicht stimmte. »Du hast etwas über meine Probeaufnahmen erfahren«, sagte sie.

Er nickte widerstrebend. »Ich habe mit Sam Winters gesprochen.« Er erzählte ihr, was Sam gesagt hatte, und versuchte, den Schlag zu mildern.

Jill stand da, hörte zu und sagte kein Wort. Sie war ihrer Sache so *sicher* gewesen. Die Rolle hatte so *richtig* geschienen. Wie aus dem Nichts kam die Erinnerung an den goldenen Pokal im Schaufenster des Warenhauses. Das kleine Mädchen hatte vor Verlangen und Verlust Schmerzen gelitten; Jill spürte jetzt dieselbe Verzweiflung.

Toby sagte: »Hör zu, Liebling, mach dir keine Sorgen. Winters weiß nicht, wovon er redet.«

O ja, er *wußte* es! Sie würde es nicht schaffen. All die Qual und der Schmerz und die Hoffnung waren umsonst gewesen. Es war, als ob ihre Mutter recht behalten hätte und ein rächender Gott Jill für etwas strafte, von dem sie nicht wußte, was es war. Sie konnte den Prediger schreien hören: *Seht ihr dieses kleine Mädchen? Es wird für seine Sünden in der Hölle brennen, wenn es seine Seele nicht Gott anempfiehlt und bereut.* Sie war voll guten Willens und mit vielen Träumen in diese Stadt gekommen, und die Stadt hatte sie gedemütigt.

Sie wurde von unerträglicher Trauer überwältigt und war sich nicht bewußt, daß sie schluchzte, bis sie Tobys Arm um sich fühlte.

»Scht! Es ist ja alles in Ordnung«, sagte er, und seine Sanftmut bewirkte, daß sie noch mehr weinte.

Und während er sie in den Armen hielt, erzählte sie ihm davon, daß ihr Vater gestorben war, als sie geboren wurde, und von dem goldenen Pokal und den Missionsabenden und den Kopfschmerzen und den mit Entsetzen erfüllten Nächten, während sie darauf wartete, daß Gott sie erschlug. Sie erzählte ihm von den unzähligen trostlosen Jobs, die sie angenommen hatte, um Schauspielerin zu werden, und von den Serien von Niederlagen. Ein tiefverwurzelter Instinkt hinderte sie, die Männer in ihrem Leben zu erwähnen. Obgleich sie angefangen hatte, mit Toby ein Spiel zu spielen, war sie jetzt jenseits aller Arglist. In diesem Augenblick tiefsten Verletztseins drang sie zu ihm durch. Sie berührte eine tief in ihm verborgene Saite, die kein anderer je angeschlagen hatte.

Er trocknete ihre Tränen mit seinem Taschentuch. »Ja, wenn du glaubst, daß du es schwer gehabt hast«, sagte er, »dann hör dir *das* an. Mein Alter war Fleischer und...«

Sie unterhielten sich bis drei Uhr morgens. Es war das erstemal in seinem Leben, daß Toby mit einer Frau wie mit einem menschlichen Wesen sprach. Er verstand sie. Wie konnte er sie nicht verstehen; sie war wie er.

Keiner von ihnen wußte, wer den ersten Schritt getan hatte. Was als ein sanfter Versuch des Tröstens begonnen hatte, wurde langsam zu sinnlichem, animalischem Begehren. Sie küßten sich gierig, und er hielt sie fest. Sie konnte seine Männlichkeit an sich spüren. Sie verlangte nach ihm, und er zog sie aus, und sie half ihm, und dann war er nackt in der Dunkelheit neben ihr, und es war ein Drängen in ihnen beiden. Sie legten sich auf den Boden. Toby drang in sie ein, und Jill stöhnte über seine Größe, und Toby fing schon an, sich zurückzuziehen. Aber sie zog ihn dichter an sich heran und hielt ihn fest. Er umarmte sie, füllte sie völlig aus. Er war sanft und liebevoll, führte sie von einem Höhepunkt zum anderen, und Jill schrie: »Liebe mich, Toby! Liebe mich, liebe mich!« Sein zuckender Körper war auf ihr und in ihr, war Teil von ihr, und sie waren eins.

Sie liebten sich die ganze Nacht und unterhielten sich und lachten, und es war, als hätten sie immer zueinander gehört.

Wenn Toby schon vorher geglaubt hatte, Jill gern zu haben, so war er jetzt gerade zu verrückt nach ihr. Sie lagen im Bett, und er hielt sie schützend in den Armen, und er dachte erstaunt: *So also ist Liebe.* Er drehte sich um und blickte sie an. Sie sah warm und zerzaust aus und war atemberaubend schön, und er hatte nie jemanden so sehr geliebt. Er sagte: »Ich möchte dich heiraten.«

Es war die natürlichste Sache der Welt.

Sie drückte ihn zärtlich an sich und sagte: »O ja, Toby.« Sie liebte ihn und würde ihn heiraten.

Und erst nach Stunden erinnerte sich Jill, warum all dies überhaupt angefangen hatte. Sie hatte Tobys Macht gewollt. Sie hatte es allen Leuten heimzahlen wollen, die sie ausgenutzt, verletzt, erniedrigt hatten. Sie hatte Rache gewollt.

Jetzt würde sie sie bekommen.

27

Clifton Lawrence war in Schwierigkeiten. Er nahm an, daß es irgendwie seine eigene Schuld war; er hatte die Dinge zu weit treiben lassen. Er saß an Tobys Bar, und Toby sagte: »Ich habe ihr heute morgen einen Heiratsantrag gemacht, Cliff, und sie hat ja gesagt. Ich komme mir wie ein sechzehnjähriger Junge vor.«

Clifton versuchte, seinen Schock nicht sichtbar werden zu lassen. Er mußte diese Angelegenheit außerordentlich behutsam behandeln. Eines aber wußte er: Er konnte dieses kleine Luder nicht Toby Temple heiraten lassen. In dem Augenblick, in dem das Aufgebot erschien, würde jeder Schwanz in Hollywood aus dem Balkenwerk kriechen und melden, daß er zuerst da hineingekommen sei. Es war ein Wunder, daß Toby noch nichts über Jill erfahren hatte, aber es konnte ihm nicht für alle Zeiten verborgen bleiben. Wenn er die Wahrheit erführe, würde Toby morden. Er würde auf jeden in seiner Nähe einschlagen, auf jeden, der erlaubt hatte, daß ihm dies widerfuhr, und Clifton Lawrence wäre der erste, der die volle Wucht seines Zorns zu spüren bekäme. Nein, Clifton konnte diese Heirat nicht zulassen. Er fühlte sich versucht, darauf hinzuweisen, daß Toby zwanzig Jahre älter als Jill war, aber er hielt an sich. Er blickte zu Toby hinüber und sagte vorsichtig: »Es wäre vielleicht nicht gut, die Dinge zu überstürzen. Es braucht eine gewisse Zeit, einen Menschen wirklich kennenzulernen. Vielleicht ändern Sie Ihre...«

Toby schob das beiseite. »Sie werden mein Trauzeuge sein. Glauben Sie, wir sollten die Hochzeit hier oder in Las Vegas stattfinden lassen?«

Clifton wußte, daß er in den Wind redete. Es gab nur eine Möglichkeit, diese Katastrophe zu verhindern. Er mußte einen Weg finden, Jill zu bremsen.

Am selben Nachmittag rief der kleine Agent Jill an und bat sie, in sein Büro zu kommen. Sie kam eine Stunde zu spät, ließ sich auf die Wange küssen, setzte sich auf den Rand der Couch und sagte: »Ich habe nicht viel Zeit. Ich bin mit Toby verabredet.«

»Es wird nicht lange dauern.«

Clifton musterte sie. Das war eine andere Jill. Sie hatte beinahe keine Ähnlichkeit mehr mit dem Mädchen, das er vor ein paar Monaten kennengelernt hatte. Sie besaß jetzt ein Selbstvertrauen, eine Selbstsicherheit, die sie früher nicht gehabt hatte. Nun, er hatte mit solchen Mädchen mehr als einmal zu tun gehabt.

»Jill, ich will mit offenen Karten spielen«, sagte Clifton. »Sie sind eine Gefahr für Toby. Ich möchte, daß Sie aus Hollywood verschwinden.« Er nahm einen weißen Umschlag aus einer Schublade. »Hier sind fünftausend Dollar in bar. Das ist genug, um überallhin zu gelangen, wohin Sie wollen.«

Sie starrte ihn einen Augenblick an, einen überraschten Ausdruck auf dem Gesicht, dann lehnte sie sich auf der Couch zurück und lachte.

»Ich scherze nicht«, sagte Clifton Lawrence. »Glauben Sie, daß Toby Sie heiraten würde, wenn er herausfände, daß Sie mit allen und jedem in der Stadt ins Bett gegangen sind?«

Sie blickte Clifton einen langen Augenblick an. Sie hätte ihm gern gesagt, daß *er* für alles, was ihr passiert war, die Verantwortung trug. Er und alle die anderen Leute an der Macht, die es abgelehnt hatten, ihr eine Chance zu geben. Sie hatten sie gezwungen, mit ihrem Körper, ihrem Stolz, ihrer Seele zu bezahlen. Aber sie wußte, er würde sie nie verstehen. Er versuchte, sie zu bluffen. Er würde es nicht wagen, Toby etwas über sie zu erzählen; sein Wort würde gegen das ihre stehen.

Jill erhob sich und ging.

Eine Stunde später erhielt Clifton einen Anruf von Toby.

Clifton hatte Toby noch nie so aufgeregt gehört. »Ich weiß nicht, was Sie Jill gesagt haben, Mann, aber ich muß es Ihnen zuschreiben – sie will nicht warten. Wir sind im Begriff, nach Las Vegas zu fliegen, um zu heiraten!«

Die Lear-Jet war 35 Meilen vom Los Angeles International Airport entfernt und machte 250 Meilen. David Kenyon nahm Kontakt mit der LA-Anflug-Kontrolle auf und gab ihr seine Position durch.

David war bester Laune. Er war auf dem Weg zu Jill.

Cissy hatte sich von den meisten Verletzungen, die sie sich bei dem Autounfall zugezogen hatte, erholt, aber ihr Gesicht war schlimm zugerichtet worden. David hatte sie zu dem besten Chirurgen der Welt für plastische Operationen geschickt, einem Arzt in Brasilien. Sie war sechs Wochen weg, und in dieser Zeit hatte sie ihm glühende Berichte über den Arzt geschickt.

Vor vierundzwanzig Stunden hatte Cissy ihn angerufen und ihm mitgeteilt, daß sie nicht zurückkehren würde. Sie hatte sich verliebt.

David konnte gar nicht an sein Glück glauben.

»Das ist – das ist wundervoll«, brachte er stammelnd heraus. »Ich hoffe, du und der Arzt, ihr werdet glücklich sein.«

»Oh, es ist nicht der Doktor«, erwiderte Cissy. »Es ist jemand, der hier eine kleine Plantage hat. Er sieht genauso aus wie du, David. Der einzige Unterschied ist der, daß er mich liebt.«

Das Knattern des Funkgeräts unterbrach seine Gedanken. »Lear Drei Alpha Papa, hier ist die Los-Angeles-Anflug-Kontrolle. Alles klar für den Anflug auf Landebahn fünfundzwanzig links. Hinter Ihnen folgt eine United Sieben-Null-Sieben. Nach der Landung rollen Sie bitte zur Rampe rechts von Ihnen.«

»Okay.« David begann herunterzugehen, und sein Herz fing an zu klopfen. Er war auf dem Weg zu Jill, um ihr zu sagen, daß er sie noch immer liebe, und um sie zu bitten, ihn zu heiraten.

Er durchquerte die Flughafenhalle, als er an einem Zeitungsstand vorüberkam und die Schlagzeile las: TOBY TEMPLE HEIRATET SCHAUSPIELERIN. Er las die Geschichte zweimal, drehte sich dann um und ging in die Flughafenbar.

Er war drei Tage lang betrunken und flog dann nach Texas zurück.

28

Es waren Flitterwochen wie aus dem Bilderbuch. Toby und Jill flogen in einem Privat-Jet nach Las Hadas, wo sie Gäste der Patinos auf ihrem märchenhaften Besitz waren, der aus dem mexikanischen Dschungel und dem Strand herausgemeißelt schien. Man gab den Jungverheirateten eine Privatvilla, umgeben von Kakteen, Hibiskussträuchern und Bougainvilleen in den leuchtendsten Farben, wo exotische Vögel ihnen die ganze Nacht Ständchen brachten. Sie verbrachten zehn Tage mit Ausflügen, Jachtfahrten und Einladungen zu Partys. Sie wurden im Legazpi mit den köstlichsten Speisen verwöhnt und schwammen in Süßwasserpools. Jill kaufte in den exquisiten Boutiquen am Plaza ein.

Von Mexiko flogen sie nach Biarritz, wo sie im Hotel du Palais wohnten, dem eindrucksvollen Palast, den Napoleon III. für seine Kaiserin Eugenie bauen ließ. Die Hochzeitsreisenden spielten im Casino, gingen zu den Stierkämpfen und zum Fischen und liebten sich die ganze Nacht.

Von der baskischen Küste fuhren sie ostwärts nach Gstaad, rund tausend Meter über dem Meer im Berner Oberland gelegen. Sie machten Rundflüge zwischen den Berggipfeln, glitten über den Mont Blanc und das Matterhorn hinweg. Sie liefen auf Skiern die blendendweißen

Hänge hinab, fuhren in Hundeschlitten, gingen zu Fondueparties und tanzten. Toby war noch nie so glücklich gewesen. Er hatte die Frau gefunden, die sein Leben vollkommen machte. Er war nicht mehr einsam.

Toby hätte die Flitterwochen ewig weitergehen lassen können, aber Jill zog es nach Hause zurück. Sie war an keinem dieser Orte, auch nicht an diesen Leuten interessiert. Sie fühlte sich wie eine neugekrönte Königin, die von ihrem Land ferngehalten wird. Jill Castle brannte darauf, nach Hollywood zurückzukehren.

Mrs. Toby Temple hatte Rechnungen zu begleichen.

Drittes Buch

29

Es gibt einen Geruch, der den Mißerfolg begleitet. Es ist ein Gestank, der wie ein Krankheitserreger haftet. So wie Hunde die Angst eines Menschen wittern, spüren die Leute instinktiv, wenn ein Mann auf dem Weg nach unten ist. Ganz besonders in Hollywood.

Jeder wußte, daß Clifton Lawrence erledigt war, noch bevor er selbst es wußte. Man konnte es überall in seinem Umkreis riechen.

Clifton hatte in der Woche nach ihrer Rückkehr aus den Flitterwochen weder von Toby noch von Jill etwas gehört. Er hatte ein teures Geschenk geschickt und drei telefonische Nachrichten hinterlassen, die unbeantwortet geblieben waren. Jill. Wer weiß, was sie gesagt hatte, um Toby gegen ihn einzunehmen, doch Clifton wußte, daß er einen Waffenstillstand erwirken mußte. Er und Toby bedeuteten einander zuviel, als daß jemand zwischen sie treten durfte.

Clifton fuhr eines Morgens, als er wußte, daß Toby im Studio sein würde, zu ihrem Haus hinaus. Jill sah ihn die Auffahrt heraufkommen und öffnete ihm die Tür. Sie sah verwirrend schön aus, und er sagte es ihr. Sie war liebenswürdig. Sie saßen im Garten und tranken Kaffee, und sie erzählte ihm von der Hochzeitsreise und wo sie überall gewesen waren. Sie sagte: »Es tut mir leid, daß

Toby Ihre Anrufe nicht erwidert hat, Cliff. Sie glauben gar nicht, wie es hier zugeht.« Sie lächelte entschuldigend, und da wußte Clifton, daß er sich in ihr geirrt hatte. Sie war nicht sein Feind.

»Ich wünsche mir, daß wir neu beginnen und Freunde werden«, sagte er.

»Danke, Cliff. Ich auch.«

Clifton überkam ein Gefühl unendlicher Erleichterung. »Ich möchte eine Dinner-Party für Sie und Toby geben. Ich werde mir den Gesellschaftsraum vom *Bistro* reservieren lassen. Sonnabend in einer Woche. Smoking und hundert Ihrer besten Freunde. Was halten Sie davon?«

»Wunderbar. Toby wird sich freuen.«

Jill wartete bis zum Nachmittag der Party, rief dann an und sagte: »Es tut mir schrecklich leid, Cliff, ich fürchte, ich kann am heutigen Abend nicht dabeisein. Ich bin ein wenig müde. Toby meint, ich sollte zu Hause bleiben und mich ausruhen.«

Clifton gelang es, seine Erregung zu beherrschen. »Das tut mir sehr leid, Jill, aber ich verstehe es natürlich. Toby wird doch kommen können, nicht wahr?«

Er hörte ihren Seufzer durch das Telefon. »Ich fürchte, nein, lieber Freund. Er würde nie ohne mich irgendwohin gehen. Ich wünsche Ihnen eine nette Party.« Und sie legte auf.

Es war zu spät, die Party abzusagen. Die Rechnung betrug dreitausend Dollar. Aber sie kostete Clifton mehr als das. Er war von seinem Ehrengast, seiner Nummer eins und einzigem Klienten, versetzt worden, und jeder Eingeladene, die Filmbosse, die Stars, die Regisseure, alle Leute, die in Hollywood zählten, wußten das. Clifton versuchte, es mit der Entschuldigung zu vertuschen,

Toby fühle sich nicht wohl. Er hätte nichts Schlimmeres sagen können. Als er am nächsten Nachmittag den *Herald Examiner* in die Hand nahm, stieß er auf ein Bild von Mr. und Mrs. Toby Temple, aufgenommen am Abend zuvor beim Baseball im *Dodgers Stadium*.

Clifton Lawrence wußte nun, daß er um seine Existenz kämpfte. Wenn Toby ihn fallenließ, würde niemand mehr zu ihm kommen. Keine der großen Agenturen würde mit ihm verhandeln, weil er keine Klienten mehr anzubieten hatte; und der Gedanke war unerträglich, alles wieder aus eigener Kraft aufbauen zu müssen. Dazu war es zu spät. Er *mußte* einen Weg finden, Frieden mit Jill zu schließen. Er rief Jill an und sagte ihr, daß er zu ihr kommen und mit ihr sprechen wollte.

»Natürlich«, erwiderte sie. »Ich sagte gerade gestern abend noch zu Toby, daß wir Sie in der letzten Zeit viel zu selten gesehen haben.«

»Ich werde in fünfzehn Minuten dasein«, versprach Clifton. Er ging zur Hausbar hinüber und goß sich einen doppelten Scotch ein.

Das hatte er in letzter Zeit zu oft getan. Es war eine schlechte Angewohnheit, während eines Arbeitstages zu trinken, aber wem machte er etwas vor? Was für eine Arbeit? Er erhielt täglich Angebote für Toby, aber es gelang ihm nicht, den großen Mann in den Sessel zu bekommen, geschweige denn, die Angebote mit ihm zu besprechen. Früher hatten sie über alles gesprochen. Er erinnerte sich an die herrliche Zeit, die sie miteinander verbracht hatten, an ihre Tourneen, die Partys und das Lachen und die Mädchen. Sie waren wie Zwillinge gewesen. Toby hatte ihn gebraucht, hatte auf ihn gezählt. Und nun . . . Clifton goß sich noch etwas ein und sah befriedigt, daß seine Hände nicht mehr so zitterten.

Als Clifton im Haus der Temples eintraf, saß Jill auf der Terrasse und trank Kaffee. Sie blickte auf und lächelte, als er auf sie zukam. *Du bist ein Geschäftsmann,* sagte Clifton zu sich selbst. *Du mußt sie überzeugen.*

»Nett, Sie zu sehen, Cliff. Setzen Sie sich, bitte.«

»Danke, Jill.« Er nahm ihr gegenüber an dem breiten schmiedeeisernen Tisch Platz und musterte sie. Sie trug ein weißes Sommerkleid, und der Kontrast zu ihrem schwarzen Haar über der sonnengebräunten Haut war phantastisch. Sie sah jünger aus und – er konnte es nur so bezeichnen – in gewisser Weise unschuldig. Sie sah ihn mit warmen, freundlichen Augen an.

»Kann ich Ihnen irgend etwas anbieten, Cliff?«

»Nein, danke. Ich habe gerade erst gefrühstückt.«

»Toby ist nicht da.«

»Ich weiß. Ich wollte mit Ihnen allein sprechen.«

»Was kann ich für Sie tun?«

»Meine Entschuldigung annehmen«, bat Clifton eindringlich. Nie in seinem Leben hatte er jemanden um etwas gebeten, und nun befand er sich in der Rolle eines Bittstellers. »Wir – ich bin wohl mit dem linken Fuß aufgestanden. Vielleicht war es mein Fehler. Wahrscheinlich sogar. Toby ist so lange mein Klient und Freund gewesen, daß ich – ich wollte ihn beschützen. Können Sie das verstehen?«

Jill, die braunen Augen fest auf ihn gerichtet, nickte und sagte: »Natürlich, Cliff.«

Er holte tief Luft. »Ich weiß nicht, ob er Ihnen je die Geschichte erzählt hat, aber ich war es, der Toby den Aufstieg ermöglichte. Als ich ihn zum erstenmal sah, wußte ich sofort, daß er ein großer Star werden würde.« Er sah, daß sie ihm aufmerksam zuhörte. »Ich war damals für viele bedeutende Klienten tätig, Jill. Ich ließ sie alle sausen, um mich ausschließlich Tobys Karriere zu widmen.«

»Toby hat mir erzählt, wieviel Sie für ihn getan haben«, sagte sie.

»Wirklich?« Er verachtete sich für die Begierde in seiner Stimme.

Jill lächelte. »Er erzählte mir von dem Tag, als er Ihnen vormachte, Sam Goldwyn würde Sie anrufen, und daß Sie trotzdem hingingen, um sich Toby anzusehen. Das war nett.«

Clifton beugte sich vor und sagte: »Ich möchte nicht, daß irgend etwas die Beziehung zwischen Toby und mir beeinträchtigt. Ich stecke in der Klemme und brauche Sie. Ich bitte Sie, alles zu vergessen, was zwischen uns gewesen ist. Ich bitte um Entschuldigung für mein Verhalten. Ich glaubte, Toby schützen zu müssen. Nun, ich hatte unrecht. Ich glaube, Sie werden eine großartige Frau für ihn sein.«

»Das wünsche ich mir. Von ganzem Herzen.«

»Wenn Toby mich fallenläßt, ich – ich glaube, es würde mich umbringen. Ich spreche jetzt nicht vom Geschäft. Er und ich haben – er ist wie ein Sohn für mich. Ich liebe ihn.« Er verachtete sich dafür, aber er hörte sich wieder bitten: »Jill, um Himmels willen...« Er brach mit erstickter Stimme ab.

Sie blickte ihn lange mit ihren tiefbraunen Augen an und streckte ihm dann die Hand hin. »Ich hege keinen Groll. Können Sie morgen abend zum Dinner kommen?«

Clifton atmete tief ein, lächelte dann glücklich und sagte: »Danke.« Seine Augen waren plötzlich feucht. »Ich – ich werde Ihnen das nie vergessen. Niemals.«

Als Clifton am nächsten Morgen sein Büro betrat, fand er einen Einschreibebrief vor, der ihn davon in Kenntnis setzte, daß seine Mitarbeit nicht mehr benötigt werde und daß er nicht mehr berechtigt sei, Toby Temple als Agent zu vertreten.

30

Jill Castle war das Aufregendste, was Hollywood seit der Erfindung des Kinos erlebt hatte. In einer Gesellschaft, wo jeder das Spiel von des Kaisers neuen Kleidern spielte, benutzte Jill ihre Zunge wie eine Sense. In einer Stadt, in der die Schmeichelei Grundlage jeder Unterhaltung war, sagte Jill furchtlos ihre Meinung. Sie hatte Toby an ihrer Seite, und sie schwang seine Macht wie eine Keule, attackierte alle wichtigen Studioleiter. So etwas hatten sie noch nicht erlebt. Sie wagten nicht, Jill zu beleidigen, weil sie Toby nicht beleidigen wollten. Er war Hollywoods kreditwürdigster Star, und sie wollten ihn, sie brauchten ihn.

Toby war erfolgreicher denn je. Seine Fernsehshow hielt immer noch Platz eins bei der wöchentlichen Einschaltquote, seine Filme brachten enormes Geld, und wenn Toby in Las Vegas spielte, verdoppelten die Kasinos ihre Gewinne. Toby war die heißeste Ware im Showgeschäft. Sie wollten ihn für Gastrollen, Plattenalben, persönliche Auftritte, für Werbung, Benefizveranstaltungen, Unterhaltungsfilme – sie wollten, sie wollten, sie wollten.

Die wichtigsten Leute in der Stadt überschlugen sich, Toby zu gefallen. Sie begriffen schnell, daß der Weg, Toby zu gefallen, über Jill führte. Sie begann, alle Verabredungen und Termine für Toby selber zu planen und sein Leben zu organisieren, so daß nur für diejenigen Raum darin war, die ihr paßten. Sie hatte eine unüberwindliche Mauer um ihn errichtet, und nur die Reichen, die Berühmten und die Mächtigen durften passieren. Sie war der Gralshüter. Das kleine polnische Mädchen aus Odessa, Texas, empfing und war Gast von Gouverneuren, Botschaftern, berühmten Künstlern und dem Präsidenten der Vereinigten Staaten. Diese Stadt hatte ihr Schreckliches angetan. Aber das würde nie mehr geschehen. Nicht, solange sie Toby hatte.

Die Menschen, die sich wirklich in Schwierigkeiten befanden, waren diejenigen, die auf Jills Abschußliste standen.

Sie lag mit Toby im Bett und ließ ihre ganze Sinnlichkeit spielen. Als Toby entspannt und verausgabt war, schmiegte sie sich in seine Arme und sagte: »Darling, habe ich dir eigentlich schon von der Zeit erzählt, als ich auf der Suche nach einem Agenten war und zu dieser Frau ging – wie hieß sie doch gleich? – o ja! Rose Dunning. Sie sagte mir, sie habe eine Rolle für mich, und sie setzte sich auf ihr Bett, um den Text mit mir zu lesen.«

Toby wandte sich um und sah sie mit zusammengekniffenen Augen an. »Was ist passiert?«

Jill lächelte. »Dumm und unschuldig, wie ich war, fühlte ich, während ich las, ihre Hand meinen Schenkel hinaufstreichen.« Jill warf den Kopf zurück und lachte. »Ich war zu Tode erschrocken. Ich bin nie in meinem Leben so schnell gerannt.«

Zehn Tage später wurde Rose Dunnings Agenturlizenz von der Zulassungskommission der Stadt auf Dauer widerrufen.

Am folgenden Wochenende waren Toby und Jill in ihrem Haus in Palm Springs. Toby lag auf einem Massagetisch im Patio, ein türkisches Handtuch unter sich, während Jill ihm eine lange, entspannende Massage zuteil werden ließ. Toby lag auf dem Rücken, Wattebäusche schützten seine Augen gegen die starken Sonnenstrahlen. Jill massierte seine Füße mit einer halbcremigen Lotion ein.

»Du hast mir wahrhaftig die Augen über Cliff geöffnet«, sagte Toby. »Er war nichts als ein Parasit, der mich aussaugte. Wie ich höre, läuft er in der Stadt herum und versucht, einen Partnerschaftsvertrag zu kriegen. Niemand will ihn haben. Ohne mich kann er sich nicht mal verhaften lassen.«

Jill zögerte einen Augenblick und sagte: »Cliff tut mir leid.«

»Das ist die gottverdammte Schwierigkeit mit dir, Liebling. Du denkst mit dem Herzen, statt mit dem Kopf. Du mußt härter werden.«

Jill lächelte. »Ich kann nichts dafür. So bin ich eben.« Sie begann, an Tobys Beinen zu arbeiten, ihre Hände strichen mit leichten, seine Sinne weckenden Bewegungen langsam seine Schenkel hinauf. Er bekam eine Erektion.

»O Gott«, stöhnte er.

Ihre Hände bewegten sich höher hinauf, auf Tobys Leisten zu. Sie glitt mit den Händen zwischen seine Schenkel, unter ihn und schob einen cremigen Finger in seinen Anus. Sein Penis wurde steinhart. »Schnell, Baby«, verlangte er. »Leg dich auf mich.«

Sie waren auf See, mit der *Jill,* dem großen Motorsegler, den Toby ihr gekauft hatte. Tobys erste Fernsehshow der neuen Saison sollte am folgenden Tag aufgezeichnet werden.

»Das ist der schönste Urlaub, den ich in meinem ganzen Leben gehabt habe«, sagte Toby. »Ich hasse es, wieder an die Arbeit zu gehen.«

»Es ist eine wundervolle Show«, sagte Jill. »Es hat mir so viel Spaß gemacht, sie vorzubereiten. Alle waren so nett.« Sie verstummte kurz und fügte wie beiläufig hinzu: »*Fast alle.*«

»Was meinst du damit?« Tobys Stimme klang scharf. »Wer war nicht nett zu dir?«

»Niemand, Liebling. Ich hätte es nicht erwähnen sollen.«

Aber schließlich erlaubte sie Toby, es ihr zu entlocken, und am nächsten Tag wurde Eddie Berrigan, der Besetzungschef, gefeuert.

In den folgenden Monaten erfand Jill diese und jene Geschichte über weitere Besetzungschefs auf ihrer Liste, und einer nach dem anderen verschwand. Jeder, der sie einst ausgenutzt hatte, würde büßen müssen. Es war, dachte sie, wie beim Paarungsritus mit der Bienenkönigin. Sie hatten alle ihr Vergnügen gehabt, und jetzt mußten sie sterben.

Sie nahm Sam Winters aufs Korn, den Mann, der Toby gesagt hatte, sie habe kein Talent. Sie sagte nie ein Wort gegen ihn; im Gegenteil, sie lobte ihn Toby gegenüber. Aber sie lobte immer andere Studio-Chefs ein kleines bißchen mehr ... Die anderen Gesellschaften hatten Programme, die für Toby besser geeignet waren ... Regisseure, die ihn wirklich verstanden. Jill fügte hinzu, sie könne sich nicht helfen, aber sie glaube, daß Sam Winters Tobys Talent nicht wirklich schätze. In Kürze war auch Toby dieser Meinung. Nachdem Clifton Lawrence fort war, hatte Toby niemanden mehr, mit dem er sich unterhalten konnte, außer Jill. Als Toby beschloß, seine Filme bei einer anderen Gesellschaft zu drehen, glaubte er, es sei seine eigene Idee. Aber Jill sorgte dafür, daß Sam Winters die Wahrheit erfuhr.

Vergeltung.

Es gab einige Leute in Tobys Umgebung, die der Meinung waren, Jills Einfluß könne nicht von Dauer sein, sie sei nur ein zeitweiliger Eindringling, eine vorübergehende Laune. Also tolerierten sie sie oder behandelten sie mit kaum verhüllter Verachtung. Das war ihr Fehler, Jill schloß einen nach dem anderen aus. Sie wollte niemanden in der Nähe haben, der in Tobys Leben wichtig gewesen war oder der ihn gegen sie beeinflussen könnte. Sie sorgte dafür, daß Toby seinen Anwalt und seine Public-Relations-Firma wechselte, und stellte Leute nach ihrer eigenen Wahl ein. Sie wurde die drei Macs und Tobys Gefolge von Handlangern los. Sie wechselte alle Dienstboten aus. Es war jetzt ihr Haus, und sie war darin die Herrin.

Eine Party bei den Temples war zur begehrtesten Sache der Stadt geworden. Jeder, der etwas galt, war da. Schauspieler mischten sich mit Angehörigen der oberen Zehntausend, mit Gouverneuren und Direktoren mächtiger Wirtschaftsunternehmen. Die Presse war immer vollzählig anwesend, eine Art Bonus für die glücklichen Gäste. Nicht nur, daß sie zu den Temples gingen und sich wunderbar amüsierten, es erfuhr auch jeder, daß sie bei den Temples gewesen waren und sich wunderbar amüsiert hatten.

Wenn die Temples nicht Gastgeber waren, waren sie Gäste. Es gab eine wahre Flut von Einladungen. Sie wurden zu Premieren, Wohltätigkeitsessen, politischen Veranstaltungen, Eröffnungen von Restaurants und Hotels eingeladen.

Toby hätte es genügt, allein mit Jill zu Hause zu bleiben, aber sie ging gerne aus. An manchen Abenden mußten sie auf drei oder vier Partys gehen, und sie hetzte Toby von einer zur anderen.

»Himmel, du hättest Unterhaltungschef beim Fernsehen werden sollen«, sagte Toby lachend.

»Ich tu's für dich, Liebling«, erwiderte Jill.

Toby machte einen Film für MGM und hatte einen aufreibenden Arbeitsplan. Eines Abends kam er spät und erschöpft nach Hause und fand seine Abendgarderobe für ihn herausgelegt. »Wir gehen doch nicht schon wieder aus, Baby? Wir sind nicht einen einzigen Abend in dem ganzen gottverfluchten Jahr zu Hause geblieben!«

»Es ist der Hochzeitstag der Davis. Sie wären schrecklich beleidigt, wenn wir nicht aufkreuzten.«

Toby ließ sich aufs Bett fallen. »Ich habe mich auf ein hübsches heißes Bad und einen ruhigen Abend gefreut. Nur wir beide.«

Aber Toby ging zu der Party. Und weil er immer »aufgekratzt«, immer der Mittelpunkt sein mußte, schöpfte er aus seinem riesigen Kraftreservoir, bis jeder lachte und applaudierte und jedem erzählte, was für ein überaus komischer Mann Toby Temple war. Spät in jener Nacht, als Toby im Bett lag, konnte er nicht schlafen; sein Körper war ausgelaugt, aber sein Geist durchlebte wieder die Triumphe des Abends, Satz für Satz, Gelächter um Gelächter. Er war ein sehr glücklicher Mann. Und alles verdankte er Jill.

Wie wäre Tobys Mutter von ihr begeistert gewesen.

Im März bekamen sie eine Einladung zu den Filmfestspielen in Cannes.

»Kommt nicht in Frage«, sagte Toby, als Jill ihm die Einladung zeigte. »Das einzige Cannes, zu dem ich gehe, ist mein Badezimmer. Ich bin müde, Liebling. Ich habe mir den Hintern abgearbeitet.«

Jerry Guttman, Tobys Public-Relations-Mann, hatte Jill gesagt, es bestünde eine gute Chance, daß Tobys Film ausgezeichnet werden würde, und es wäre gut, wenn Toby anwesend wäre.

Kürzlich hatte Toby geklagt, daß er immer müde sei und doch nicht schlafen könne. Nachts nahm er Schlaftabletten, durch die er am anderen Morgen benommen war. Jill bekämpfte das Gefühl der Müdigkeit, indem sie ihm Benzedrin zum Frühstück verabreichte, so daß Toby genügend Energie hatte, um den Tag zu überstehen. Jetzt schien der Kreislauf von Aufputschmitteln und Beruhigungsmitteln seinen Tribut von ihm zu fordern.

»Ich habe die Einladung schon angenommen«, sagte Jill zu Toby, »aber ich werde sie rückgängig machen. Kein Problem, Liebling.«

»Fahren wir doch einen Monat nach Palm Springs hinunter und legen uns einfach in die Seife.«

Sie sah ihn verständnislos an. »Was?«

Er saß still da. »Ich meinte *Sonne*. Ich weiß nicht, warum Seife herauskam.«

Sie lachte. »Weil du so komisch bist.« Jill drückte ihm die Hand. »Auf jeden Fall, Palm Springs klingt wundervoll. Ich bin zu gerne mit dir allein.«

»Ich weiß nicht, was mit mir los ist«, seufzte Toby. »Ich habe einfach nicht mehr genug Saft. Ich glaube, ich werde alt.«

»Du wirst nie alt werden. Du wirst mich noch überleben.«

Er grinste. »Ich schätze, mein Penis wird immer noch weiterleben, wenn ich schon längst gestorben bin.« Er rieb sich den Hinterkopf und sagte: »Ich glaube, ich werde ein Nickerchen machen. Um ehrlich zu sein, ich fühle mich nicht ganz auf dem Posten. Wir haben heute abend doch keine Verabredung, nicht wahr?«

»Nichts, was ich nicht verschieben könnte. Ich werde die Dienstboten wegschicken und das Dinner für dich heute abend selbst kochen. Nur für uns beide.«

»He, das wird großartig sein.«

Er sah sie hinausgehen und dachte: *Mein Gott, ich bin der glücklichste Bursche, der je gelebt hat.*

Sie gingen spät zu Bett in jener Nacht. Jill hatte Toby ein warmes Bad und eine auflockernde Massage gemacht, seine ermüdeten Muskeln geknetet und die Spannung von ihm genommen.

»Ah, das ist wundervoll«, murmelte er. »Wie bin ich nur ohne dich ausgekommen?«

»Kann ich mir nicht vorstellen.« Sie kuschelte sich an ihn. »Toby, erzähl mir von den Filmfestspielen in Cannes. Wie sind sie? Ich bin noch nie dagewesen.«

»Es ist nur eine Clique kleiner Betrüger, die aus aller Welt zusammenströmen, um sich gegenseitig ihre miserablen Filme aufzuschwatzen. Es ist die größte Hochstapelei in der Welt.«

»Das klingt aufregend«, sagte Jill.

»Nun ja, in gewisser Hinsicht ist es aufregend. Der Ort ist voll von Originalen.« Er musterte sie einen Augenblick. »Willst du wirklich zu diesen dämlichen Filmfestspielen?«

Sie schüttelte schnell den Kopf. »Nein, wir werden nach Palm Springs fahren.«

»Zum Teufel, wir können jederzeit nach Palm Springs fahren.«

»Wirklich, Toby, es ist nicht wichtig.«

Er lächelte. »Weißt du, warum ich so verrückt nach dir bin? Jede andere Frau in der Welt hätte mich geplagt, mit ihr zu den Festspielen zu reisen. Du brennst darauf, dorthin zu kommen, aber sagst du etwas? Nein. Du möchtest mit mir zu den Springs fahren. Hast du schon abgesagt?«

»Noch nicht, aber...«

»Tu's nicht. Wir fahren nach Indien.« Ein verdutzter Ausdruck trat auf sein Gesicht. »Sagte ich Indien? Ich meine – Cannes.«

Als ihre Maschine in Orly landete, wurde Toby ein Überseetelegramm ausgehändigt. Sein Vater war im Altersheim gestorben. Es war zu spät für Toby, zur Beerdigung zu fahren. Er traf Vorkehrungen, daß ein neuer Flügel dem Heim angefügt wurde, der nach seinen Eltern benannt werden sollte.

Die ganze Welt war in Cannes.

Hollywood, London und Rom, vereint zu einer prächtigen, vielsprachigen Kakophonie in Technicolor und Panavision. Aus allen Ecken der Welt scharten sich die Filmemacher an der Französischen Riviera, trugen Behälter voller Träume unter den Armen, Zelluloidrollen auf englisch und französisch und japanisch und ungarisch und polnisch, die sie über Nacht reich und berühmt machen sollten. Die *Croisette* war vollgestopft mit Profis und Amateuren, Veteranen und Neulingen, Kommenden und Gewesenen, und alle konkurrierten um die begehrten Preise. Wenn man einen Preis bei den Filmfestspielen in Cannes errang, bedeutete das Geld auf der Bank; wenn der Gewinner noch keinen Vertrag mit einem Verleih hatte, konnte er einen bekommen, und wenn er schon einen hatte, konnte er ihn verbessern.

Jedes Hotel in Cannes war ausgebucht, und die Besucherflut hatte sich die Küste hinauf und hinunter nach Antibes, Beaulieu, Saint-Tropez und Mentone ergossen. Die Bewohner der kleinen Dörfer sperrten vor Ehrfurcht Mund und Nase auf über die berühmten Leute, die ihre Straßen und Restaurants und Bars füllten.

Die Zimmer waren schon Monate im voraus reserviert worden, aber Toby Temple hatte keine Schwierigkeiten, eine große Suite im Carlton zu bekommen. Toby und Jill wurden überall, wohin sie auch kamen, gefeiert. Die Kameras klickten unaufhörlich, und ihre Bilder erschienen in der ganzen Welt. Das goldene Paar, König und Königin von Hollywood. Reporter interviewten Jill und fragten nach ihrer Meinung über alles, von französischen Weinen bis zu afrikanischer Politik. Josephine Czinski aus Odessa, Texas, lag in weiter Ferne.

Tobys Film gewann zwar keinen Preis, aber zwei Abende vor Beendigung der Festspiele verkündete das Preisrichterkomitee, daß Toby Temple für seinen Beitrag auf dem Gebiet der Unterhaltung mit einem Sonderpreis ausgezeichnet werden sollte.

Es war eine Veranstaltung, bei der man Smoking trug, und der große Bankettsaal im Carlton quoll über von Gästen. Jill saß auf der Estrade neben Toby. Sie bemerkte, daß er nicht aß. »Was ist los, Liebling?« fragte sie.

Toby schüttelte den Kopf. »Wahrscheinlich habe ich zuviel Sonne abbekommen. Ich fühle mich ein bißchen benebelt.«

»Morgen werde ich dafür sorgen, daß du dich ausruhst.« Jill hatte einen Tagesplan für Toby aufgestellt:

Interviews mit *Paris Match* und der Londoner *Times* am Vormittag, Lunch mit einer Gruppe von Fernsehreportern, danach eine Cocktailparty. Sie beschloß, die weniger wichtigen Verabredungen zu streichen.

Als das Essen beendet war, erhob sich der Bürgermeister von Cannes und stellte Toby vor: »*Mesdames, messieurs et nos invités honorés, c'est un grand privilège ce jour pour moi de vous introduire un homme qui a donné bonheur et plaisir au monde entier. J'ai l'honneur de lui présenter cette medaille spéciale, un signe de nos affections et appréciations.*« Er hielt eine goldene Medaille mit Band empor und verbeugte sich vor Toby. »Monsieur Toby Temple!« Ein begeisterter Applaus brach los, und das Publikum im großen Bankettsaal erhob sich zu einer Ovation. Toby blieb bewegungslos in seinem Stuhl sitzen.

»Steh auf«, flüsterte Jill.

Langsam erhob sich Toby, blaß und unsicher. Er stand einen Augenblick da, lächelte und ging dann aufs Mikrophon zu. Auf halbem Weg stolperte er und sank bewußtlos zu Boden.

Toby Temple wurde in einer Düsenmaschine der französischen Luftwaffe nach Paris geflogen und auf dem schnellsten Weg ins amerikanische Hospital gebracht, wo er auf die Intensivstation gelegt wurde. Die besten Spezialisten Frankreichs wurden gerufen, während Jill in einem Privatzimmer im Hospital saß und wartete. Sechsunddreißig Stunden aß und trank sie nichts und nahm keinen der Telefonanrufe entgegen, die aus allen Teilen der Welt im Hospital einliefen.

Sie saß da, starrte die Wände an und sah und hörte nichts vom geschäftigen Treiben ringsum. Ihre Gedanken waren nur auf das eine gerichtet: *Toby mußte wieder gesund werden.* Toby war ihre Sonne, und wenn die Sonne erlosch, würde auch der Schatten sterben. Das konnte sie nicht zulassen.

Es war fünf Uhr morgens, als Dr. Duclos, der Chefarzt, das Privatzimmer betrat, das Jill sich genommen hatte, um Toby nahe zu sein.

»Mrs. Temple – ich fürchte, es hat keinen Sinn, das Unglück zu beschönigen. Ihr Gatte hat einen schweren Schlaganfall erlitten. Aller Wahrscheinlichkeit nach wird er nie wieder gehen oder sprechen können.«

31

Als man Jill endlich erlaubte, Tobys Krankenzimmer zu betreten, war sie entsetzt über sein Aussehen. Über Nacht war Toby alt geworden und geschrumpft, als wären alle seine Lebenssäfte aus ihm herausgeflossen. Seine Arme und Beine waren partiell gelähmt, und er war unfähig zu sprechen.

Es dauerte sechs Wochen, bis die Ärzte einem Transport zustimmten. Als Toby und Jill in Kalifornien eintrafen, wurden sie auf dem Flugplatz von Presse und Fernsehen und Hunderten von besorgten Fans umdrängt. Toby Temples Erkrankung war eine Supersensation gewesen. Unaufhörlich riefen Freunde und Bekannte an, um sich nach Tobys Befinden und seinen Fortschritten zu erkundigen. Fernsehteams versuchten, ins Haus zu gelangen, um Aufnahmen von ihm zu machen. Es kamen Schreiben vom Präsidenten und von Senatoren und Tausende von Briefen und Postkarten von Verehrern, die Toby Temple liebten und für ihn beteten.

Aber die Einladungen hatten aufgehört. Niemand rief an, um sich nach *Jills* Befinden zu erkundigen oder zu fragen, ob sie zu einem gemütlichen Dinner kommen oder irgendwohin fahren oder einen Film sehen wolle. Niemand in Hollywood sorgte sich auch nur im entferntesten um *Jill*.

Sie hatte Tobys Hausarzt, Dr. Eli Kaplan, kommen lassen, der zwei berühmte Neurologen hinzugezogen hatte, einen vom *UCLA Medical Center* und den anderen vom *John Hopkins*. Ihre Diagnose entsprach der von Dr. Duclos in Paris.

»Es ist wichtig, stets daran zu denken«, sagte Dr. Kaplan zu Jill, »daß Tobys Verstand in keiner Weise gelitten hat. Er kann alles hören und begreifen, was Sie sagen, aber sein Sprechvermögen und seine Bewegungsfunktionen sind beeinträchtigt. Er kann nicht reagieren.«

»Wird – wird er immer so bleiben?«

Dr. Kaplan zögerte. »Es ist unmöglich, eine absolut sichere Prognose zu stellen, aber unserer Meinung nach ist sein Nervensystem zu sehr beschädigt, als daß eine Therapie eine nachhaltige Wirkung haben könnte.«

»Doch Sie wissen es nicht genau.«

»Nein . . .«

Aber Jill wußte es.

Zusätzlich zu den drei Schwestern, die Toby rund um die Uhr pflegten, ließ Jill jeden Morgen einen Heilgymnastiker kommen, der mit Toby arbeitete. Der Mann trug Toby in den Swimmingpool und hielt ihn in den Armen, vorsichtig die Muskeln und Sehnen streckend, während Toby im warmen Wasser schwach mit den Beinen zu stoßen und die Arme zu bewegen versuchte. Es war kein Fortschritt zu erkennen. In der vierten Woche wurde eine Sprachtherapeutin engagiert. Sie kam jeden Nachmittag eine Stunde und versuchte, Toby wieder das Sprechen beizubringen.

Nach zwei Monaten konnte Jill keine Änderung feststellen. Nicht die geringste. Sie ließ Dr. Kaplan kommen.

»Sie müssen etwas tun, um ihm zu helfen«, verlangte sie. »Sie können ihn nicht in diesem Zustand lassen.«

Er blickte sie hilflos an. »Es tut mir leid, Jill. Ich habe versucht, Ihnen zu erklären...«

Jill saß noch lange, nachdem Dr. Kaplan gegangen war, allein in der Bibliothek. Einer ihrer heftigen Kopfschmerzanfälle setzte wieder ein, aber sie hatte keine Zeit, jetzt an sich zu denken. Sie ging zu Toby hinauf.

Er saß aufgestützt im Bett und starrte ins Leere. Als Jill auf ihn zuging, leuchteten Tobys tiefblaue Augen auf. Sie folgten Jill hell und lebendig, als sie an sein Bett trat und auf ihn hinunterblickte. Er bewegte die Lippen, und ein unverständlicher Laut kam heraus. Tränen der Enttäuschung stiegen ihm in die Augen. Jill erinnerte sich an Dr. Kaplans Worte: *Es ist wichtig, stets daran zu denken, daß Tobys Verstand in keiner Weise gelitten hat.*

Jill setzte sich auf die Bettkante. »Toby, ich möchte, daß du mir zuhörst. Du wirst aus diesem Bett aufstehen. Du wirst wieder gehen, und du wirst wieder sprechen.« Tränen rannen ihm über die Wangen. »Du wirst es tun«, sagte Jill. »Du wirst es für mich tun.«

Am folgenden Morgen entließ Jill die Schwestern, den Heilgymnastiker und die Sprachtherapeutin. Sowie er die Neuigkeit hörte, suchte Dr. Kaplan Jill auf.

»In bezug auf den Heilgymnastiker bin ich ganz Ihrer Meinung, Jill. Aber die Schwestern! Es muß ständig jemand bei Toby sein.«

»Ich werde bei ihm sein.«

Er schüttelte den Kopf. »Sie haben keine Ahnung, worauf Sie sich da einlassen. Ein Mensch allein kann nicht...«

»Ich werde Sie rufen, wenn ich Sie brauche.«

Sie schickte ihn fort.

Die Schinderei begann.

Jill unternahm den Versuch, etwas zu tun, was die Ärzte als unmöglich bezeichnet hatten. Als sie Toby das erstemal hochhob und ihn in seinen Rollstuhl setzte, erschrak sie darüber, wie leicht er war. Sie brachte ihn im Aufzug, der inzwischen installiert worden war, hinunter und begann mit ihm im Schwimmbecken zu arbeiten, wie sie es bei dem Heilgymnastiker gesehen hatte. Aber was nun folgte, unterschied sich grundlegend von der Arbeit des Therapeuten. Wo er behutsam und zart gewesen war, ging Jill hart und unerbittlich vor. Wenn Toby zu sprechen versuchte, um ihr zu bedeuten, daß er müde sei und es nicht mehr ertragen könne, sagte Jill: »Du bist noch nicht fertig. Noch einmal. Für mich, Toby!«

Und sie zwang ihn, es noch einmal zu versuchen. Und noch mal, bis er vor Erschöpfung weinend dasaß.

Nachmittags ging Jill daran, Toby sprechen zu lehren. »Ooh ... oooooooh.«

»Ahaaah ... aaaaaaaaaagh.«

»Nein! Ooooooooooooh. Mit runden Lippen, Toby. Befiehl ihnen, dir zu gehorchen. Oooooooooh.«

»Aaaaaaaaagh ...«

»Nein, verdammt noch mal! Du *wirst* wieder sprechen! Los, sag es Oooooooh.«

Und er versuchte es von neuem.

Jill fütterte ihn jeden Abend und legte ihn ins Bett und hielt ihn in den Armen. Sie zog seine nutzlosen Hände langsam an ihrem Körper auf und ab, von ihren Brüsten hinunter zu der weichen Spalte zwischen ihren Beinen. »Fühl das, Toby«, flüsterte sie. »Das ist alles dein, Liebling. Es gehört dir. Ich will dich. Ich will, daß du gesund wirst, damit wir uns wieder lieben können. Ich will, daß du wieder mit mir schläfst, Toby.«

Er blickte sie mit seinen lebendigen, hellen Augen an

und gab unzusammenhängende, wimmernde Laute von sich.

»Bald, Toby, bald.«

Jill war unermüdlich. Sie entließ das Personal, weil sie niemanden im Haus haben wollte. Danach begann sie selbst zu kochen. Sie bestellte die Lebensmittel telefonisch und verließ das Haus nie. Anfangs war sie noch damit beschäftigt gewesen, Telefonanrufe entgegenzunehmen, aber die waren bald seltener geworden und hatten dann gänzlich aufgehört. Die Nachrichtensprecher verlasen keine Bulletins mehr über Toby Temples Zustand. Die Welt wußte, daß er im Sterben lag. Es war nur eine Frage der Zeit.

Doch Jill würde Toby nicht sterben lassen. Und wenn er starb, würde sie mit ihm sterben.

Die Tage verschwammen zu einer langen, endlosen Folge von Müh und Plagerei. Jill war um sechs Uhr früh auf den Beinen. Als erstes mußte sie Toby säubern. Er konnte nichts mehr halten. Obgleich er einen Katheter hatte und eine Windel trug, beschmutzte er sich nachts, und die Bettwäsche sowie Tobys Pyjamas mußten häufig gewechselt werden. Der Gestank im Schlafzimmer war fast unerträglich. Jill füllte eine Schüssel mit warmem Wasser, nahm einen Schwamm und ein weiches Tuch und säuberte Tobys Körper von Urin und Kot. Wenn er sauber war, trocknete sie ihn ab und puderte ihn, dann rasierte und kämmte sie ihn.

»So, nun siehst du großartig aus, Toby. Deine Verehrer sollten dich jetzt sehen. Ja, sie werden dich schon bald sehen. Sie werden um den Eintritt kämpfen, um dich zu sehen. Der Präsident wird dasein – alle werden dasein, um Toby Temple zusehen.«

Dann bereitete Jill Tobys Frühstück. Sie machte Haferflockenbrei oder lockere Mehlspeisen oder Rührei; Speisen, die sie ihm in den Mund löffeln konnte. Sie fütterte ihn wie ein Baby und redete die ganze Zeit auf ihn ein und versprach ihm, daß er wieder gesund werden würde.

»Du bist Toby Temple«, intonierte sie im Singsang. »Jeder liebt dich, jeder möchte dich wiederhaben. Deine Fans da draußen warten auf dich, Toby. Du mußt für sie gesund werden.«

Und ein neuer, entsetzlich strapaziöser Tag begann.

Sie schob seinen nutzlosen, gelähmten Körper zum Schwimmbecken. Nach den Übungen massierte sie ihn und fuhr mit der Sprechtherapie fort. Dann war es Zeit für sie, ihm eine Mahlzeit zuzubereiten, und danach würde alles wieder von vorn beginnen. Und unaufhörlich erzählte Jill Toby, wie wunderbar er wäre, wie sehr man ihn liebte. Er war Toby Temple, und die Welt wartete auf seine Rückkehr. Abends brachte sie ihm oft eines der Alben mit seinen Presseausschnitten und hielt es hoch, damit er es sehen konnte.

»Da sind wir mit der Queen. Erinnerst du dich noch, wie sie dich an diesem Abend feierten? So wird es wieder werden. Du wirst größer denn je sein, Toby, größer denn je.«

Am Abend kroch sie erschöpft auf das Notlager, das sie sich neben seinem Bett eingerichtet hatte. Um Mitternacht wurde sie von einem widerlichen Gestank geweckt. Sie schleppte sich zu Tobys Bett, um seine Windel zu wechseln und ihn zu säubern. Und dann war es schon wieder soweit, mit den Vorbereitungen fürs Frühstück zu beginnen und einem neuen Tag ins Auge zu blicken.

Und wieder einem. In einer endlosen, eintönigen Folge.

Jeden Tag trieb Jill Toby ein bißchen härter an, ein bißchen weiter. Ihre Nerven waren so angespannt, daß sie Toby ins Gesicht schlug, wenn sie den Eindruck hatte, daß er sich keine Mühe gab. »Wir werden den Kampf gewinnen«, sagte sie leidenschaftlich. »Du wirst wieder gesund werden.«

Jill war von der aufreibenden Routine, die sie sich auferlegte, körperlich total erschöpft, aber wenn sie sich nachts hinlegte, fand sie keinen Schlaf. Zu viele Bilder tanzten durch ihren Kopf wie Szenen aus alten Filmen. Sie und Toby, umdrängt von Reportern bei den Filmfestspielen in Cannes... Der Präsident in ihrem Haus in Palm Springs, wie er Jill ein Kompliment machte. Fans, die sich bei einer Premiere um Toby und sie scharten... Das goldene Paar... Toby, wie er hinaufschritt, um seine Medaille in Empfang zu nehmen, und zu Boden stürzte... stürzte... Schließlich versank sie in Schlaf.

Manchmal wachte sie mit einem plötzlichen heftigen Kopfschmerzanfall auf, der nicht verschwinden wollte. Sie lag in der Dunkelheit, kämpfte gegen den Schmerz an, bis die Sonne aufging, und dann war es Zeit, sich auf die Füße zu zwingen.

Und alles würde wieder von vorn beginnen. Es war, als wären sie und Toby die einzigen Überlebenden einer längst vergessenen Katastrophe. Ihre Welt war auf die Dimensionen dieses Hauses, dieser Räume, dieses Mannes zusammengeschrumpft. Von der Morgendämmerung bis nach Mitternacht trieb sie sich unbarmherzig an.

Und sie trieb Toby an, ihren in dieser Hölle gefangenen Toby, gefangen in einer Welt, in der es einzig Jill gab, der er blindlings gehorchen mußte.

Aus den düster und qualvoll sich dahinschleppenden

Wochen wurden Monate. Toby begann zu weinen, wenn er Jill auf sich zukommen sah, denn er wußte, daß er bestraft werden würde. Von Tag zu Tag wurde Jill unbarmherziger. Sie zwang Tobys nutzlose Glieder, sich zu bewegen, bis er unerträgliche Schmerzen litt. Mit gurgelnden Lauten versuchte er, sie zu bitten aufzuhören, aber Jill hatte nur eine Antwort: »Noch nicht. Nicht, bevor du wieder ein Mann bist, nicht, bevor wir es ihnen allen zeigen werden.« Und sie knetete seine kraftlosen Muskeln weiter. Er war ein hilfloses, erwachsenes Baby, eine Pflanze, ein Nichts. Aber wenn Jill ihn anblickte, sah sie ihn, wie er einst wieder sein würde, und sie erklärte: »Du wirst jetzt gehen!«

Dann stellte sie ihn auf die Füße und hielt ihn aufrecht, während sie ein Bein vor das andere zwang, so daß er sich wie eine betrunkene, ausgerenkte Marionette vorwärts bewegte.

Ihre Kopfschmerzen traten immer häufiger auf. Helles Licht oder ein lautes Geräusch oder eine plötzliche Bewegung konnten sie auslösen. *Ich muß einen Arzt aufsuchen,* dachte sie. *Später, wenn es Toby wieder gutgeht.* Jetzt hatte sie weder Zeit noch einen Raum für sich.

Sie war nur für Toby da.

Jill schien wie besessen. Ihre Kleider hingen lose an ihr, aber sie hatte keine Ahnung, wieviel sie abgenommen hatte oder wie sie aussah. Ihr Gesicht war mager und verzerrt, ihre Augen hohl. Ihr einst herrlich schimmerndes schwarzes Haar war stumpf und strähnig. Sie wußte es nicht, aber sie hätte sich auch nichts daraus gemacht.

Eines Tages fand Jill ein Telegramm unter der Tür, in dem sie gebeten wurde, Dr. Kaplan anzurufen. Dafür war keine Zeit. Der Arbeitsablauf mußte eingehalten werden.

Die Tage und Nächte wurden zu einem kafkaesken

Alptraum, der daraus bestand, Toby zu baden, Übungen mit ihm zu machen, seine Windeln zu wechseln, ihn zu rasieren und zu füttern.

Und dann begann alles wieder von vorn.

Sie schaffte ein Gehgestell für Toby an, legte seine Finger um die Holme und bewegte seine Beine, hielt ihn aufrecht und versuchte, ihm die Bewegungen zu zeigen, schob ihn vor und zurück durch das Zimmer, bis sie fast im Stehen einschlief und kaum noch wußte, wo oder wer sie war oder was sie tat.

Dann kam ein Tag, an dem Jill klarwurde, daß es ein Ende haben mußte.

Sie war die halbe Nacht mit Toby aufgewesen und schließlich in ihr eigenes Schlafzimmer gegangen, wo sie kurz vor Morgengrauen in einen betäubenden Schlaf gefallen war. Als sie aufwachte, stand die Sonne hoch am Himmel. Sie hatte bis weit nach zwölf geschlafen. Toby war weder gefüttert noch gebadet, noch gewindelt worden. Er lag hilflos in seinem Bett und wartete wahrscheinlich in panischer Unruhe auf sie. Jill wollte sich erheben und stellte fest, daß sie sich nicht bewegen konnte. Sie war von einer so bleiernen Müdigkeit erfüllt, daß ihr ausgepumpter Körper ihr nicht länger gehorchen wollte. Sie lag da, hilflos und in dem Bewußtsein, daß sie verloren hatte, daß alles umsonst gewesen war, die ganzen höllischen Tage und Nächte, die Monate der Agonie, nichts hatte auch nur den geringsten Erfolg gehabt. Ihr Körper hatte sie ebenso im Stich gelassen, wie Toby von seinem Körper verraten worden war. Jill hatte keine Kraft mehr, um sie auf ihn zu übertragen, und sie hätte am liebsten geweint. Es war aus.

Sie hörte ein Geräusch an ihrer Schlafzimmertür und wandte den Kopf. Toby stand im Türrahmen, ohne

Hilfe, mit zitternden Armen das Gehgestell umklammernd, aus seinem Mund drangen unverständliche, sabbernde Geräusche, er kämpfte darum, etwas zu sagen.

»Jiiiiigh ... Jüiiigh ...«

Er versuchte, »Jill« zu sagen. Sie begann unbeherrscht zu schluchzen und konnte nicht aufhören.

Von diesem Tage an waren Tobys Fortschritte augenfällig. Zum erstenmal wußte auch er, daß er gesund werden würde. Er wehrte sich nicht mehr, wenn Jill ihn über die Grenzen seiner Kraft antrieb. Er wollte für sie gesund werden. Jill war seine Göttin geworden; hatte er sie vorher geliebt, so betete er sie jetzt an.

Und etwas war auch in Jill vorgegangen. Vorher war es ihr eigenes Leben gewesen, um das sie gekämpft hatte. Toby war bloß das Instrument, das sie gezwungenermaßen benutzte. Doch das hatte sich jetzt geändert. Als wäre Toby ein Teil von ihr geworden. Sie waren ein Körper und ein Geist und eine Seele, besessen vom selben Ziel. Sie waren durch ein reinigendes Fegefeuer gegangen. Sein Leben hatte in ihren Händen gelegen, und sie hatte es gehegt und gestärkt und gerettet, und daraus war eine Art von Liebe erwachsen. Toby gehörte zu ihr, so wie sie zu ihm gehörte.

Jill stellte Tobys Ernährung um, so daß er bald sein früheres Körpergewicht wiedererlangte. Er verbrachte täglich einige Zeit in der Sonne und unternahm lange Spaziergänge auf dem Anwesen, zunächst mit Hilfe des Gehgestells, später mit einem Stock. Als der Tag kam, an dem Toby allein gehen konnte, feierten beide das Ereignis mit einem Essen bei Kerzenlicht.

Schließlich befand Jill, daß Toby vorgeführt werden konnte. Sie rief Dr. Kaplan an.

»Jill! Ich habe mir schreckliche Sorgen gemacht. Ich habe bei Ihnen angerufen, aber es meldete sich niemand. Ich habe ein Telegramm geschickt, und als ich nichts hörte, nahm ich an, Sie hätten Toby irgendwohin gebracht. Ist er – hat er ...«

»Kommen Sie, und überzeugen Sie sich selbst, Eli.«

Dr. Kaplan konnte sein Erstaunen nicht verbergen. »Es ist unglaublich«, sagte er zu Jill. »Es – es ist wie ein Wunder.«

»Es ist ein Wunder«, entgegnete Jill. *Nur mußt du dir in diesem Leben deine Wunder selbst schaffen, weil Gott anderweitig beschäftigt ist.*

»Die Leute rufen mich immer noch an, um sich nach Toby zu erkundigen«, sagte Dr. Kaplan. »Offensichtlich haben sie Sie nie erreichen können. Sam Winters ruft wenigstens einmal in der Woche an. Auch Clifton Lawrence hat oft angerufen.«

Clifton Lawrence war für Jill uninteressant. Aber Sam Winters! Das war gut. Jill mußte einen Weg finden, um die Welt wissen zu lassen, daß Toby Temple immer noch ein Superstar war, daß sie beide immer noch das goldene Paar waren.

Am nächsten Morgen rief Jill Sam Winters an und fragte ihn, ob er Lust hätte, Toby zu besuchen. Sam traf eine Stunde später ein. Jill öffnete ihm die Haustür, und Sam versuchte, sich sein Entsetzen über ihr Aussehen nicht anmerken zu lassen. Jill war um zehn Jahre gealtert seit ihrer letzten Begegnung. Ihre Augen lagen eingesunken und von braunen Ringen umgeben in einem von tiefen Linien gezeichneten Gesicht. Sie hatte so stark abgenommen, daß sie fast einem Skelett glich.

»Nett, daß Sie gekommen sind, Sam. Toby wird sich freuen, Sie zu sehen.«

Sam war darauf vorbereitet gewesen, Toby im Bett vorzufinden, als einen Schatten dessen, was er einst gewesen war, aber auf ihn wartete eine kaum glaubliche Überraschung. Toby ruhte auf einer Liege neben dem Schwimmbecken, und als Sam näher kam, stand Toby auf, ein wenig langsam zwar, aber sicher, und streckte ihm eine feste Hand entgegen. Er war braungebrannt, wirkte gesund und sah besser aus als vor seinem Schlaganfall. Wie durch einen geheimnisvollen chemischen Prozeß schienen Jills Gesundheit und Lebenskraft in Tobys Körper geflossen zu sein, während Tobys Krankheit nun Jill ergriffen hatte.

»Hallo! Großartig, Sie wiederzusehen, Sam.«

Toby sprach ein wenig langsamer und präziser als früher, aber klar und kräftig. Kein Anzeichen einer Lähmung, wie Sam gehört hatte. Das war unverändert das jungenhafte Gesicht mit den strahlenden blauen Augen. Sam umarmte Toby herzlich und sagte: »Mein Gott, Sie haben uns wirklich einen Schreck eingejagt.«

Toby grinste und sagte: »Sie brauchen mich nicht ›mein Gott‹ zu nennen, wenn wir allein sind.«

Sam musterte Toby eingehender und staunte. »Ich komme ehrlich nicht darüber hinweg. Verdammt noch mal, Sie sehen jünger aus. Die ganze Stadt hatte schon Begräbnisvorbereitungen getroffen.«

»Nur über meine Leiche«, sagte Toby lächelnd.

Sam meinte: »Es ist phantastisch, was die Ärzte heute alles...«

»Nicht die Ärzte.« Toby wandte seinen Blick Jill zu, und reine Bewunderung strahlte aus seinen Augen. »Wollen Sie wissen, wer es fertiggebracht hat? Jill. Ganz allein Jill. Mit ihren beiden Händen. Sie schickte alle fort und brachte mich wieder auf die Beine.«

Sam warf Jill einen verblüfften Blick zu. Er hatte sie

nicht für eine Frau gehalten, die zu derart selbstlosem Handeln fähig war. Vielleicht hatte er sie falsch eingeschätzt. »Was für Pläne haben Sie?« fragte er Toby. »Ich nehme an, daß Sie sich ausruhen wollen und ...«

»Toby wird wieder arbeiten«, sagte Jill. »Er ist viel zu engagiert, um untätig herumzusitzen.«

»Ich bin ganz wild auf Arbeit«, stimmte Toby zu.

»Vielleicht hat Sam etwas für dich«, gab Jill das Stichwort.

Beide beobachteten ihn. Sam wollte Toby nicht entmutigen, aber er wollte auch keine falschen Hoffnungen wecken. Es war unmöglich, mit einem Star einen Film zu machen, wenn er nicht versichert war, und keine Gesellschaft der Welt würde Toby Temple versichern.

»Im Augenblick haben wir nichts Geeignetes auf Lager«, sagte Sam vorsichtig. »Aber ich werde natürlich die Augen offenhalten.«

»Sie haben Angst, ihn einzusetzen, nicht wahr?« Es war, als ob sie seine Gedanken lesen könnte.

»Selbstverständlich nicht.« Doch beide wußten, daß er log.

Niemand in Hollywood würde das Risiko eingehen, Toby Temple wieder zu engagieren.

Toby und Jill sahen sich einen jungen Komiker im Fernsehen an.

»Er ist erbärmlich«, schnaubte Toby. »Verdammt noch mal, ich wünschte, ich könnte wieder auf dem Bildschirm erscheinen. Vielleicht sollte ich einen Agenten nehmen. Jemand, der sich in der Stadt umtut und erfährt, was los ist.«

»Nein!« Jills Stimme klang entschieden. »Es kommt nicht in Frage, daß jemand mit dir hausieren geht. Du bist nicht irgendein Landstreicher, der Arbeit sucht. Du bist Toby Temple. Wir werden dafür sorgen, daß sie zu *dir* kommen.«

Toby lächelte schief und sagte: »Sie werden uns nicht gerade die Tür einrennen, Baby.«

»Sie werden«, versprach Jill. »Sie wissen nur nicht, in welcher Form du bist. Du bist jetzt besser denn je. Wir müssen es ihnen nur zeigen.«

»Vielleicht sollte ich als Akt posieren.«

Jill hörte ihm nicht zu. »Ich habe eine Idee«, sagte sie bedächtig. »Eine Einmannshow.«

»Was?«

»Eine Einmannshow.« In ihrer Stimme schwang wachsende Erregung mit. »Ich werde das Huntington Hartford Theatre dafür mieten. Ganz Hollywood wird dasein. Und hinterher werden sie dir die Tür einrennen!«

Und ganz Hollywood war tatsächlich da: Produzenten, Regisseure, Kollegen, Kritiker – all diejenigen, die im Showgeschäft zählten. Das Theater an der Vine Street war im Nu ausverkauft, und Hunderte waren abgewiesen worden. Eine jubelnde Menge drängte sich davor, als Toby und Jill eintrafen. Es war ihr Toby Temple. Er war von den Toten auferstanden und zu ihnen zurückgekehrt, und sie liebten ihn mehr denn je.

Das Publikum war zum Teil aus Respekt vor einem Mann da, der berühmt und groß gewesen war, die meisten aber waren aus Neugier gekommen. Sie waren da, um einem sterbenden Helden, einem erlöschenden Star Tribut zu zollen.

Jill hatte die Show persönlich zusammengestellt. Sie war zu O'Hanlon und Rainger gegangen, und die hatten ein glänzendes Repertoire geschrieben, das mit einem Monolog begann, in dem die Stadt auf die Schippe genommen wurde, weil sie Toby begrub, während er noch am Leben war. Jill hatte sich an ein Team von Liedertextern gewandt, das bereits mehrere Preise gewonnen hatte. Sie hatten noch nie für einen speziellen Interpreten geschrieben, aber als Jill sagte: »Toby beteuert, daß Sie die einzigen Texter der Welt sind, die . . .«

Dick Landry kam aus London angeflogen, um die Show zu inszenieren.

Jill hatte die besten Leute zusammengetrommelt, um Toby zu unterstützen, aber letztlich würde alles von dem Star selbst abhängen. Es war eine Einmannshow, und er würde ganz allein auf der Bühne stehen.

Und der Augenblick kam. Die Lichter des Hauses verlöschten, und das Theater war von jener erwartungsvollen Ruhe erfüllt, die dem Heben des Vorhanges vorangeht, von dem Stoßgebet, daß an diesem Abend ein Wunder geschehen möge.

Das Wunder geschah.

Als Toby Temple auf die Bühne schlenderte, mit sicherem und festem Schritt, mit dem bekannten schelmischen Lächeln, das sein knabenhaftes Gesicht erhellte, hielten alle den Atem an, und frenetischer Applaus brach los, ein Jubel, der das Theater volle fünf Minuten erschütterte.

Toby stand da, wartete auf das Abklingen des Höllenlärms, und als das Publikum sich schließlich beruhigt hatte, sagte er: »*Das* nennen Sie einen Empfang?« Und sie brüllten vor Lachen.

Er war glänzend. Er erzählte Geschichten und sang und tanzte, und er attackierte jeden, und es war, als ob er nie fortgewesen wäre. Das Publikum konnte nicht genug von ihm kriegen. Er war immer ein Superstar gewesen, aber jetzt war er mehr; er war zur lebenden Legende geworden.

Im *Variety* war am nächsten Tag zu lesen: »Sie kamen,

um Toby Temple zu begraben, aber sie blieben, um ihn zu preisen und ihm zuzujubeln. Und wie er es verdiente! Es gibt niemanden im Showgeschäft, der den Zauber des alten Meisters hat. Es war ein Abend der Ovationen, und niemand, der das Glück hatte, dabeizusein, wird diesen denkwürdigen Abend je vergessen...«

Der Kritiker des *Hollywood Reporter* schrieb: »Das Publikum war da, um einen großen Star zurückkehren zu sehen, aber Toby Temple bewies, daß er nie fort gewesen war.«

Auch alle anderen Kritiker lobten und priesen ihn in den höchsten Tönen. Von diesem Augenblick an klingelten Tobys Telefone unaufhörlich. Briefe und Telegramme mit Einladungen und Angeboten häuften sich.

Man rannte ihm die Tür ein.

Toby wiederholte seine Einmannshow in Chicago, Washington und New York; überall, wohin er kam, war er eine Sensation. Jetzt interessierte man sich mehr für ihn denn je zuvor. In einer Welle der Nostalgie wurden Tobys alte Filme in Filmkunsttheatern und an Universitäten gezeigt. Fernsehstationen veranstalteten eine Toby-Temple-Woche und brachten seine alten Varietéaufzeichnungen.

Es gab Toby-Temple-Puppen und Toby-Temple-Spiele und Toby-Temple-Puzzles und Comic-Hefte und T-Shirts. Hersteller von Kaffee und Zigaretten und Zahnpasta machten mit ihm Reklame.

Toby wirkte in einem Musikfilm bei Universal mit und verpflichtete sich, Gastrollen in allen großen Varietéveranstaltungen zu geben. Die konkurrierenden Fernsehanstalten hatten ihre Autoren beauftragt, Konzeptionen für eine neue Toby-Temple-Stunde zu entwickeln.

Die Sonne war wieder aufgegangen, und sie schien auf Jill.

Es gab wieder Partys und Empfänge, und da waren dieser Botschafter und jener Senator und Privatfilmvorführungen und... Jeder wollte das Paar überall dabeihaben. Sie wurden zum Dinner ins Weiße Haus eingeladen, eine Ehre, die gewöhnlich Staatsoberhäuptern vorbehalten blieb. Sie wurden mit Applaus bedacht, wo immer sie erschienen.

Aber jetzt galt der Applaus ebensosehr Jill wie Toby. Die Geschichte ihres großartigen Einsatzes, ihrer Großtat, Toby gegen jede Aussicht auf Erfolg allein wieder gesund gemacht zu haben, hatte die Phantasie der Welt entflammt. Sie wurde von der Presse als die Liebesgeschichte des Jahrhunderts gefeiert. Das Magazin *Time* brachte die beiden als Titelbild, und die dazugehörige Story war eine einzige Huldigung für Jill.

In einem Fünf-Millionen-Dollar-Vertrag wurde Toby als Star für eine neue wöchentliche Fernsehshow verpflichtet, die bereits im September, also schon in zwölf Wochen, anlaufen sollte.

»Wir gehen nach Palm Springs, damit du dich inzwischen ausruhen kannst«, sagte Jill.

Toby schüttelte den Kopf. »Du bist lange genug eingesperrt gewesen. Jetzt wollen wir etwas vom Leben haben.« Er legte seine Arme um sie und fügte hinzu: »Ich bin nicht sehr wortgewandt, Baby, und was herauskommt, sind meistens nur Witze. Ich weiß nicht, wie ich dir sagen soll, was ich für dich empfinde. Ich – du solltest wissen, daß mein Leben eigentlich erst begann, als ich dich kennenlernte.« Er wandte sich jäh ab, damit Jill seine Tränen nicht sehen konnte.

Toby vereinbarte eine Europa-Tournee mit seiner Einmannshow, die nach London, Paris und sogar nach Moskau führen sollte. Jeder kämpfte darum, ihn zu engagieren. Er war in Europa inzwischen genauso berühmt wie in Amerika.

Sie waren mit der *Jill* unterwegs, an einem sonnigen, funkelnden Tag, und segelten nach Catalina. An Bord war ein Dutzend Gäste, unter ihnen Sam Winters und O'Hanlon und Rainger, die als Hauptautoren für die Texte von Tobys neuer Fernsehshow auserwählt worden waren. Alle hielten sich im Salon auf, spielten und plauderten miteinander. Jill blickte umher und bemerkte, daß Toby nicht da war. Sie ging auf das Deck hinauf.

Toby stand an der Reling und starrte auf die See. Jill trat zu ihm. »Fühlst du dich nicht wohl?« fragte sie.

»Ich betrachte nur das Wasser, Baby.«

»Es ist herrlich, nicht wahr?«

»Für einen Hai vielleicht.« Er schauderte. »Aber ich möchte nicht darin sterben. Ich habe immer große Angst vor dem Ertrinken gehabt.«

Sie legte ihre Hand auf seine. »Was hast du nur?«

Er sah sie an. »Ich will nicht sterben. Ich fürchte mich vor dem, was da draußen ist. *Hier* bin ich ein großer Mann. Jeder kennt Toby Temple. Aber da draußen...? Weißt du, wie ich mir die Hölle vorstelle? Als einen Ort, wo es kein Publikum gibt.«

Der Friars Club gab ein Essen mit Toby Temple als Ehrengast. Ein Dutzend Spitzenkomiker saß auf dem Podium, zusammen mit Toby und Jill, Sam Winters und dem Direktor der Fernsehgesellschaft, mit der Toby abgeschlossen hatte. Jill wurde gebeten, aufzustehen und den Beifall entgegenzunehmen. Er war frenetisch.

Die jubeln mir *zu,* dachte Jill. *Nicht Toby.* Mir!

Der Ansager war der Talkmaster einer berühmten nächtlichen Talk-Show. »Ich kann Ihnen nicht sagen, wie glücklich ich bin, Toby hier zu sehen«, sagte er. »Denn wenn wir ihn heute abend nicht *hier* ehrten, müßten wir das Bankett auf dem Friedhof abhalten.«

Gelächter.

»Und glauben Sie mir, das Essen da ist fürchterlich. Haben Sie jemals auf einem Friedhof gegessen? Die servieren dort die Reste vom letzten Abendmahl.«

Gelächter.

Er wandte sich an Toby. »Wir sind wirklich stolz auf Sie, Toby. Im Ernst. Wie ich höre, sind Sie gebeten worden, einen Teil Ihres Körpers der Wissenschaft zur Verfügung zu stellen. Man will ihn in einem Gefäß in der *Harvard Medical School* konservieren. Das Problem ist nur, daß sie kein Gefäß finden konnten, das groß genug ist, um ihn aufzunehmen.«

Brüllendes Gelächter.

Als Toby zu seiner Erwiderung aufstand, übertraf er sie alle.

Alle waren sich darüber einig, daß es das beste Essen war, das die Friars je veranstaltet hatten.

Auch Clifton Lawrence war an jenem Abend anwesend.

Er saß an einem der hinteren Tische in der Nähe der Küche, zusammen mit anderen unwichtigen Leuten. Er war gezwungen gewesen, sich alten Freunden aufzudrängen, um wenigstens diesen Platz zu bekommen. Seit Toby Temple ihn gefeuert hatte, hing an Clifton Lawrence der Makel des Verlierers. Er hatte versucht, sich einer großen Agentur anzuschließen, aber da er keine Klienten mehr besaß, hatte er nichts zu bieten. Dann hatte Clifton es bei kleineren Agenturen versucht, aber die waren an einem Mann seines Alters nicht interessiert; die wollten energische, junge Leute. Schließlich hatte er sich mit einem Job ohne Gewinnbeteiligung bei einer kleinen, neugegründeten Agentur zufriedengegeben. Sein Wochengehalt war geringer als der Betrag, den er früher an einem einzigen Abend bei Romanoff ausgegeben hatte.

Er erinnerte sich an den ersten Tag in der neuen Agentur. Sie gehörte drei energischen jungen Männern – oder vielmehr *Kindern* –, alle Ende Zwanzig. Ihre Klienten waren Rock-Stars. Zwei der Agenten waren bärtig, und alle trugen Jeans, Sporthemden und Tennisschuhe ohne Socken. Sie gaben Clifton das Gefühl, tausend Jahre alt zu sein. Sie redeten in einer Sprache, die er nicht verstand. Sie nannten ihn »Dad« und »Pop«, und er mußte an den Respekt denken, der ihm einst in dieser Stadt bezeugt worden war, und war den Tränen nahe.

Der einstmals elegante, lebensfrohe Mann war heruntergekommen und verbittert. Toby Temple war sein ganzer Lebensinhalt gewesen, und Clifton sprach wie unter Zwang über diese vergangene Zeit. Es war alles, woran er dachte. Das und Jill. Clifton machte sie für alles, was ihm geschehen war, verantwortlich. Toby konnte nichts dafür; er war von diesem Luder beeinflußt worden. Aber, oh, wie Clifton Jill haßte!

Er saß hinten im Saal und beobachtete die Menge, die Jill Temple applaudierte, als einer der Männer am Tisch sagte: »Toby hat wirklich unverschämtes Glück. Ich wünschte, ich hätte ein Stück von der. Sie ist großartig im Bett.«

»Nanu?« fragte jemand zynisch. »Woher wollen *Sie* das wissen?«

»Sie wird in diesem Porno-Kintopp im Pussycat-Theater gezeigt. Teufel, es sah aus, als würde sie dem Kerl die Leber aus dem Leib saugen.«

Cliftons Mund war plötzlich so trocken, daß er kaum ein Wort herausbrachte. »Sind Sie – sind Sie sicher, daß es Jill Castle war?« fragte er.

Der Fremde wandte sich ihm zu. »Klar bin ich sicher. Sie läuft allerdings unter einem anderen Namen – Josephine Soundso. Ein verrückter Polakenname.« Er starrte Clifton an und sagte: »He! Sie sind doch Clifton Lawrence!«

Es gibt ein Gebiet am Santa Monica Boulevard, an der Grenze zwischen Fairfax und La Cienega, das Countyterritorium ist. Als Teil einer Insel, umgeben von der City von Los Angeles, untersteht es der Countyverwaltung, die weniger strikt als die der City ist. In einem Gebiet von sechs Häuserblocks befinden sich allein vier Kinos, die ausschließlich Pornofilme zeigen, ein halbes Dutzend Bücherläden, wo man in Einzelkojen über Fernsehschirme scharfe Filme sehen kann, und ein Dutzend Massagesalons mit jungen Mädchen, die Experten sind in allem, bloß nicht in Massagen. Mitten drin liegt das Pussycat-Theater.

Es waren vielleicht zwei Dutzend Leute in dem verdunkelten Theater; von zwei Frauen abgesehen, die Händchen haltend dasaßen, ausschließlich Männer. Clifton blickte sich im Zuschauerraum um und fragte sich, was diese Leute mitten an einem sonnigen Tag in diese verdunkelte Höhle trieb, um Stunden damit zu verbringen, sich auf der Leinwand anzusehen, wie andere Leute Unzucht trieben.

Der Hauptfilm begann, und Clifton vergaß alles außer dem, was auf der Leinwand geschah. Er beugte sich auf seinem Sitz vor, konzentrierte sich auf die Gesichter der Darstellerinnen. Es ging um einen jungen College-Professor, der seine Studentinnen zum Nachtunterricht in sein Schlafzimmer schmuggelte. Alle waren jung, überraschend attraktiv und unglaublich begabt. Sie gingen eine Vielfalt von sexuellen Praktiken durch, oral, vaginal und anal, bis der Professor ebenso befriedigt wie seine Schülerinnen war.

Aber keines der Mädchen war Jill. *Sie muß dabeisein,* dachte Clifton. Dies war seine einzige Chance, um sich je für das rächen zu können, was sie ihm angetan hatte. Er würde dafür sorgen, daß Toby diesen Film zu sehen bekam. Es würde ihm weh tun, doch er würde darüber hinwegkommen. Jill aber würde vernichtet werden. Wenn Toby erfuhr, was für eine Hure er geheiratet hatte, würde er sie mit einem Tritt hinausbefördern. Jill *mußte* in diesem Film sein.

Und plötzlich war sie da – auf Breitwand, in wundervollen, herrlichen, lebendigen Farben. Sie hatte sich inzwischen sehr verändert. Jetzt war sie dünner, schöner und erfahrener. Aber es war Jill. Clifton saß da, schlang die Szene in sich hinein, schwelgte in ihr, frohlockte und weidete seine Sinne, erfüllt von einem elektrisierenden Gefühl des Triumphes und der Rache.

Clifton blieb auf seinem Platz, bis der Nachspann kam. Da war es: *Josephine Czinski.* Er stand auf und ging nach hinten in die Vorführkabine. Ein Mann in Hemdsärmeln saß in dem kleinen Raum und studierte Wettergebnisse. Er blickte auf, als Clifton eintrat, und sagte: »Hier ist kein Zutritt, Kumpel.«

»Ich möchte eine Kopie dieses Films kaufen.«

Der Mann schüttelte den Kopf. »Ist unverkäuflich.« Er widmete sich wieder seinen Wettergebnissen.

»Ich zahle Ihnen hundert Piepen, wenn Sie mir eine Kopie davon machen. Niemand wird je etwas davon erfahren.«

Der Mann schaute nicht mal auf.

»Zweihundert«, sagte Clifton.

Der Vorführer blätterte eine Seite um.

»Dreihundert.«

Der Mann blickte auf und musterte Clifton. »Bar?«
»Bar.«

Um zehn Uhr am nächsten Morgen kam Clifton mit einer Filmspule unter dem Arm vor Tobys Haus an. *Nein, kein Film,* dachte er beglückt. Dynamit. Genug, um Jill Castle in die Hölle zu sprengen.

Die Tür wurde von einem englischen Butler geöffnet, den Clifton noch nie gesehen hatte.

»Sagen Sie Mr. Temple, Clifton Lawrence möchte ihn sprechen.«

»Tut mir leid, Sir. Mr. Temple ist nicht hier.«

»Ich werde auf ihn warten«, sagte Clifton bestimmt.

Der Butler erwiderte: »Ich fürchte, das wird nicht möglich sein. Mr. und Mrs. Temple sind heute früh nach Europa abgereist.«

32

Europa war eine Serie von Triumphen.

An Tobys Premierenabend im Palladium in London war Oxford Circus von einer Menschenmenge blockiert, die versuchte, einen Blick auf Toby und Jill zu erhaschen. Den gesamten Bezirk um die Argyll Street herum hatte die Polizei abgesperrt. Als die Menschenmassen außer Kontrolle gerieten, wurde zur Unterstützung eiligst berittene Polizei eingesetzt. Punkt acht Uhr traf die königliche Familie ein, und die Vorstellung begann.

Toby übertraf die höchsten Erwartungen. Mit seinem Gesicht, das vor Unschuld strahlte, attackierte er die britische Regierung und ihren alten Akademikerdünkel. Er erklärte, wie sie es fertigbrachte, weniger mächtig als Uganda zu sein, und wie das einem verdienstvolleren Land nicht hätte passieren können. Sie brüllten vor Lachen, weil sie wußten, daß Toby Temple nur Spaß machte. Er meinte kein Wort im Ernst. Toby liebte sie. Und sie liebten ihn.

Der Empfang in Paris war noch stürmischer. Jill und Toby waren Gäste im Elysee-Palast und wurden in einer Limousine des Präsidenten durch die Stadt gefahren. Sie erschienen jeden Tag auf den Titelseiten der Zeitungen, und wenn sie im Theater auftauchten, mußte das Polizeiaufgebot verstärkt werden, um die Menschen zurückzuhalten. Nach der Vorstellung wurden Toby und Jill zu ihrer Limousine geleitet, als plötzlich die Menge die Polizeikette durchbrach und Hunderte von Franzosen sie bestürmten: »Toby, Toby ... *on veut* Toby!« Sie streckten ihm Kugelschreiber und Autogrammbücher entgegen und drängten nach vorn, um den großen Toby Temple und seine großartige Jill zu berühren. Die Polizei war nicht in der Lage, sie zurückzuhalten; die Menge fegte sie beiseite, riß an Tobys Kleidern und kämpfte um ein Souvenir. Toby und Jill wurden beinahe erdrückt, aber Jill hatte keine Angst. Dieser Tumult war eine Huldigung für sie. Sie hatte diesen Menschen Toby zurückgegeben.

Die letzte Station ihrer Reise war Moskau.

Moskau im Juni ist eine der reizvollsten Städte der Welt. Graziöse weiße Birken, umgeben von gelben Blumenrabatten, säumen die breiten Boulevards, auf denen Einheimische und Besucher im Sonnenschein flanieren. Es ist die Saison der Touristen. Abgesehen von offiziellen Besuchern, werden alle Touristen in Rußland durch Intourist betreut, der von der Regierung kontrollierten Agentur, die Verkehrsverbindungen, Hotelunterkünfte und gelenkte Stadtrundfahrten arrangiert. Aber auf Toby und Jill wartete auf dem Internationalen Flughafen von Scheremetjewo eine große Limousine, die sie ins Metropol Hotel fuhr, das sonst nur für VIPs aus den Satellitenstaaten reserviert ist.

General Juri Romanowitsch, ein hoher Parteifunktionär, kam ins Hotel, um sie willkommen zu heißen. »Wir zeigen nicht viele amerikanische Filme in Rußland, Mr. Temple, aber Ihre Filme sind hier oft gelaufen. Das russische Volk ist der Meinung, daß es für das Genie keine Grenzen gibt.«

Toby war für drei Vorstellungen im Bolschoi-Theater engagiert worden. Am Eröffnungsabend wurde Jill in den Beifall mit einbezogen. Wegen der Sprachgrenze brachte Toby den größten Teil seines Auftritts als Pantomime, und das Publikum war hingerissen. Er hielt eine Hetzrede in seinem Pseudorussisch, und ihr Lachen und ihr Applaus hallten in dem riesigen Theater wie eine Liebeserklärung wider.

An den nächsten beiden Tagen begleitete General Romanowitsch Toby und Jill auf privaten Stadtrundfahrten. Sie besuchten den Gorki-Park, fuhren auf dem Riesenrad und besichtigten die historische Sankt-Basilius-Kathedrale. Sie wurden in den Moskauer Staatszirkus geführt, und es wurde ein Bankett für sie gegeben, wo ihnen der goldene Kaviar, der seltenste von acht Kaviarsorten, serviert wurde.

Am Nachmittag vor Tobys letztem Auftritt machten sich die Temples für einen Einkaufsbummel fertig. Toby sagte: »Warum gehst du nicht allein, Baby? Ich glaube, ich werde mich eine Weile hinlegen.«

Jill sah ihn einen Augenblick forschend an. »Fühlst du dich nicht wohl?«

»O doch. Ich bin bloß ein bißchen müde. Geh nur und kauf Moskau leer.«

Jill zögerte. Toby sah blaß aus. Wenn diese Tournee vorüber war, würde sie dafür sorgen, daß er eine lange Erholungspause bekam, ehe er eine neue Fernsehshow begann. »Also gut«, stimmte sie zu, »mach ein Nickerchen.«

Jill ging durch die Halle zum Ausgang, als sie eine Männerstimme rufen hörte: »Josephine«, und noch während sie sich umwandte, wußte sie, wer es war, und im Bruchteil einer Sekunde geschah das Wunder wieder.

David Kenyon kam lächelnd auf sie zu und sagte: »Ich freue mich so, dich zu sehen«, und sie glaubte, ihr Herz würde aufhören zu schlagen. *Er ist der einzige Mann, dem das je bei mir gelungen ist,* dachte Jill.

»Darf ich dich zu einem Drink einladen?« fragte David.

»Ja«, antwortete sie.

Die Hotelbar war groß und gut besucht, aber sie fanden einen vergleichsweise ruhigen Tisch in einer Ecke, wo sie sich unterhalten konnten.

»Was machst du in Moskau?« fragte Jill.

»Ich versuche, für unsere Regierung ein Ölabkommen auszuarbeiten.«

Ein gelangweilter Ober schlenderte an ihren Tisch und nahm ihre Getränkebestellung entgegen.

»Wie geht es Cissy?«

David sah sie kurz an und sagte dann: »Wir haben uns vor ein paar Jahren scheiden lassen.« Er wechselte bewußt das Thema. »Ich habe deinen Lebensweg verfolgt. Ich bin von Kindesbeinen an ein Fan von Toby Temple gewesen.« Das klang so, als ob Toby sehr alt wäre. »Ich bin froh, daß er wieder gesund ist. Als ich las, daß er einen Schlaganfall hatte, machte ich mir Sorgen um dich.« In seinen Augen lag ein Ausdruck, der Jill an längst vergangene Zeiten erinnerte.

»Ich fand Toby in Hollywood und London großartig«, sagte David.

»Warst du da?« fragte Jill überrascht.

»Ja.« Dann fügte er schnell hinzu: »Ich hatte geschäftlich dort zu tun.«

»Warum bist du nicht hinter die Bühne gekommen?«

Er zögerte. »Ich wollte nicht aufdringlich sein. Ich wußte nicht, ob du mich sehen wolltest.«

Ihre Getränke wurden in schweren, gedrungenen Gläsern serviert.

»Auf dich und Toby«, sagte David. Und in der Art, wie er es sagte, lag ein Hauch von Trauer und Sehnsucht...

»Wohnst du immer im Metropol?« fragte Jill.

»Nein. Es war verdammt schwierig...« Er bemerkte die Falle zu spät. Er lächelte schief. »Ich hätte schon vor fünf Tagen aus Moskau abreisen sollen. Ich blieb, weil ich hoffte, dir zu begegnen.«

»Weshalb, David?«

Er antwortete lange nicht. Dann sagte er schließlich: »Jetzt ist es zwar zu spät, aber ich werde es dir dennoch sagen, weil ich glaube, daß du ein Recht hast, es zu erfahren.«

Und er sprach über seine Ehe mit Cissy, wie sie ihn überlistet hatte, von ihrem Selbstmordversuch und von der Nacht, als er Jill gebeten hatte, ihn am See zu treffen. Es kam alles in einem zutiefst erregten Wortschwall heraus, der Jill erschütterte.

»Ich habe dich immer geliebt.«

Sie saß da und lauschte ihm, und ein Gefühl des Glücks durchströmte ihren Körper wie wärmender Wein. Es war, als ob ein schöner Traum wahr würde, es war alles, was sie gewollt, was sie sich gewünscht hatte. Jill blickte den Mann ihr gegenüber forschend an, und sie erinnerte sich an seine kräftigen Hände und an seinen harten, fordernden Körper, und sie schwankte unter einem Ansturm der Gefühle. Aber Toby war ein Teil von ihr geworden, er war ihr Fleisch und Blut; David...

Eine Stimme neben ihr sagte: »Mrs. Temple! Wir haben Sie überall gesucht!« Es war General Romanowitsch.

Jill sah David an. »Ruf mich morgen früh an.«

Tobys letzte Vorstellung im Bolschoi-Theater war aufregender als alles, was jemals dort gegeben worden war. Die Zuschauer warfen Blumen auf die Bühne und jubelten und trampelten und weigerten sich zu gehen. Es war ein Höhepunkt in Tobys triumphaler Laufbahn. Nach dem Auftritt war ein Empfang vorgesehen, aber Toby sagte zu Jill: »Ich bin erledigt, Göttin. Warum gehst du nicht allein hin? Ich fahre ins Hotel zurück und nehme eine Mütze Schlaf.«

Jill ging allein zum Empfang, aber es war, als stünde David jeden Augenblick neben ihr. Sie unterhielt sich mit ihren Gastgebern und tanzte und bedankte sich für die ihr erwiesenen Huldigungen, doch die ganze Zeit durchlebte sie im Geist ihre Begegnung mit David. *Ich habe das falsche Mädchen geheiratet. Cissy und ich sind geschieden. Ich habe nie aufgehört, dich zu lieben.*

Um zwei Uhr morgens verabschiedeten sich Jills Begleiter vor ihrer Hotelsuite von ihr. Sie trat ein und fand Toby mitten im Zimmer bewußtlos auf dem Boden, die rechte Hand zum Telefon ausgestreckt.

Toby Temple wurde eilends in einem Krankenwagen zur Diplomatischen Poliklinik gebracht. Drei berühmte Spezialisten wurden mitten in der Nacht gerufen, um ihn zu untersuchen. Jeder bezeigte Jill sein Mitgefühl. Der Krankenhausdirektor geleitete sie in ein Privatbüro, wo sie auf Nachricht wartete. *Es ist wie eine Wiederaufführung,* dachte Jill. *All das hat sich schon einmal ereignet.* Es war alles sehr vage und unwirklich.

Stunden später öffnete sich die Tür zum Büro, und ein kleiner, fetter Russe watschelte herein. Er trug einen schlechtsitzenden Anzug und sah wie ein erfolgloser

Klempner aus. »Ich bin Dr. Durow«, sagte er. »Ich betreue den Fall Ihres Gatten.«

»Ich möchte wissen, wie es ihm geht.«

»Setzen Sie sich bitte, Mrs. Temple.«

Jill war sich gar nicht bewußt gewesen, daß sie aufgestanden war. »Sagen Sie es mir.«

»Ihr Mann hat einen Schlaganfall gehabt – eine Cerebralthrombose.«

»Wie schlimm ist es?«

»Es ist einer – wie sagen Sie? – der schwersten, gefährlichsten Fälle. Wenn Ihr Mann überleben sollte – und es ist noch zu früh, darüber etwas zu sagen –, wird er nie wieder gehen oder sprechen können. Sein Geist ist klar, aber er ist völlig gelähmt.«

Bevor Jill Moskau verließ, rief David sie an.

»Ich kann dir gar nicht sagen, wie leid es mir tut«, sagte er. »Ich werde dir beistehen. Wenn du mich brauchst, werde ich immer für dich dasein. Vergiß das nicht.«

Es war das einzige, was Jill half, in dem beginnenden Alptraum ihren Verstand zu behalten.

Die Heimreise war eine teuflische Wiederholung der Vergangenheit. Die Krankentrage im Flugzeug, der Krankenwagen vom Flughafen zum Haus, das Krankenzimmer.

Nur daß es diesmal nicht das gleiche war. Jill hatte es sofort gewußt, als man ihr erlaubte, Toby zu sehen. Sein Herz schlug, seine lebenswichtigen Organe funktionierten; in jeder Hinsicht war er ein lebender Organismus. Und trotzdem war er es nicht. Er war ein atmender, pulsierender Leichnam, ein toter Mann in einem Sauerstoffzelt mit Schläuchen und Nadeln in seinem Körper, die ihn mit jenen Lösungen versorgten, die nötig waren, um ihn am Leben zu erhalten. Sein Gesicht mit den hochgezogenen Lippen, die sein Zahnfleisch entblößten, war so entsetzlich verzerrt, daß es aussah, als ob er grinste. *Ich fürchte, ich kann Ihnen keine Hoffnung machen,* hatte der russische Arzt gesagt.

Das war vor vielen Wochen gewesen. Nun waren sie wieder zu Hause in Bel-Air. Jill hatte sofort Dr. Kaplan hinzugezogen, der Fachärzte kommen ließ, die ihrerseits weitere Kapazitäten gerufen hatten, und es kam immer dieselbe Antwort: ein schwerer Schlaganfall, der die Nervenzentren schwer beschädigt oder gar zerstört hatte, und es bestand kaum eine Chance, die eingetretenen Schäden zu heilen.

Schwestern betreuten ihn rund um die Uhr, und ein Heilgymnastiker arbeitete mit Toby, aber es waren alles leere Gesten.

Das Objekt dieser ganzen Aufmerksamkeit bot einen schauerlichen Anblick. Tobys Haut war gelblich geworden, und das Haar fiel ihm büschelweise aus. Seine gelähmten Glieder waren runzlig und sehnig. Auf seinem Gesicht stand das entsetzliche Grinsen, das er nicht kontrollieren konnte – der Kopf eines Toten.

Doch seine Augen waren lebendig. Und wie lebendig! Sie leuchteten mit der Kraft eines in einer nutzlosen Schale gefangenen Geistes. Jedesmal wenn Jill sein Zimmer betrat, folgten ihr Tobys Augen begierig. Worum baten sie? Daß sie ihn wieder gehen, wieder sprechen lehrte? Ihn wieder in einen Mann verwandelte?

Schweigend und nachdenklich blickte sie auf ihn hinunter. *Ein Teil von mir liegt in diesem Bett, leidend, gefangen.* Sie waren miteinander verbunden. Sie hätte alles gegeben, um Toby zu retten, sich selbst zu retten. Aber sie wußte, daß es aussichtslos war.

Unaufhörlich kamen Anrufe, und es war eine Wiederholung all jener anderen Telefonanrufe, all jener früheren Sympathiebeweise.

Aber dann kam ein anderer Anruf. David Kenyon meldete sich. »Ich wollte nur sagen, wenn ich etwas für dich tun kann – gleichgültig, was, ich bin bereit.«

Jill rief sich seinen Anblick ins Gedächtnis, groß und stattlich und gesund, und sie dachte an die deformierte Karikatur ihres Mannes im Zimmer nebenan. »Danke, David. Ich bin dir wirklich dankbar. Aber da ist nichts zu machen. Jedenfalls vorläufig nicht.«

»Wir haben hervorragende Ärzte in Houston«, sagte er. »Einige der besten in der Welt. Ich könnte veranlassen, daß sie ihn untersuchen.«

Jills Kehle zog sich zusammen. Wie sehr wünschte sie, daß David zu ihr käme, sie von hier fortbrächte! Aber es war nicht möglich. Sie war an Toby gefesselt, und sie wußte, daß sie ihn nie verlassen konnte.

Nicht, solange er lebte.

Dr. Kaplan hatte Toby gründlich untersucht. Jill wartete in der Bibliothek auf ihn. Sie drehte sich um, als er hereinkam. Der Arzt versuchte zu scherzen: »Tja, Jill, ich habe eine gute Nachricht, und ich habe eine schlechte Nachricht.«

»Sagen Sie mir die schlechte zuerst.«

»Ich fürchte, Tobys Nervensystem ist zu schwer beschädigt, als daß er je wieder gesund werden könnte. Daran besteht kein Zweifel. Er hat keine Chance. Er wird nie wieder gehen oder sprechen können.«

Sie blickte ihn lange an und fragte dann: »Und die gute Nachricht?«

Dr. Kaplan lächelte. »Tobys Herz ist erstaunlich kräftig. Bei sorgfältiger Pflege kann er noch zwanzig Jahre leben.«

Jill blickte ihn ungläubig an. *Zwanzig Jahre. War das die gute Nachricht?* Sie sah sich an diese entsetzliche Fratze da oben gekettet, gefangen in einem Alptraum, aus dem es kein Entrinnen gab. Sie konnte sich nie von Toby scheiden lassen. Niemand würde das verstehen. Sie war die Heldin, die ihm das Leben gerettet hatte. Jeder würde sich verraten, betrogen fühlen, wenn sie ihn jetzt preisgab. Sogar David Kenyon.

David rief sie nun täglich an, und immer wieder versicherte er ihr, wie wunderbar ihre Treue und Selbstlosigkeit wäre, und beide waren sich des tiefen Gefühls füreinander bewußt.

Unausgesprochen blieb der Satz: *Wann stirbt Toby?*

33

Drei Krankenschwestern pflegten Toby im Schichtdienst rund um die Uhr. Sie waren flott, tüchtig und so unpersönlich wie Maschinen. Jill war dankbar für ihre Anwesenheit, denn sie konnte es nicht ertragen, in Tobys Nähe zu sein. Der Anblick dieser häßlichen, grinsenden Maske stieß sie ab. Sie fand alle möglichen Entschuldigungen, seinem Zimmer fernzubleiben. Wenn Jill sich zwang, zu ihm zu gehen, fühlte sie sofort eine Veränderung in ihm. Selbst die Schwestern merkten es. Toby lag bewegungslos und hilflos da, versteinert in seiner gelähmten Hülle. Doch sowie Jill das Zimmer betrat, begann Vitalität aus diesen blauen Augen zu sprühen. Jill konnte Tobys Gedanken so klar lesen, als würde er laut sprechen: *Laß mich nicht sterben. Hilf mir! Hilf mir!*

Jill blickte auf seinen verfallenen Körper hinunter und dachte: *Ich kann dir nicht helfen. Du möchtest so nicht leben. Du möchtest sterben.*

Der Gedanke begann in Jill Gestalt anzunehmen.

Die Zeitungen waren voll von Geschichten über kranke Ehemänner, deren Frauen sie von ihren Schmerzen befreit hatten. Selbst einige Ärzte gaben zu, daß sie bewußt gewisse Patienten sterben ließen. Euthanasie nannte man das. Gnadentod. Aber Jill wußte, daß es auch Mord genannt werden konnte, obgleich nichts in Toby mehr lebte außer diesen verfluchten Augen, die ihr überallhin folgten.

In den nächsten Wochen verließ Jill das Haus nicht mehr. Die meiste Zeit schloß sie sich in ihrem Schlafzimmer ein. Ihre Kopfschmerzen waren wiedergekehrt, und sie konnte keine Linderung finden.

Zeitungen und Zeitschriften brachten Geschichten über den gelähmten Superstar und seine hingebungsvolle Frau, die ihn schon einmal gesund gepflegt hatte. Alle Zeitschriften stellten Vermutungen an, ob Jill dieses Wunder wiederholen könnte. Aber sie wußte, daß es keine Wunder mehr geben würde. Toby würde nie mehr gesund werden.

Zwanzig Jahre, hatte Dr. Kaplan gesagt. Und da draußen war David und wartete auf sie. Sie mußte einen Weg finden, aus ihrem Gefängnis zu entkommen.

Es begann an einem dunklen, trüben Sonntag. Vormittags regnete es, und der Regen hielt den ganzen Tag an und trommelte auf das Dach und gegen die Fenster des Hauses, bis Jill glaubte, sie würde verrückt werden. Sie war in ihrem Schlafzimmer, las und versuchte, das eintönige Klopfen der Regentropfen aus ihren Gedanken zu verbannen, als die Nachtschwester hereinkam.

Sie hieß Ingrid Johnson. Sie war steif und nordisch. »Die Kochplatte oben funktioniert nicht«, meldete sie. »Ich muß in die Küche hinunter, um Mr. Temples Essen zu kochen. Könnten Sie ein paar Minuten bei ihm bleiben?«

Jill fühlte die Mißbilligung in der Stimme der Schwester. Sie fand es seltsam, daß eine Frau die Nähe des Krankenbettes ihres Mannes mied. »Ich werde mich um ihn kümmern«, sagte Jill.

Sie legte das Buch weg und ging durch die Diele zu Tobys Krankenzimmer. Als sie den Raum betrat, drang ihr der bekannte Gestank in die Nase. Augenblicklich wurde ihr ganzes Bewußtsein von den Erinnerungen an jene langen, fürchterlichen Monate überflutet, als sie um Tobys Rettung gekämpft hatte.

Tobys Kopf ruhte auf einem großen Kissen. Als er Jill erkannte, belebten sich seine Augen plötzlich, sandten rasende Botschaften aus. *Wo bist du gewesen? Warum bist du mir ferngeblieben? Ich brauche dich. Hilf mir!* Es war, als könnten seine Augen sprechen. Jill sah auf diesen widerlichen, verunstalteten Körper mit der grinsenden Totenmaske hinab und ekelte sich. *Du wirst nie wieder gesund werden, hol dich der Teufel! Du mußt sterben! Ich will, daß du stirbst!*

Als Jill Toby anstarrte, bemerkte sie, wie sich der Ausdruck in seinen Augen veränderte. Sie zeigten Schock und Unglauben und begannen dann, sich mit Haß und einer so nackten Feindseligkeit zu füllen, daß Jill unwillkürlich einen Schritt vom Bett zurücktrat. Ihr wurde bewußt, was passiert war: Sie hatte ihre Gedanken laut ausgesprochen.

Sie drehte sich um und floh aus dem Zimmer.

Gegen Morgen hörte es auf zu regnen. Tobys alter Rollstuhl war vom Keller heraufgeholt worden. Die Tagesschwester fuhr Toby in seinem Stuhl in den Garten hinaus, damit er ein wenig Sonne abbekam. Jill hörte das Geräusch des Rollstuhls, der durch die Diele zum Fahrstuhl geschoben wurde. Sie wartete ein paar Augenblicke und ging dann hinunter. Sie kam an der Bibliothek vorbei, als das Telefon läutete. Es war David, der aus Washington anrief.

»Wie geht es dir heute?« Es klang warm und liebevoll.

Sie war noch nie so froh gewesen, seine Stimme zu hören. »Mir geht's gut, David.«

»Ich wünschte, du wärest bei mir, Liebling.«

»Ich auch. Ich liebe dich so sehr. Und ich brauche dich. Ich möchte, daß du mich in deinen Armen hältst. O David...«

Instinktiv drehte Jill sich um. Toby war in der Halle, festgeschnallt im Rollstuhl, wo ihn die Schwester einen Augenblick allein gelassen hatte. Die blauen Augen funkelten Jill haßerfüllt und mit einer solchen Arglist an, daß es wie ein körperlicher Schlag war. Seine Gedanken sprachen zu ihr durch seine Augen, schrien sie an: *Ich bringe dich um!* Jill ließ entsetzt den Hörer fallen.

Sie rannte aus dem Zimmer und die Treppe hinauf, spürte, wie Tobys Haß sie wie eine gewalttätige, böse Kraft verfolgte. Sie blieb den ganzen Tag in ihrem Zimmer, lehnte jedes Essen ab. Sie saß in einem tranceähnlichen Zustand in einem Sessel, und ihre Gedanken kreisten immer wieder um den Augenblick am Telefon. Toby wußte. Er wußte. Sie konnte ihm nicht mehr gegenübertreten.

Schließlich kam die Nacht. Es war Mitte Juli, und die Luft hielt noch die Hitze des Tages. Jill öffnete weit die Schlafzimmerfenster, um die, wenn auch schwache, Brise einzufangen.

In Tobys Zimmer hatte Schwester Gallagher Dienst. Sie ging auf Zehenspitzen hinein, um einen Blick auf ihren Patienten zu werfen. Schwester Gallagher wünschte, sie könnte seine Gedanken lesen, dann wäre es ihr vielleicht möglich, dem armen Mann zu helfen. Sie zog die Decken um Toby fest. »Jetzt schlafen Sie gut«, sagte sie heiter. »Ich komme wieder, um nach Ihnen zu sehen.« Keine

Reaktion. Er bewegte nicht einmal die Augen, um sie anzublicken.

Vielleicht ist es ganz gut, daß ich seine Gedanken nicht lesen kann, dachte Schwester Gallagher. Sie warf ihm einen letzten Blick zu und zog sich dann in ihren kleinen Aufenthaltsraum zurück, um sich eine späte Fernsehsendung anzusehen. Schwester Gallagher liebte Talk-Shows. Sie liebte es, Filmstars über sich selbst plaudern zu sehen. Das machte sie so furchtbar *menschlich,* fast wie gewöhnliche, alltägliche Leute. Sie stellte den Apparat leise, damit ihr Patient nicht gestört würde. Aber Toby Temple hätte es auf keinen Fall gehört. Seine Gedanken waren woanders.

Das Haus schlief ruhig und fest in der gut bewachten Geborgenheit des Bel-Air-Waldes. Vom Sunset Boulevard weit unten trieben gedämpft ein paar verschwommene Verkehrsgeräusche herauf. Schwester Gallagher sah sich einen späten Film an. Sie wünschte, es wäre einer der alten Toby-Temple-Filme. Das fände sie aufregend: Mr. Temple im Fernsehen zu sehen und zu wissen, daß er persönlich hier war, nur ein paar Meter von ihr entfernt.

Gegen vier Uhr morgens nickte Schwester Gallagher mitten in einem Horrorfilm ein.

In Tobys Schlafzimmer herrschte tiefe Stille.

In Jills Zimmer war das einzige vernehmbare Geräusch das Ticken der Uhr auf ihrem Nachttisch. Jill lag nackt im Bett. Sie schlief fest und hielt mit einem Arm ihr Kopfkissen umschlungen. Ihr Körper hob sich dunkel von den weißen Laken ab. Die Straßengeräusche waren gedämpft und klangen weit entfernt.

Jill warf sich ruhelos im Schlaf herum und fröstelte. Sie träumte, daß sie und David auf ihrer Hochzeitsreise in Alaska waren. Sie wanderten über eine weite, froststarre Ebene, und plötzlich kam ein Sturm auf. Der Wind wehte ihnen eisige Luft in die Gesichter, und sie konnten kaum atmen. Jill wandte sich nach David um, aber er war fort. Sie befand sich allein in der kalten Arktis, hustete und rang nach Luft.

Ein ersticktes Keuchen weckte Jill. Sie hörte ein gräßliches, japsendes Schnaufen, ein Todesröcheln, und sie schlug die Augen auf. Das Geräusch kam aus ihrer eigenen Kehle. Sie konnte nicht atmen. Ein eisiger Luftmantel überzog sie wie eine obszöne Decke, liebkoste ihren nackten Körper, streichelte ihre Brüste, küßte ihre Lippen mit einem kalten, übelriechenden Atem, der nach Grab roch. Jills Herz klopfte wie wild, als sie um Luft rang. Ihre Lungen brannten vor Kälte. Sie versuchte, sich aufzusetzen, und es war, als hielte ein unsichtbares Gewicht sie nieder. Sie wußte, daß es ein Traum sein mußte, aber gleichzeitig konnte sie dieses scheußliche Röcheln in ihrer Kehle hören, als sie nach Atem rang. Sie starb. Aber konnte man in einem bösen Traum sterben? Jill spürte, wie kalte Fühler ihren Körper erforschten, ihr zwischen die Beine und in sie hineindrangen, sie ausfüllten, und mit einer plötzlichen Gewißheit, die ihr Herz stocken ließ, erkannte sie, daß es Toby war. Irgendwie, auf irgendeine Art war es Toby. Und das aufwallende Entsetzen gab Jill die Kraft, sich ans Fußende vorzukrallen, nach Atem ringend, mit Geist und Körper um ihr Leben kämpfend. Sie erreichte den Boden, richtete sich mühsam auf und rannte auf die Tür zu, spürte, wie die Kälte sie verfolgte, sie umgab, nach ihr griff. Ihre Finger fanden den Türknauf und drehten ihn. Keuchend rannte sie in die Diele hinaus, ihre ausgehungerten Lungen mit Sauerstoff füllend.

Die Diele war warm und ruhig. Jill stand mit unkontrollierbar klappernden Zähnen da. Sie drehte sich um und blickte in ihr Zimmer. Es sah normal und friedlich aus. Ein Alptraum hatte sie in seinen Krallen gehalten. Jill zögerte einen Augenblick, ehe sie langsam durch die Tür zurückging. Ihr Zimmer war warm. Sie hatte nichts zu befürchten. *Natürlich* konnte Toby ihr nichts antun.

In ihrem Aufenthaltsraum wachte Schwester Gallagher auf und ging, um nach ihrem Patienten zu sehen.

Toby Temple lag im Bett, genau, wie sie ihn verlassen hatte. Seine Augen starrten zur Decke empor, auf etwas gerichtet, das Schwester Gallagher nicht sehen konnte.

Danach kehrte der Alptraum regelmäßig wieder, wie das finstere Omen eines Verhängnisses, die Voraussahnung eines kommenden Schreckens. Langsam entstand in Jill ein namenloses Entsetzen. Wo sie sich auch im Haus aufhielt, überall spürte sie Tobys Gegenwart. Wenn die Schwester ihn ausfuhr, konnte Jill ihn hören. Tobys Rollstuhl gab ein hohes Quietschen von sich, und es zerrte an Jills Nerven, wenn sie es hörte. *Ich muß ihn in Ordnung bringen lassen,* dachte sie. Sie vermied es, auch nur in die Nähe von Tobys Zimmer zu gehen, aber es spielte keine Rolle. Er war überall anwesend und lauerte auf sie.

Sie hatte jetzt ständig Kopfschmerzen, ein wildes, rhythmisches Klopfen, das ihr keine Ruhe ließ. Sie wünschte, daß der Schmerz nur eine Stunde lang nachließe, eine Minute, eine Sekunde. Sie *mußte* schlafen. Sie ging ins Dienstmädchenzimmer hinter der Küche, so weit von Tobys Wohntrakt entfernt wie möglich. Das Zimmer war warm und still. Jill legte sich aufs Bett und schloß die Augen. Sie schlief sofort ein.

Sie wurde durch die stinkende, eisige Luft geweckt, die das Zimmer füllte, nach ihr griff und versuchte, sie einzuhüllen. Jill sprang auf und rannte zur Tür hinaus.

Die Tage waren schon schrecklich genug, aber die Nächte waren noch schlimmer. Sie liefen immer nach demselben Schema ab. Jill ging in ihr Zimmer und legte sich ins Bett, kämpfte darum, wach zu bleiben, fürchtete einzuschlafen, weil sie wußte, daß Toby kommen würde. Aber ihr erschöpfter Körper gewann die Oberhand, und schließlich schlief sie ein.

Sie wurde durch die Kälte geweckt. Sie lag zitternd im Bett, fühlte die eisige Luft an sich heraufkriechen, und eine Woge des Bösen überschwemmte sie wie ein schrecklicher Fluch. Sie sprang auf und floh in stummem Entsetzen.

Es war drei Uhr morgens.

Jill war in ihrem Sessel über einem Buch eingeschlafen. Allmählich wachte sie auf und öffnete die Augen in dem stockdunklen Schlafzimmer. Sie spürte, daß etwas nicht stimmte. Dann wußte sie, was es war: *Als sie eingeschlafen war, hatten alle Lichter gebrannt.* Sie fühlte ihr Herz rasend klopfen, und sie dachte: *Kein Grund zur Aufregung, Schwester Gallagher muß hereingekommen sein und die Lichter gelöscht haben.*

Dann hörte sie das Geräusch. Es kam durch die Halle... ein Quietschen... Quietschen... Tobys Rollstuhl. Er bewegte sich auf ihre Schlafzimmertür zu. Jill sträubten sich die Nackenhaare. *Es ist nur ein Ast, der im Wind gegen das Haus klopft, oder ein Knarren im Dachgebälk,* sagte sie sich. Doch sie wußte, daß es das nicht war. Sie hatte dieses Geräusch schon zu oft gehört. Quietschen... Quietschen... wie die Musik des Todes. *Es kann nicht Toby sein,* dachte sie. *Er liegt hilflos in seinem Bett. Ich verliere noch den Verstand.* Sie hörte, wie das Geräusch näher kam. Jetzt war es an ihrer Tür. Nun war es nicht mehr zu vernehmen. Dann folgte plötzlich ein Splittern und dann Stille.

Jill verbrachte den Rest der Nacht in der Dunkelheit in ihren Sessel gekauert, zu verstört, um sich zu bewegen.

Am Morgen fand sie vor ihrer Schlafzimmertür eine zerbrochene Vase auf dem Boden, die von einem Ständer in der Diele heruntergestoßen worden war.

Jill sprach mit Dr. Kaplan. »Glauben Sie, daß der Geist den Körper beherrschen kann?« fragte sie.

Er sah sie fragend an. »Wie meinen Sie das?«

»Wenn Toby – *unbedingt* aus seinem Bett heraus wollte, würde er das fertigbringen?«

»Sie meinen, ohne Hilfe? In seiner augenblicklichen Verfassung?« Er warf ihr einen ungläubigen Blick zu. »Er ist absolut unfähig, sich zu bewegen, vollkommen unfähig.«

Jill gab sich nicht zufrieden. »Wenn – wenn er wirklich *entschlossen* wäre aufzustehen – wenn es irgend etwas gäbe, was ihn dazu zwingen könnte . . .«

Dr. Kaplan schüttelte den Kopf. »Unser Verstand gibt dem Körper Befehle, aber wenn der physische Bewegungsapparat blockiert ist, wenn die Befehle des Gehirns nicht an die Muskeln übermittelt werden können, dann bleiben die Signale ohne Folgen.«

Sie mußte es genau wissen. »Glauben Sie, daß Gegenstände durch den Geist bewegt werden können?«

»Meinen Sie Telekinese? Es werden eine Menge Experimente damit gemacht, aber niemand konnte bisher Beweise vorlegen, die mich überzeugt hätten.«

Da war aber die zerbrochene Vase vor ihrer Schlafzimmertür.

Jill wollte ihm davon erzählen, von der kalten Luft, die ihr immer nachwehte, von Tobys Rollstuhl vor ihrer

Tür, aber Dr. Kaplan würde nur denken, daß sie verrückt sei. *War sie es? War etwas mit ihr nicht in Ordnung? Verlor sie den Verstand?*

Als Dr. Kaplan gegangen war, trat Jill vor den Spiegel, um sich anzusehen. Sie war über ihren Anblick entsetzt. Ihre Wangen waren eingefallen, und ihre Augen standen riesig in einem blassen, knochigen Gesicht. *Wenn ich so weitermache,* dachte Jill, *werde ich vor Toby sterben.* Sie sah ihr strähniges, glanzloses Haar und ihre spröden, rissigen Fingernägel an. *David darf mich nie so sehen. Ich muß auf mich achten. Von jetzt an,* sagte sie sich, *gehst du einmal in der Woche in den Schönheitssalon, und du wirst drei Mahlzeiten täglich essen und acht Stunden schlafen.*

Am nächsten Morgen vereinbarte Jill einen Termin mit dem Schönheitssalon. Sie war erschöpft, und als sie unter der warmen, bequemen Trockenhaube saß, wurde sie von dem monotonen Summen eingeschläfert, und der Alptraum begann wieder. Sie lag im Bett und schlief. Sie konnte Toby hören, wie er in seinem Rollstuhl in ihr Schlafzimmer kam ... Quietschen ... Quietschen. Langsam richtete er sich in seinem Stuhl auf, stellte sich auf die Beine und bewegte sich auf sie zu, grinsend, die skelettartigen Hände nach ihrer Kehle ausgestreckt. Jill wachte wild schreiend auf und versetzte den Schönheitssalon in Aufruhr. Sie flüchtete, ohne sich das Haar auskämmen zu lassen.

Nach diesem Erlebnis hatte Jill Angst, das Haus wieder zu verlassen.

Und Angst, darin zu bleiben.

Mit ihrem Kopf schien etwas nicht zu stimmen. Jetzt waren es nicht mehr nur die Kopfschmerzen. Sie wurde vergeßlich. Sie ging aus irgendeinem Grund nach unten in die Küche, stand da und wußte nicht mehr, was sie hier gewollt hatte. Ihr Gedächtnis begann ihr Streiche zu spielen. Einmal kam Schwester Gordon, um etwas mit ihr zu besprechen; Jill war erstaunt, eine Schwester hier zu sehen, und dann fiel ihr plötzlich ein, warum sie da war. Der Regisseur wartete auf den Einsatz von Jill. Sie versuchte, sich an ihren Text zu erinnern. *Ich fürchte, nicht sehr gut, Doktor.* Sie mußte mit dem Regisseur sprechen und herausbekommen, wie sie es seiner Meinung nach sagen sollte. Schwester Gordon hielt ihre Hand und sagte: »Mrs. Temple! Mrs. Temple! Fühlen Sie sich nicht wohl?« Und Jill kehrte wieder in ihre Umgebung, in die Gegenwart zurück, von Schreck gepackt über das, was mit ihr vorging. Sie wußte, daß sie so nicht weitermachen konnte. Sie mußte unbedingt herausbekommen, ob ihr Verstand gelitten hatte oder ob Toby doch in der Lage war, sich irgendwie zu bewegen, ob er einen Weg gefunden hatte, sie anzugreifen, und sie umzubringen versuchte.

Sie mußte ihn sehen. Sie zwang sich, durch den langen Gang zu Tobys Schlafzimmer zu gehen. Einen Augenblick stand sie davor, straffte sich, und dann betrat Jill Tobys Zimmer.

Toby lag im Bett, und die Schwester wusch ihn mit dem Schwamm ab. Sie blickte auf, sah Jill und sagte: »Nanu, da ist ja Mrs. Temple. Wir nehmen gerade ein hübsches Bad, nicht wahr?«

Jill wandte ihren Blick der Gestalt auf dem Bett zu.

Tobys runzlige Beine und Arme waren zu strickähnlichen Anhängseln an einem zusammengeschrumpften, verkrümmten Rumpf geworden. Zwischen seinen Beinen lag wie eine lange, obszöne Schlange sein nutzloser Penis, schlapp und häßlich. Die gelbe Färbung war aus

Tobys Gesicht verschwunden, aber das starrende, idiotische Grinsen war immer noch da. Der Körper war tot, aber die Augen waren erschreckend lebendig. Durchbohrend, forschend, abwägend, planend, hassend; arglistige blaue Augen, in denen die geheimen Pläne, die tödliche Entscheidung standen. *Es ist wichtig, stets daran zu denken, daß sein Verstand nicht gelitten hat,* hatte der Arzt zu ihr gesagt. Er konnte denken und fühlen und hassen. Dieser Verstand hatte nichts anderes zu tun, als seine Rache zu planen, sich einen Weg auszudenken, um sie zu vernichten. Toby wünschte ihren Tod, wie sie seinen Tod wünschte.

Als Jill jetzt auf ihn hinabblickte, in diese vor Abscheu lodernden Augen starrte, konnte sie ihn sagen hören: *Ich werde dich töten,* und sie konnte die Wellen des Hasses fühlen, die sie wie körperliche Schläge trafen.

Jill starrte in diese Augen, und sie erinnerte sich an die zerbrochene Vase, und sie wußte, daß keiner der Alpträume Einbildung gewesen war. Er hatte einen Weg gefunden.

Sie wußte jetzt, daß es Tobys Leben gegen das ihre galt.

34

Nachdem Dr. Kaplan Toby eingehend untersucht hatte, kam er zu Jill. »Meiner Meinung nach sollten Sie die Therapie im Schwimmbecken aufgeben«, sagte er. »Es ist reine Zeitverschwendung. Ich hatte gehofft, wir könnten damit eine gewisse Stärkung der Muskulatur erreichen, aber es schlägt nicht an. Ich werde mit dem Heilgymnastiker sprechen.«

»Nein!« Es war ein schriller Schrei.

Dr. Kaplan blickte sie überrascht an. »Jill, ich weiß, was Sie schon einmal für Toby getan haben. Aber diesmal ist es hoffnungslos. Ich ...«

»Wir dürfen nicht aufgeben. Noch nicht.« In ihrer Stimme schwang Verzweiflung mit.

Dr. Kaplan zögerte und hob dann die Schultern. »Nun, wenn es Ihnen soviel bedeutet, aber ...«

»Es ist mir sehr wichtig.«

In diesem Augenblick war es das wichtigste auf der Welt. Es würde Jill das Leben retten.

Sie wußte jetzt, was sie tun mußte.

Der folgende Tag war ein Freitag. David rief Jill an, um ihr zu sagen, daß er geschäftlich nach Madrid müsse.

»Möglicherweise kann ich dich am Wochenende nicht anrufen.«

»Du wirst mir fehlen«, sagte Jill. »Sehr.«

»Du mir auch. Geht es dir gut? Du klingst so anders. Bist du müde?« Jill zwang sich, die Augen offenzuhalten, den entsetzlichen Schmerz in ihrem Kopf zu vergessen. Sie konnte sich nicht erinnern, wann sie das letztemal gegessen oder geschlafen hatte. Sie war so schwach, daß sie kaum stehen konnte. Sie legte alle Kraft in ihre Stimme. »Mir geht es gut, David.«

»Ich liebe dich, Darling. Paß gut auf dich auf.«

»Das tue ich, David. Ich liebe dich. Vergiß es nicht.«

Gleichgültig, was geschieht.

Sie hörte den Wagen des Heilgymnastikers in die Auffahrt einbiegen und eilte mit klopfendem Herzen und zitternden Beinen, die sie kaum zu tragen vermochten, die Treppe hinunter. Sie öffnete die Tür, als der Heilgymnastiker gerade klingeln wollte.

»Morgen, Mrs. Temple«, sagte er. Er wollte hereinkommen, doch Jill vertrat ihm den Weg. Er sah sie überrascht an.

»Dr. Kaplan hat entschieden, Mr. Temples heilgymnastische Übungen abzusetzen«, sagte Jill.

Das Gesicht des Heilgymnastikers verriet überraschten Unwillen. Er war also vergeblich hier herausgefahren. Das hätte man ihm auch früher mitteilen können. Gewöhnlich hätte er sich über diese Behandlung beschwert. Aber Mrs. Temple war so bewunderungswürdig mit ihren furchtbaren Sorgen. Er lächelte verständnisvoll und sagte: »Schon gut, Mrs. Temple. Ich verstehe.«

Er ging zurück zu seinem Wagen.

Jill wartete, bis sie den Wagen fortfahren hörte. Dann ging sie wieder nach oben. Auf halbem Weg wurde sie erneut von einem Schwindelanfall gepackt, und sie mußte sich ans Treppengeländer klammern, bis er abebbte. Sie konnte jetzt nicht mehr zurück. Täte sie es, würde sie sterben.

Sie ging auf die Tür von Tobys Zimmer zu, drehte den Knauf und trat ein. Schwester Gallagher saß in einem Sessel und arbeitete an einer Stickerei. Sie blickte überrascht auf, als sie Jill in der Tür stehen sah. »Oh!« sagte sie. »Sie kommen uns besuchen. Wie nett.« Sie drehte sich zum Bett hin. »Ich weiß, daß Mr. Temple sich freut. Freuen wir uns nicht, Mr. Temple?«

Toby saß, von Kissen gestützt, aufrecht im Bett. Seine Augen sandten Jill die Botschaft: *Ich werde dich töten.*

Jill wandte ihre Augen ab und ging zu Schwester Gallagher hinüber. »Ich fürchte, daß ich mich in letzter Zeit meinem Mann nicht genügend gewidmet habe.«

»Nun ja, das habe ich gelegentlich auch schon gedacht«, zwitscherte Schwester Gallagher. »Aber dann habe ich gesehen, daß Sie selber krank sind, und sagte mir deshalb...«

»Es geht mir wieder viel besser«, unterbrach Jill sie. »Ich wäre gern allein mit Mr. Temple.«

Schwester Gallagher sammelte ihre Stickereiutensilien zusammen und stand auf. »Selbstverständlich«, sagte sie, »das wird uns bestimmt sehr freuen.« Sie drehte sich zu dem grinsenden Gesicht im Bett um. »Ist es nicht so, Mr. Temple?« Zu Jill gewandt, fügte sie hinzu: »Ich werde schnell in die Küche hinuntergehen und mir eine gute Tasse Tee machen.«

»Nein. Ihr Dienst ist in einer halben Stunde beendet. Sie können schon jetzt gehen. Ich werde hierbleiben, bis Schwester Gordon kommt.« Jill schenkte ihr ein kurzes, beruhigendes Lächeln. »Machen Sie sich keine Sorgen. Ich werde bei ihm bleiben.«

»Ich glaube, das wäre für mich eine willkommene Gelegenheit, um einzukaufen, und...«

»Fein«, sagte Jill. »Dann gehen Sie nur.«

Jill stand unbeweglich da, bis sie die Haustür zufallen und Schwester Gallaghers Wagen abfahren gehört hatte. Als das Motorengeräusch in der Sommerluft erstorben war, drehte sich Jill zu Toby um.

Seine Blicke waren beharrlich auf ihr Gesicht geheftet. Sie zwang sich, ans Bett zu treten, schlug die Bettdecke zurück und blickte auf die ausgezehrte, gelähmte Gestalt mit den kraftlosen Beinen hinunter.

Der Rollstuhl stand in einer Ecke. Jill fuhr ihn neben das Bett und schob ihn so hin, daß sie Toby hineinsetzen konnte. Sie streckte die Arme nach ihm aus und hielt plötzlich inne. Sie mußte ihre ganze Kraft zusammennehmen, um ihn zu berühren. Das ausgemergelte Gesicht mit dem idiotisch grinsenden Mund und den hellen, Gift sprühenden blauen Augen war nur wenige Zentimeter von ihr entfernt. Sie beugte sich vor und zwang sich, Toby an den Armen hochzuheben. Er war fast gewichtslos, aber Jill konnte es wegen ihrer körperlichen Erschöpfung kaum bewältigen. Als sie seinen Körper berührte, hatte sie das Gefühl, von eisiger Luft eingehüllt zu werden. Der Druck in ihrem Kopf wurde unerträglich. Vor ihren Augen erschienen helle, farbige Punkte, und sie begannen zu tanzen, immer schneller, bis ihr schwindlig wurde. Sie glaubte, ohnmächtig zu werden, wußte aber, daß sie das nicht zulassen durfte. Nicht, wenn sie am Leben bleiben wollte. Mit übermenschlicher Anstrengung zerrte sie Tobys schlaffen Körper in den Rollstuhl und gurtete ihn fest. Sie blickte auf ihre Uhr. Ihr blieben nur noch zwanzig Minuten.

Jill brauchte fünf Minuten, um in ihr Schlafzimmer zu gelangen, sich einen Badeanzug anzuziehen und in Tobys Zimmer zurückzukehren.

Sie löste die Bremse am Rollstuhl und schob Toby

durch den Gang in den Lift. Sie stand hinter ihm, während sie abwärts fuhren, damit sie seine Augen nicht sehen mußte. Aber sie konnte sie fühlen. Und sie konnte die ungesunde, feuchte Kälte der Luft spüren, die sich im Fahrstuhl ausbreitete, sie einhüllte, überwältigte, ihre Lungen mit Fäulnis anfüllte, bis sie zu würgen begann. Sie konnte nicht atmen. Sie sank keuchend in die Knie, kämpfte darum, nicht bewußtlos zu werden, solange sie mit ihm in dem Lift gefangen war. Sie war der Bewußtlosigkeit nahe, als sich die Fahrstuhltür öffnete. So schnell sie konnte, kroch sie in das warme Sonnenlicht hinaus, lag tief atmend auf dem Boden und sog die frische Luft ein. Langsam kam sie wieder zu Kräften. Sie drehte sich zum Fahrstuhl um. Toby wartete lauernd im Rollstuhl. Jill schob ihn rasch aus dem Lift und auf das Schwimmbecken zu. Es war ein herrlicher, wolkenloser Tag, warm und balsamisch, und die Sonne funkelte auf dem blauen, klaren Wasser.

Jill rollte den Krankenstuhl an den Rand des Beckens, wo das Wasser tief war, und legte die Bremse vor. Sie trat vor den Rollstuhl. Tobys Augen waren wachsam und verwirrt auf sie gerichtet. Jill griff nach den Gurten, die Toby im Stuhl hielten, und zurrte sie so fest, wie sie konnte; zog mit aller ihr noch verbliebenen Kraft und spürte, daß ihr von der Anstrengung wieder schwindlig wurde. Dann war es geschafft. Jill sah, wie Tobys Augen sich veränderten, als er begriff, was geschah, und wie sie sich mit panischer Angst füllten.

Jill löste die Bremse, packte den Griff des Rollstuhls und schob ihn auf das Wasser zu. Toby versuchte, seine gelähmten Lippen zu bewegen, versuchte zu schreien, doch er brachte keinen Laut heraus, und die Wirkung war entsetzlich. Sie konnte es nicht ertragen, in seine Augen zu blicken. Sie wollte nicht wissen, was er empfand.

Sie schob den Rollstuhl ganz an das Becken heran.

Dort blieb er hängen. Er wurde von einer Betonschwelle am Rand zurückgehalten. Sie drückte kräftig, aber er rollte nicht über die Schwelle. Es war, als ob Toby durch seine bloße Willenskraft den Rollstuhl zurückhielt. Jill bemerkte, wie er, um sein Leben kämpfend, sich in dem Stuhl aufzurichten versuchte. Er wurde loskommen, sich befreien, mit seinen knochigen Fingern nach ihrer Kehle greifen... Sie konnte hören, wie er schrie: *Ich will nicht sterben... Ich will nicht sterben,* und sie wußte nicht, ob es ihre Einbildung war oder ob es tatsächlich geschah. Unter dem Ansturm des Entsetzens kehrte plötzlich ihre Kraft zurück, und sie stieß, so kräftig sie konnte, gegen die Rücklehne des Rollstuhls. Er sprang nach vorn und aufwärts in die Luft und hing dort, wie es schien, bewegungslos eine Ewigkeit, ehe er laut aufklatschend ins Schwimmbecken stürzte. Der Rollstuhl schien noch lange auf dem Wasser zu schwimmen, ehe er langsam zu sinken begann. Die Wasserwirbel drehten den Stuhl um, so daß Jill als letztes Tobys Augen sah, die sie in die Hölle verfluchten, ehe sich das Wasser über ihnen schloß.

Sie stand eine Ewigkeit da, schauderte in der warmen Mittagssonne und ließ die Kraft in ihren Geist und Körper zurückfließen. Als sie endlich fähig war, sich wieder zu bewegen, stieg sie über die Schwimmbadtreppe ins Wasser hinunter, damit ihr Badeanzug naß wurde.

Dann ging sie ins Haus, um die Polizei zu rufen.

35

Toby Temples Tod machte Schlagzeilen in der ganzen Welt. Und wenn Toby wie ein Volksheld gefeiert wunde, verehrte man Jill wie eine Heldin. Hunderttausende von Wörtern wurden über sie gedruckt, ihre Bilder erschienen in allen Medien. Ihre große Liebesgeschichte wurde wieder und wieder berichtet, und das tragische Ende gab ihr eine noch größere Eindringlichkeit. Briefe und Beileidstelegramme strömten in ihr Haus: von Staatsoberhäuptern, Hausfrauen, Politikern, Millionären, Sekretärinnen. Die Welt hatte einen persönlichen Verlust erlitten; Toby hatte die Gabe seines Lachens mit seinen Verehrern geteilt, und sie würden ihm ewig dankbar sein. Die Ätherwellen waren voller Lobpreisungen über ihn, und jeder Sender würdigte ihn.

Es würde nie mehr einen zweiten Toby Temple geben.

Die Gerichtsverhandlung über die Todesursache fand im Kriminalgerichtsgebäude an der Grand Avenue im Geschäftszentrum von Los Angeles in einem kleinen, beengten Gerichtssaal statt. Ein Untersuchungsrichter führte den Vorsitz der Verhandlung vor der mit sechs Geschworenen besetzten Jury.

Der Saal war brechend voll. Als Jill ankam, stürzten sich Fotografen und Reporter und Fans auf sie. Sie trug ein einfaches schwarzes Kostüm. Sie hatte kein Make-up aufgelegt, hatte aber nie schöner ausgesehen. In den wenigen Tagen seit Tobys Tod war Jill wieder aufgeblüht. Zum erstenmal seit Monaten konnte sie tief und traumlos schlafen. Sie hatte einen unersättlichen Appetit, und ihre Kopfschmerzen waren verflogen. Der Dämon war verschwunden.

Jill hatte täglich mit David telefoniert. Er wollte zur Gerichtsverhandlung kommen, aber Jill hatte darauf bestanden, daß er fortbliebe. Später würden sie genug Zeit füreinander haben.

»Für den Rest unseres Lebens«, hatte David ihr gelobt.

Sechs Zeugen wurden in der Verhandlung aufgerufen. Schwester Gallagher, Schwester Gordon und Schwester Johnson sagten über den allgemeinen Tagesablauf ihres Patienten und über seinen Zustand aus. Schwester Gallagher war bei ihrer Zeugenaussage.

»Um welche Zeit wäre Ihr Dienst am fraglichen Morgen beendet gewesen?« fragte der Vorsitzende.

»Um zehn.«

»Wann gingen Sie tatsächlich?«

Zögern. »Neun Uhr dreißig.«

»War es üblich, Mrs. Gallagher, daß Sie Ihren Patienten verließen, ehe Ihre Ablösung kam?«

»Nein, Sir. Es war das erstemal.«

»Würden Sie erklären, wie Sie dazu kamen, an diesem Tag früher zu gehen?«

»Es war Mrs. Temples Vorschlag. Sie wollte mit ihrem Mann allein sein.«

»Danke. Das ist alles.«

Schwester Gallagher verließ den Zeugenstand. *Natürlich war Toby Temples Tod ein Unfall,* dachte sie. *Es ist ein Jammer, daß man eine so großartige Frau wie Jill*

Temple einer derartig schweren Prüfung unterziehen muß. Schwester Gallagher blickte zu Jill hinüber und empfand einen leisen Stich von Schuld. Sie erinnerte sich an die Nacht, in der sie in Mrs. Temples Schlafzimmer gegangen war und sie im Sessel eingeschlafen vorgefunden hatte. Schwester Gallagher hatte leise das Licht ausgedreht und die Tür geschlossen, damit Mrs. Temple nicht gestört wurde. In der dunklen Diele hatte Schwester Gallagher eine Vase auf einem Ständer angestoßen, die hinuntergefallen und zerbrochen war. Sie hatte es Mrs. Temple gestehen wollen, aber die Vase sah sehr kostbar aus, und als Mrs. Temple es nicht erwähnt hatte, beschloß Schwester Gallagher, nichts zu sagen.

Der Heilgymnastiker war im Zeugenstand.

»Sie haben gewöhnlich mit Mr. Temple täglich Übungen gemacht?«

»Ja, Sir.«

»Fanden diese Übungen im Schwimmbecken statt?«

»Ja, Sir. Das Wasser wurde auf sechsunddreißig Grad angeheizt und ...«

»Haben Sie Mr. Temple an dem fraglichen Tag behandelt?«

»Nein, Sir.«

»Würden Sie uns bitte sagen, warum?«

»Sie schickte mich fort.«

»Mit ›sie‹ meinen Sie Mrs. Temple?«

»Genau.«

»Hat sie Ihnen irgendeinen Grund dafür angegeben?«

»Sie sagte, daß Dr. Kaplan die Übungen mit ihm nicht mehr wünschte.«

»Sie verließen also das Haus, ohne Mr. Temple gesehen zu haben?«

»So ist es. Ja.«

Dr. Kaplan trat in den Zeugenstand.

»Mrs. Temple rief Sie nach dem Unfall an, Dr. Kaplan. Haben Sie den Verstorbenen sofort nach Ihrer Ankunft auf dem Schauplatz untersucht?«

»Ja. Die Polizei hatte die Leiche aus dem Schwimmbecken herausgezogen. Sie war immer noch im Rollstuhl angeschnallt. Der Polizeiarzt und ich untersuchten die Leiche und stellten fest, daß es für jeden Wiederbelebungsversuch zu spät war. Beide Lungen waren mit Wasser gefüllt. Wir konnten keinerlei Lebenszeichen mehr entdecken.«

»Was haben Sie dann getan, Dr. Kaplan?«

»Ich habe mich um Mrs. Temple gekümmert. Sie befand sich in einem Zustand akuter Hysterie. Ich war ihretwegen sehr beunruhigt.«

»Dr. Kaplan, war zwischen Ihnen und Mrs. Temple eine Diskussion über die Absetzung der heilgymnastischen Übungen vorangegangen?«

»Ja. Ich sagte ihr, daß sie meiner Meinung nach Zeitverschwendung wären.«

»Wie hat Mrs. Temple darauf reagiert?«

Dr. Kaplan blickte zu Jill hinüber und antwortete: »Sie reagierte ungewöhnlich. Sie bestand darauf, daß wir es weiter versuchten.« Er zögerte. »Da ich unter Eid stehe und diese Untersuchungskommission ein Interesse an der Wahrheit haben muß, fühle ich mich verpflichtet, noch etwas zu sagen.«

Lautlose Stille hatte sich über den Saal gesenkt. Jill starrte ihn an. Dr. Kaplan wandte sich an die Jury.

»Ich möchte hier zu Protokoll geben, daß Mrs. Temple wahrscheinlich die großartigste und tapferste Frau ist, der zu begegnen ich je die Ehre hatte.« Alle Augen im Saal waren nun auf Jill gerichtet. »Als ihr Mann das erstemal einen Schlaganfall erlitt, glaubte keiner von uns, daß er auch nur die geringste Chance hätte zu genesen. Nun, sie pflegte ihn ganz allein gesund. Sie tat für ihn, was kein Arzt, den ich kenne, hätte tun können. Auch wenn ich mir noch so große Mühe geben würde, ich könnte Ihnen nicht schildern, was Mrs. Temple für ihren Mann getan hat.« Er warf einen Blick zu Jill hinüber und sagte: »Sie ist ein Vorbild für uns alle.«

Die Zuschauer brachen in Beifall aus.

»Das wäre alles, Doktor«, sagte der Vorsitzende. »Ich möchte Mrs. Temple in den Zeugenstand rufen.«

Alle beobachteten Jill, als sie sich erhob und langsam zur Vereidigung in den Zeugenstand schritt.

»Ich weiß, was für eine Qual das für Sie ist, Mrs. Temple, und ich will versuchen, es so schnell wie möglich zu beenden.«

»Danke.« Ihre Stimme war nicht mehr als ein Flüstern.

»Als Dr. Kaplan sagte, daß die heilgymnastischen Übungen eingestellt werden sollten, warum wollten Sie sie trotzdem fortsetzen?«

Sie blickte zu ihm auf, und er konnte den tiefen Schmerz in ihren Augen sehen. »Weil ich wollte, daß mein Mann jede Chance bekäme, wieder gesund zu werden. Toby liebte das Leben, und ich wollte es ihm wiederschenken. Ich...« Ihre Stimme schwankte, doch sie fuhr fort: »Ich mußte ihm allein helfen.«

»Am Todestag Ihres Mannes kam der Heilgymnastiker ins Haus, und Sie schickten ihn weg.«

»Ja.«

»Obgleich Sie vorhin sagten, daß Sie die Fortsetzung der Behandlung wünschten. Können Sie Ihr Vorgehen erklären?«

»Das ist ganz einfach. Ich fühlte, daß unsere Liebe als einziges eine Aussicht bot, Toby zu heilen. Ich hatte ihn zuvor gesund gepflegt...« Sie brach ab, unfähig, weiterzusprechen. Dann faßte sie sich sichtlich mühsam und fuhr mit ruhiger Stimme fort: »Ich mußte ihm beweisen, wie sehr ich ihn liebte, wie sehr ich wünschte, daß er wieder gesund würde.«

Jeder im Gerichtssaal beugte sich vor, um auch das leiseste Wort mitzubekommen.

»Würden Sie uns erzählen, was am Unfallmorgen geschah?«

Für eine volle Minute herrschte Stille, während Jill ihre Kräfte sammelte; dann sprach sie: »Ich ging in Tobys Zimmer. Er schien glücklich zu sein, mich zu sehen. Ich sagte ihm, daß ich ihn selber zum Schwimmbecken bringen würde, daß ich ihn wieder gesund machen würde. Ich zog meinen Badeanzug an, damit ich mit ihm im Wasser trainieren könnte. Als ich ihn aus dem Bett in seinen Rollstuhl heben wollte, überkam mich – überkam mich eine Schwäche. Da hätte ich eigentlich merken müssen, daß ich körperlich nicht kräftig genug war für das, was ich tun wollte. Aber ich konnte es nicht lassen. Nicht, wenn ich ihm helfen wollte. Ich bekam ihn in den Rollstuhl und sprach auf dem ganzen Weg zum Schwimmbecken hinunter auf ihn ein. Ich rollte ihn an den Rand...«

Sie hielt inne, und im Saal herrschte atemlose Stille. Das einzige Geräusch kam von den eifrig stenografierenden Reportern.

»Ich beugte mich vor, um die Gurte aufzuschnallen, die Toby im Rollstuhl festhielten, und ich bekam wieder einen Schwächeanfall und sank zu Boden. Ich – ich muß unglücklicherweise die Bremse berührt haben. Der Stuhl setzte sich in Bewegung. Ich versuchte, ihn zu packen, aber er – er rollte in das Becken mit – mit Toby, der darin angeschnallt war.« Ihre Stimme klang erstickt. »Ich sprang hinterher und kämpfte darum, ihn freizubekommen, aber die Gurte waren zu fest. Ich versuchte, den Stuhl aus dem Wasser zu ziehen, aber er war – er war zu schwer. Er... war... einfach... zu... schwer.« Sie schloß einen Moment die Augen, um ihren tiefen Schmerz zu verbergen. Dann, fast flüsternd: »Ich versuchte, ihm zu helfen, und ich tötete ihn.«

Die Jury brauchte nicht einmal drei Minuten, um zu einem Urteilsspruch zu gelangen: Toby Temple war durch einen Unfall ums Leben gekommen.

Clifton Lawrence saß hinten im Gerichtssaal und vernahm das Urteil. Er war überzeugt, daß Jill Toby umgebracht hatte. Aber es gab keine Möglichkeit, das zu beweisen. Sie war davongekommen.

Der Fall war erledigt.

36

Zur Beerdigung strömte eine Flut von Menschen herbei. Sie fand in Forest Lawn an einem sonnigen Herbstmorgen statt, dem Tag, an dem Toby Temples neue Fernsehserie zum erstenmal hätte ausgestrahlt werden sollen. Tausende von Menschen wälzten sich durch das hügelige Gelände und versuchten, einen Blick auf all die Berühmtheiten zu erhaschen, die hier waren, um Toby Temple die letzte Ehre zu erweisen. Kameramänner des Fernsehens nahmen die Begräbnisfeierlichkeiten aus größerer Distanz auf und rückten zu Großaufnahmen nahe an die Stars und Produzenten und Regisseure am Grab heran. Der Präsident der Vereinigten Staaten hatte einen Abgesandten geschickt. Man sah Gouverneure, Filmbosse, Präsidenten großer Unternehmen und Repräsentanten jedes Berufsverbandes, dem Toby angehört hatte: SAG und AFTRA und ASCAP und AGVA. Der Präsident der Ortsgruppe Beverly Hills der Veteranen Auswärtiger Kriege war in voller Uniform erschienen. Ebenso Abordnungen der örtlichen Polizei und Feuerwehr.

Und auch das Fußvolk war da. Die Kulissenschieber und Bühnenarbeiter und Statisten und Stuntmen, die mit Toby Temple zusammengearbeitet hatten. Von den Garderobiers über die Beleuchter bis zu den Regieassistenten. Und viele andere; und alle waren gekommen, um einem großen Amerikaner zu huldigen. O'Hanlon und Rainger waren da und dachten an das magere Jüngelchen, das in ihr Büro bei Twentieth Century-Fox marschiert war. *Wie ich höre, werdet ihr Burschen einige neue Witze für mich schreiben... Er rudert mit den Händen, als würde er Holz hacken. Wir könnten eine Holzhacker-Nummer für ihn schreiben... Er drückt zu sehr auf die Tube... Jesus, mit dem Text – was bleibt ihm anderes übrig?... Ein Komiker öffnet komische Türen. Ein Komödiant öffnet Türen komisch.* Und Toby Temple hatte schwer gearbeitet und gelernt und war an die Spitze gelangt. *Er war ein Verrückter,* dachte Rainger, *aber er war unser Verrückter.*

Clifton Lawrence war da. Der kleine Agent war beim Friseur gewesen und hatte seinen Anzug bügeln lassen, aber seine Augen verrieten ihn. Es waren die Augen eines Versagers. Auch Clifton war in Erinnerungen versunken. Er erinnerte sich an jenen ersten absurden Anruf. *Sam Goldwyn möchte, daß Sie sich einen jungen Komiker ansehen...* Und Tobys Auftritt in der Schule. *Man braucht nicht die ganze Dose Kaviar zu essen, um zu wissen, daß er gut ist, stimmt's? Ich habe beschlossen, als Agent für Sie tätig zu werden, Toby... Wenn Sie die Biertrinker in die Tasche stecken, wird die Champagnerbande ein leichter Gegner für Sie sein... Ich kann Sie zum größten Star im Showgeschäft machen.* Alle hatten sich um Toby Temple gerissen: die Studios, die Fernsehgesellschaften, die Nachtklubs. *Sie haben so viele Klienten, daß ich manchmal den Eindruck habe, Sie kümmern sich nicht genug um mich... Es ist wie beim Gruppensex, Cliff. Irgend jemand bleibt immer mit einem Ständer zurück... Ich brauche Ihren Rat, Cliff... Es geht um das Mädchen...*

Clifton Lawrence hatte eine Menge Erinnerungen.

Neben Clifton stand Alice Tanner.

Sie war in die Erinnerung an Tobys erste Vorsprache in ihrem Büro versunken. *Irgendwo hinter all diesen Filmstars steckt ein junger Mann mit einer großen Begabung... Nachdem ich diese Profis gestern abend gesehen habe, glaube ich nicht, daß ich das Zeug dazu habe.* Und ihre Liebe zu ihm. *O Toby, ich liebe dich so sehr... Ich liebe dich auch, Alice...* Dann war er gegangen. Aber sie war dankbar dafür, daß er einmal ihr gehört hatte.

Auch Al Caruso war gekommen, um Toby die letzte Ehre zu erweisen. Er war gebeugt und grauhaarig, und seine braunen Nikolausaugen standen voll Tränen. Er erinnerte sich daran, wie wunderbar Toby zu Millie gewesen war.

Sam Winters war da. Er dachte an das Vergnügen, das Toby Temple Millionen von Menschen geschenkt hatte, und er fragte sich, ob es den Schmerz aufwog, den Toby einigen anderen zugefügt hatte.

Jemand stieß Sam leise an, und als er sich umdrehte, sah er ein hübsches, etwa achtzehnjähriges schwarzhaariges Mädchen. »Sie kennen mich nicht, Mr. Winters«, sagte sie lächelnd, »aber ich habe gehört, daß Sie ein Mädchen für den neuen William-Forbes-Film suchen. Ich bin aus Ohio, und...«

David Kenyon war da. Jill hatte ihn gebeten, nicht zu kommen, aber David hatte darauf bestanden. Er wollte ihr nahe sein. Jill vermutete, daß es jetzt keinen Schaden mehr anrichten konnte. Sie hatte ihre Vorstellung beendet.

Das Stück war vorbei und ihre Rolle zu Ende. Jill war so glücklich und so müde. Es war, als ob das Fegefeuer, durch das sie gegangen war, den harten Kern der Verbitterung in ihr ausgebrannt, alle Schmerzen und Enttäuschungen und allen Haß gelöscht hätte. Jill Castle war beim Brandopfer gestorben, und Josephine Czinski war aus der Asche wiedergeboren worden. Sie hatte nun wieder Frieden, war voller Liebe für jeden und war von einer Zufriedenheit erfüllt, wie sie sie seit ihrer Jugend nicht mehr empfunden hatte. Sie war noch nie so glücklich gewesen. Sie hätte es am liebsten der ganzen Welt mitgeteilt.

Die Begräbnisfeierlichkeiten gingen zu Ende. Jemand reichte Jill den Arm, und sie ließ sich zur Limousine führen. Als sie zum Wagen kam, stand David dort und blickte sie bewundernd an. Jill lächelte ihm zu. David nahm ihre Hände in die seinen, und sie wechselten ein paar Worte miteinander. Ein Pressefotograf machte einen Schnappschuß von ihnen.

Jill und David beschlossen, fünf Monate mit der Heirat zu warten, damit für die Öffentlichkeit die Schicklichkeit gewahrt wurde. David verbrachte einen großen Teil jener Zeit außer Landes, aber sie telefonierten jeden Tag miteinander. Vier Monate nach Tobys Beerdigung rief David Jill an und sagte: »Ich hatte einen Gedankenblitz. Warten wir nicht länger. Ich muß nächste Woche zu einer Konferenz nach Europa. Fahren wir mit der *Bretagne* nach Frankreich. Der Kapitän kann uns trauen. Unsere Flitterwochen verbringen wir in Paris, und von dort reisen wir so lange, wie du willst, irgendwohin. Was meinst du?«

»O ja, David, ja!«

Sie umfaßte das Haus noch einmal mit einem Blick und dachte an alles, was hier geschehen war. Sie erinnerte sich an ihre erste Dinner-Party und an die vielen darauffolgenden Partys und an Tobys Krankheit und ihren Kampf, ihm das Leben wiederzuschenken. Und dann... hier gab es zu viele Erinnerungen.

Sie war froh, von hier fortzukommen.

37

Davids Privatjet flog Jill nach New York. Dort wartete eine Limousine auf sie, um sie ins Regency Hotel an der Park Avenue zu bringen. Der Direktor persönlich geleitete Jill in ein riesiges Penthouse-Apartment.

»Das Hotel steht in jeder Hinsicht zu Ihren Diensten, Mrs. Temple«, sagte er. »Mr. Kenyon hat uns angewiesen, dafür zu sorgen, daß Sie alles haben, was Sie brauchen.«

Zehn Minuten nachdem Jill im Hotel eingetroffen war, rief David von Texas aus an. »Bist du gut untergebracht?« fragte er.

»Es ist ein bißchen beengt«, sagte Jill lachend. »Hier sind fünf Schlafzimmer, David. Was fange ich mit denen bloß an?«

»Wenn ich da wäre, würde ich es dir zeigen«, sagte er.

»Leere Versprechungen«, neckte sie ihn. »Wann werde ich dich sehen?«

»Die *Bretagne* läuft morgen mittag aus. Ich muß noch einiges hier abwickeln. Ich treffe dich an Bord des Schiffes. Ich habe die Hochzeitssuite reservieren lassen. Glücklich, Liebling?«

»Ich bin noch nie glücklicher gewesen«, versicherte Jill. Und es war wahr. Alles, was vorher geschehen war, all der Schmerz und die Pein hatten sich gelohnt. Jetzt schien es fern und verschwommen wie ein halbvergessener Traum.

»Ein Wagen wird dich morgen früh abholen. Der Fahrer wird dir deine Schiffskarte bringen.«

»Ich werde bereit sein«, sagte Jill.

Morgen.

Das Foto von Jill und David Kenyon, das bei Tobys Beerdigung aufgenommen und an eine Zeitungskette verkauft worden war, hätte der Auslöser gewesen sein können. Auch eine unachtsame Bemerkung von einem der Angestellten des Hotels, in dem Jill wohnte, oder eines Mannschaftsmitglieds der *Bretagne*. Auf keinen Fall wäre es möglich gewesen, die Heiratspläne einer Persönlichkeit, die so berühmt war wie Jill Temple, geheimzuhalten. Den ersten Hinweis auf ihre bevorstehende Heirat brachte eine Meldung von *Associated Press*, die sowohl von den Zeitungen in den Vereinigten Staaten als auch in ganz Europa auf der ersten Seite groß herausgestellt wurde.

Auch im *Hollywood Reporter* und in der *Daily Variety* wurde darüber berichtet.

Die Limousine fuhr Punkt zehn vor dem Hotel vor. Ein Pförtner und drei Pagen luden Jills Gepäck in den Wagen. Der Morgenverkehr war mäßig, und die Fahrt zum Pier 90 nahm weniger als eine halbe Stunde in Anspruch.

Ein ranghoher Schiffsoffizier empfing Jill am Fallreep. »Es ist uns eine Ehre, Sie an Bord zu haben, Mrs. Temple«, sagte er. »Alles ist für Sie bereit. Wollen Sie mir bitte folgen?«

Er begleitete Jill aufs Promenadendeck und führte sie in eine große, luftige Suite mit einem eigenen Sonnendeck. Die Kabinen waren mit frischen Blumen reich geschmückt.

»Der Kapitän bat mich, Ihnen seine Empfehlung zu übermitteln. Er wird Sie heute abend beim Dinner persönlich begrüßen. Mich hat er beauftragt, Ihnen zu sagen, daß es ihm eine Ehre ist, Ihre Eheschließung vorzunehmen.«

»Ich danke Ihnen«, sagte Jill. »Wissen Sie, ob Mr. Kenyon schon an Bord ist?«

»Wir haben soeben einen Telefonanruf bekommen. Er ist vom Flughafen unterwegs. Sein Gepäck ist schon hier. Wenn Sie irgend etwas brauchen, lassen Sie es mich bitte wissen.«

»Vielen Dank«, erwiderte Jill. »Im Augenblick brauche ich nichts.« Und das stimmte. Es gab nichts, was sie nicht schon hatte. Sie war die glücklichste Frau der Welt.

Es wurde an die Kabinentür geklopft, ein Steward trat ein und brachte noch mehr Blumen. Jill sah sich die Karte an. Sie waren vom Präsidenten der Vereinigten Staaten. Erinnerungen. Sie verbannte sie aus ihren Gedanken und begann auszupacken.

Er stand an der Reling auf dem Hauptdeck und musterte die Passagiere, die an Bord kamen. Jeder war in festlicher Stimmung, bereitete sich auf einen Urlaub vor oder traf liebe Bekannte an Bord. Einige lächelten ihm zu, aber der Mann schenkte ihnen keine Aufmerksamkeit. Er beobachtete die Laufplanke.

Um elf Uhr vierzig vormittags, zwanzig Minuten vor der Abfahrt, raste ein von einem Chauffeur gelenkter Silver Shadow den Pier 90 hinauf und hielt. David Kenyon sprang aus dem Wagen, sah auf seine Uhr und sagte zum Chauffeur: »Perfektes Timing, Otto.«

»Danke, Sir. Und darf ich Ihnen und Mrs. Kenyon eine glückliche Hochzeitsreise wünschen?«

»Danke.« David Kenyon eilte auf die Laufplanke zu, wo er seine Schiffskarte vorwies. Er wurde von dem Offizier, der sich um Jill gekümmert hatte, an Bord geleitet.

»Mrs. Temple ist in Ihrer Kabine, Mr. Kenyon.«

»Ich danke Ihnen.«

David konnte sie sich in der Hochzeitssuite vorstellen, wo sie auf ihn wartete, und sein Herzschlag beschleunigte sich. Als David weitergehen wollte, rief eine Stimme: »Mr. Kenyon...«

David drehte sich um. Der Mann, der an der Reling gestanden hatte, kam auf ihn zu, ein Lächeln auf dem Gesicht. David hatte ihn noch nie gesehen. David hatte das instinktive Mißtrauen des Millionärs gegenüber freundlichen Fremden. Beinahe ausnahmslos wollten sie etwas.

Der Mann streckte die Hand aus, und David ergriff sie vorsichtig. »Kennen wir uns?« fragte David.

»Ich bin ein alter Freund von Jill«, sagte der Mann, und David wurde freundlicher. »Mein Name ist Lawrence. Clifton Lawrence.«

»Sehr erfreut, Mr. Lawrence.« Er war voll Ungeduld.

»Jill bat mich, heraufzugehen und Sie zu empfangen«, sagte Clifton. »Sie hat eine kleine Überraschung für Sie.«

David sah ihn an. »Was für eine Überraschung?«

»Kommen Sie mit, ich werde sie Ihnen zeigen.«

David zögerte einen Augenblick. »Na schön. Wird es lange dauern?«

Clifton Lawrence blickte zu ihm auf und lächelte: »Ich glaube nicht.«

Sie nahmen einen Aufzug zum C-Deck, drängten sich durch die Passagiere und Besucher hindurch zu einer breiten Doppeltür. Clifton öffnete sie und führte David hinein. David fand sich in einem großen, leeren Kinosaal. Er blickte sich verwirrt um. »Hier drin?«

»Hier drin«, bestätigte Clifton lächelnd.

Er drehte sich um, sah zum Vorführer in der Kabine hinauf und nickte. Der Vorführer war geldgierig. Clifton hatte ihm zweihundert Dollar geben müssen, bevor er einwilligte mitzumachen. »Wenn das herauskommt, verliere ich meinen Job bei der Reederei«, hatte er gemurrt.

»Niemand wird es je erfahren«, hatte Clifton ihm versichert. »Es handelt sich um einen Scherz. Sie müssen nur die Türen abschließen, wenn ich mit meinem Freund hereinkomme, und den Film ablaufen lassen. Wir werden in zehn Minuten wieder draußen sein.«

Schließlich hatte der Vorführer zugestimmt.

Jetzt blickte David Clifton verwirrt an. »Ein Film?« fragte David.

»Bitte setzen Sie sich, Mr. Kenyon.«

David nahm einen Platz am Mittelgang ein und streckte seine langen Beine aus. Clifton setzte sich auf die andere Seite. Er beobachtete Davids Gesicht, als die Lichter ausgingen und die hellen Bilder auf der großen Leinwand zu flimmern begannen.

Er hatte das Gefühl, als ob ihm jemand mit einem großen Hammer in die Magengrube schlug. David starrte zu den obszönen Bildern auf der Leinwand empor, und sein Gehirn weigerte sich aufzunehmen, was seine Augen sahen. Jill, eine junge Jill, wie sie ausgesehen hatte, als er sich in sie verliebt hatte, lag nackt auf einem Bett. Er konnte jeden Gesichtszug klar erkennen. Er beobachtete, stumm vor Unglauben, wie auf der Leinwand ein Mann mit gespreizten Beinen sich auf das Mädchen setzte und ihr seinen Penis in den Mund steckte. Sie begann liebevoll, zärtlich daran zu lutschen, dann kam ein anderes Mädchen dazu, spreizte Jills Beine und steckte ihre Zunge tief in sie hinein. David glaubte, sich übergeben zu müssen. Einen wütenden, hoffnungsvollen Augenblick glaubte er, daß dies Trickaufnahmen seien, eine Fälschung, aber die Kamera erfaßte jede Bewegung, die Jill machte. Dann tauchte der Mexikaner auf und bestieg Jill, und ein roter Vorhang ging vor Davids Augen nieder. Er war wieder fünfzehn Jahre alt, und es war seine Schwester Beth, die er da oben beobachtete, seine Schwester auf dem nackten mexikanischen Gärtner in ihrem Bett, keuchend: *O Gott, ich liebe dich, Juan. Fick mich weiter. Hör nicht auf!* Und David stand in der Tür, ungläubig, und sah seine geliebte Schwester. Er war von einer blinden, unbeherrschbaren Wut ergriffen worden und hatte einen Brieföffner vom Schreibtisch gepackt, war zum Bett gerannt, hatte seine Schwester beiseite gerissen und den Brieföffner in die Brust des Gärtners gestoßen, wieder und immer wieder, bis die Wände über und über mit Blut bespritzt waren und Beth schrie: *O Gott, nein! Hör auf, David! Ich liebe ihn. Wir werden heiraten!* Überall war Blut. Davids Mutter war ins Zimmer gestürzt und hatte David weggeschickt. Später erfuhr er, daß seine Mutter den Bezirksstaatsanwalt, einen guten Freund der Familie Kenyon, angerufen hatte. Sie hatten eine lange Unterredung in der Bibliothek gehabt, und die Leiche des Mexikaners war ins Gefängnis gebracht worden. Am folgenden Morgen wurde gemeldet, daß er in seiner Zelle Selbstmord begangen habe. Drei Wochen später war Beth in eine Irrenanstalt gebracht worden.

Das alles flutete jetzt in David zurück, die unerträgliche Schuld, die er auf sich geladen hatte, und er wurde rasend. Er zog den ihm gegenübersitzenden Mann hoch und schlug ihm mit der Faust ins Gesicht, schlug auf ihn ein, schrie sinnlose, dumme Worte, griff ihn an wegen Beth und Jill und wegen seiner eigenen Schande. Clifton

Lawrence versuchte, sich zu verteidigen, aber er konnte die Schläge nicht abwehren. Eine Faust schmetterte auf seine Nase, und er spürte, wie etwas brach. Eine Faust prallte gegen seinen Mund, und er spürte, wie das Blut floß. Er stand hilflos da, erwartete den nächsten Schlag. Aber plötzlich hörten die Schläge auf. Es war nichts mehr zu vernehmen außer seinem gequälten, röchelnden Atem und den lüsternen Lauten, die von der Leinwand kamen.

Clifton zog ein Taschentuch heraus, um das Blut zu stillen. Er stolperte aus dem Kinosaal, bedeckte Nase und Mund mit seinem Taschentuch und machte sich auf den Weg zu Jills Kabine. Als er am Speisesaal vorbeikam, öffneten sich kurz die Schwingtüren zur Küche, und er ging hinein, an den geschäftigen Köchen und Stewards und Kellnern vorbei. Er fand eine Eismaschine, schaufelte Eisstücke in ein Tuch und hielt es sich vor Nase und Mund. Als er weitergehen wollte, sah er vor sich einen riesigen Hochzeitskuchen, gekrönt von kleinen Zuckerfiguren einer Braut und eines Bräutigams. Clifton griff zu und drehte der Braut den Kopf ab und zerquetschte ihn zwischen den Fingern.

Dann ging er zu Jill.

Das Schiff war in Fahrt. Jill konnte die Bewegung des 55 000-Tonnen-Liners spüren, als er vom Pier ablegte. Sie fragte sich, was David aufgehalten haben konnte.

Als sie beinahe ausgepackt hatte, wurde an die Kabinentür geklopft. Sie rief: »David!« und öffnete die Tür.

Clifton Lawrence stand vor ihr. Sein Gesicht war zerschlagen und blutig. Jill ließ die Arme sinken und starrte ihn an. »Was tun Sie denn hier? Was – was ist Ihnen passiert?«

»Ich wollte Ihnen nur guten Tag sagen, Jill.« Sie konnte ihn kaum verstehen.

»Und Ihnen etwas von David ausrichten.«

Jill sah in verständnislos an. »Von *David?*«

Clifton trat ein.

Er machte Jill nervös. »Wo ist David?«

Clifton wandte sich an sie und sagte: »Erinnern Sie sich, wie die Filme in den alten Tagen waren? Da waren die guten Jungs mit den weißen Hüten und die bösen Jungs mit den schwarzen Hüten, und am Ende wußte man immer, daß die bösen Jungs ihre gerechte Strafe bekommen würden. Ich bin mit diesen Filmen aufgewachsen, Jill. Ich bin in dem Glauben aufgewachsen, daß das Leben wirklich so ist, daß die Jungs mit den weißen Hüten immer gewinnen.«

»Ich weiß nicht, wovon Sie reden.«

»Es ist beruhigend, zu wissen, daß es im Leben manchmal wie in diesen alten Filmen zugeht.« Er lächelte sie mit böse zugerichteten, blutenden Lippen an und sagte: »David ist fort. Für immer.«

Sie starrte ihn ungläubig an.

In diesem Augenblick spürten sie beide, wie die Bewegung des Schiffes zum Halten kam. Clifton ging auf das Sonnendeck hinaus und blickte über die Schiffsreling. »Kommen Sie her.«

Jill zögerte einen Augenblick und folgte ihm dann, von einer namenlosen, wachsenden Angst ergriffen. Sie blickte über die Reling hinunter. Tief unten konnte sie David auf das Lotsenboot umsteigen sehen, das gleich darauf von der *Bretagne* ablegte. Sie umklammerte die Reling. »*Warum?*« fragte sie ungläubig. »*Was ist passiert?*«

Clifton Lawrence drehte sich zu ihr um und sagte: »Ich habe ihm Ihren Film gezeigt.«

Und sie wußte sofort, was er meinte, und stöhnte: »O mein Gott. Nein! Bitte nicht! Sie haben mich umgebracht!«

»Dann sind wir quitt.«

»Raus!« schrie sie. »Verschwinden Sie!« Sie warf sich auf ihn, und ihre Nägel krallten sich in seine Wangen und rissen tiefe Wunden hinein. Clifton holte aus und schlug ihr heftig ins Gesicht. Sie fiel auf die Knie und umklammerte ihren Kopf im Schmerz.

Clifton stand da und blickte sie lange an. So wollte er sich an sie erinnern. »Wiedersehen, Josephine Czinski«, sagte er.

Clifton verließ Jills Kabine und ging zum Bootsdeck hinauf, wobei er die untere Hälfte seines Gesichts mit dem Taschentuch bedeckt hielt. Er ging langsam, musterte die Gesichter der Passagiere, hielt Ausschau nach einem frischen Gesicht, nach einem ungewöhnlichen Typ. Man wußte nie, wann man vielleicht über ein neues Talent stolpern würde. Er war bereit, seine Arbeit wiederaufzunehmen. Vielleicht hatte er Glück und entdeckte wieder einen Toby Temple.

Kurz nachdem Clifton gegangen war, stand Claude Dessard vor Jills Kabine und klopfte an die Tür. Keine Antwort, aber der Oberzahlmeister konnte Geräusche von innen hören. Er wartete einen Augenblick, hob dann die Stimme und sagte: »Madame Temple, hier ist Claude Dessard, der Oberzahlmeister. Kann ich Ihnen irgendwie behilflich sein?«

Keine Antwort. Jetzt schlug Dessards inneres Warnsystem an. Sein Instinkt sagte ihm, daß etwas Entsetzliches bevorstand, und er hatte eine Vorahnung, daß es mit dieser Frau zusammenhing. Eine Folge wilder, abscheulicher Gedanken tanzte durch sein Gehirn. Sie war ermordet oder gekidnappt worden oder ... Er drehte am Türgriff. Die Tür war unverschlossen. Langsam stieß Dessard sie auf. Jill Temple stand am anderen Ende der Kabine und blickte, den Rücken ihm zugekehrt, aus dem Bullauge. Dessard wollte etwas sagen, aber ihre wie gefroren wirkende, starre Haltung ließ ihn schweigen. Er stand einen Augenblick unbeholfen da, fragte sich, ob er sich still zurückziehen sollte, als die Kabine plötzlich von einem schauerlichen Klageschrei erfüllt wurde, der von einem schmerzgepeinigten Tier herzurühren schien. Hilflos angesichts einer solchen tiefen, geheimen Qual zog Dessard sich zurück und schloß behutsam die Tür hinter sich.

Einen Augenblick blieb Dessard vor der Kabine stehen und lauschte auf die unartikulierten Schreie. Dann drehte er sich tief berührt um und ging zum Kinosaal auf dem Hauptdeck.

Beim Essen an jenem Abend gab es zwei leere Plätze am Kapitänstisch. Zwischen zwei Gängen winkte der Kapitän zu Dessard hinüber, der als Gastgeber einer Gruppe von weniger prominenten Passagieren zwei Tische entfernt fungierte. Dessard entschuldigte sich und eilte zum Kapitänstisch hinüber.

»Ah, Dessard«, sagte der Kapitän freundlich. Er senkte die Stimme, und sein Ton änderte sich. »Was ist mit Mrs. Temple und Mr. Kenyon passiert?«

Dessard blickte sich nach den anderen Gästen um und flüsterte: »Wie Sie wissen, hat Mr. Kenyon mit dem Lotsen am Ambrose-Feuerschiff das Schiff verlassen. Mrs. Temple ist in ihrer Kabine.«

Der Kapitän fluchte in gedämpftem Ton. Er war ein Mensch, der es nicht liebte, wenn sein geordneter Tagesablauf gestört wurde. »*Merde!* Alle Vorbereitungen für die Heirat sind getroffen worden«, sagte er.

»Ich weiß, Kapitän.« Dessard zuckte die Schultern und hob die Augen gen Himmel. »Amerikaner«, sagte er.

Jill saß allein in der verdunkelten Kabine in einem Sessel, die Knie zur Brust heraufgezogen, und starrte ins Leere. Sie trauerte tief, aber nicht um David Kenyon oder Toby Temple oder um sich selbst. Sie trauerte um ein kleines Mädchen namens Josephine Czinski. Jill hatte so viel für dieses kleine Mädchen tun wollen, und jetzt waren alle die wunderbaren, zauberhaften Träume, die sie für sie gehegt hatte, zerschlagen.

Jill saß da, mit leerem Blick, von einer Niederlage getroffen, die jenseits von allem Vorstellbaren war. Noch vor wenigen Stunden hatte ihr die Welt gehört, sie hatte alles in Händen gehalten, was sie sich jemals wünschte, und jetzt hatte sie nichts. Langsam wurde ihr bewußt, daß ihre Kopfschmerzen wieder eingesetzt hatten. Sie hatte sie vorher des anderen Schmerzes wegen nicht bemerkt, des quälenden Schmerzes wegen, der tief in ihrem Inneren wühlte. Aber jetzt fühlte sie, wie das Band um ihre Stirn sich enger spannte. Sie zog die Knie noch dichter zur Brust empor und versuchte, alles zu vergessen. Sie war so müde, so schrecklich müde. Alles, was sie wollte, war, immer so zu sitzen und nicht denken zu müssen. Dann würde der Schmerz vielleicht aufhören, wenigstens eine kleine Weile.

Jill schleppte sich zum Bett hinüber, streckte sich darauf aus und schloß die Augen.

Dann fühlte sie es. Eine Welle kalter, stinkender Luft kam auf sie zu, umhüllte sie, liebkoste sie. Und sie hörte seine Stimme, die ihren Namen rief. Ja, dachte sie, ja. Langsam, fast wie in Trance, stand Jill auf und ging aus ihrer Kabine, folgte der lockenden Stimme in ihrem Kopf.

Es war zwei Uhr morgens, und die Decks lagen verlassen, als Jill aus ihrer Kabine trat. Sie starrte auf das Meer hinunter, beobachtete das sanfte Klatschen der Wellen gegen den Rumpf, während das Schiff durchs Wasser pflügte, und lauschte auf die Stimme. Jills Kopfschmerzen waren jetzt schlimmer, ein quälender Schraubstock. Aber die Stimme tröstete sie, sie brauche sich nicht zu grämen, und versicherte ihr, daß alles gut werden würde. *Blicke hinunter,* sagte die Stimme.

Jill blickte ins Wasser hinunter und sah dort etwas treiben. Es war ein Gesicht. Tobys Gesicht, das sie anlächelte, aus dem die blauen Augen zu ihr aufblickten. Die eisige Brise begann zu wehen, drängte sie dichter an die Reling.

»Ich mußte es tun, Toby«, flüsterte sie. »Du siehst das ein, nicht wahr?«

Der Kopf im Wasser nickte, hob und senkte sich, lud sie ein, zu kommen und sich ihm anzuschließen. Der Wind wurde kälter, und Jills Körper erschauerte. *Hab keine Angst,* sagte die Stimme. *Das Wasser ist tief und warm... Du wirst hier bei mir sein... Immer. Komm, Jill.*

Sie schloß einen Moment die Augen, aber als sie sie wieder aufschlug, war das lächelnde Gesicht immer noch da, hielt sich neben dem Schiff. *Komm zu mir,* lockte die Stimme.

Sie beugte sich vor, um es Toby zu erklären, damit er sie in Frieden ließe, und der eisige Wind erfaßte sie, und plötzlich trieb sie in der weichen Samtnacht, tanzte im Raum. Tobys Gesicht kam näher, kam auf sie zu, und sie fühlte die gelähmten Arme sie umfassen und halten. Und sie waren zusammen, für immer und ewig.

Dann waren da nur noch der linde Nachtwind und die zeitlose See.

Und die Sterne oben, in denen alles geschrieben stand.

Dank

Folgenden Film- und Fernsehproduzenten bin ich für ihre Hilfe zu großem Dank verpflichtet:

> Seymor Bems
> Larry Gelbart
> Bert Granet
> Harvey Orkin
> Marty Rackin
> David Swift
> Robert Weitman

Und ein herzlicher Dank dafür, daß sie ihre Erinnerungen und Erfahrungen mit mir geteilt haben, geht an:

> Marty Allen
> Milton Berle
> Red Buttons
> George Burns
> Jack Carter
> Buddy Hackett
> Groucho Marx
> Jan Murray

Der Autor